松田解子年譜

江崎淳 編

光陽出版社

目次

年譜

凡例

文中、個人名は敬称を省略させていただきました。
執筆目録中、月をまたぐ長期連載は月別に分けて記録
作品のうち、明朝体太字表記は『松田解子自選集』収録作品

一九〇五年（明治三八年）
七月十八日、秋田県仙北郡荒川村荒川四三七番地（三菱経営の荒川鉱山、現大仙市）に父・松田萬次郎、母・スヱの長女として出生。本名ハナ。父兄・萬寿は一九〇二（明治三五）年五月生れ。父母が住んでいた宮崎家は義祖父が南畑組として鉱山の土木請負をしていた。
　スヱは一八七四（明七）年生れ、荒川村上淀川の和田良助の三女。
　父・萬次郎は一八七四（明治七）年生れ、妹に一八七七（明治十）年生れのリンがいる。萬次郎は、北秋田郡阿仁三枚鉱山で生れたが、母・イワが夫・萬蔵と別れ宮崎治作（富山県滑川町出身）と荒川鉱山で再婚したため萬蔵のもとに置かれ、のち母を慕って荒川鉱山に移住して鉱山で働いていた。
九月、ポーツマス条約成り、日露戦争終結。

一九〇六年（明治三九年）……………一歳
五月、父・萬治郎、鉱山での労働中に死去（八日）。

一九〇七年（明治四〇年）……………二歳
母は鉱山に残るため六人の子持ちの坑夫と再婚したが彼は間もなく死亡、やむなく兄を祖父母の家に残し、鉱山の製煉所に働く飯場頭の高橋喜市と三度目の結婚（婚姻届出は一九三四年十二月）。

一九〇九年（明治四二年）……………四歳
三月、妹キヨ生まれる（四日。父・喜市の認知届け出は一九二四年一月）。

一九一二年（明治四五年）……………七歳
四月、荒川村大盛尋常高等小学校入学。担任の鈴木トクに「松田ハナさん」とフルネームで呼ばれたのに感激する。
五月、実の祖父・松田萬蔵死去（十八日）。

一九一四年（大正三年）……………九歳
七月、第一次世界大戦が始まる。同級生鹿ノ畑イクの兄所蔵のユーゴーの「レ・ミゼラブル」（黒岩涙香訳「噫、無情」）やリットン「ポンペイ最後の日」などに感銘、以後ゲーテ、シェイクスピアなどの翻訳小説の虜になった。学校から帰ると、養父の飼う鶏や豚の世話をさせられた。

一九一六年（大正五年）…………十一歳
一月、弟誕生するも死去（三月）。

一九一七年（大正六年）…………十二歳
三月、失火で兄のいる祖父母の家が全焼（二十二日）。直後に祖母も死亡、下宿していた大盛尋常小学校教師二人は難を逃れたが、退職する。叔父・宮崎治助は東京に移住、のち兄を引き取る。
十月、ロシアで革命が起こり、飯場で話題になる。
六年生になり、まじめぶりが認められて郡長から表彰を受ける。

一九二〇年（大正九年）…………十五歳
二月、土崎で『種蒔く人』創刊される。
三月、小学校高等科卒業。日本赤十字社の看護婦見習いの試験に合格。
四月、鉱山の命令によって事務所で働くよう父が説得され「三菱合資会社荒川鉱山事務所」に勤め、タイプライター要員の「小使」となる。日給二十銭。以後三年間、鉱山事務所の給仕、タイピストとして働きつつ、早稲田大学講義録などで独学。事務所の社員用文庫にあった啄木、花袋、独歩、晶子や大杉栄「日本脱出記」などを読む。事務所で働くうち、鉱山の非人間的な体質に気づく。養父が目の前で若い法学士に殴られるのを見て、階級的な目覚めを覚える。

一九二二年（大正十一年）………十七歳
七月、日本共産党創立（十五日）。

一九二三年（大正十二年）………十八歳
四月、秋田女子師範本科第二部（昼間）に入学、寄宿舎生活を送る。社会科学の勉強会に入る。
九月、関東大震災起こる。兄は徴兵忌避のため、村上市・浄国寺住職からの信任状で台湾の寺に逃れ、僧籍を取得して帰郷せず。

一九二四年（大正十三年）………十九歳
三月、秋田女子師範卒業。四月、母校の大盛小学校

に教諭として赴任。月給四二円は義父に差し出す。学校から帰ると、教え子の家に家畜の餌に残飯を貰い歩かねばならなかった。一方、進歩的な教師や青年団グループとの交流が始まり、社会の矛盾を論じ合い、ガリ刷の文芸誌『煙』や『秋田魁新報』などに反戦詩を投稿したりした。会合場所となった仕上工の家の屋根裏に隠されていた、ゴーリキー、トルストイ、ツルゲーネフ、村山槐多、ニーチェ、シュテルナーなどの著書・翻訳書を読む。交流が鉱山上層部や校長の知るところとなり、監視、指弾を浴びた。

八月、荒川鉱山を訪れた伊藤永之介をグループの青年たちと嗽沢坑内に案内。小学校には義務年限の二年だけ勤めて辞職、上京の決心する。翌二五年四月、治安維持法が交付された。

一九二六年（大正十五年）………二十一歳

三月、上京。一時滝野川村田端の叔父・宮崎治助の家に居候をする。大学入学をめざすも適わず、神田の夜学・日進英語学校に通い、そこで知り合った朝鮮女子学生の夫の勧めで文房具の行商や、千代田生命の保険外交員、本所の靴下工場など、職を転々とする。大杉栄が拠点としていた「労働運動社」を訪ね、古河三樹松（大逆事件で死刑になった古河力作の弟）から「東京自由労働組合」（「黒旗社」の看板あり）の大沼渉を紹介される。

組合で渡辺政之輔の母・テウ、三浦克己を知る。

四月、日本労働組合評議会の第二回大会（芝・協調会館）を傍聴。叔父の家を出、本所の靴下工場で住み込み女工として働く。

五月、初めてメーデー（第七回）に参加、参加者一万人、二三四名の検束者が出る。「平民新聞」の堺利彦の長女・堺真柄と並んで歩く。早稲田のタバコ屋の二階、木賃宿など住居を転々、江東区深川の宮田自転車の女工などもした。

十二月、労働運動家の大沼渉と結婚（婚姻届出は一九三四年二月四日）、小松川町字平井（現・江戸川区平井）に住む。結婚七日目に大正天皇死去（二十五日）で間借りが家宅捜査を受け、大沼検挙。その後、同じ様な検束、特高の見廻りは日常化した。

一九二七年（昭和二年）………二十二歳
五月、第一次山東出兵が始まり、中国への侵略戦争が開始された。師走に第一子・鉄郎を出産。大沼は「職よこせ」のビラ配付中に逮捕され原庭署に拘留中だった。

一九二八年（昭和三年）………二十三歳
三月、日本共産党への大弾圧（三・一五事件）があり、家宅捜査をうけ、「共産党宣言」を書き写したノートを発見され、生後間もない長男とともに小松川署に検束される（十七日）。日本労働組合全国評議会が解散させられる。全日本無産者芸術連盟創立（二十五日）。

四月、解放運動犠牲者救援会（後の国民救援会）発足（七日）。

五月、『戦旗』（全日本無産者芸術団体協議会＝ナップ機関誌）創刊、読者となる。

六月、小説「産む」が『読売新聞』女流新人短編募集に入選（四日付）、賞金十円。労農救援会の大塚金之助から救援基金を求められる。一婦人から手紙をもらい会ってみると『戦旗』への投稿を勧められ、次第に「ナップ」に接近する。

七月、長谷川時雨主宰『女人芸術』（女人芸術社発行）創刊。

十月、十一月にかけて、服部時計店重役宅で乳母をする。

十二月、再建労農党大会を傍聴、会場で渡辺政之輔の死を知る。解散させられた全国評議会に代わる組織として日本労働組合全国協議会が組織される。

＊

四月　詩「**乳房**」（『文芸公論』）
五月　詩「**原始を恋う**」（『文芸公論』）
　　　小説「**逃げた娘**」（『文芸公論』）
　　　詩「**煤けた窓から**」（「無産者新聞」メーデー号）
六月　小説「**産む**」（「読売新聞」四日）
八月　小説「草原の夜」（『女人芸術』）
十月　詩「**坑内の娘**」（『戦旗』）
　　　詩「**母よ**」（『戦旗』）
十一月　詩「**曲った首**」（『創作時代』）
　　　小説「走れ！　もっと早く！」（掲載誌不

詳）
十二月　社会評論「おかみさんと『湘南』」（『女人芸術』）

一九二九年（昭和四年）………二十四歳
一月、伊豆大島の差木地尋常高等小学校の代用教員となり、大島町差木地村（現・大島町差木地二番地）の借家に住む。

二月、日本プロレタリア作家同盟の創立大会が浅草・信愛会館開かれる（十日）。同月、作家同盟に加盟。

十月、『女人芸術』募集の「全女性進出行進曲」に二等入選（翌年一月号に発表、賞金百円）。山田耕筰作曲、日響オーケストラ、日響合唱部員・演奏、河原喜久枝・歌でコロンビアレコードでレコーディング（十二月二十八日）。師走に大島から帰る。

　この年、初めて村山知義の家を訪問、弾圧犠牲者救援資金集めの色紙揮毫の依頼に行く。

＊
一月　小説「**A鉱山の娘**」（『戦旗』）
二月　アンケート「婦人公民権に関して」（『女人芸術』）
三月　小説「**飢餓途上**」（『女人芸術』）
四月　アンケート「ほしいもの」（『女人芸術』）
六月　随想「大島の反面」（『女人芸術』）
七月　随想「小林多喜二氏へ」（『女人芸術』）
八月　小説「**乳を売る**」（『女人芸術』）
十二月　小説「死と死？」（『女人芸術』）

一九三〇年（昭和五年）………二十五歳
一月、本所区柳島元町アパート一‐十八（同潤会アパート）に移る。このアパートには、中條百合子や川崎なつ、若杉鳥子、また若き共産党員の関淑子などが訪れる。近くの東京帝大セツルメントでセツラーをしていた武田麟太郎と文学サークルの会合を持った。年初、初めて女人芸術社を訪れ、長谷川時雨などに会う。女人芸術の講演会が名古屋で開かれ（二十九日、主催・名古屋毎日新聞）、「全女性進出行進曲」が初披露された（出演・名古屋タイピストリーグ、伴奏・松坂屋オーケストラ、早川弥左衛門指揮）が、松田は参加できず。

この年から本格的な執筆活動を開始する。

三月、「全女性進出行進曲」のレコード発売開始（二十日、四月に新譜）。三月末、新宿の喫茶店「白十字」で小林多喜二の上京歓迎会が開かれ参加、多喜二に初めて会う。

六月、『女人芸術』三周年記念講演会が開かれ、「失業者の事」と題して講演（二十七日、朝日新聞社講堂。講演者は他に蔡イツ子、熱田優子、深町留美子、青木みよ、平林たい子、尾崎翠、辻山春子、松村喬子、林芙美子、岩内とみえ、岡田時子、織本貞代）。この会のオープニングには「全女性進出行進曲」が東京で初めて披露された。

　日本労働組合全国協議会の極左的な運動方針を心配する佐藤秀一らが全協刷新同盟を結成、松田の夫・大沼渉もこれに加わった。刷新同盟は七月の国際赤色労働組合同盟（プロフィンテルン）第五回大会で分派活動として解散を命じられる。松田がこの事態を知ったのは後のことだが、このことは大沼との不仲を助長する一因となった。

九月、『ナップ』（戦旗社発行）創刊。

十月、第二子・作人誕生。鉄郎をセツルメントの託児所に預け、「母の会」や柳島消費組合婦人部の活動に参加。また女人芸術、作家同盟の文学活動や日本プロレタリア文化連盟の諸会合などに積極的に参加。窪川稲子、中條百合子、平林英子、横田文子、若林つや子などと交わる。

十一月、日本プロレタリア作家同盟が「戦旗ナップ防衛プロレタリア大講演会」を開催、講師の一員となる。鹿地亘翻訳の「ワルシャワ労働歌」を関鑑子指揮のプロレタリア音楽同盟が合唱。講演者・江口渙、秋田雨雀、徳永直、貴司山治、大宅壮一、武田麟太郎、窪川鶴次郎、田邊耕一郎、藤枝丈夫、佐々木孝丸、杉本良吉、猪野省三、窪川稲子、村山籌子、山田清三郎、川口浩、鹿地亘、江馬修、久板榮二朗（九日、上野自治会館）。女人芸術社主催の中條百合子歓迎集会に招かれる（二十七日、大阪ビル七階レインボーグリル）。

この頃、杉並区高円寺の若杉鳥子宅で婦人同盟員の集りがあり、帰り際、近くの井伏鱒二宅を案内される。

＊

一月　詩「**全女性進出行進曲**」（『女人芸術』）
　　詩「**右腕**」（『詩神』）
三月　詩「**海女**」（『詩神』）
　　小説「**何を以てむくいるか？・**」（『女人芸術』）
四月　小説「**風呂場事件**」（『戦旗』）
六月　評論「欺されるな！　女子青年団を取り返せ」（『女人芸術』）
七月　小説「訪問者」（『詩神』）
　　小説「**行く者帰る者**」（『女人芸術』）
八月　小説「グラフの朱線」（『文学時代』）
　　小説「**重役は言ったが**」（白楊社版『プロレタリア文学』）
十月　小説「背景」（『文学時代』）
　　感想「朝から夜へ」（『文学時代』）
　　小説「胃の腑の責任」（『婦人』）
　　文学評論「うたい得る詩」（『詩神』）
十一月　小説「**加藤の場合**」（『ナップ』）
　　小説「稼ぎ」（『海都』創刊号
　　詩「**起つ日**」（『詩神』）
十二月　詩「**馘きられた父へ**」（『詩神』）

一九三一年（昭和六年）………二十六歳

二月、若杉鳥子の伝手で小説「卵」を『火の鳥』に発表。

六月、無産者産児制限同盟の創立大会で、江口渙、秋田雨雀とともに講演、総会（六日）で発起人に選ばれ活動をつづける。同盟事務所は本郷区湯島一ノ一、無産者診療所が下大崎二七九に置かれた。

八月、神近市子の世話で「労働者の妻」を「国民新聞」に発表。「都新聞」の連載企画「日盛りと女流」第一回で、同潤会アパート屋上で洗濯する母子三人の写真とともに訪問記事が掲載される（十二日付）。

九月、「満州事変」で中国への本格的な侵略が始まる。秋田市外・蛇野の義父・高橋喜市の家に寄寓（三日から）、執筆中のところを「秋田魁新報」が写真入で「腕一本で生きる彼女　松田解子を訪う」と報道（二十日付）。

十月、「秋田魁新報」に「教育労働者」を連載（十九回）。作家同盟が「文学新聞」を創刊（十日）。

十一月、日本プロレタリア文化連盟（コップ）創立、十二団体加盟。帝大セツルメントで作家同盟主催の「文学新聞」読者対象の文学座談会に出席（二十二日、ほかに山田清三郎、鹿地亘、田邊耕一郎、上野壮夫、武田麟太郎、秋田雨雀、大宅壮一）。

十二月、『婦人戦旗』第五号（十二月最終号）に小説「勘定日」を発表。

＊

一月　小説「手」（『女人芸術』）
　随想「ありとあらゆる事を」（『詩神』）
　詩「**神様は奪う**」（『詩神』）
二月　小説「**卵**」（『火の鳥』）
三月　小説「あてにしている」（『文学風景』）
　小説「**教師エイ子達**」（『文学時代』）
　小説「母親とＫ」（「都新聞」20日）
　婦人評論「労働婦人と女性」（『プロレタリア映画』）
四月　詩「**じっと坐っている赤禿山よ**」（『女人芸術』）
　詩「**あのストは俺達のストじゃなかったか**」（『詩神』）
　小説「神宮外苑」（『文芸春秋』）
五月　詩「**表現と時間について**」（日記）
　小説「ノース・ヴェレの五月に寄す」（『若草』）
　アンケート「『女人芸術』か『女人大衆』かの批判について」（『女人芸術』）
六月　随想「ルンペン返上」（「読売新聞」一日）
　アンケート「トルラアの或る詩」（『詩神』）
七月　小説「地主と失業者」（『女人芸術』）
　感想「貧乏人の子」（『婦人サロン』）
　詩「**創造に対する渇望を**」（日記）
八月　小説「**労働者の妻**」（「国民新聞」17日）
　随想「アパートの女」（『週間朝日』23日）
九月　小説「青空」（『『火の鳥』』
　感想「第四信―Ｂ」（『文学時代』）
十月　小説「**教育労働者**」（「秋田魁新報」1～19日）
　詩「**故意の抽象**」（『詩人時代』）
十一月　小説「ネクタイ」（『火の鳥』）
　詩「**規律**」（日記）
十二月　アンケート「銅山の小説」（「文学新聞」25日）

小説「**勘定日**」（『婦人戦旗』）
詩「**みつめていた**」（日記）

一九三二年（昭和七年）………二十七歳
一月、「上海事件」勃発。『プロレタリア文学』（プロレタリア作家同盟発行）創刊。『働く婦人』（日本プロレタリア文化連盟発行）創刊。

二月、築地劇場で開催されたプロレタリア作家同盟の大会に出席。

三月、政府は満州国の建国を宣言（一日）。開設された亀戸無産者託児利用のため、東京市城東区亀戸町一丁目九十四番地に転居。作家同盟が「三・一五」記念のパンフを発行、壺井繁治、貴司山治、上野壮夫、新井徹とともに小説（「雪解けの道」）を掲載。

作家同盟発行の『年刊日本プロレタリア創作集』が刊行され、四三人の作品を収録、松田は「加藤の場合」が収録される（初版発禁、改訂版が三月二十五日付で発行）。「汎太平洋同志挨拶週間記念プロレタリア文学大講演会」（二十八日　於・築地小劇場）で講師を務める。

四月、四・一六記念及び作家同盟第五回大会記念のための『プロレタリア文学』四月臨時増刊号に、村山知義「志村夏江」、槇村浩「間島パルチザンの歌」、鈴木清「監房細胞」、一田アキ（中野鈴子）「飢餓の中から」とともに反戦を主題とした「ある戦線」が掲載された。この号には「文学運動の立ち後れ克服」の課題に応えた七十編の応募作から、小説三、詩二編が採用されている。「ある戦線」は話題を呼び、以後様々に批評の対象とされた。兄萬寿が隠居届け出により松田ハナが松田家の家督を相続（五月五日）。プロレタリア文化連盟と作家同盟それぞれの朝鮮人対策部会が共同で、日本語のよく読めない朝鮮人のために朝鮮語の文化・文学雑誌『ウリトンム（俺達の同志）』を発行、松田もここに小説を掲載しているが未発見。

五月、『プロレタリアの友』が『1932年』と改題創刊、小説「想像恋愛」を掲載。兄萬寿が新潟市の土田呵定の二女穣と聟養子縁組婚姻（二十八日）。「ピリニャークと『女人芸術』の談話会」に参加（上野・精養軒）。特高のガサを受けたため、近くの亀戸町一丁目一三三に引越す。

夏、作家同盟横浜支部依頼の文化講演会に江口渙、大宅壮一、小林多喜二とともにタクシーで出かける（不開催）。車中で大宅から「文学に夢中になるより、……下町で太鼓焼きの屋台でもやった方が成功する」と忠告される。

七月、国際消費組合デーが取り組まれ、江東区では長屋のおかみさんたち三〇〇人と一緒に区役所に米よこせと押しかけた（二十九日）。

八月、国際反戦デーにあわせ、日本と朝鮮の主婦たちとともに「米よこせ」の運動を組織して農林省にデモ、夜は全協労働者とともに帝国主義戦争反対のデモに参加（一日）。親しかった詩人の陀田勘助が豊多摩刑務所で獄死。

九月、十一月にモスクワで開催される国際作家同盟第三回国際会議への日本支部代表十一名に東京支部婦人委員代表として選ばれる（ほかに江口渙、川口浩、中條百合子、徳永直、本庄陸男、安住健太郎、旗岡景吾、眞島徹児、勝本清一郎、恩田五郎）。この会議参加は政府の旅行ビザ非発給によって実現しなかった。

十月、作家同盟・音楽家同盟共催「渡政デー記念講演と音楽の夕」（七日、於・上野自治会館）の出演者に予定される。作家同盟東京支部主催の第二回プロレタリア文学講習会（十六日〜二十八日）の創作体験談講師になる（十七日午前八時半から九時まで）。この講座の全容は『プロレタリア文学講座』（全四巻）として白楊社から刊行され、松田の講演は第三巻「創作編　作家の経験談」に掲載された。十一月七日のロシア革命十五周年を記念する「創作活動の革命競争」創作部門の審査委員となる（他に、徳永直、窪川いね子、堀田昇一、山田清三郎）。

十一月、二十六日から翌年五月にかけて「秋田魁新報」に関淑子をモデルとした「女性苦」を連載（百十一回）。

初冬、帝国図書館内の婦人閲覧室に集う女性たちのサークル「伸びる会」が結成される。翌年春、会の中心メンバー杉村光子らの訪問を受け、以後会誌『伸びる』への寄稿や協力が続き、杉村との交流は戦後も続いた。

十二月、演劇同盟主催の「婦人の夕」が開かれ参加

（十日、於・築地小劇場）。長谷川時雨の病気慰安会に発起人の一人として参加、富本一枝、神近市子、中條百合子、窪川稲子らと会う（十八日、目黒・雅叙園）。

＊

一月 小説「**歯―女・女**」（『文学時代』）
随想「私は山が好き！ 赤禿の山よお前の勝利を記録したい」（「秋田魁新報」11日）
二月 小説「**冬の夜**」（『婦人画報』）
小説「つきつめて考えた瞬間」（『火の鳥』）
アンケート「お答え」（「文学新聞」20日）
三月 小説「硫酸」（『女人芸術』）
小説「雪解けの道」（パンフレット『三月十五日』）
四月 小説「**白と黒**」（『新潮』）
随想「手」（国民新聞）19日）
随想「助手」（「国民新聞」21日）
随想「手紙」（「国民新聞」22日）
小説「**或る戦線**」（後「ある戦線」、『プロレタリア文学』）
小説「老母」（『火の鳥』）
小説「社会の乳房」（『文学時代』）
小説「昼休みに―メーデー前―」（「文学新聞」25日）
五月 アンケート「男の嫌いな女の趣味女の嫌いな男の趣味」（『婦人公論』）
詩「**出かける者へ**」（『詩と人生』）
小説「想像恋愛」（『1932年』）
感想「文学上の私の立場について」（『近代生活』）
七月 随想「若杉鳥子さんのこと」（『1932年』）
随想「母故に」（発表誌紙不詳）
八月 詩「**子どもに**」（ノート）
九月 小説「その日の長屋」（『大衆の友』）
随想「婦人の生活を通してソヴェートを」（「文学新聞」19日）
十月 詩「**想い**」（『日本国民』）
感想「女性苦『作者の言葉』」（「秋田魁新報」23日）

小説「**女性苦**（1〜3）」（「秋田魁新報」26日〜30日）

十二月　小説「**女性苦**（4〜22）」（「秋田魁新報」1日〜28日）

一九三三年（昭和八年）………二十八歳

一月、前年十月に逮捕された日本共産党中央委員・岩田義道の虐殺を「文学新聞」などで知り、『大衆の友』に詩「デスマスクに添えて」を書く。

二月、関淑子の検挙に際して、作家同盟発行のパンフレット詩集『戦列』に詩「うばわれたひとへ」を執筆。『東北文芸』創刊記念の講演会が開かれ、井伏鱒二、細田民樹、新井格らとともに講演（十一日、於・仙台歌舞伎座）。二十日、小林多喜二が虐殺される。翌日、江口渙からの電報で杉並区馬橋の小林宅へ弔問に訪れたところを背中の次男ぐるみ杉並署へ連行され、留置場で河野さくら、山本和子に会う。この頃、微熱と血痰に悩まされ、子どもを秋田の母に預ける。

三月、刷新同盟の関係で全協を追われた大沼は、東京市職員の出していた地方自治を扱う雑誌『市政人』の編集に従事することになる。松田も一時そこでインタビュアの仕事などをした。

五月、作家同盟で受け持ちの深川木場労働者の文学サークルの件で州崎署に検挙され、数日間留置される。大沼は労働運動の関係で検挙された。

六月、『文化集団』（文化集団社発行）創刊。松竹音楽座部員の待遇改善要求に水ノ江滝子らレビューガールらが合流したストライキの支援に、プロレタリア文化連盟の指示でかけつける。女人芸術社の「輝く会」の例会に出席、作品評を話し合う（十七日、神近市子、平林英子、小寺菊子、長谷川時雨、窪川稲子、英美子、杉山〈若林〉つや）。

七月、「松竹レビュー争議の真相座談会」一回目に出席（一日、於・吾妻橋クラブ）。出席者・水ノ江瀧子、伊藤貞助）。「輝く」会七月例会に参加（十七日、王子・名主の瀧）

八月、秋田の母が病気で、預けていた子どもを引き取りに八月一杯秋田滞在。亀戸から江戸川区平井町三丁目七〇二番地へ引っ越す。

十月、長編『女性苦』を国際書院から刊行。最初の刊行本であったが、検閲で七八七カ所、字数にして三三七三字が伏字・削除の弾圧を受けた。
十二月、「輝ク会」の忘年会に参加（十八日、於・目黒雅叙園）。

＊

一月　随想「中條さんの印象」（「文学新聞」1日）
小説「**女性苦**（23〜40）」（「秋田魁新報」5日〜31日）
ルポ「**一九三三年の春**」（「文学新聞」15日）
詩「**デスマスクに添えて**」（『大衆の友』）
詩「**父へ**」（『プロレタリア文学』）
二月　小説「寅蔵たち」（「文学新聞」1日）
小説「**女性苦**（41〜58）」（「秋田魁新報」1日〜28日）
社会評論「『鳥潟博士令嬢の結婚取消』に就ての感想」（『働く婦人』）
詩「**うばわれたひとへ**」（詩パンフレット第三輯『戦列』）
三月　文学評論「小説・詩を書いた経験」（『プロレタリア文学講座第三編』）
小説「**女性苦**（59〜81）」（「秋田魁新報」1日〜31日）
四月　小説「**女性苦**（82〜99）」（「秋田魁新報」1日〜29日）
五月　ルポ「**工場街から**」（「東京朝日新聞」4日）
小説「**女性苦**（100〜111）」（「秋田魁新報」2日〜17日）
小説「五月の斜陽」（「三田新聞」19日）
小説「女教員」（『人物評論』）
随想「不平希望喜びの一端」（『輝ク』）
七月　小説「絆」（『文化集団』）
ルポ「レビューガールの裏面」（発表誌紙不詳）
八月　通信「輝く会について」（『輝ク』）
小説「**飯場で**」（『中央公論』）
十月　アンケート「批評について」（『麺麭』）
十一月　随想「土手のそば」（『婦人運動』）
小説「助手君Tの話」（「東京日日新聞」3、4日）

アンケート「プロレタリア文化運動はどうなる?」(『人物評論』)

十二月　随想「『サービス週間』前後」(『輝ク』)

随想「三ッちゃんと質札と私」(発表誌紙不詳)

月不明　詩**「執拗に腹這え」**(ノート)

一九三四年(昭和九年)………二十九歳

二月、作家同盟解散。プロレタリア文化連盟もこの年のうちに解体。この事態に作家同盟関係者によって『文学建設者』『詩精神』(以上二月創刊)『文学評論』(三月創刊)などの諸雑誌が発行される。松田も作家同盟東京支部江東班の会員たちと『文芸街』(発行所＝東京市城東区亀戸五－二〇六菊地方)を創刊。

三月、手塚亮の世話で豊島区長崎東町一―一三二六へ転居。子どもを近くの児童の村小学校に入学させる。

五月、「最近文芸動向を語る新進婦人作家座談会」に参加、村山知義「白夜」、本庄陸男「白い壁」、平田小六「童子」などについて語る(二日、於・銀座・耕一路、出席者・窪川稲子、若林つや子、木下歌子、小坂たき子、平林英子、『進歩』六月創刊号に掲載)。

六月、父親との確執を描く「大鋸屑」を『文芸』に発表したが、五一ヵ所・八二八文字削除の弾圧を受ける。『戦旗』発行とそれへの「蟹工船」掲載にかかわって不敬罪・新聞紙法違反で裁判中だった山田清三郎が懲役三年の判決を受け入獄するにあたって、評論集『プロレタリア文学の新段階』出版記念会を装った下獄壮行会が二日、新宿白十字で行われ、ナップ系文学者ら七十余人とともに参加、スピーチ。

八月、「作品検討座談会」に出席(二十五日、江口渙、徳永直、立野信之、中條百合子、川口浩、亀井勝一郎、窪川鶴次郎、森山啓、司会・渡邊順三、『文学評論』十月号掲載)。

九月、亀井勝一郎『転形期の文学』出版記念会に参加(二十二日、於・銀座明治製菓)。窪川稲子『牡丹のある家』『一婦人作家の感想』出版記念会(二十七日、婦人文芸主催、於・レンボーグリル)に参加、挨拶。

十月、「婦人文芸発刊記念文芸講演」で講師を務める（二十六日、於・朝日新聞社講堂。他に、中條百合子、深尾須磨子、平林たい子、生田花世、神近市子、窪川稲子、真杉静枝、森美千代、平林英子、詩朗読・英美子）。

十一月、詩精神社主催の詩人祭で講演（十日、於・帝大基督教青年会館）。

この年、東京北区十条に住んでいた作家同盟の窪川稲子の家に呼ばれ、大沼が参加していた全協刷新同盟とどのような関係があるのかと西沢隆二から査問を受けた。島崎藤村の門下生・吉田誠子をチューターにひそかにレーニン「国家と革命」の研究会を持つ。

＊

一月　文学評論「身から出た文学」（『秋田魁新報』1日）
　随想「我家のクリスマス」（『三田新聞』1日）
　社会評論「『囚われの囹圄より』を読んで」（『読書』創刊号）
二月　詩「**労働者**」（『詩精神』）
　通信「燦々会について」（『輝ク』）
三月　小説「訪ねて来た人」（『文学建設者』）
　童話「春の野とワン公」（『オアシス』）
四月　童話「虎雄さん」（『コドモの本』）
　随想「煙突」（『文芸』）
五月　文学評論「『私の「黎明期」』『裸の町』『苛める』その他の作品について」（『文学評論』）
　書評「森三千代氏著『東方の詩』について」（『婦人運動』）
　随想「停車場」（『前線』）
六月　小説「そだち」（『文学評論』）
　小説「**大鋸屑**」（『文芸』）
　選評「随筆の選後感」（『詩精神』）
　文学評論「五月のプロ派作品に就て」（『文化集団』）
　小説「経緯」（『婦人文芸』）
七月　随想「親の生活と子供」（『児童問題研究』）
　書評「能智修弥氏著『婦人問題の基礎知識』を読む」（『進歩』）

アンケート「希望」（『文学界』）
詩「**泣き声**」（『現実』）
詩「**韮粥**」（『関西文学』）
詩「**曳かれ行く人へ**」（『詩精神』）
アンケート「吾が企画する長編小説の内容と抱負」（『文芸』）
文学評論「私のつもり」（『文芸通信』）
ルポ「きりぎりすの楽隊」（発表誌紙不詳）
文学評論「野放しになってみて」（『文芸通信』）

八月
随想「江東と山ノ手」（「東京朝日新聞」15、17、18日）
小説「一夜」（『文学界』）
文学評論「林田氏の感想に就て」（『詩精神』）
小説「**露地の葬い**」（『進歩』）
文学評論「『海燕の唄』について」（『婦人文芸』）

九月
選評「感想随筆選評」（『詩精神』）
随想「血について」（『文学建設者』8・9合併号）

文学評論「詩作の態度について」（『詩精神』）
文学評論「ゴリキイの追悼号」（『人民文庫』）
詩「**ふるさと**」（『文学評論』）
通信「反響」（『婦人通信』）
選評「選後に」（『文学評論』）

十一月
随想「大島の海」（『オアシス』）
選評「『感想』投稿選後に」（『詩精神』）
書評「窪川稲子氏著『一婦人作家の感想』を読む」（『文学評論』）
随想「嵐」（『婦人文芸』）
詩「九月五日」（『婦人文芸』）

十二月
小説「**行進図**」（『文学評論』）
推薦文「『汗』の著者について」（武田亜公著『汗』）
書評「江口渙氏著『火山の下に』を読む」（『婦人文芸』）
文学評論「プロレタリア作家の責任」（『早稲田文学』）
文学評論「生活的な文学と文学的な生活

と」（『婦人文芸』）
通信「心の糧に」（『処女地帯』）

一九三五年（昭和十年）……三十歳
一月、児童の村小学校の機関誌『生活学校』創刊、常連執筆者としての依頼を受け、殆ど毎号に寄稿。新人座談会「三四年度の批判と三五年度の抱負」に参加。（出席者・本庄陸男、平田小六、島田和夫、沼田英一、永井街子、平林英子、荒木巍、橋本正一、島木健作、徳永直。『文学評論』一月号掲載）。長編「田舎者」を『婦人文芸』に連載開始、十一月号まで。関淑子が、潜んでいた浅草・撞玉場の火災で焼死（十五日）、詩「哀悼の歌」を捧げる。

二月、『労働雑誌』発刊をめざす懇談会に出席（九日、於・新宿白十字）。『労働雑誌』のアンケート「小説家はどんな女主人公が好きか」に答え、アメリカ・ガストニア事件で倒れたエラ・メイ、関淑子などを書きたいと答える（同誌四月号掲載）。

三月、雑誌『文学建設者』（のち『文学建設』と改題）一周年記念の懇親会に参加（十七日、於・新宿白十字）。

五月、婦人評論「近代の恋愛」（『行動』）など、この年から、婦人・社会・文学評論、エッセイなど、評論文を多く手掛けるようになる。

六月、「夏休みと子供の座談会」に参加（出席者・今井誉次郎、岡田道一、城戸薫、小出静子、小砂丘忠義、須藤きよう、須藤朋子、野村ますよ、平田のぶ、平野婦美子、藤田正俊、水野静雄、小林かねよ、戸塚哲郎、戸塚廉、野村芳兵衛、村松元。一日、『生活学校』七月号に掲載）。『労働雑誌』に「蠅」を連載（八月号まで三回）。「婦人文芸一周年記念講演と映画の夕」で講演「書きたいことと書けることについて」（二十九日、於・時事新報社講堂。他に、神近市子、森三千代、村山知義、武田麟太郎、井伏鱒二、新居格、片岡鉄兵）。

七月、『文学案内』（文学案内社発行）創刊。東京帝大セツルメント母の会で松田を囲む座談会が開かれる（二十日）。

九月、婦人文芸主催の講演会で講演、長岡（十四日、他に平林英子）、越後高田（十五日、一三九銀行講演会場。『上越文学』、「高田日報」後援。他に森三千代、生田花世）。

十月、「秋夕小集座談」に参加（出席者・長谷川時雨、板垣直子、窪川稲子、佐々木ふさ。『輝ク』十七日号掲載）。婦人文芸主催の講演会で各地訪問、名古屋（二十五日・南大津町千代田講堂）、大阪（二十六日・大阪朝日新聞社ホール。出席者・神近市子、生田花世）、神戸（二十七日、出席者・神近市子、生田花世）。生田花世と奈良を散策、大仏を拝顔（二十八日）。帰途、名古屋で講演（二十九日）。

十一月、『太鼓』創刊号に詩「身の軽さ、欲望の深さ」を執筆。「一九三六年を語る座談会」に出席、（二十七日、於・児童の村講堂。出席者・今井誉次郎、小川実也、奥田美穂、為藤十郎、野口茂夫、長谷健、藤谷重雄、水野静雄、野村芳兵衛、小林かねよ、村松元、戸塚廉。『生活学校』三六年一月号に掲載）。詩誌『詩道標』（城北文学社刊）創刊、同誌の特別同人となる。

十二月、第一詩集『辛抱づよい者へ』を同人社書店より刊行。当局から伏字・削除の検閲を加えられ、さらに成本から一ページ切除、その上女性詩人で唯一の発売禁止処分を受けた。同月、江口渙、林房雄、青野季吉、平林たい子らとプロレタリア作家の横断組織「独立作家クラブ」を創設。座談会「一九三六年の婦人に与う」に参加（出席者・平林たい子、窪川いね子、丸岡秀子、片岡鐵兵、岡邦雄、村山知義、本社側から神近市子、加藤敏子、真気信子。『婦人文芸』三六年一月号に掲載）。

この年、豊島区長崎東町一ノ八七八に転居。

＊

一月　随想「あきらめよ、さようなら」（「秋田魁新報」１日）
アンケート「旧き子供・新しき子供」（『児童問題研究』）
アンケート「新春に際し敢えて苦言を呈す」（『進歩』）
小説「田舎者（一）」（『婦人文芸』）
文学評論「『言葉と文学』について」（『知識』）
アンケート「窮乏農村救済」（『知識』）

二月　随想「一人の訪客」（「秋田魁新報」26日）
教育評論「子供について」（『生活学校』）
婦人評論「『母ちゃんは今お仕事をしている』」（発表誌紙不詳）
アンケート「一九三四年を顧みて三五年への希望抱負を述ぶ」（『文学建設』）
小説「田舎者（二）」（『婦人文芸』）
童話「夜更けのおもちゃ棚」（『児童問題研究』）

三月　書評「喜びと憾みと―湯浅克衛氏の『焔の記録』」（「帝国大学新聞」30日）
小説「田舎者（三）」（『婦人文芸』）
小説「デパート」（『文学評論』）
教育評論「子供と算術」（『生活学校』）
詩「**ザール人民投票**」（『文学評論』）
随想「処女作と周囲」（『婦人文芸』）
随想「笑い」（『進歩』）
後書き「跋」（『辛抱づよい者へ』）

四月　小説「田舎者（四）」（『婦人文芸』）
通信「勤労者の生活を」（『輝ク』17日）
随想「小説家はどんな女主人公が好きか」（『労働雑誌』）
随想「押絵の清水清玄」（『オアシス』）
教育評論「就学前後の子供」（『生活学校』）

五月　小説「道路の上」（『若草』）
小説「田舎者（五）」（『婦人文芸』）
婦人評論「近代の恋愛」（『行動』）
社会評論「俚諺のことなど」（『生活学校』）
社会評論「取残された過去」（発表誌紙不詳）

六月　小説「田舎者（六）」（『婦人文芸』）
社会評論「或る父性愛」（『生活学校』）
詩「**哀悼の歌**」（『先駆』）
文化評論「『花嫁学校』を観る」（『婦人文芸』）

七月　小説「**蝿**（一）」（『労働雑誌』）
小説「**蝿**（二）」（『労働雑誌』）
書評「潜める苦痛―武田麟太郎氏『日月ボール』」（「帝国大学新聞」1日）
随想「一『猶太族』の行方」（「東京朝日新聞」11日）
小説「田舎者（七）」（『婦人文芸』）

八月

小説「狼狽」(『政界往来』)
アンケート「文学を志す人のために」(『文学案内』)
婦人評論「婦人相一と月」(『進歩』)
小説「**蝿**(三)」(『労働雑誌』)
小説「田舎者(八)」(『婦人文芸』)
小説「奥さん」(『オアシス』)
社会評論「調査される家計」(「時局新聞」5日、「社会労働通信」24日)
随想「坂のある風景」(「山陽新報」28日)
随想「新しき経験へ」(『文学案内』)
詩「**辛抱づよいものへ**」(『文学評論』)
書評「中條百合子氏著『冬を越す蕾』を読む」(『婦人文芸』)
教育評論「絵のない絵日記「(『生活学校』)
社会評論「いわゆる魔手について」(発表誌紙不詳)

九月

随想「巷の宗教観」(「山陽新報」27日)
小説「靴」(『若草』)
小説「田舎者(九)」(『婦人文芸』)
社会評論「反産運動から」(『サラリーマン』)
教育評論「母親の集いから」(『生活学校』)
文学評論「最近の詩」(『文学評論』)
アンケート「嬉しかったこと楽しかったこと口惜しかった事癪に触ったこと」(『文芸通信』)

十月

文学評論「望ましきこと」(「早稲田大学新聞」2日)
アンケート「意外な問合せ(イタリア・エチオピア戦争について)」(「時局新聞」13日)
アンケート「私の最も影響された本」(『文学案内』)
小説「寒鯉挿話」(「山陽新報」28日)
アンケート「貴女の机上に贈りたい良書」(『婦人公論』)
小説「田舎者(十)」(『婦人文芸』)
教育評論「契りを千切るもの—母と子供時評—」(『生活学校』)

十一月

詩「**身の軽さ、欲望の深さ**」(『太鼓』創刊号)

選評「応募詩選後評」（『文学評論』）（『文学評論』）
書評「『黎明を眼差して』に寄せる」（『処女地帯』）
小説「田舎者（十一）」（『婦人文芸』）
童話「ひよこ」（「山陽新報」2日）
随想「奈良少々景」（「山陽新報」7日）
教育評論「子供らの本心」（『生活学校』）
感想「仕合せ者の部類か」（『文芸通信』）
アンケート「今年度の作品と新人」（『文学評論』）
アンケート「問題にして見たい事」（『文芸通信』）
随想「名古屋を中心に」（『婦人文芸』）

十二月

一九三六年（昭和十一年）………三十一歳

一月、『婦人文芸』主催の「婦人文芸講演会」が前橋市で開かれ講演「文学に就いての最近の感想」（十八日、前橋市勢多会館ホール。後援・上毛文学社、上毛新聞社、婦人文芸社友の会。他に神近市子、深尾須磨子、細川ちか子。）。作家同盟解散後のプロレタリア作家の親睦組織としての独立作家クラブ第一回総会が開催され（十九日、東京新宿・白十字）、九十名余り参加、幹事に選出される。『労働雑誌』にルポ「東京市電の職場訪問記」を森熊猛の漫画入りで発表。『婦選』の後継誌『女性展望』の「女性の社会時評座談会」に参加（出席者・竹内茂代、大竹せい、平田のぶ、木内キョウ、金子しげり。二月号掲載）。日本共産党文化部長の大村英之助から、二月二十日投票の総選挙に立候補した日本労働組合総評議会議長の加藤勘十の応援演説を依頼される（小説「ある一票」参照）。

二月、文芸評論「独立作家クラブの一課題」（「日本学芸新聞」）を発表。一月に来日したロシアのオペラ歌手・シャリアピン東京公演（一月二十七、三十日、二月一、四、六日、於・日比谷公会堂）に富本一枝の世話で参加、「ボリス・ゴドノフ」「蚤の歌」などを聞く。武田麟太郎の『人民文庫』に参加。

三月、戦前最後の国際婦人デーを豊島区長崎の吉田誠子宅で密かに持つ。レーニンの写真を飾り、渡辺政之輔の母・テウも一緒に参加（八日）。『文学案内』に詩「かくの如しだ」を、『輝ク』十七日号に詩「春が来るのに」を執筆。

四月、「婦人文芸」東京支部の第一回例会（三日、於・日本橋梅村）で、松田解子の詩集『辛抱づよい者へ』を取り上げる。豊島区長崎東町二丁目七二七へ転居。

五月、『人民文庫』に「平和な方」を発表。座談会「女中問題について」に出席、西崎綾野、蒲池すま子、吉海貞子、竹内茂代、平山信子、平林たい子と座談（『婦女新聞』五月十日付に掲載）。座談会「若もの一席話」に参加（出席者・平林彪吾、細野孝二郎、小坂たき子、新田潤、大谷藤子、上野壮夫、古澤元、伴野英夫、渋川驍、田宮虎彦、那珂孝平、高見順　石光葆　荒木巍　堀田昇一圓地文子、矢田津世子、井上友一郎、田村泰次郎、本庄陸男。『人民文庫』六月号掲載）。

六月、産児制限運動国際本部のエジス・ハウマルチン女史歓迎茶話会参加（八日、於・ラスキン・ティールーム。出席者・渡邊とめ子、生田花世、石本静枝、村岡花子、今井邦子、神近市子、平井恒、加藤たか子、窪川稲子）。座談会「働く青年の職場生活を語る会」に出席（出席者・山本光雄、知澤清、白石、大谷重信、井上貞、鎌田健輔、赤松常子、阿部信代、北風孝、織田元八、米山、美甘傳市、穂積六郎。『労働雑誌』七月号掲載）。『女性展望』の「女性の社会時評座談会」に参加（出席者・市川房枝、金子しげり、大竹せい、平田のぶ、木内きょう。七月号掲載）。

七月、児童の村小学校解散、式典で松田が自作の詩「まひるのさようなら」を朗読（十九日）。

八月、ゴリキイ死去に当って作品「四十年」を抜粋、『四十年』について」を『文学評論』に掲載。

九月、「ゴリキイの追悼号」を『人民文庫』に。

十月、唯物論研究会が報道各社に記事を送信する東京学芸通信社を興し、同人七十四名の一員となる（十六日）。十月二十七日から翌年四月六日まで、無産者産児制限同盟事務局長の山本琴子をモデルに小説「白薊婦人（後改題・女性線）」を「帝都日々新聞」に連載。「女性の社会時評座談会」に参加（出席者・山室民子、平林たい子、村岡花子、木内キョウ、金子しげり。『女性展望十一月号掲載』)。

十一月、二十日、秋田県尾去沢鉱山で鉱滓ダム決壊。事件を朝日新聞号外で知り、二十一日、文化学院の河崎なつの援助を得、夜行で現地へ急行。出発前、川崎なつから与謝野晶子を紹介される。後日、河崎に世話された旅館で評論とともに小説「愛とはなんぞや（後の若いボールミル工とダム）」を書く。座談会「働く女性は斯く視る」に参加（出席者・伊藤のり子＝会社員、岡村浪枝＝農婦、高須高江＝速記者、村越勝子＝印刷工、山浦二美＝女給、後藤由子＝事務員、有田栄子＝車掌、森本八重＝紡績工、本社側＝大谷藤子、矢田津世子、小坂たき子、圓地文子、平林たい子。『人民文庫』三七年一月号に掲載)。

＊

一月　随想「南部鉄瓶」（「秋田魁新報」1日）
文学評論「希望を含めて」（「三田新聞」3日）
教育評論「少年の死から」（『生活学校』）
書評「槙本楠郎氏著『仔猫の裁判』を読む」（『婦人文芸』『生活学校』）
ルポ「**東京市電の職場訪問記**」（『労働雑誌』）
文学評論「問題二対」（『婦人文芸』）
詩「**どよめきの中で**」（『詩人』）

二月　文学評論「独立作家クラブの一課題」（「日本学芸新聞」1日）
社会評論「日大生殺しについて」（『生活学校』）
社会評論「ある小学校教員の結婚」（発表誌紙不詳）

三月　詩「**春が来るのに**」（『輝ク』）
詩「**かくの如しだ**」（『文学案内』）
書評「『人の誕生』を読む」（『人民文庫』）
随想「向島の近代色」（『婦人之友』）
書評「歴史への恋文―『一九三五年詩集』」（「帝国大学新聞」9日）
随想「春」（「秋田魁新報」25日　「山陽新報」29日）
婦人評論「婦人と選挙」（『生活学校』）
書評「『一九三五年詩集』を読みて」（『詩

人』）

四月　文学評論「独立作家クラブに望むこと」（『文学評論』）
アンケート「現内閣に望む」（『女性展望』）
随想「旅先の奈良」（『政界往来』）
小説「二つの黄昏」（『若草』）
文学評論「具体性の勝利」（『人民文庫』）
童話「仔猫のミイ子」（「山陽新報」3日』
選評「投稿作品批評」（『婦人文芸』）
婦人評論「子供とともに」（『奥の奥』）

五月　選評「九編の詩に就いて」（『婦人文芸』）
書評「ゴーリキー『読者』」（『婦人文芸』）
婦人評論「子どもとともに」（『奥の奥』）
随想「五月の思出、希望」（『婦人文芸』）
社会評論「今年のメーデーに就て」（『文学評論』）

小説「**平和な方**」（『人民文庫』）

六月　社会評論「あかるい場面をこそ」（『生活学校』）
随想「ひとりごと」（『文芸首都』）
婦人評論「生活に追わるるもの」（『奥の奥』）
社会評論「小学校教員と恋愛」（発表誌紙不詳）
文学評論「『山襞』『地下道の春』連載長編」（『人民文庫』）

七月　感想「新聞記事雑感」（「唯研ニュース付録」1日）
文学評論「『新文学』の作品」（『人民文庫』）
婦人評論「いわゆる女の先生のタイプに就て」（発表誌紙不詳）
詩「まひるのさようなら」（19日朗読）
随想「希望」（『婦人文芸』）
随想「自転車を購める」（発表誌紙不詳）
ルポ「**エジズ・ハウマルチン女史の話**」（『生活学校』）

八月　文学評論「ゴリキイをおくる」（『人民文庫』）
社会評論「日食のことなど」（『人民文庫』）
文学評論「抜萃者の言葉」（『文学評論』）
文学評論「『四十年』について」（『文学評論』）

九月　小説「白蘚婦人」（後改題「女性線」、「帝都日日新聞」27～4月6日）
文学評論「十月号の作品」（「三田新聞」28日）
文学評論「ゴリキイの追悼号」（『人民文庫』）
社会評論「暑い日の集いから」（発表誌紙不詳）
十月　相談回答「身上相談」（『労働雑誌』）
小説「**転換期の一節**」（『人民文庫』）
随想「食いしんぼうの秋田人」（『奥の奥』）
随想「洗濯を終えて」（発表誌紙不詳）
十一月　小説「**ある一票**」（『文学界』）
随想「尾去沢を訪ねて」（「秋田魁新報」28日）
文学評論「期待―会議・調停を読む」（『人民文庫』）
随想「柿」（発表誌紙不詳）
教育評論「母親の答―母と子供時評―」（『生活学校』）
十二月　小説「街角」（『若草』）
社会評論「過労を避けよ滋養を取れ」（『人民文庫』）
社会評論「家庭生活とラジオ」（『教育』）
文学評論「横田文子氏のこと」（『婦人文芸』）

一九三七年（昭和十二年）………三十二歳

一月、尾去沢事件のルポ「一千の生霊を呑む死の硫化泥を行く」（『婦人公論』）、「尾去沢事件現地報告」（『日本評論』）など事件関係の四文章を発表。婦選獲得同盟、婦人参政権協会、婦人参政同盟、社会大衆婦人同盟主催の第七回婦選大会に参加（二十四日）。

二月、座談会「女性の社会時評座談会」に参加（出席者・新妻伊都子、小栗将江、勝目照子、竹内茂代、市川房枝。『女性展望』三月号掲載）。

三月、『市政人』にルポ「春の婦人職員探訪」を発表。

六月、座談会「ソ・米・支女性を語る」に参加（出席者・除村ヤエ、河崎なつ、佐藤俊子、藤原あき、石原清子、丸岡秀子、狩野弘子、神近市子。『婦人文芸』七月号に掲載）。「女性の社会時評座談会に参加（二十六日、於・つたや、出席者・石原清子、新妻伊都子、千本木道子、市川房枝、金子しげり。『女性展望』七月号掲載）。
七月、「盧溝橋事件」を皮切りに中国への全面的な侵略始まる。
十月、長編『女性線』を竹村書房より刊行
十一月、「女性の社会時評座談会」に参加（二十四日、於・つたや、出席者・石原清子、武田菊、新妻伊都子、市川房枝、金子しげり。『女性展望』十二月号掲載）。

＊

一月　ルポ「忘れえぬ声」（「秋田魁新報」19～21日）
社会評論「卒業生と増税と義務教育年限延長」（『生活学校』）
アンケート「一九三七年の自由」（『作家クラブ』第一号）
詩「**わが恋愛詩は**」（『婦人公論』）
ルポ「**一千の生霊を呑む死の硫化泥を行く**」（『婦人公論』）
ルポ「**尾去沢事件現地報告**」（『日本評論』）
随想「書きたいこと」（『人民文庫』）
社会評論「働く人の命の保証を」（『人民文庫』）
社会評論「法規の前の鉱夫と尾去沢事件」（『女性展望』）
アンケート「私生子はどうしたらなくなる？」（『女性展望』）
二月　アンケート「婦選大会に出席して」（『女性展望』）
随想「雪の山合」（『旅』）
三月　ルポ「**春の婦人職場探訪**」（『市政人』）
四月　文学評論「『希望館』を読む」（『人民文庫』）
アンケート「初等教員へ奨むる書」（「日本読書新聞」11日）
アンケート「『母子保護法』に寄す」（『女性展望』）
五月　随想「経済、滋養、腹ごたえ」（「日本読書新聞」1日）
教育評論「小学校二部教授制の悲哀」（『人

民文庫』）
書評「〝知性〟の事業―中條百合子氏の『乳房』を読む」（「日本読書新聞」11日）
アンケート「求妻、月収五十円」（『婦人運動』）
社会評論「無痛分娩の福音」（『人民文庫』）
文学評論「三つの作品」（『婦人文芸』）
随想「陽溜り」（発表誌紙不詳）
六月　教育評論「教育に望むもの」（発表誌紙不詳）
七月　書評「『青春年鑑』『生活の歌』に就て」（「三田新聞」10日）
教育評論「明日の教育にのぞむもの」（『生活学校』）
教育評論「子供の言葉に就て」（発表誌紙不詳）
随想「苺の頃」（発表誌紙不詳）
婦人評論「勤労婦人の結婚」（発表誌紙不詳）
八月　教育評論「二部教授に関して」（『生活学校』）
九月　随想「大島の夏」（発表誌紙不詳）
アンケート「奥さんの答え」（「日本読書新聞」15日）
小説「若い人」（『新女苑』）
社会評論「一年ぶりに話し合って」（発表誌紙不詳）
十月　アンケート「事変下の学生に与う」（「三田新聞」5日）
書評「『一人一文』を読む」（「秋田魁新報」21日）
教育評論「子供の英雄主義―『東童』を見て―」（『生活学校』）
書評『槇本楠郎『先生と生徒』をめぐって』（『生活学校』）
前書き「序文」（『女性線』）
十一月　文学評論「見学の自由その他」（『唯物論研究』）
文学評論「小説の読み方」（『生活学校』）
随想「重い花」（『若草』）
随想「とげの話」（『人民文庫』）
婦人評論「時局と婦人の服装」（発表誌紙

不詳）
十二月　アンケート「少年少女達に」（『日本読書新聞』25日）
小説「**空気枕**」（『自由』）
社会評論「戦争と漫画」（発表誌紙不詳）

一九三八年（昭和十三年）………三十三歳
一月、新築地劇団創立十周年記念公演「土」（長塚節）を観劇。扶桑閣の須藤紋一、市政人社・大沼渉とともに、新著『子供とともに』の装幀のため、新興漫画派集団の小山内龍を訪問（三十一日）。

二月、第三回婦人団体業績発表会を傍聴（六日、於・教育会館）。

三月、社会大衆党党首阿部磯雄が自宅で暴漢に襲われた事件で、帝都の治安維持を追及する河上丈太郎の衆議院での演説を傍聴（三日）。座談会「児童文化を語る」に参加（二十日、於・新宿明治製菓。出席者・波多野完治、石田三郎、菅忠道、黒瀧成至、槇本楠郎、百田宗治、落合聰三郎、高山一郎、山田文子、安田一格、本社＝戸塚廉、押田信恭。『生活学校』五月号掲載）。「女性の社会時評座談会に参加（二十三日、於・つたや。出席者・石原清子、勝目テル、木内キョウ、窪川稲子、平井恒、市川房枝、金子しげり。『女性展望』四月号掲載）。

四月、国家総動員法が公布され、五月から施行、国民全体が戦争に巻き込まれて行った。『婦女新聞』に婦人評論を続けるなど、社会評論、文芸評論など、この年は主に評論の仕事を続けた。

六月、評論集『子供とともに』を扶桑閣より刊行。座談会「社会と教育」に参加（出席者・池田種生、宮津博、戸坂潤、新島繁。『学芸』七月号掲載）

八月、「女性の社会時評座談会」に参加（二十六日、於・東京婦人会館。出席者・伊福部敬子、大竹せい、勝目テル、河崎なつ、木内キョウ、山本杉、金子しげり。『女性展望』九月号掲載）。

十月、大沼が市政人社からの派遣で半年間大連へ。

十二月、「女性の社会時評座談会」に参加（出席者・神近市子、塩原静、深尾須磨子、阿部静枝、金子しげり、高橋英子。『女性展望』三九年一月号掲載）。吉田隆子主宰の「楽団創生」第三回音楽会で、松田の詩「泣き声」が「ソプラノのための組曲」に組み込まれて演奏される（作曲・渋谷修、ピアノ・会沢華子、十五日、於・日本青年館）。

冬、「輝く会」は「輝ク部隊」設立、国策推進の諸行事に参加、松田も評議員として名を連ねる（長谷川時雨、神近市子、宮本百合子はじめ全一一二名）。

＊

一月　随想「十二月十四日の便り」（「秋田魁新報」1日）
文化評論「新築地『土』を見て」（「土」公演パンフレット』）
社会評論「母子保護施設について」（「婦女新聞」1日）
婦人評論「婦人の坑内作業」（「北国新聞」5日）
婦人評論「母子保護法」（「北国新聞」21、22日）
社会評論「母を守る立場から」（「婦女新聞」16日）
社会評論「銃後の東北農村を見て」（「婦女新聞」30日）
小説「**惑い**」（『人民文庫』）
二月　社会評論「日支女性の感想」（「婦女新聞」13日）
社会評論「知ろうとする心」（「東京朝日新聞」16日）
社会評論「小学校卒業生の就職方面に就て」（「北国新聞」24、25日）
婦人評論「母の感想」（『生活学校』）
ルポルタージュ「村の演劇―同窓会の余興芝居―」（『新協劇団』）
小説「リヤカーの荷」（『若草』）
三月　社会評論「銃後の〝小英雄〟」（「北国新聞」3、4日）
社会評論「婦人団体業績発表会を傍聴して」（「婦女新聞」6日）
社会評論「非常時議会を傍聴して」（「婦女新聞」13日）
書評「技術教育への示唆―日本技術教育協議会編『技術教育と職業実習』」（「日本

読書新聞」25日）
婦人評論「時局と婦人団体」（「北国新聞」25、26日）
社会評論「ヘルタの母の場合」（「婦女新聞」27日）
四月 教育評論「卒業と就職」（発表誌紙不詳）
社会評論「『死のう団』のその後」（「婦女新聞」10日）
婦人評論「母の感想（二）」（『生活学校』）
五月 社会評論「若夫婦の無理心中」（「婦女新聞」8日）
アンケート「良書推薦」（「三田新聞」15日）
社会評論「解放される学校の運動場」（「婦女新聞」22日）
童話「ガラス」（『生活学校』）
序文「序」（『子供とともに』）
六月 社会評論「今の農村婦人を知るため」（『新協劇団』）
小説「花の匂い」（『モダン日本』）
七月 小説「真珠湾の人々（上、中）」（「合同新聞」21、24日）
通信「わが子について」（『輝ク』17日）
教育評論「科学の機能と本質に触れたものを」（『教育・国語教育』）
教育評論「小学校教育に就て」（『学芸』）
八月 随想「偉大な自然事」（「東京朝日新聞」3日）
随想「はじまったばかりのメモ」（「三田新聞」15日）
随想「学習帳の疑問」（「東京朝日新聞」19日）
随想「感謝」（『輝ク』）
書評「山下俊郎著『幼児心理学』」（『教育』）
文化評論「『赤ちゃん読本』を見て」（『女性展望』）
九月 随想「迷信と家庭」（「北国新聞」21日）
随想「外国人につながる随想」（『月刊ロシア』）
十月 随想「日常生活の中の知性と独創へ」（「日本読書新聞」15日）
社会評論「大人の保護」（「北国新聞」27

日）
十一月　社会評論「幼き者の環境に触れて（一）」（発表誌紙不詳）
十二月　随想「詩の作品」（「婦女新聞」25日）
婦人評論「不用品と必要品」（「北国新聞」28日）
教育評論「子供雑誌の将来」（「北国新聞」29日）
アンケート「女中の待遇はいかに改善すべきか」（『女性展望』）
詩「悲歌―泣き声」（楽団創生音楽会プログラム）
社会評論「簡便な託児所経営の一例」（発表誌紙不詳）

一九三九年（昭和十四年）………三十四歳
四月、住居表示変更で豊島区千早町一丁目三四番地六号となる。
七月、国立作曲研究会の第二回試演会で松田詩「曲がった首」「ふるさと」演奏（渋谷修作曲、一日、於・村山スタジオ）。

十月、『文学界』に尾去沢事件を題材にした「愛とは何ぞや」を発表。

十一月、農民文学懇話会結成一周年記念の「農民文学の夕」に参加（八日、於・産業組合中央会講堂）。『三田新聞』二十五日付に詩「アナクロニスト氏へ」を、『秋田魁新報』にルポ「農民文学の夕」を発表。

「女性の社会時評座談会」に参加（出席者・山本杉、高橋英子、塩原永子、金子しげり。『女性展望』十一月号掲載）。

この年、大沼とは別居、別の男性と暮らす。大沼は二人の息子を連れて小樽へ、半年後札幌に移る。

＊

一月　小説「夫婦（上）」（「国民新聞」11日）
二月　書評「女性の勝利とは？」（「日本読書新聞」5日）
小説「夫婦（下）」（「国民新聞」13日）
婦人評論「女の思いあがり」（『文芸』）
三月　書評「『小島の春』を読む」（「京都帝国大学新聞」5日）

随想「防水の講習会」(「東京朝日新聞」21日)
婦人評論「働く意味と生きる意味」(「北国新聞」29日)
教育評論「校外教育と児童文化施設」(発表誌紙不詳)

五月　婦人評論「職業の誇り」(発表誌紙不詳)
文学評論「女流作家のこと」(「帝国大学新聞」1日)
アンケート「私の好きな動物」(『さむらい』創刊号)

八月　社会評論「戦時下の風俗」(発表誌紙不詳)

九月　小説「囮」(『政界往来』)
文化評論「映画館での感想(上下)」(後改題「映画館で」、「合同新聞」4、5日)
社会評論「戦時下の婦人、少年労働について」(発表誌紙不詳)

十月　婦人評論「内面からの改善—婦人の国策への協力について」(「婦女新聞」29日)
小説「**愛とは何ぞや—鎧われたる泡—**」(後改題「若いボールミル工とダム」『文学界』)
婦人評論「断髪考」(発表誌紙不詳)
社会評論「保健婦の草分け」(発表誌紙不詳)

十一月　書評「新聞小説とモラル—芹沢光治郎著『幸福の鏡』」(「日本学芸新聞」10日)
ルポ「**農民文学の夕**(上下)」(「秋田魁新報」21、22日)
詩「**アナクロニスト氏へ**」(「三田新聞」25日)
アンケート「時事小感」(『女性展望』)
社会評論「戦時下の少年問題」(『少年保護』)
文学評論「生産人と生産文学」(発表誌紙不詳)
文学評論「文学に於ける婦人の世界的進出」(『懸賞界』)
小説「姉ごころ」(『若草』)

十二月　社会評論「幼き者の環境に触れて(二)」(発表誌紙不詳)
随想「季節のない言葉」(「合同新聞」11日)

一九四〇年（昭和十五年）………三十五歳
五月、『文化組織』に詩「薊の花束」を執筆。

六月、短編集『愚かしい饗宴』を白水社より刊行。『科学画報』にルポ「無医村・成瀬村の場合」を発表。

九月、長編『さすらいの森』を六藝社より、評論集『女の話題』をモナスより刊行。

十一月、短編随想集『花の思索』を西村書店より刊行。新潟の兄の寺に寄寓して「女の見た夢」執筆。

十二月、兄の寺から代々木上原のアパート・小田急会館（六号室）に帰る。

＊

一月　詩「**ふるさとの早春**」（「秋田魁新報」1日）
アンケート「改造社発行『新日本文学全集』」（「日本学芸新聞」25日）
小説「折枝の秘密」（松中よしえと合作、『輝ク部隊』）
社会評論「教師と教養について」（発表誌紙不詳）
社会評論「幼き者の環境に触れて（三）」（発表誌紙不詳）
社会評論「女性春秋（一）」（発表誌紙不詳）

二月　小説「アパート点景」（『文化組織』）
婦人評論「活動の個性と方向」（『女性展望』）
社会評論「工場食余談」（発表誌紙不詳）
婦人評論「婦人と保険」（発表誌紙不詳）
社会評論「女性春秋（二）」（発表誌紙不詳）

三月　随想「友をもとめる」（『婦女新聞』17日）
社会評論「聡明の近代性」（「帝国大学新聞」18日）
随想「私の計画」（「秋田魁新報」23日）
詩「**ある風刺詩人へ**」（『日本学芸新聞』25日）
詩「**三つの詩**」（「三田新聞」31日）
教育評論「学園の詩情」（発表誌紙不詳）
文学評論「文学の浸透力について」（発表誌紙不詳）

社会評論「女性春秋（三）」（発表誌紙不詳）
社会評論「幼き者の環境に触れて（四）」（発表誌紙不詳）
小説「火口の思索」（『三田文学』）

四月

書評「『長男』を読む―徳永直氏の個性―」（『日本学芸新聞』25日）
小説「愛怨の宿」（『モダン日本』）
随想「野の禽のように」（『公論』）
推薦文「赤裸々な描写」（『新満州』）
社会評論「女性春秋（四）」（発表誌紙不詳）
婦人評論「婦人運動への協力」（『女性展望』）
婦人評論「体験を越えて理想へ」（『婦人公論』）
アンケート「新支那の建設と日本婦人」（『女性展望』）

五月

アンケート「屍を生かす」（『婦女新聞』10日）
書評「カアライル女史著『母は泣き叫ぶ』」（『日本読書新聞』15日）
書評「女教師の記録」（『東京朝日新聞』20日）
随想「マッチに寄せて」（『東京朝日新聞』30日）
詩「**薊の花束**」（『文化組織』）
婦人評論「村の婦人運動」（発表誌紙不詳）
社会評論「女性春秋（五）」（発表誌紙不詳）

六月

書評「〝異常児〟」（『東京朝日新聞』14日）
随想「伝記の面白さ」（『婦女新聞』16日）
ルポ「**無医村・成瀬村の場合**」（『科学画報』）
序文「序」（『愚かしい饗宴』）
社会評論「女性春秋（六）」（発表誌紙不詳）

七月

書評「鶴田知也著『若き日』」（『日本学芸新聞』10日）
小説「師の影」（1）」（『婦女新聞』28日）
随想「通学する夫人」（『婦人画報』）
文化評論「『幻の馬車』を観て」（『エスエ

ス』)
八月　小説「師の影(2～5)」(「婦女新聞」4、11、18、25日)
小説「少年の笛(二)」(『少年保護』)
小説「羅紗鋏」(『婦人画報』)
小説「女の営み」(『明日香』)
婦人評論「ひとつの提案」(『愛国婦人』)
九月　小説「師の影(6～8)」(「婦女新聞」1、8、15日)
小説「**さすらいの森**」(六芸社刊)
社会評論「文化と文化以前」(『産業組合』)
序文「序」(『さすらいの森』)
十月　書評「若林つや氏著『午前の花』を読む」(「婦女新聞」13日)
十一月　書評「中本たか子さんの〝むすめごころ〟を読む」(「日本読書新聞」5日)
随想「北越の旅」(「婦女新聞」17日)
ルポ「栄養食を家庭の中へ」(『科学画報』)
随想「紫の羽織」(『ホームライン』)
十二月　婦人評論「女の友情」(『愛情の思索』)

一九四一年(昭和十六年)……………三十六歳
二月、短編集『師の影』を青年書房より刊行。二番目の養父・高橋喜市死去(一日)、秋田での葬儀に参加(四日)、七日帰京。

五月、長編『女の見た夢』を興亜文化協会より刊行。

六月、南秋田郡船越町の鉄道官舎住まいの妹・高橋キヨ宅に逗留。のち、秋田県南秋田郡船越町の桜庭方に寄寓。

十月、仙台放送局から「故郷へ寄せた一家言」を放送、月刊『秋田』に収録される。秋田県立青年修錬農場を訪問、ルポを書く。船越町の民家での仮寓を辞し、一ヶ月余りを広島、大阪で過ごし十二月に帰京する。

十二月、八日、日本空軍がハワイ真珠湾を空襲、第二次世界大戦に突入。札幌にいた大沼が予防拘禁され、釈放を求めるために奔走。同じく十九日には言論集会結社等臨時取締法が公布され、国民の一切の自由が圧殺された。

＊

一月　小説「海に咲く花(一)」(『漁村』)

二月　随想「牛のことなど」（『肥料』）
随想「習慣のこと」（「婦女新聞」16日）
随想「老農女」（『輝ク』）
三月　小説「海に咲く花（二）」（『漁村』）
社会評論「文化の交換」（「満州日日新聞」9日）
小説「海に咲く花（三）」（『漁村』）
四月　アンケート「『親和力』『ファウスト』」（「LA JAPAN KULTURA GAZETO」10日）
社会評論「啓蒙への一考察」（『文化映画』）
小説「海に咲く花（四）」（『漁村』）
五月　小説「**写された恋**」（『文章』）
随想「怖ろしいこと」（「婦女新聞」11日）
小説「海に咲く花（五）」（『漁村』）
小説「**女の見た夢**」（興亜文化協会刊）
六月　書評「最近の良書から」（『漁村』）
小説「海に咲く花（六）」（『漁村』）
小説「**小枝と鉄蔵**」（『若草』）
七月　文学評論「健康な発展を」（「日本学芸新聞」25日）
随想「智に飢える人々」（「婦女新聞」27日）
小説「海に咲く花（七）」（『漁村』）
八月　小説「田舎娘の楽しみ」（『明日香』）
小説「海に咲く花（八）」（『漁村』）
書評「歌集『陋巷』について」（『ポトナム』）
九月　小説「海に咲く花（九）」（『漁村』）
十月　随想「芒の花」（月刊『秋田』）
小説「海に咲く花（十）」（『漁村』）
小説「つつましき希い」（『婦女界』）
十一月　小説「初垂り穂」（『若草』）
小説「海に咲く花（十一）」（『漁村』）
十二月　ルポ「耕やす乙女たち」（『婦女界』）
小説「海に咲く花（完）」（『漁村』）

一九四二年（昭和十七年）………三十七歳

この頃、産業組合中央会の機関紙「中央産業組合新聞」の嘱託記者となり、都心に通う生活を送っていた。

五月、文学者の一元化統制組織である日本文学報国会が結成され、参加。

六月、長編『海の情熱』を古明地書店より刊行。

七月、大沼は釈放されたが、二人には敗戦まで憲兵と特高の監視が続いた。東京都中野区江古田一―三―五三三へ転居。

九月、短編集『朝の霧』を古明地書店より刊行。月末から十月にかけて、満州に滞在する秋田県開拓団や秋田連隊の兵士などの慰問のため奉天、佳木斯（チャムス）彌榮（いやさか）などを旅行する。

＊

一月　随想「思いだされる人々」（「秋田魁新報」3日）
　　　随想「炉辺のつどい」（「河北新報」15日）
　　　随想「木枯らしの音」（月刊『秋田』）
二月　社会評論「浸潤の道―地方文化の生活（一〜三）」（「秋田魁新報」3〜5日）
　　　アンケート「在京秋田文連に寄せる」（月刊『秋田』）
三月　小説「若者の望み」（『産業組合』）
五月　随想「女学生の感性―実力と教養の匂い―」（「秋田魁新報」19日）
六月　随想「母」（『少女倶楽部』）
　　　詩「軍神の母に捧ぐ」（月刊『秋田』）
　　　小説「海の情熱」（興亜文化協会刊）
七月　随想「勤人と日曜日」（「秋田魁新報」5日）
　　　小説「黙祷」（『婦人公論』）
九月　小説「朝の夢と鐘」（『芸能文化』）
十月　随想「たべることについて」（『食用研究』）
十一月　通信「行旅方信―満州佳木斯にて―」（月刊『秋田』）
十二月　紀行「健気な花―満州ひとり歩る記」（月刊『秋田』）

一九四三年（昭和十八年）………三十八歳

一月　随想「庭（上下）」（「秋田魁新報」5、6日）

＊

　　　社会時評「愛育時評―母の二つの型」（『愛育』）

二月　社会時評「愛育時評─母の二つの型」（『愛育』）
三月　社会時評「愛育時評─大学院問題など」（『愛育』）
四月　社会時評「愛育時評─子供の空想力」（『愛育』）
五月　社会時評「愛育時評─少年産業戦士とその指導」（『愛育』）
六月　社会時評「愛育時評─母の新しい任務」（『愛育』）
七月　社会時評「愛育時評─学ぼうとする母」（『愛育』）
八月　社会時評「愛育時評─学童生活に望む」（『愛育』）
　　　随想「狎れない魂」（『生活科学』）
九月　社会時評「愛育時評─慈母厳母」（『愛育』）
十月　社会時評「愛育時評─子供たちの時代」（『愛育』）
十二月　社会時評「愛育時評─亜細亜の子」（『愛育』）

一九四四年（昭和十九年）………三十九歳
四月、農山漁村文化協会の啓蒙活動の一環として長編『農女の記』を農山漁村出版所より刊行。
住居を江古田四丁目一五〇五に。

＊

四月　小説「農女の記」（農山漁村出版所刊）
時期不詳　詩「**無題**〈**1**〉」（ノート）

一九四五年（昭和二十年）………四十歳
五月、兄の嫁が亡くなり北越の町へ弔行している間の五月二十五日、空襲で中野区の家屋を焼失、家財から資料類一切をなくす。いったん氷川神社に避難するも被災者にあふれており、知り合いの紹介で近くの空き家・江古田町四丁目一五三一に引越す。（七月、住居表示・中野区江古田三丁目一二三五に変更）。

八月、十五日、敗戦、「玉音放送」を隣家で聞く。

九月、第三子・史子誕生。

十月、治安維持法関係政治犯が釈放となり、豊玉刑務所に知人の出迎えにゆく（十日）。

十二月、『民報』に「秋晴れ」連載開始（一日、三十回）。新年用のもち米配給に不正が発覚、地域の主婦たちと是正運動に取り組むのをきっかけに、食糧確保の闘いを開始。江古田に生活共同組合を結成、中野、杉並、武蔵野などの十六組合とともに東京西部生活共同組合連合会が発足（理事長・新居格）。三十日結成の新日本文学会に加入、新たな気持で文学活動を再開。

＊

五月　書評「風土記『秋田』」（「日本読書新聞」21日）
　　　詩「**麦**」（メモ）（日記30日）
　　　詩「**太陽よ**」（メモ）
　　　詩「**おっ母さん！**」（メモ）
八月　詩「**夏雲よ**」（日記）
十二月　随想「田舎を想う（上下）」（「信濃毎日新聞」19、20日）
　　　小説「**秋晴れ**」（「民報」1～31日）
　　　社会評論「婦人参政権問答」（『人民戦線』）

一九四六年（昭和二十一年）……………四十一歳

二月、日本共産党に入党。（十五日付で日本共産党東京地方委員会名の決定書交付）。夫・大沼とともに自宅を共産党の地域支部事務所に提供、漫画家・森熊猛、新内・岡本文弥、学生・上田耕一郎、上田建二郎（不破哲三）らが参加した。後藤マンに食糧配給を求める嘆願書を書いてもらい、最終的に政務次官世耕弘一の計らいで佐倉町長からトラック一杯の芋を買って帰る。

三月、婦人民主クラブ創立大会が東京・神田の共立講堂で開かれる（十六日）、松田はこの時は参加出来なかった。中旬、戦後最初の衆院議員選挙（四月十日投票）に立候補した二人の日本共産党候補応援のため秋田行、二十日間にわたって四十回の集会を回る。この時の経験を小説「当選した紳士」に描く。『新日本文学』（新日本文学会発行）創刊。

四月、『働く婦人』（日本民主主義文化連盟発行）創刊。

五月、食料危機突破中野区民大会が開かれ五、六百人参加（議長に佐多稲子ら）、櫛田ふきを知る

（十八日）。皇居前の食糧メーデーに参加（十九日）。

丹野せつ（故・渡辺政之輔の妻）が立ち寄る（二十六日）。

九月、新日本文学会の第一回創作コンクール応募作をめぐる座談会「新人に望む」に参加（五日、於・神田須田町金華。出席者・徳永直、岩上順一、壺井栄、佐多稲子、司会・田中英士。十二月発行『新日本文学』号外に掲載）。

十月、新日本文学会第二回大会で常任中央委員に就任（於・渋谷公会堂）

この年、「新民法と男女平等論」（『潮流』）など、憲法、民報、農村婦人問題など社会・婦人評論分野で旺盛に執筆。

＊

一月　婦人評論「政治への関心」（『民主文化』創刊号）
小説「**初語り**」（『自由公論』）
二月　婦人評論「活かせ・私たちの希望」（『婦人朝日』）
三月　童話「おんどりとめんどり」（掲載誌紙不詳）
小説「**跫音**」（後改題「足音」、『民主文化』）
随想「身辺」（月刊『さきがけ』）
四月　社会評論「消費組合と婦人」（『トップ』）
五月　社会評論「憲法草案と婦人」（『社会評論』）
婦人評論「農村婦人のために」（『創建』）
詩「**子守歌**」（メモ、『足の詩』に収録）
詩「**静かな脈拍**」（『新婦人』創刊号）
詩「**にくしみある　わらい**」（日記、『足の詩』に収録）
六月　随想「くろい主食」（『民報』）
社会評論「和田農相よ、急進的なれ」（『農業公論』5・6合併号）
小説「瓜三つ」（『自由評論』）
七月　小説「当選した紳士」（『真相』）
社会評論「家のおぼえがき」（『人民戦線』）
詩「ポツダム宣言の下」（原稿）
八月　アンケート「第二年への構想」（「龍鷺学園新聞」15日）
社会評論「唯一の事について（一、二）」

（『民報』27、28日）
小説「**扉について**」（『人民』）
詩「**詩書き女の夜言**」（日記）
ルポ「死への夢」（三興書林『東京の一日』）
九月　小説「畑一反歩」（『農民の友』15日）
随想「看板」（『光』）
詩「**つくろいもの**」（日記）
十月　アンケート「科学と生活」（『太平』）
十一月　小説「米を追って」（『信濃路』）
十二月　小説「お婆あの耳」（『農民の友』1日）
随想「お国」（『民報』5日）
随想「希望」（『水産新聞』9日）
選評「入選作選評」「再選評」（『新日本文学』号外）
社会評論「新民法と男女平等論」（『潮流』）
婦人評論「農村婦人のめざめ」（『農村文化』）

一九四七年（昭和二十二年）………四十二歳
二月、一日に予定されていたゼネストが占領軍の命令により中止に追い込まれる。

四月、五日投票の秋田県知事選挙に立候補した鈴木清を坂井徳三とともに応援。引続いて二十五日投票の第二十三回総選挙に秋田二区から日本共産党公認で松田ハナ名で立候補、党県婦人部長になっていた山本和子の世話になる。

九月、女性が青年たちに襲われた事件について、婦人民主クラブ中野支部代表として主婦・中山愛子と紙上討論をする（『婦民新聞』4日）。

十二月、新日本文学会で機関誌『勤労者文学』の担当となる。

＊

一月　ルポ「眼光」（『文学新聞』1日）
随想「若い世代」（『日本共同組合新聞』5日）
随想「底しれぬ不定感」（『夕刊京都』16日）
小説「**九月十四日の夜**」（『自由評論』）
アンケート「学生の政治運動」（『学生評論』）
二月　文学評論「佐多稲子と作品」（『一橋新聞』

10日）
小説「一匹の蟻（東京通信一）」（『小説十二人集』）

三月　小説「**地蔵**」（『文化ウィークリー』３日）

四月　婦人評論「農村の保健婦の環境と生活」（『農村保健』）
小説「風致地区（一）」（『月刊労働文化』）

五月　小説「風致地区（二）」（『月刊労働文化』）

六月　社会評論「強く聡明に——産児制限への課題」（「日本婦人新聞」18日）
随想「ぜんこ（銭）」（「民報」27日）

七月　随想「『婦人に望む』その反響」（「民報」18日）
小説「**部落**」（『大衆クラブ』）

八月　小説「世耕氏とハル」（「日本労働新聞」14日）
詩「**苦渋**」（日記20日）
小説「風致地区（三）」（『月刊労働文化』）

九月　随想「食糧談義」（「夕刊新東海」３日）
詩「**ああ欲しい**」（日記８日）
詩「**子どもらへ**」（日記８日）
詩「**おちていた**」（日記８日）
書評「風刺について——壺井繁治著『風刺詩集』」（『文化タイムズ』22日）
詩「**演習**」（日記25日）
詩「**歯**」（日記25日）
詩「**意思**」（日記25日）
詩「**母ら**」（『山梨文化』）

十月　小説「習慣」（「農民の友」１日）
小説「風致地区（四）」（『月刊労働文化』）
小説「看護婦の記（一）」（『看護学雑誌』）
婦人評論「年とった職業婦人」（『農村文化』）

十一月　社会評論「ミルクについて（上下）」（「東京民報」１、２日）
小説「賞品」（「文学新聞」３日）
随想「小さいから」（「中京新聞」17日）
婦人評論「未亡人の態度」（「日本婦人新聞」20日）
小説「風致地区（五）」（『月刊労働文化』）
小説「**あけみ**」（『芸苑』）

十二月　社会評論「くらい子供の影」（「婦人民主新

聞」4日）

随想「年賀状（上下）」（「全逓新聞」16、17日）

詩「大水」（『子供の広場』）

詩「**チ配のうた**」（原稿）

社会評論「隣組はないけれど」（『人民評論』）

一九四八年（昭和二十三年）………四十三歳

一月、座談会「近代主義、心理主義的傾向批判」に参加（十五日。出席者・小田切秀雄、クボカワツルジロー、キクチショーイチ、藤川徹至、小原元。「文学新聞」15日付掲載）。

三月、俳優座の「火山灰地」を観る。

四月、『新労働者』なる雑誌から執筆依頼を受けるも掲載誌が送付されず、調査したところ労働運動の分裂を画策する反共組織の仕業と判明（六月、「アカハタ」でこの事態を暴露する一文を発表）。

六月、産別会議機関紙『労働戦線』の文芸作品募集にあたり、委嘱された新日本文学会より「生活記録」部門の選者として派遣される。新日本文学会東京支部の小説部会責任者となる。新日本文学の巡回講演で江口渙とともに鶴岡（十三日）、山形（十四、十五日）をまわる。

七月、新日本文学会の北陸震災救援資金募金に応じる。新日本文学会の組織委員会強化に伴い、新委員に就任（二日）。新日本文学会の第三回創作コンクールの二次審査員をつとめ、選評を「文学新聞」に掲載する。

八月、新日本文学会主催の文芸講演会で野間宏、キクチショーイチ、猿渡文江らと講演「新しいモラルと文学」（二十日、於・東京大学31番大教室）。

九月、新日本文学など文学・文化団体で構成する勤労者文学講演隊が組織され、隊員に派遣される。中野区婦人団体協議会が結成総会を開催、婦人民主クラブ委員長・松岡洋子とともに講演（「平和と主婦の使命」、十二日、於・中野区役所講堂）。

十一月、第二十四回総選挙（一九四九年一月）に秋田二区から立候補した鈴木清候補応援のため、坂井徳三とともに秋田行、十村余りをめぐる。「青年新聞」の鼎談「新しい性道徳確立へ」に参加（出席者＝婦人記者・宮古碧、編集長・熊谷次郎、

司会・高村武次。「青年新聞」十一月十日、十六日、三十日付に掲載）。

十二月、前年占領軍によって中止させられた二・一ゼネストの共闘会議議長・伊井弥四郎が総選挙に関し占領軍政令違反の容疑で逮捕・投獄、伊井の家族、有志とともに釈放運動に取り組む。新日本文学会常任中央委員会で機関誌担当として「勤労者文学」の担当となる（十二日）。

＊

一月　小説「五味かよ子」（『明るい学校』）

二月　随想「金ばえとあぶら虫」（「労働民報」20日）

小説「風致地区（六）」（『月刊労働文化』）

小説「その二人」（『マドモアゼル』）

随想「時間」（『名古屋文学』）

社会評論「小坂の労務員皆様へ」（『こさか』創刊号）

文学評論「作家の自信へのうたがい」（『新日本文学』）

小説「金蝿」（『東北文学』）

四月　文化評論「弱められた階級的魂―再演の『火山灰地』」（「文学新聞」1日）

随想「平和のために」（「東京民報」26日）

アンケート「美しい男美しい女」（『大衆クラブ』）

随想「ホコ先をまちがえない農女」（『若い農業』）

アンケート「他にない健康さ」（『文学サークル』）

五月　小説「おきている娘」（『われらの世界』）

ルポ「赤旗と赤い花」（『文化タイムズ』）

童話「井田のおじさん」（『少年少女の広場』）

小説「勇気」（『新労働者』）

六月　文学評論「サークルの新人の作品」（『文化タイムズ』15日）

随想「わりきれる話」（「婦人民主新聞」17日）

社会評論「文化の落し穴―『新労働者』にふれて」（「アカハタ」29日）

小説「**手選女工員**」（『大衆クラブ』）

七月 ルポ「**メーデー参加記**」（『労働評論』）
詩「**足うらの歌**」（日記）
小説「**尾**」（『新日本文学』）
選評「すぐれた描写力」）「文学新聞」1日）
文学評論「精力的な結びつきを」（「文学新聞」5日）
随想「お嫁さんをほしがってる人の話（上）」（「農民の友」20日）
文学評論「新しい文学の力」（「新潟日報」26日）

八月 書評「つめたい心—『真知子』を読んで—」（『働く婦人』）
小説「**三つ目の乳房**」（『勤労者文学』）
小説「母」（『新小説』）
随想「苦い反省」（『文学時評』）

九月 小説「**或る日の午午二時から**」（後改題「ある日の午後二時から」、『民衆の友』8・9月合併号）
随想「ちいさな試み—私の生活から」（『婦人生活』）

十月 小説「**わな**」（『月刊にいがた』）

十一月 婦人評論「結婚と世相」（『婦人文庫』）

十二月 小説「いけにえ」（『女流作家小説集』）
詩「**祖国に**」（日記）
詩「**住民登録**」（日記）

一九四九年（昭和二十四年）………四十四歳

二月、日本民主主義文化連盟の機関紙「文化タイムズ」での座談会「創造と実践」に参加（出席者・岩藤雪夫、窪川鶴次郎、佐々木基一、松本正雄。三月八日付掲載）。

三月、新日本文学会の活動強化のために講師団を派遣することとなり、岡本潤、瀬沼茂樹、小原元とともに茨城県を担当。

四月、『労働者』にルポ「立ちあがり」を発表。

五月、「女教師の解放」と題して、世田谷区立山崎校教諭・堀田量と対談（『教育社会』六月号に掲載）。

七月、国鉄総裁・下山定則が出勤途中に失踪、翌日轢死体となって発見される（下山事件、5日）中央本線三鷹駅構内で無人列車が暴走する三鷹事件発生（十五日）、上田耕一郎や不破哲三らと逮捕者の釈放、事件の究明を三鷹署に申し入れ。農村婦人協会が設立され副会長に就任（二十四日、於・明治大学。会長・河崎なつ、理事長・丸岡秀子）。農婦協の講演旅行で福島を訪問。

八月、東北本線松川・金谷駅間で列車が転覆させられる松川事件発生（十七日）。

九月、国際民主婦人連盟からの、日本婦人の置かれた状況のレポート提出要請に応える婦人評論「世界の婦人とともに―国際民主婦人連盟へ」を『婦人公論』に発表。

十一月、国際民婦連主催の「アジア婦人会議」（於・北京、十二月十日より）への代表として櫛田ふきら十名とともに選出されたが、政府・GHQに出国を阻まれる。江古田三丁目の主婦十人とともに、「配給のデンプンメンは主食にできない、配給計画に主婦を入れよ」と国会請願。日本共産党・刈田アサノ、柄沢とし子議員らが応対（十七日）。

十二月、「アジア婦人会議」に呼応して開催された「日本婦人会議」に参加（十六日、於・下谷公会堂、二八〇〇名参加）。『働く婦人』に三鷹事件ルポ「眉毛」を発表。

＊

一月　小説「知と愛」（『教育新報』1〜3月26日まで15回連載」）
小説「ドア」（『全逓新聞』10〜4月9日まで15回連載）
随想「しまだ、はねつき、かるた」（『全逓新聞』24日）
小説「**老師**」（『文化評論』）
婦人評論「新しい婦人と家庭生活」（国鉄労組志免支部機関紙）

二月　詩「**話すとき**」（日記）
随想「新しい恋愛」（『新潟日報』13日）
社会評論「怨みも力に」（『人民戦線』1・2月合併号）
ルポ「**吹雪の中**」（『農民新聞』20日〜三回連載）
詩「**あなたにそれが**」（発表誌紙不詳）
随想「今日からのわが身」（『婦人民主新

聞」12日）
三月　婦人評論「国際婦人デーをむかえて」（『働く婦人』）
四月　書評「明るい明日を呼ぶ書―ぬやまひろし『愛情の問題』」（「明治大学新聞」15日）
　　小説「**Rのこと**」（『私の大学』）
　　ルポ「**起ちあがり**」（『労働者』）
五月　小説「打ち出の小槌」（『若い農業』）
　　小説「死ねない人々（一）」（『東洋文化』創刊号）
六月　文学評論「訴えと描写」（『勤労者文学』）
七月　随想「主婦のがんばり」（「婦人民主新聞」30日）
　　小説「ぶた」（『労働者』）
　　小説「死ねない人々（二）」（『東洋文化』七月号）
　　文学評論「希望」（『新日本文学』）
　　アンケート「政治教育へ！」（『教育と社会』）
　　文学評論「宮本百合子氏とその作品」（『婦人文庫』）
八月　ルポ「**首切り地帯を行く**」（『中央公論』）
　　詩「農婦の歌」（「農村婦人新聞」21日）
　　社会評論「産児制限と教育」（『教育社会』）
　　小説「未亡人」（『労働評論』）
九月　ルポ「光をつくるもの」（『新日本文学』）
　　社会評論「学生スト・いいか、わるいか」（『社会評論』）
　　婦人評論「世界の婦人とともに」（『婦人公論』）
十月　詩「あなたがたは来た」（原稿）
　　随想「私の文学修行」（『働く婦人』）
　　婦人評論「男と腕を組んで婦人解放へ」（『月刊信毎』）
十一月　書評「『蕗のとう』一巻」（『何を読むべきか』）
十二月　随想「年賀の相手」（「東海新聞（夕刊）13日、「北門新報」14日」
　　ルポ「**眉毛**」（『働く婦人』）

一九五〇年（昭和二十五年）………四十五歳
一月、コミンフォルムによる、日本共産党批判（六日）、以後日本共産党は分裂へ。かねて風聞していた花岡事件について「華僑民報」（十一日付）、「アカハタ」（二十日付）で事実を知る。三島製紙での争議取材で静岡県吉原町を訪問。

四月、このころ大沼が結核を病み、次男・作人、長女・史子も感染する。

六月、GHQ、日本共産党中央委員二十四名の追放を指令（六日）、「アカハタ」編集委員十七名の追放（七日）。「アカハタ」からの依頼で、埼玉県所沢市にある米軍基地を実態調査（二十四日）。朝鮮戦争勃発（二十五日）。「アカハタ」一カ月間停刊を指令される（二十五日、のち無期限停刊に）。

七月、十二日から二十日まで、朝鮮戦争反対・全面講和を求めるハンストが新宿職安で行われ、詩「七月の記録」を書く。

八月、京橋公会堂で開かれた全日本金属鉱山労働組合連合会の大会を傍聴。夜、花岡労組代表の新田賢一郎、田畑市蔵（「地底の人々」定吉のモデル）を自宅に招いて事件について聞き取り、七ツ舘坑陥没事件を知る。

九月、丸岡秀子の資金援助を得て花岡を訪れ（六日）、堂屋敷坑内を見学する。花岡労組大会を傍聴、文学関係者の集まりを持つ。夜、堂屋敷坑で落盤事故起こる。花岡川の上流で遺骨発掘作業に参加（七日）。大沼が二回目の結核手術を受ける（二十日）。

十月、『新女性』創刊（松田は後にここで働くことになる）。

十一月、『新女性』（十月創刊）にルポ「結核とたたかう人びと」を発表。浅草本願寺で花岡の英霊慰霊祭開かれ参列（一日）、施主・留日華僑総会発行の『花岡の英霊に捧ぐ』に「花岡は告げる」を掲載（一日）。

十二月、松川事件一審判決、被告二十名全員有罪（うち死刑5人）。生活保護を受けられるようになる。

*

一月　教育評論「伸ばせ子供の判断力」（「図書新聞」24日）

随想「活字にならなかった作品について」（『新日本文学』）

二月　詩「**おまえはまさに工場だから**」（原稿）
随想「一つの経験」（「労働戦線」16日）
随想「あつまる喜び」（「秋田魁新報」26日）
ルポ「**三鷹事件の公判を傍聴して**」（『新日本文学』）
三月　選評「五編の作品について」（「大金属新聞」11日）
随想「石にかじりついても」（「婦人民主新聞」12日）
随想「消せない足跡―国際婦人デーの思い出―」（「民主青年新聞」20日）
ルポ「三鷹事件を見る」（『新日本詩人』）
ルポ「**怒るパルプ―三島製紙事件―**」（『小説集　斗いの環』）
四月　社会評論「生きるということ」（『私の哲学（続）』）
詩「**機関紙・新聞に**」（発表誌紙不詳）
五月　書評「傷める従軍記者スメドレー」（「三田新聞」20日）
六月　随想「たたかう批判」（「労働新聞」16日）

七月　詩「**七月の記録**」（日記）
詩「**あるロジック**」（日記）
八月　小説「**職・安の仲間**」（八回連載。「民主日本」1日～）
随想「民族の装い」（「夕刊くまもと」26日）
詩「**台風・グレース、ヘレースの姉妹へ**」（日記）
九月　随想「屈辱について」（「ゼンセン」13日）
小説「**蛆**」（『新日本文学』）
十一月　ルポ「花岡は告げる」（『花岡の英霊に捧ぐ』）
ルポ「**結核とたたかう人々**」（『新女性』）
書評「この作品の美しさの質」（『ナウカ月報』）
十二月　社会評論「青春に」（「新青年新聞」23日）
アンケート「青春の書」（『新女性』）
詩「**そのひとびとの中へ**」（日記）
社会評論「殺すということに対する感覚について」（『人民文学』）
婦人評論「家庭婦人」（『現代女性十二講』）

一九五一年（昭和二十六年）………四十六歳

一月、宮本百合子急逝（二十日）、葬儀に参加（二十五日）。『新しい世界』に「花岡鉱山をたずねて」を発表、「華僑新報」「アカハタ」以降、事件を全国誌紙に発表する最初の文章となった。

五月、保釈された松川事件被告・二階堂園子上京の機会を得て、彼女を迎えた座談会「ようこそ園子さん！」に参加（出席者・李政子、高甲淳。『新女性』七月号掲載）。

六月、「地底の人々」第一部を脱稿。

八月、芝・中央労働学院で開催された東京都平和会議に参加、当局の開催禁止弾圧に抗議活動を行う。

九月、サンフランシスコ講和条約調印とともに、日米安保条約締結。花岡事件を題材に「地底の人々」第一部を『人民文学』に連載（十二月まで）。

十月、宮城拘置所で松川事件被告十九名に面会し、文集発行の相談、福島の被告家族と面会（八日）、松川の被告家族と面会（九日）。ルポ「松川事件被告と家族を訪ねて」を執筆。母・スヱ大曲の鉄道官舎で死去（十七日）。

十一月、『松川事件被告の手記　真実は壁を透して』を月曜書房から刊行（五日）。この刊行によって広津和郎、宇野浩二ら文学者が松川事件へ関心を寄せ、たたかいを支援し始めた。松川事件控訴公判を傍聴（十五日）。

＊

一月　随想「御夫婦紹介」（「都西新聞」1日）
　随想「真実は美しい」（「明治大学新聞」25日）
　アンケート「二十の娘におくる言葉」（『新女性』）
　ルポ「**花岡鉱山をたずねて**」（『新しい世界』）
二月　書評「岩田みさご他三氏著『女性は解放されたか』」（「図書新聞」7日）
　文学評論「かかれねばならないこと」（『文学サークル』）
三月　書評「抵抗の詩集」（「三田新聞」10日）
　詩「**ふみ子へ**」（メモ）

四月　社会評論「農村の青春について」（『青年時代』）
五月　アンケート「上海文化芸術工作者総会の行動綱領十カ条をよんで」（『人民文学』）
八月　詩「**この八月の炎天に**」（日記）
九月　詩「**自分へ**」（日記22日）
詩「**誓い**」（日記23日）
詩「**実行**」（日記23日）
詩「**わかものがあつまった**」（「三田新聞」30日）
十月　小説「**地底の人々**（一）」（『人民文学』9・10月合併号）
感想「詩集〝新丸子〟をよんで」（「京浜文学新聞」5日付第1号）
ルポ「八月のある宵」（『歌ごえ高く』）
感想「山奥の娘さんもお婆さんも」（『新女性』）
十一月　ルポ「松川の被告をたずねて」（「文学通信」一日）
小説「**地底の人々**（二）」（『人民文学』）
十二月　小説「**地底の人々**（三）」（『人民文学』）
ルポ「**私のねがい**」（『真実は壁を透して』）
ルポ「**松川事件被告と家族をたずねて**」（『人民文学』）

一九五二年（昭和二十七年）………四十七歳
一月、白鳥事件発生（二十一日）。

四月、「地底の人々」第二部を『人民文学』に連載開始（七月号まで三回）。

五月、生活保護を打ち切られる（一日）。メーデーに参加。メーデー事件発生（一日）。

七月、血のメーデー事件を口実に、「団体等規正令」の後継法として破壊活動防止法が施行され、文化人などが反対運動を展開。中野では大河内一男などとともに懇談会を組織して行動を起こす。

九月、メーデー事件第一回公判を傍聴（十九日）。

十一月、雑誌『オフィス』の「身上相談欄」の回答者となる。

＊

四月　小説「**地底の人々**（第二部一）」（『人民文学』）

五月　小説「**地底の人々**（第二部二）」（『人民文学』）
六月　詩「**メーデー連詩**」
　詩「少女へ」（『人民文学』）
　選評「選後評」（『新女性』）
七月　小説「**地底の人々**（第二部完）」（『人民文学』）
　書評「除村吉太郎編『ソヴェト文学史Ⅱ』」（『人民文学』）
十月　書評「『ゲリラ』」（『人民文学』）
　書評「ヤン・ドルダ作『声なきバリケード』」（『人民文学』）
　随想「きむすめ」（『政界往来』）
　感想「〝新女性〟二周年に寄せて　お祝いの言葉」（『新女性』）
十二月　詩「**時間について（A）**」（日記）
　詩「**時間について（B）**」（日記）
　詩「**目**」（メモ）

一九五三年（昭和二十八年）……… 四十八歳
一月、常磐炭鉱争議を取材する。

二月、日本赤十字社、日中友好協会、日本平和連絡会、総評、日本仏教連合会など十五団で「中国人俘虜殉難者慰霊実行委員会」が結成され（十七日）、中央常任理事に就任。

三月、「地底の人びと」第三部、四部を書き加え、単行本として世界文化社から刊行。二十六日、大館駅に中国人遺骨五四〇余柱（花岡、小坂、尾去沢関係分）が合流、東京へ送致。

四月、浅草寺で「花岡事件など殉難者慰霊大法要」を執り行う（一日）。婦人団体連合会（婦団連、会長・平塚らいてう）発足（五日）。

五月、団体等規正令（一九四九年四月制定）違反で共産党中央委員・松本三益が不当逮捕されたのを題材に詩「手錠を解こう」を執筆。この事件の特別弁護人に名を連ねる。遺骨送還団の婦人代表に選出される（二十九日）。

六月、詩「朝鮮休戦」（「アカハタ」）。世界女性大会に出発する中野平和婦人会代表を羽田に見送る（十一日）。遺骨送還のための渡航許可を求め外務省交渉に赴く（十三日）。慰霊実行委員長の大谷瑩潤（参議院議員・浄土真宗大谷派僧侶）が自民党を離党、その「大谷瑩潤先生を激励する会」に参加（十四日、赤坂・都道府県会館）。彼を描いた「仏徒と民衆」を「秋田魁新報」に書く（七月六日付掲載）。

七月、花岡事件被害者遺骨の第一次送還のため、四百八十五トンの黒潮丸で中国へ向けて神戸港を出航（二日）、太沽着（七日）。天津で各界代表二千人参加の追悼大会開催。遺族、生還者と座談会（八日）。万寿山、北海公園見学、紅十字会などの招待による映画鑑賞（九日）、民主婦女連合会、文学工作者協会創作委員会と交流（於・民主婦女連合会本部広間）。中国保衛世界平和委員会主催の招待宴（十日、於・文化倶楽部）、十一日帰国の途に就く。帰国（十四日）後東京で報告会。二十三日の松川事件公判並びに判決（十月）を控え、中国人俘虜殉難者慰霊実行委員会を代表して、仙台高等裁判所裁判長・鈴木禎次郎あてに無罪釈放を求める要請文を提出（二十一日）。『中野平和婦人会ニュース』に「遺骨捧持団の一人として中国に使いして」を発表（三十日付）。

八月、十三日から二週間にわたって小坂、大館、二ツ井、秋田、大曲、横手、長木、大館、花岡鉱山など秋田県下で遺骨送還の経過を報告して歩き、二十六日帰京。ルポ「遺骨を送って」（「アカハタ」連載、六日〜）。『新女性』誌の「ふるさとを守る歌」募集につき、選者となる
九月、「遺骨捧送報告の旅から」を「秋田千秋時報」に発表（四日）、十月には、随想「中国で感じたこと」（『新しい世界』）など、遺骨送還事業と中国の印象を各誌紙に旺盛に発表。

十月、荒川地区の松川集会に松川事件対策委員会として参加（三十日、於・荒川第一中学校）、中野地区松川集会に同じ委員会代表として参加（三十一日、於・中野厚生会館）。松川事件のことで頼みごとをしていた池田みち子宅を訪問（十六日）。

十一月、松川事件公正裁判要請全国大会で文学者代表として挨拶（四日、於・仙台市体育館）、「鈴木裁判長へ」と題する公正裁判を求める要望書を百三十七名の文学者の署名を添えて間宮茂輔が届ける。ロシア十月革命三六周年記念アカハタ祭り

で山形県下各地を公演行脚（七〜十八日）。
十二月、松本三益の第十三回公判を傍聴（九日）。
仙台高裁での松川事件第二審判決（二十二日）を傍聴、十七人有罪（うち死刑4人）。

＊

一月　相談回答「気乗せぬ婿養子」（『オフィス』1日）
小説「あいに行った」（「全逓新聞」1日）
相談回答「兄妹に精神病」（「オフィス」30日）
随想「ささやかな発言」（『月刊わらび』）
文学評論「メーデー公判と『静かなる山々』」（『人民文学』）

二月　詩「祝詩」（「都民の人権」11日）
後書「あとがき」（『地底の人々』）
随想「秋田のたべもの」（『栄養と料理』）

三月　社会評論「**花岡事件のこと**」（「アカハタ」2日）
ルポ「**常磐をささえるもの**」（『人民文学』）
文学評論「山代巴さまへ―往復書簡・日本の女」（『人民文学』）

四月　詩「三百六十五日よ」（日記）
詩「**その罪をおもいおこして**」（花岡事件など殉難者慰霊大法要しおり）
書評「どうしてまもるか―『日本の貞操』をよんで―」（「アカハタ」9日）
選評「最近のコンクール応募作品について」（『人民文学』）

五月　ルポ「力だめしメーデー」（「アカハタ」六日）
詩「**つゆとそよかぜ**」（日記）
詩「手錠を解こう」（原稿14日）
文学評論「日本の女（第三信）」）『人民文学』）
選評「四編の作品について」（『人民文学』）

六月　詩「**朝鮮休戦**」（「アカハタ」21日）
選評「選後感」（『新女性』）
書評「ひとりの作家の発展―丁玲作品集をよんで」（『月刊　新読書』）

七月　社会評論「遺骨捧持団の一人として中国に使いして」（「中野平和婦人会ニュース」

30日）
婦人評論「中国婦人の友情」（「平和ふじん新聞」31日）
選評「選評」（『新女性』）
婦人評論「そこにあふれた涙」（『新女性』別冊）

八月　随想「清純な表情」（「日本と中国」5日）
小説「**遺骨を送って**（1～8）」（「アカハタ」6～30日）
婦人評論「世界婦人大会」（『新しい世界』）
随想「真の意味での人間―新中国の作家たちに会って―」（『新読書』）
選評「選後感」（『新女性』）

九月　小説「**遺骨を送って**（9～10）」（「アカハタ」3、6日）
随想「遺骨捧送報告の旅から」（「秋田千秋時報」4日）
婦人評論「おんなの力」（「母のしんぶん」15日）
随想「新中国の日本観」（『改造』）
ルポ「新中国での四日間―中国殉難烈士の遺骨をささげて」（『新女性』）

十月　随想「中国作家の印象」（「アカハタ」1日）
文学評論「職場雑誌の作品について」（「図書新聞」10日）
社会評論「中国で感じたこと」（『新しい世界』）

十一月　文学評論「創作と工作について―中国文学工作者協会に学ぶ―」（『人民文学』）
前書「編纂者のことば」（青木文庫版『真実は壁を透して』）
選評「選後感」（『新女性』）

十二月　詩「**わたしは呪う**」（日記）
選評「選後感」（『新女性』）
詩「**おのれへ**」（日記）
詩「よし、すべて」（メモ）
詩「**その火矢のもと**」（メモ）

一九五四年（昭和二十九）………四十九歳
三月、アメリカがビキニ環礁で水爆実験（1日）、第五福竜丸乗員被爆。詩「死の灰」「弔辞」などを発表して抗議。

地域に日本国民救援会江古田沼袋班を創立し、無実の被告救援と人権を守る闘争にかかわる（五日）。第十七回松本公判準備の会議に参加（六日、於・琴平町合同事務所）。

四月、第二十回松本公判に参加、「松本三益氏無罪釈放要請上申書」を提出（五日、於・東京地裁）。

五月、団規令違反事件の松本三益に東京地裁で無罪判決、同日開かれた勝利報告集会に祝電を送る（十九日）。

六月、生活保護打ち切りの体験をもとに『文学の友』に「青いハンコのハガキ」を発表。

七月、「松川裁判やりなおせ　労働組合の諸権利と国民の自由と人権を守る全国大会」に参加（二十七日、於・国鉄会館）。

八月、松川集会に参加（三日、於・国鉄会館）。松川事件九周年記念の講演会で講演（十八日）。中野区の松川対策協議会発足のため、大河内一男を訪問（二十九日）。

九月、中野区松川対策協議発足（九日、於・区役所会議室）。「地底の人々」の中国訳『地底的人們』刊行。国民救援会の参与となる（二十五日）。

十月、日本赤十字社の招きで中国紅十字会・李徳全女子一行来日、東京八重洲駅、日比谷・帝国ホテルで歓迎の輪広がる（三十日）。

十一月、日本鉱業株式会社労組連絡会機関紙「ぜんこう」一〇〇号記念の文章募集の選者となる。

＊

一月、ルポ「松川控訴判決の日」（「アカハタ」1日）
小説「母」（15回、「平和ふじん新聞」1〜4月16日」
随想「働く農民を書きたい」（「朝日新聞」秋田版6日）
ルポ「山形・農民の表情」（『文学の友』）
選評「選後評」（『新女性』）
書評「ロシア人民の一人ひとり　オリガ・ベルゴリッツ著『昼の星』」（「読書の友」10日）
二月
感想「『ぜんこう』作品の手ごたえ」（「ぜんこう」27日）

選評「今月の『真実の記』を選んで」（『新女性』）

三月　随想「母の歴史」（「家庭朝日」10日）

詩「**はたは風を吸って**」（日記18日）

詩「**死の灰**」（「アカハタ」23日）

詩「**ハタくばりのみちすじに**」（日記）

選評「今月の感想」（『新女性』）

四月　随想「靴下女工として―メーデーの思い出」（「東京女子大学新聞」10日）

随想「メーデーの思い出」（「新日本通信」17日）

随想「鏡子ちゃんの死」（「アカハタ」27日）

選評「手記を読んで」（『新女性』）

随想「利根と北上」（『政界往来』）

文学評論「つくられた、というよりうまれたといいたい作品」（別冊『文学の友』）

六月　小説「**青いハンコのハガキ**」（『文学の友』）

七月　随想「わたしの母」（「赤旗」日曜版14日）

婦人評論「婦人の話」（『自由国民』）

八月　詩「**峻嶮にむかって若者らは**」（「三田新聞」10日）

九月　随想「日本女性の心」（「アカハタ」1日）

選評「応募綴方の選を終って」（「ぜんこう」17日）

随想「台風雑感」（「中野新報」20日）

詩「弔辞―久保山氏の死にさいして」（「アカハタ」28日）

十月　通信「無題」（「文芸家協会ニュース」）

十一月　文学評論「ありのままの追求（上下）」（「ぜんこう」5、12日）

書評「勇気と無私の感動」（「新読書」13日）

ルポ「ある弁護人のことばなど」（『政界往来』）

詩「**歓迎の詩**」（原稿）

一九五五年（昭和三十年）………五十歳

二月、国民救援会の顧問・参与会議に出席（十六日、於・参議院会館第一会議室）。

五月、新女性社主催の座談会「アジアの友情のはなしあい」で司会を務める（出席者・ベトナム著述家グエン・リン・ニェップ、同夫人ドオテイ・ビヒ・ガ、インド実業家A・N・ナイル、在日朝鮮民愛青三多摩支部副委員長・李時柏、世界民青連日本委員会全日本女子学生・大庭歌子、沖縄県生会・瀬長瞳、同安里みち子、中国女医・陳美香、在日朝鮮女性同盟・沈明玉、世界民青連日本委員会・山下考三。『新女性』六月号に掲載)。

六月、豊島公会堂などで開かれた第一回日本母親大会に参加(七―九日)。

七月、日本共産党、六全協で統一回復の歩み始まる。

十月、「新女性」社からの派遣で、中国見本市で来日中の中国婦人を訪問・取材。

＊

一月　詩「**朝鮮乙女のおどり**」(「生活通信」1日)

小説「町のなかで(1~26)」(「赤旗」1~30日)

小説「ある女の手記」(『文学の友』)

二月　小説「町のなかで(27~50)」(「赤旗」1~27日)

三月　書評「立上る新しい群像を描く―トリアッティ著『婦人問題講話』」(「図書新聞」26日)

小説「町のなかで(51~77)」(「赤旗」1~31日)

四月　アンケート「わたしの学習」(『学習の友』)

小説「町のなかで(78~102)」(「赤旗」1~29日)

随想「メーデーに参加した頃」(「新日本通信」9日)

六月　婦人評論「母の力量」(「読書案内」15日)

七月　ルポ「裁判を傍聴して」(『ひろば』)

ルポ「富士とウラニューム」(『新女性』)

文学評論「それぞれの真実」(『新日本文学』)

八月　詩「**凝視**」(メモ)

随想「偽れる装い」(「夕刊岡山」15日)

文学評論「詩に光をあてよう」(『詩運動』7・8月号)

文学評論「文学に安住があるか」(『新日本文学』)

九月　ルポ「**お母さんの力量**」（『新女性』）
十月　文学評論「ありのままの面白さ」（『新日本文学』）
十月　文学評論「文学運動の萌芽について」（「三田新聞」10日）
十一月　詩「**黄海へ**」
小説「**その一人**」（『新日本文学』）
十二月　ルポ「はじめて迎えた新中国の働く婦人」（『新女性』）

一九五六年（昭和三十一年）………五十一歳
この頃窮乏激しく、一時生活保護を受ける。
五月、童話「マリ子とミケ」を『高知新聞』その他に発表。以後一九六〇年までに童話二十数編を各紙に発表。後に三部作となる「おりん」物のための取材ノートを取り始め（二十三日より）、最終的に三十冊近くとなる。松川事件最高裁審判に向けて松川救援発起人（四一分野五三一人、七三団体）が国民に活動への賛同・協力を求める呼びかけを発信、松田も名を連ねる。

＊

一月　選評「私の感想」（『新女性』）
二月　書評「花市場」（「新読書」7日）
三月　随想「春のねがい」（「平和婦人新聞」17日）
四月　選評「選者のことば」（『新女性』）
五月　童話「マリ子とミケ」（「高知新聞」21日）
文学評論「詩人の鼓動」（『樹木と果実』）
書評「『文章の書きかた』」（『月刊炭労』）
六月　童話「みえ子のねがい」（「中国新聞」4日）
詩「**Mさんへ**」（日記）
七月　童話「パー、ピー、プーちゃん」（「栃木新聞」8日）
九月　童話「新しい帳面」（「愛媛新聞」17日）
十一月　詩「レール」（一日）

一九五七年（昭和三十二年）………五十二歳
十二月、中国紅十字会一行来日（6日）、癌研究所に入院中の徳永直に頼まれ、同行していた寥承志あて親書を届ける。新島繁死去（十九日）、伊丹市の自宅あて香典を送る（二十二日）。

＊

一月　童話「ネズミのつなわたり」（「河北新報」17日）
二月　文学評論「問い」（『新日本文学』）
　　　詩「**河口**」（『樹木と果実』）
六月　童話「おなかの上の汽車ポッポ」（「中国新聞」2日）
七月　詩「**甥へ**」（日記）
　　　随想「銅山の花器」（『草月』）
十月　婦人評論「おんな、を、かんがえる」（『新日本文学』）
十一月　詩「**波動**」（「アカハタ」8日）

一九五八年（昭和三十三年）………五十三歳
一月、一田アキ（中野鈴子）死去、葬儀に参列（五日）。

メーデー事件第四六一回目の公判を傍聴（三十一日、於・東京地裁）。

二月、北海道に強制連行されていた劉連仁が、炭坑から逃亡して十三年間も石狩の原野を転々と暮らしていたところを発見される（九日）。鹿地事件の相談会。十五日に他界した徳永直の葬儀に参列、徳永のテープ音声を聞く（十六日通夜、十七日告別式）。原水爆禁止中野協議会で国際婦人デー（三月一日）に向けた亀井文夫映画「世界は恐怖する」、ソビエト映画「ジェルビン家の人々」上映会（二十六〜二十八日）成功のため理事として奮闘する。

四月、「劉連仁さんのこと」（「中野新報」）を発表。日本国民救援会中野北部支部を創立（二十二日）。

七月、六〜九日、二十七〜二十九日の二次にわたって松川事件の現地調査が行われ、労組、民主団体、文化人など一〇四九人とともに参加。

第七回党大会に参加（二十三日〜、於・中野公会堂）

八月、岩上順一死去（十五日）、葬儀に参加（十七日、於・岩上宅）。母親大会で松川事件被告の家族とともに真相を訴えて回る（二十三、四日、於・専修大学）。「平和婦人新聞」に詩「松川の母の歌」、「アカハタ」に詩「そのひとみをまもろう

―松川のきょうだいと母たちへ」を執筆。

九月、中西伊之助死去（一日）、葬儀に参加（五日、於・藤沢市医師会館）。

十月、上田庄三郎（上田耕一郎、不破哲三の父）葬儀に参加。

十一月、松川事件の最高裁口頭弁論が始まり（五～二十六日）、初日に傍聴して「アカハタ」に報告を書く。司会者として座談会「職場での松川対策活動」に参加（二十七日。出席者・Mビル松川懇談会・井川隆子、丸ノ内松川守る会・伊藤一夫、松川事件被告・大内昭三、中央電信電話局松川守る会・大館欣一、国鉄労働会館松川三鷹友の会・島峰清、共同印刷労働組合松川事件対策委員会・十文字三郎、同・益川昇、松川事件被告・浜崎二雄、W出版松川守る会・檜山晃、農林省松川連絡懇談会・南夏子　日本共産党幹部会員・袴田里見、中央委員会法規対策部副部長・木村三郎、同部員・斉藤喜作、『前衛』編集委員・岡正芳氏。『前衛』十二月臨時増刊号に掲載）。

十二月、松川運動を盛り上げるため労働組合の活動を鼓舞する座談会「力をゆるめずに」に中野松川対策協議会代表として参加（出席者・国鉄労組大井工場支部・松島秀雄、全生保松川を守る会・阿川悠子、中央区松川対策協議会・中祖昭規、丸の内松川を守る会・春日るり子、同・川島恭子、編集部・加藤謙三、下山重雄。『松川通信』十二月二十五日付に掲載）。国民救援会中野北支部第一回総会を開く（十一日）。

　この頃から、松川事件専用のメモ帳（「松川ノート」）をつけ始め、八冊に及んだ。

＊

一月　通信「正義の立場に立ち」（「全患協ニュース」1日）
　童話「てつおさんとクロ」（「福井新聞」11日）
　社会評論「ある戦犯記録」（『新日本文学』）
二月　選評「入選は戸田さん」（「ぜんこう」10日）
　追悼「徳永さんの死」（「総評」20日）
三月　書評「『苦力』」（「秋田魁新報」6日）
　詩「**テーマはひきしぼられている**」（「松川

通信」25日）

四月　社会評論「**劉連仁さんのこと**」（「中野新報」5日）

書評「すがすがしい善意の目―畔柳二美著『ポプラ並木はなにを見た』」（「アカハタ」24日）

社会評論「メーデー公判を傍聴して」（『新日本文学』）

文学評論「戦時下、庶民の苦しみ怒り―『八年制』と『妻よねむれ』について」（「新読書」）

小説「金蝿」（『東北文学』）

五月　童話「ハチと金ちゃん」（「福井新聞」25日）

社会評論「明朗（快活）について」（『徳目についての四十一章』）

ルポ「**つのる疑いと憎しみ**」（「アカハタ」15日）

七月　童話「切手ぼうや」（「大分合同新聞」27日）

ルポ「余りにひどいデッチあげ」（「ぜんこう」30日）

八月　詩「**ねがい〈1〉**」（6日）

詩「**松川の母の歌**」（「平和婦人新聞」8日）

童話「桃色のダブダブさん」（「岐阜タイムズ」10日）

ルポ「ひとりの母として―松川現地調査から―」（「機関紙通信国内版」21日）

詩「**そのひとみをまもろう**」（「アカハタ」30日）

九月　社会評論「母親大会と『松川』」（「松川通信」5日）

十一月　ルポ「**みんなが見守っている**」（「アカハタ」15日）

十二月　童話「犬とイノシシの話」（「熊本新聞」28日）

一九五九年（昭和三十四年）………五十四歳

一月、柳田謙十郎を会長に、日本共産党中央委員・鈴木市蔵の後援会が結成され、発起人に名を連ねる。鈴木は一九六二年参院選で全国区から立候補当選するも、党の方針に反して部分的核実験停止条約に賛成の立場をとり除名された。

二月、松川事件被告の家族の記録集を出すために仙台、福島、松川、二本松を訪問（一日）、五日帰宅。月末、記録集「とりもどした瞳」の最後の編集委員会で、前半部分の執筆を受け持つことが決まる。

三月、「平和ふじん新聞」三〇〇号記念集会が開催され司会を担当（七日、於・中野公会堂、参加者二〇〇〇人）。

『とりもどした瞳』、第一部を松田、第二部を野中和枝が執筆して刊行。

六月、漫画家・加藤悦郎の葬儀に参列（九日、於・三鷹法専寺）

七月、朝鮮戦争反対集会で黒沢洋が不当逮捕された「六・二五事件」で最高裁への再審要請署名に取り組む。主婦と生活社の争議で組合員を守る会に参加・協力。

八月、最高裁で松川事件の仙台高等裁判所への差し戻し決定。弘津和郎らと傍聴（十八日）。

十月、フルシチョフの訪米・軍備提案を巡って、近所の主婦たち六人と話し合い（「アカハタ」十月二十五日付掲載）。国民救援会中野北部支部総会を開く（二十七日）、難波英夫、松川被告・杉浦三郎、家族武田シモら三十余名参加。伊勢湾台風被災地への救援カンパ活動に取り組む。

十一月、安保改定阻止第八次統一行動、中野北支部は救護班として参加（二十七日）。トロキッスト学生に宣伝カーが襲われ、負傷した山本和子に会う。

＊

二月　随想「秋田女の『悪』」（「秋田魁新報」9日）
　　童話「小鳥と春風さん」（「福井新聞」14日）
四月　社会評論「国ぐるみの危険」（「アカハタ」21日）
　　童話「クロとハナぼう」（「山形新聞」25日）
　　随想「秋田のひと」（『秋田文化』）
六月　随想「花と一票」（「秋田魁新報」8日）

童話「なぜなぜ坊や」(「南日本新聞」15日)

七月　追悼「微笑のかげの不屈」(『岩上順一追想集』)

八月　詩「**目盛**」(10日メモ)

詩「**高村建材**」(メモ)

文学評論「経過と感想」(『とりもどした瞳』)

ルポ「**とりもどした瞳　第一部**」(『とりもどした瞳』)

九月　社会評論「松川家族の力」(『労働法律旬報』5日)

随想「かえるひとびと」(「秋田魁新報」29日)

詩「**全てい・中野**」(メモ)

十月　童話「タマゴとピンポン」(「山形新聞」22日)

童話「土の下にいる人間」(『子どもに聞かせたいとっておきの話第4集』)

十一月　詩「**プラタナスのささやきから**」(28日メモ)

童話「ポンとロン」(「福島新聞」29日)

十二月　小説「受領書」(「生活と健康を守る新聞」1日)

一九六〇年(昭和三十五年)……………五十五歳

この年安保条約改定阻止の運動高揚、六月の第一次ストには五六〇万人参加、松田も各種の集会などに参加した。

一月、日本国民救援会中野北部支部(住所・松田解子方)の機関紙「救援だより」の発行始める。

二月、鹿地事件真相を聞く会を自宅で開催、鹿地亘、山田清三郎、山田善二郎ら四十五名参加(二十七日)。ルーマニア・エスプラ社発行の『女性叙情詩集』に詩一編掲載。

三月、安保を題材にした詩「生かすハンコと殺すハンコ」(「アカハタ」)。この詩は中国の『人民日報』五月十日付に訳載。

四月、安保反対の統一行動を描いた詩「列」(五月)、「六・二二」(六月)を「アカハタ」に発表、両詩は中国『世界文学』七月号に訳載。

五月、人権を守る婦人協議会主催の「国会解散・岸内閣退陣要求婦人大会」が東京・芝児童会館前で開かれ二千人参加（二十五日）。

六月、安保条約阻止第十八次統一行動、徹夜の国会包囲に参加、経験を詩、小説に書く。二十二日始発から国鉄ストなど、安保批准反対の国民的ストライキが行われるも、二十三日、新安保条約国会で批准、岸内閣退陣表明。

七月、訪中団歓送会に参加（十一日、於・参議院議員会館）。国民救援会中野北部支部の総会を自宅で開く（十二日）。中国人民救済総会の招きで日本国民救援会第二次訪中団の一員として香港、広東、北京、大連、上海などを歴訪（十七日〜八月二十七日）、二十八日帰国。

九月、原水爆禁止世界大会に出席する中華全国婦女連合会来日を記念し、安保反対闘争を支援する北京大集会の記録映画「五人の娘」上映と講演のつどいで講演（十七日）。

十一月　作家・熱田五郎死去（二十日）、弔電を送る。

十二月　国民救援会の難波英夫と三鷹事件被告・竹内景助宅を訪問、カンパを届ける（十七日）。映画「松川事件」のロケに参加（二十八日）。

＊

一月　書評「創造と想像―山田清三郎著『現場を見た人』―」（「アカハタ」18日）
随想「仕事の味」（「アカハタ」日曜版24日）
二月　通信「『心得』座談会をひらいて」（「救援新聞」15日）
詩「**さしまわしの車で**」（19日メモ）
三月　社会評論「この機会に」（「六・二五事件闘争ニュース」1日）
詩「**生かすハンコと殺すハンコ**」（「アカハタ」29日）
婦人評論「婦人をしばる鎖を切って」（『学習の友』）
五月　詩「**はぐるま一転**」（原稿）
詩「**列**」（「アカハタ」31日）
六月　文化評論「ゆれる花園・中流家庭の非社会性―東宝映画「娘・妻・母」」（「アカハタ」日曜版12日）

随想「政治と恋愛」（「秋田魁新報」13日）
詩「**ムシロ旗賛歌**」（15日メモ）
詩「**傷**」（15日メモ）
詩「**六・二二**」（「アカハタ」27日）
詩「**誘い**」（メモ）
七月　詩「**救護班**」（メモ）
社会評論「仏徒と民衆」（「秋田魁新報」6日）
八月　詩「**献詩**（一）」（6日原稿）
詩「**鞍山にて**（**A**）」（8日メモ）
詩「**鞍山にて**（**B**）」（8日メモ）
詩「**忘れるな　この一つのことを**」（10日メモ）
詩「凌太宗とその子孫の陵」（11日原稿）
九月　社会評論「おしらせと感激―中国四十日の旅路をおえて―」（「中国婦人代表団歓迎ニュース」10日）
随想「中国から帰って（上下）」（「アカハタ」11、13日）
社会評論「悔いないそなえをもって」（「平和ふじん新聞」23日）
ルポ「中国のたびから（上中下）」（『秋田魁新報』26～28日）
通信「帰国のお挨拶に代えて」（「日本と中国」27日）
通信「中国から帰って」（「文芸家協会会報」）
十一月　詩「**女だからとて**」「アカハタ」11日）
ルポ「中国を旅して」（『新日本文学』）
随想「国土即、帳面」（『学習の友』）

一九六一年（昭和三十六年）………五十六歳

一月、白鳥事件現地調査のため札幌訪問（二十日）。大通拘置所に拘留中の村上国治氏に面会（二十一日）。その後、網走、帯広刑務所に服役中の無実の諸事件被告と面会。小樽・朝里に赴き、小林多喜二の母セキを訪問。「救援新聞」にルポ「一九六一年年おめでとう」を発表。この月、映画「松川事件」のエキストラとして、救援会中野北支部会員とともに参加。

二月、国民救援会中野北部支部総会開く（十六日）。

三月、あけぼの事件公判を傍聴（十一日）。生ワクチン輸入を求める厚生省との交渉に参加（九〜十一日）、経過を「平和ふじん新聞」に執筆する（十七日）。アジアアフリカ作家会議の東京で開催した緊急集会（団長・石川達三）に、中本たか子らと参加。

四月、前年四月に発見された花岡の新遺骸について慰霊実行委員会の依頼を受けて第一次調査団を結成、団長となる（三〇日）。遺骨新発見調査団団長として現地調査。「婦人月間」にあたり、人権侵害事件資料を婦団連に送る。日本共産党江古田細胞で松田の詩集『列』の刊行準備始まり、「列刊行ニュース」に藤森成吉、中本たか子らの激励文を掲載。

五月、調査団は尾去沢の元鹿島組花岡出張所員に取材、花岡現地調査（一日）。「調査報告」を慰霊実行委員会に提出（二日）。中国人殉難者名簿作成実行委員会あてに「花岡・小坂・尾去沢における中国人強制連行事件の再調に関する報告書」を提出（八日、松田解子ら関係八名による）。小林多喜二の母・セキ死去（十日）、弔電を送る。第二詩集『列』を地域の日本共産党支部内の刊行委員会から出版（一日）。『列』出版と松田解子を励ます集い開かれる（二十七日、於・中野「あたりや」）。

六月、「政治的暴力行為防止法」衆議院で強行可決される。松川事件被告家族の武田シモが自宅に滞在、中野区の団体、文化人を訪問し支援活動を行う。民主青年同盟の十周年記念大会に出席（二十九日、新潟市）。クリリオン号、トポリスク号で帰国する朝鮮同胞を見送る（三十日、新潟港）。

七月、八月八日の松川判決に向けて松川大行進が取り組まれる。東京・中野からも行進が出発（二十七日）。救援会支部の総会開く（三十一日、於・自宅）。

八月、自宅に滞在していた武田シモが八日の判決に向け仙台へ発つ（六日）。松川事件差戻審で全員無罪判決（八日）、救援会中野北部支部ではラジオで判決のニュースを聞き、支援お礼のビラを印刷・配布。

九月、花岡事件第二次調査団として大館着、労金大館支店、全鉱連秋田地本に調査への協力を依頼、夜、日本共産党秋田県委員会メンバーを交えて調査の課題を論議（大館興林寮、十三日）。町長、同和花岡鉱業総務課長に取材、遺骸の出所は姥沢であることを確かめ、姥沢を調査、夜総括会議を開く（十四日）。町長に自治体としての善処を要請、花岡鉱業に対して「確認事項・必要事項」の覚え書きを手交（十五日、花矢町役場、花岡興業会議室）。姥沢、堂屋敷・七ッ館坑などを踏査（十六日）。現地調査の総括を行い作業終了（大館、十七日）。

十月、国民救援会東京都本部の副会長・婦人対策部長となる（二十五日）。政治的暴力廃止法案反対統一行動に参加（三十一日、於・東京三宅坂）。救援会支部の総会開く（三十一日、於・自宅）。

十二月、中国人民救済総会の代表団歓迎集会を開く（七日、於・中野文化会館）。第四十通常国会で政治的暴力廃止法案は廃案となる。

＊

一月　社会評論「**白骨と新安保**」（「アカハタ」17日）

随想「なつかしい秋田へ」（「朝日新聞」秋田版20日）

随想「はげまされた二著」（「秋田さきがけ」28日）

随想「文学にあらわれた子ども」（『教育』）

詩「**網走の獄にも**」（22日メモ）

二月　詩「**帯広にて**」（24日メモ）

ルポ「一**九六一年おめでとう**」（「救援新聞」）

ルポ「この子・この母―白鳥事件現地調査団に参加して」（「アカハタ」日曜版12日）

ルポ「**病躯と闘魂**」（「アカハタ」21日）

詩「**その二人は**」（メモ）

詩「**ある詩集の跋に代えて**」（メモ）

詩「**人間**」（『起点』）

三月　詩「**こころ美しき母たちへ**」（15日原稿）

社会評論「生ワクチンの交渉に参加して」（「平和ふじん新聞」）17日）

童話「やきいもやさんとハルミさん」（「山梨新聞」19日）

ルポ「**雪のなかの真実**」（『新日本文学』）

四月　小説「試練の季節（2）」（『看護学習2年』）
詩「**大橋に寄せて**」（『起点』）
後書「あとがき」（『列』）
五月　随想「山への想い」（『ハイカー』）
随想「革命的ロマンチシズム—戦前のメーデーの思い出—」（「国鉄新聞」1日）
童話「お耳のなかのピアノ」（「東海新聞夕刊」21日）
六月　詩「**新しい一ページをひらくために**」（「アカハタ」2日）
社会評論「教えられたこと」（13日原稿）
七月　随想「高鳴るこころを」（「民主青年新聞」14日）
随想「歓送」（「アカハタ」17日）
随想「ふるさとをよむ」（「秋田魁新報」31日）
八月　ルポ「**松川判決せまる**」（「アカハタ」5日）
ルポ「**松川と秋田びと**」（「秋田魁新報」22日）
九月　随想「ある母に」（「アカハタ」16日）
詩「**焔—或る朝、松川大行進賛歌のN家訪問の帰路に—**」（『起点』）
十月　随想「わが生活と読書」（「読書の友」15日）
ルポ「中国への根深い不誠実—秋田県花岡鉱山の中国人遺骨再調査に参加して」（「アカハタ」）日曜版22日）
十一月　書評「嫁のなかのエネルギー—江口渙の『花嫁と馬一匹』」（「読書の友」）
十二月　随想「冬咲く花」（「アカハタ」4日）

一九六二年（昭和三十七年）……… 五十七歳
三月、山田清三郎著『現場をみた人』の出版記念会が開催され、その発起人として参加（一日、於・総評会館）。解放運動犠牲者遺族の墓参会受付係を担当（十八日）、遺族とともに東京見物（十九日）。中国・作家出版社刊行の『驚雷集』に詩五編訳載。「松川通信」が百号を迎えるに当たり、感想を掲載。
五月、白鳥事件で水戸、前橋、新潟、長野をオルグ（二十一～二十五日）。

六月、花岡事件を題材に小説「骨」を『文化評論』に発表。中野区救援運動連絡協議会が発足（十五日）。

七月、参議院選挙で茨城県に応援に入る。「無実の被告を守る夕」を開き、松川、白鳥、青梅、あけぼの、鹿地事件等の守る会活動報告（二十日、於・百観音集会室）。

八月、原水爆禁止世界大会婦人集会に参加（六日、於・中野公会堂）。

九月、遺骨調査団三十名で花岡再調査（十六日）。

十月、新日本婦人の会結成（十九日）。「日韓会談粉砕、基地撤去、物価値上げ反対、10・21大統一行動」に参加。

十二月、新日本婦人の会東京都本部結成（一日）、都本部役員に推薦される。結成式には病気のため欠席したが詩「うつくしい日は」を寄せ、朗読される。

＊

一月　随想「オメデトー」（「アカハタ」7日）
　書評「明暗きわだつ二つの朝鮮」（「アカハタ」日曜版14日）
三月　随想「渡政のおかあさん」（「アカハタ」21日）
四月　通信「一〇〇号を祝う」（「松川通信」15日）
　社会評論「三・一八と東京見物」（「救援新聞」15日）
五月　随想「骨湯」（「アカハタ」11日）
六月　書評「実践のなかで創作する―趙樹理集―」（「読書の友」5日）
　小説「**骨**」（『文化評論』）
七月　随想「奇遇」（「アカハタ」28日）
八月　ルポ「**息子たちを母の手に**」（「アカハタ」日曜版12日）
　文学評論「詩があばれはじめたのではないか」（『起点』）
　文学評論「祖国への認識ふかめる―『静かなるドン』のゆたかさ―」（『学習の友』）
十月　随想「内職の指さき」（「アカハタ」19日）
　詩「**足のうた**」（『起点』）
十一月　書評「不屈な前衛　今なお息づく闘いの文

学」（「読書の友」15日）

十二月　詩「うつくしい日は」（「新婦人東京ニュース」20日）

一九六三年（昭和三十八年）………五十八歳

一月、『詩人会議』創刊。『文化評論』に「横田へ」を発表。

二月、志賀直哉・里見弴ら松川事件についての最高裁への要請書提出、松田も署名（二十八日）。中央慰霊実行委員として鹿島建設と会見、四月に現場検証と遺骨発掘を合意（十五日）。

三月、新日本文学会第十一回大会、反共的な指導部のもとで民主主義文学運動からの完全な変質を完成（二十七～二十九日、於・代々木区民会館）。大会後、対案を提出した江口渙、霜多正治、西野辰吉や津田孝らが「ルール違反」の名目で除名処分される。松田は大会に参加しての抗議的意見「感想」を『文化評論』に発表（六月号）。

四月、伊豆大島での教え子・佐藤新吉の町議会選挙立候補あたり応援、当選をかちとって島初の議員誕生。仙台高裁の無罪判決に対して検察が上告したことに関して、文化人一七一氏が最高裁に速やかに無罪判決を確定するよう要請文を署名・提出、松田も名を連ねる。

五月、「最近の弾圧をきく会」開く（二十八日）。

六月、遺骨発掘のため全国に一鍬運動を提唱、（九日）、三〇〇人余りが参加。

七月、松川事件の控訴時効（八月十七日）を前に、「松川事件元被告と松田解子さんを囲む会」が目黒区公会堂清水別館で開催される（十七日）。

八月、「平和と友情　青年の集い」で「第九回原水禁大会をめぐる情勢と青年の進むべき道」と題して講演（十八日、於・清水市公会堂）。

九月、松川事件全員無罪の判決が確定（十二日）。武田シモとともに小沢三千雄を励ます会に参加（二十二日）。

十一月、東京・九段会館で「慰霊事業十周年　中国人俘虜殉難者中央慰霊祭　中国紅十字代表団歓迎会」が開かれ（二十七日）、松田の詩「中国人殉難者烈士の霊に」を「ぶどうの会」の山本安英が代読。

＊

一月　詩「**門出のために握手をしよう**」（「民主青年新聞」1日）
文学評論「現実のたたかいをえがくということ」（「アカハタ」3日）

二月　小説「**〝横田〟へ**」（『文化評論』）
ルポ「**〝松川〟は見守られている**」（「アカハタ」14日）

三月　社会評論「一票はツルギ」（「アカハタ」23日）
書評「村上国治被告を育てた母親セイさんの生涯」（「アカハタ」日曜版24日）
書評「壮大な交響詩―呉源植著『金色の山々』」（『日本と中国』）

四月　感想「感想」（『けむりと音と』）

五月　書評「記録された安保闘争の根源と背景―中本たか子著『わたしの安保闘争日記』」（「読書の友」5日）
随想「母の日に思う」（「アカハタ」日曜版12日）
随想「Kさんの場合　探究心について」（『PHP』）

八月　社会評論「松川事件判決をひかえて」（「新婦人しんぶん」22日）
随想「ひとつの責務」（「朝鮮時報」31日）
追悼「山本忠平さんのこと」（『陀田勘助詩集』）

九月　アンケート「18年目の平和」（『詩人会議』）
書評「熱情的な若い世代の典型―朝鮮小説集『鴨緑江』の人間像―」（アカハタ）4日）
随想「不死の詩人陀田勘助を思う」（「アカハタ」日曜版8日）
小説「**大工の政さんとそのあとつぎたち**」（『文化評論』）

十一月　社会評論「人民の宝、首都の議席を奪い返そう」（「アカハタ」号外3日）
ルポ「**母親たちはたちあがる**」（『文化評論』）

十二月　書評「その感性と理性―『佗田勘助詩集』」（『詩人会議』）

一九六四年（昭和三十九年）………五十九歳
一月、「アカハタ」日曜版で身の上相談「人生問答」を壷井繁治、林田茂雄、北林谷栄とともに担当する（九月まで十回）。
三月、地方選挙で、郷里や農村地帯の支援に出かける。
七月、中国人民救済総会代表団歓迎のつどいを開く（十八日、於・沼袋中村宅）。
八月、第十回母親大会に参加（於・法政大学）
十二月、弾圧犠牲者救援の歳末廃品カンパ活動を行う（十三日）

＊

一月　詩**「中国人殉難者烈士の霊に」**（「華僑報」）
　　　相談回答「二つあるその意味」（「アカハタ」日曜版16日）
二月　相談回答「心を動かされそう」（「アカハタ」日曜版19日）
　　　書評「革命戦と祖国防衛戦を照らし暖めた―オリガ・ベルゴリッツ著『昼の星』」（「読書の友」10日）
三月　相談回答「職場全体で話合いを」（「アカハタ」日曜版15日）
四月　相談回答「共産党員の妻として」（「アカハタ」日曜版12日）
　　　詩**「どっしり、根を。」**（『文化評論』）
　　　書評「感銘は記録の域をこえ―『草の墓標』」（「読書の友」10日）
五月　相談回答「私は共産党員　妻は創価学会の信者」（「アカハタ」日曜版10日）
　　　相談回答「『農業破壊』のいまこそ」（「アカハタ」日曜版31日）
　　　随想「秋田を歩いて」（『議会と自治体』）
六月　相談回答「家計のことだけでなく」（「アカハタ」日曜版21日）
　　　文学評論「感想」（『文化評論』）
　　　文学評論「『橋のない川』が提示するもの」（「読書の友」30日）
　　　教育評論「投げかけられたワナ」（『教育』）
　　　書評「いまもわたしの『魂』を洗う―マクシム・ゴーリーキー『母』」（「アカハタ」1日）

七月　随想「気になること」（『文化評論』）
随想「〝苦労は馬で一駄ある〟と鉱山ではいってたが―わたしの母」（「アカハタ」日曜版12日）
詩「**時間**」（『起点』）
相談回答「家族やまわりの人をふくめて」（「アカハタ」日曜版19日）
八月　相談回答「離婚を決意したが……」（「アカハタ」日曜版23日）
文学評論「円乗純一『摂氏五十五度』」（『文化評論』）
九月　相談回答「愛情が司法試験の邪魔にならない」（「アカハタ」日曜版13日）
十月　文化評論「行った人も、行かなかった人も」（「アカハタ」12日）
十一月　書評「抵抗運動に立ちあがる農婦―レナータ・ヴィガーノ著『アニェーゼの死』」（「読書の友」30日）
随想「かえりみて」（『政界往来』）

一九六五年（昭和四十年）……………六十歳
一月、松川事件関係者の新年のつどいに参加（二十七日、於・東京港区たばこ会館。鈴木信被告や被告家族、岡林辰雄、大塚一男弁護士、三宅艶子、池田みち子のほか、山本薩夫、三国蓮太郎氏ら二百人参加）。

三月、「メーデー事件中央後援会」の「メーデー事件被告の人権を守る訴え」の共同署名人になる。

（二三日、一四〇名）。

七月、松川事件元被告による国家賠償訴訟の第一回公判が行われ（九日）、以後六十三回続く。参議院選挙の秋田地方区で立候補の鈴木清を応援のため秋田入り。

八月、新日本文学会の変質に反対して、新たな文学組織結成のための世話人会が開かれ参加（七日、十七人）、創立準備会を発足させる。第二回創立準備会（二十日）で団体名を日本民主主義文学同盟と決定。日本民主主義文学同盟創大会が開かれ幹事に選出される（二十六日、於・全電通会館。なお創立大会では常任幹事会は組織せず、この十七名の幹事会が同盟の運営に当たった）。第二回幹事会が開かれ、専門部としてルポルタージュ委員会責任者に選出された（三十日）。

九月、『東京民報』に「本管入れ」を皮切りに翌年九月にかけて、東京都政ルポ「民主都政はみんなの力で」を週一回四枚で連載開始（十九回）。花岡に「日中不再戦友好碑」建立実行員会が発足、実行委員につらなる。

十二月、『民主文学』（日本民主主義文学同盟発行）創刊。

＊

一月　書評「やさしく強いベトナムの母―ブイ・ドック・アイ著『トー・ハウ』」（「アカハタ」日曜版15日）
書評「新しい社会の建設に鋼炉のように燃えるもの―草明著『風にのり波をきって』」（「読書の友」20日）
詩「**ポラリスはいた**」（『詩人会議』）
二月　文学評論「鈴木清さんのこと」（「アカハタ」15日）
三月　社会評論「党にたぎる熱気」（「アカハタ」25日）
四月　随想「帝国憲法時代のこと」（「新婦人新聞」29日）
六月　随想「村上セイさんを憶う」（「新婦人しんぶん」17日）
詩「**このひとと　ともに**」（『文化評論』）
随想「あなたをわたしたちは忘れません」（「白鳥事件」村上せいさん追悼号）
七月　随想「忘れえぬ人」（「人」20日）
随想「山村にて」（「新婦人しんぶん」22日）
随想「ゴーリーキーの短編集の中から」（「アカハタ」25日）
八月　文学評論「哀史再読」（「アカハタ」17日）
九月　随想「タラップ」（「新婦人しんぶん」2日）
アンケート「多彩さ、豊富さを―新しい文学団体への期待」（「読書の友」10日）
ルポ「**本管入れ**」（「東京民報」15日）
詩「**受け口―ビラ入れより―**」（『起点』）
十月　ルポ「**教育扶助**」（「東京民報」1日）

ルポ「**保育所がほしい！**」（「東京民報」15日）
文学評論「未組織労働者を描きつづける作家」（「アカハタ」18日）
書評「真実の花ひらかせる」（「読書の友」20日）
随想「時間」（文学同盟中野支部「かいほう」25日）

十一月　ルポ「**ま昼の暴力**」（「東京民報」1日）
社会評論「どんな厚いとびらもこうすればひらける」（「アカハタ」2日）
随想「『水』で勝って」（「新婦人しんぶん」4日）
ルポ「**都バスのうちそと**（上下）」（「東京民報」15、12月1日）

十二月　ルポ「ここに足場が」（「東京民報」15日）
文学評論「作家の見たベトナム」（『民主文学』）

一九六六年（昭和四十一年）……六十一歳

一月、二月にかけて念願の「おりん口伝」を『文化評論』に連載。千葉県印旛郡富里村での空港反対決起大会で講演（一日、於・富里雨天体操場）。北区滝野川の東京磁石争議を取材（二十二日）。

二月、文学同盟の短編小説募集にあたり『民主文学』編集委員会の一員として選者を担当。

三月、都民の要求を伝える対都交渉が行われ、東都知事と面談する（十五日）。

五月、第一回「民主文学・文学教室」の講師として『おりん口伝』を書き終えて」を講演（十八日）。小沢三千雄を通じて国民救援会にカンパを贈る（十八日）。「日中不再戦友好碑」が建設され、除幕式で松田は「日中不再戦友好碑の前に」を献詩（二十二日）。『おりん口伝』刊行にあたって田村栄と対談「『おりん口伝』を語る」（「読書の友」二十三日付に掲載）。『おりん口伝』を新日本出版社より刊行（初版二十五日）。

六月、八海事件被告団に救援のカンパを送る（十八日）。青梅線事件被告団にカンパを贈る（十八日）。日ソ協会と民主主義文学同盟共催のゴリキー没後三十周年記念「文学シンポジウム」に出席（十九日）。松川事件国家賠償請求裁判の公判に証人として出廷（二十三日）。

八月、文学同盟創立一周年祝賀懇親会に出席（二十六日、於・全自交会館）。

九月、新婦人しんぶんの企画「『おりん口伝』を読んで」に参加（出席者・細井光子、中野好子、安藤和枝、朝野雪江、村松保枝〈司会〉。十五日付掲載）。

十月、日本共産党第十回大会に参加（二十四～三十日、於・東京世田谷区民会館）、発言が『前衛』（六七年一月号）に、感想が「赤旗」に掲載される（十一月六日）。『民主文学』の座談会「現実をどうとらえるか」に参加（出席者・蔵原惟人、金達寿、霜多正次、西野辰吉、佐藤静夫（司会）。一、二月号に掲載）。

この年、「東京磁石」（二月）はじめ多くのルポを『東京民報』に執筆。

＊

一月　書評「グェン・バン・チョイの妻の記録」（「読書の友」1日）
ルポ「観光資本本位から住民の町へ」（『東京民報』15日）
ルポ「**椿と御神火の大島に農民組合のいぶき**」（『東京民報』）
随想「富里にて」（「新婦人しんぶん」27日）
小説「**おりん口伝**（上）」（『文化評論』）
文学評論「一つの課題」（『民主文学』）
二月　ルポ「東京磁石で」（「東京民報」1日）
ルポ「アヒルのように」（「東京民報」15日）
小説「**おりん口伝**（下）」（『文化評論』）
小説「あおみどろ」（『民主文学』）
三月　ルポ「小暮藤三さんを悼む（上下）」（「東京民報」1、15日）
随想「3月15日の約束」（「新婦人しんぶん」31日）
四月　随想「ムシロ旗」（『起点』）
ルポ「九牛の一毛」（「東京民報」1日）
ルポ「**老人の要求**」（「東京民報」15日）
文学評論「主題と方法」（『民主文学』）
書評「人民がかいた叙事詩―『松川運動全

史』」（『民主文学』）
五月　ルポ**「民族教育を守ろう」**（「東京民報」1日）
ルポ「一番下は下同士（上下）」（「東京民報」11、21日）
随想「メーデー後」（「新婦人しんぶん」14日）
詩**「献詩〈2〉」**（『日中不再戦有効碑建立記念しおり』22日）
文学評論「記録からの上昇」（『民主文学』）
後書「あとがき」（『おりん口伝』）
六月　ルポ「『磁石』その後（上中下）」（「東京民報」1、11、21日）
随想「ある二少女をとうして」（『世に出てゆく君たちに』）
七月　ルポ「ちいさな工場でも組合を（一〜四）」（「東京民報」1、11、21、8・1日）
随想「つながり」（「東京民報」21日）
書評「ゴーリーキー母ほか短編小説」（「読書の友」25日）
随想「若い人たちと話しあって」（「民主青年新聞」27日）
八月　婦人評論「女性もまた理論の書を」（「あかつき書店ニュース」15日）
ルポ「出稼ぎ（上下）」（「東京民報」21、9月1日）
九月　ルポ**「東京磁石」**（『民主文学』）
随想「わかい先生」（「新婦人しんぶん」29日）
十月　ルポ**「証人に立って」**（『文化評論』）
随想「奥入瀬の急流をかたえに湖畔へ」（『民主青年新聞』5日）
書評「あらしに向かってたたかった作家同盟の熱気—江口渙著『たたかいの作家同盟記（上）』」（「赤旗」16日）
十一月　社会評論「このみのり、この武器—日本共産党第十回大会に参加して」（「赤旗」6日）
随想「歴史の任務を担うのにふさわしい若者の隊列」（「民主青年新聞」19日）
随想「よき相談役であってほしい」（「読書

の友」21日）
十二月　文化評論「感銘を生きいき再現―記録映画「日本共産党第十回大会」を見て」（「赤旗」13日）
感想「すばらしい団結の力」（「朝鮮時報」17日）
書評「人民のための法律家の姿―松本善明著『このみちひとすじに』」（「東京民報」24日）
随想「病人一家となったとき」（『母と子』）

一九六七年（昭和四十二年）………六十二歳
一月、総選挙にあたり各地で応援の遊説。青森（9日）、東京、大阪（二十三～五日）、和歌山（二十六日）、東京（二十八～九日）。『民主文学』に「続おりん口伝」を連載（十二月まで）。連載中に「おりん口伝」に対し第八回田村俊子賞を受賞。

二月、この頃から変形骨折症で病院通いを続ける。第二回「文学教室」の講師を務める。日中友好協会理事を務める。在日華僑学生や日中友好協会を脱退した毛沢東盲従分子らが友好協会本部事務所のある善隣会館を襲撃（二十八～三月四日）、抗議の論陣を張る。

三月、文学同盟第二回大会が開かれ、常任幹事に選出される（二十一日）。

九月、『食生活』誌からインタビューを受け「貧苦がなくなるまで生きて書きたい」と応じる（十月号掲載）

＊

一月　随想「どじょうのうたから」（「新婦人しんぶん」12日）
社会評論「二つの点で―日本共産党の文化政策に期待する」（「赤旗」日曜版15日）
随想「本音と手の裏」（『文化評論』）
小説「**続・おりん口伝**（一）」（『民主文学』）
文学評論「わが党の路線と文学創造について」（『前衛』臨時増刊号）
ルポ「選挙をとおして」（「赤旗」3日）
二月　文学評論「江東の文学サークル（一～四）」（「読書の友」6、13、20、27日）
随想「もう一つの表情」（「新婦人しんぶ

ん」16日）
三月　小説「**続・おりん口伝**（二）」（『民主文学』）
社会評論「だれがだれを襲撃したのか」（「東京民報」18日、『文化評論』5月号再録）
小説「**続・おりん口伝**（三）」（『民主文学』）
推薦文「この呻きとこの叫び」（『出稼ぎのうた　第2集』）
四月　随想「俳優の声」（「新婦人しんぶん」13日）
小説「**続・おりん口伝**（四）」（『民主文学』）
五月　随想「初参加の思い出」（「赤旗」1日）
社会評論「攻撃とのたたかい」（「民主青年新聞」3日）
小説「**続・おりん口伝**（五）」（『民主文学』）
六月　随想「問答」（「新婦人しんぶん」15日）
書評「ゴーリキー『母』のニーロヴナ」（「民主青年新聞」28日）
小説「**続・おりん口伝**（六）」（『民主文学』）
七月　随想「読書のすすめ」（「民主青年新聞」17日）
小説「**続・おりん口伝**（七）」（『民主文学』）
八月　社会評論「会員無視の『決議』は無効」（「赤旗」10日）
小説「**続・おりん口伝**（八）」（『民主文学』）
九月　書評「人間味あふれるマルクス像―土屋保男著『革命家マルクス』」（「新婦人しんぶん」7日）
随想「ひとつのたより」（「新婦人しんぶん」14日）
小説「**続・おりん口伝**（九）」（『民主文学』）
十月　随想「もうひとつの表情」（「新婦人しんぶん」7日）
随想「節ちゃんへ」（『学習の友』）
小説「**続・おりん口伝**（十）」（『民主文学』）
十一月　随想「『国葬』寸感」（「新婦人しんぶん」）
小説「**続・おりん口伝**（十一）」（『民主文学』）
十二月　小説「**続・おりん口伝**（完）」（『民主文学』）
一九六八年（昭和四十三年）………六十三歳
二月、小林多喜二没後三十五周年記念の会で、多喜二との講演旅行の話をする（二十日）。

四月、アメリカ大統領ジョンソンがベトナム戦争に関し北爆を部分停止すると演説、その欺瞞性について「赤旗」に談話を発表（四日）。田村俊子賞授賞式に出席（十六日、鎌倉・東慶寺）。「おりん口伝」が弘前演劇研究会で舞台化される（十九日）

五月、東京芸術座第二十二回公演「おりん口伝」が東京・読売ホールで上演される（十一日。脚色・大垣肇、演出・村山知義）、ベトナム日本友好協会代表団も観劇。翌六九年三月から全国公演（八月まで五七市）。座談会「出版された『母の歴史』」に参加（出席者＝主婦・今井ヤス子、事務員・鎌田みち子、新婦人・小杉志げ、事務員・中川和子、保母助手・福田ツユ子。『新婦人しんぶん』九月十六日付に掲載）。

六月、参議院選挙の公示にあたり新宿駅での勝間田社会党委員長の演説を聞き、感想を「赤旗」日曜版に寄稿（十三日）。村上国治即時釈放要求中野連鎖集会で挨拶（二十五日）。『続おりん口伝』を新日本出版社より刊行。

八月、文学同盟三周年記念懇談会に出席（二十五日、於・金属労働会館）。

九月、「おりん口伝」上演（関西芸術座）。

十月、座談会「いつ、どこで、なにを詩にするか」に参加（出席者・小森香子、滝いく子、草鹿外吉〈司会〉。『詩人会議』十月号に掲載）。

十一月、名古屋演劇集団が作間雄二脚色「おりん口伝」を公演（八、九日。於・名古屋市公会堂）。

＊

一月　書評「明日を切開く励まし―『全鉱20年史』に寄せて」（「ぜんこう」1日、「東京民報」1日）
　文学評論「「のこりやま」の兵馬―わたしの好きな労働者像」（『学習の友』）
　書評「人民解放の先頭にたつ著者に感動―米原いたる著『私のあゆんだ道』、小笠原貞子著『あゆみ』」（「東京民報」1日）
二月　随想「読むことと書くことと」（文学同盟中野支部「かいほう通信」19日）
三月　文学評論「ゴーリーキイとわたし」（『民主

文学』）
四月　文学評論「『続おりん口伝』を書き終えて」（「読書の友」1日）
社会評論「舌より手足を見る―ジョンソンのペテン演説」（「赤旗」4日）
随想「そこから先」（「サンケイ」7日）
社会評論「ふみにじられている人権」（「赤旗」19日）
随想「そのきざはしとして」（「救援新聞」20日）
随想「ありがとう青森県労演のみなさん」（弘前演劇研究会『おりん口伝』公演パンフレット）
書評「この運命と、この体制―水上勉『西陣の女』を読んで―」（「読書の友」6日）
五月　随想「故郷につながる人々」（東京芸術座『おりん口伝』公演パンフレット）
詩「**ふるさとへ**」（東京芸術座『おりん口伝』公演パンフレット）
文学評論「思い出す母性像」（『文化評論』）
六月　社会評論「ことばの通りを―四党首の演説を聞いて」（「赤旗」28日）
八月　書評「『旗』がきり開いたもの」（「赤旗」7日）
随想「そのころのわたしの詩―ナップのころ」（『詩人会議』）
書評「北村愛子第二詩集『工場の中で』について」（『起点』）
文化評論「『おりん口伝』上演など」（『起点』）
社会評論「ズック靴」（『民主文学』）
九月　文学評論「深尾須磨子『サンフランシスコへの応酬』」（「赤旗」8日）
文化評論「大阪公演によせて」（関西芸術座「おりん口伝」公演パンフレット）
十月　文化評論「舞台の『回転軸』」（『民主文学』）
十二月　文学評論「今も生きる『おりん』」（「赤旗」10日）

一九六九年（昭和四十四年）……… 六十四歳
一月、「赤旗」連載の「うちのおばあちゃん」完結にあたって、執筆者との座談会「うちのおばあちゃんを終わって　お嫁さんの話し合い」に参加（出席者＝教師・長壁澄子、主婦・伊藤文子。「赤旗」三十日〜三十一日付に掲載）。『民主文学』の創作合評会に参加（出席者・津上忠、北村耕。三月号掲載）。

二月、「おりん口伝」（正・続）が第一回多喜二・百合子賞を受賞。同日夜、民主主義文学同盟・多喜二・百合子研究会主催の「多喜二・百合子を偲ぶ夕べ」が開催され参加。窪田精、蔵原惟人、江口渙らが挨拶（二十日、於・東京私学会館）。多喜二・百合子賞受賞にあたって『文化評論』編集部・津田孝からインタビューを受ける（『文化評論』四月号、「松田解子・人と作品」）。同時受賞者・伊東信と対談（「作家の仕事」『民主文学』四月号掲載）。

三月、文学同盟第三回大会で常任幹事に選出される（二十三日、於・牛込公会堂）。「創作合評」に参加（出席者・中里喜昭、山岸一章。『民主文学』三月号に掲載）。

四月、文学同盟の第五回「文芸大学講座」が四月八日開講、講師を務める（日本都市センター）。松川事件国家賠償裁判第一審で勝訴（二十三日）。

五月、「磁歴一話」をめぐって、民主文学東京北支部を中心に拡大例会が開かれ参加、奈良憲が報告。

六月、松本清張、手塚英孝らとともに、日本共産党を励ます「文学者後援会」の結成呼びかけ人となる。

九月、白鳥事件について「真実に生きることの意味」（『赤旗』）。

＊

一月　文学評論「宮本百合子さんからの手紙」（「赤旗」）

二月　書評「厳密な事実の展開—山田清三郎『小説白鳥事件』」（「赤旗」日曜版16日）

書評「名前の重さに光をあてる—寿岳章子著『女は生きる』」（「読書の友」17日）

三月　文学評論「『安保』と文学」（「読書の友」2日）

随想「人間をこよなく愛すること」（「日中友好新聞」17日）

四月　文化評論「『夕鶴』（山本安英の会）」（『文化評論』）
　　　随想「飯場の中の青春」（『学習の友』）
五月　社会評論「原告と見守る」（「松川通信」15日）
　　　文学評論「『わけしいのちの歌』から」（「新婦人しんぶん」1日）
六月　小説「磁歴一話」（『民主文学』）
七月　小説「門」（『民主文学』）
八月　随想「懐郷」（「毎日新聞」21日）
九月　書評「真実に生きることの意味―山田清三郎『小説白鳥事件（第二部）』」（「赤旗」15日）
　　　随想「わたしの処女作」（「文学新聞」15日）
　　　随想「今月のことば」（『学習の友』）
十月　書評「独自性とリアリティ―南原湖実著『なにを見んとて野に出でしか』」（読書の友）13日）
　　　随想「見ずにはいられない」（「赤旗」30日）
　　　社会評論「そろえて死地へやる法案」（『民主文学』）
十一月　随想「ヤマ・山」（『大法輪』）
十二月　書評「『宮本百合子選集第十二巻』」（『前衛』）
　　　ルポ「**疼く思い**」（『文化評論』）

一九七〇年（昭和四十五年）……………六十五歳
一月、労働体験のため「大沢はな」名で大沼とともに千葉県・行徳の工場へ一ヶ月間通う（二十四日から）。

八月、松川事件国家賠償請求裁判第二審で勝訴（一日）。

十一月、民主青年同盟主催の村上国治『網走獄中記』感想文コンクールの選者を努める。「おりん口伝」をめぐって歴史学者・塩田庄兵衛と対談（「人民闘争をどうつかむか」、『歴史評論』七一年一月号掲載）。

十二月、『民主文学』に「リンドーいろの焔の歌」をはじめ安保闘争を題材にした連作を始める。

＊

一月　アンケート「現代のルポを」（「文学新聞」15日）

二月　書評「ゆれ動く不明確な主題―平林たい子『鉄の嘆き』」（「読書の友」16日）

文学評論「宮本百合子再読ノート」（『民主文学』）

三月　文学評論「『仮のねむり』について」（「赤旗」4日）

文化評論「『ああ野麦峠』（劇団民芸）」（『文化評論』）

随想「秋田のこども」（『季刊・げき』春季号）

五月　推薦文「すいせんのことば（村上国治『網走獄中記』）」（「新婦人しんぶん」14日付広告）

ルポ「**春一便**」（『民主文学』）

随想「S・Yさんと『国家と革命』と」（『文化評論』）

随想「書くということ」（『青年運動』）

八月　書評「『冬の峠』を読んで（上下）」（「読書の友」17、24日）

九月　文学評論「書くことの前に」（『文学入門』）

十月　随想「十九歳で反戦詩を書く」（「文学新聞」1日）

十二月　文学評論「歴史と人生の筋骨―『泥亀とすっぽん』の個性―」（「赤旗」5日）

随想「おかみさんとは？」（「新婦人しんぶん」10日）

小説「**リンドーいろの焔の歌**」（『民主文学』）

一九七一年（昭和四十六年）………六十六歳

四月、江口渙の要請で足尾市長選出馬の福島和夫候補の応援に入る。

五月、文学同盟第四回大会で常任幹事に（五日、於・読売ランド地方学生ホテル別館）。野坂参三『風雪のあゆみ（一）』刊行にあたっての読後感の座談会に参加（出席者＝労働運動史研究家・塩田庄兵衛、青年問題研究家・森住和弘、佐々木季男〈司会〉。「赤旗」三十日付掲載）。

七月、文学同盟の「海の文学学校」で「戦後文学と女性像」を講演予定のところ、骨粗鬆症腰椎骨折で緊急入院（十二日）。

十月、花岡に「日中不再戦友好碑をまもる会」発足。中国共産党の介入で日中友好協会が分裂している折から、日中友好協会花岡支部（非分裂）が名称を変えたもの。

十二月、文学同盟の沖縄視察団派遣カンパへのお礼に使う色紙を作成。

＊

一月　文学評論「燃える憎愛の溶炉―土井大助詩集『個人的な声明』」（「赤旗」11日）
社会評論「青春の課題と百合子の文学」（「学生新聞」20日）
書評「山岸一章『革命と青春』」（『文化評論』）
小説「水時計はからになる」（『民主文学』）
二月　文化評論「示唆深い記録」（「赤旗」5日）
文学評論「百合子の滞欧日記と未発表書簡に思う」（『読書の友』15日）
三月　書評「刻みこんだ戦争―大智嘉子詩集『ふらいぱんの歌』」（『詩人会議』）
四月　書評「背景に大家族制の暗闇―江夏美好著『下々の女』」（「赤旗」10日）
五月　随想「春日さんと私」（「赤旗」26日）
書評「胸にせまってくるもの―早乙女勝元著『東京大空襲』」（『青年運動』）
随想「五人のひとの五つの人生」（『文化評論』）
小説「坂」（『民主文学』）
七月　文学評論「ルポルタージュの書き方」（「学生新聞」28日）
小説「雨滴」（『民主文学』）
十月　書評「人間的な高さと豊かさ―ポドリャシユーク著『革命家として、母として』」（「新婦人しんぶん」7日）
文学評論「息子への愛から全労働者の母へ―ゴーリキイ著『母』の主人公」（「新婦人しんぶん」21日）
十二月　随想「関淑子さんのこと」（「風雪」15日）

一九七二年（昭和四十七年）………六十七歳
一月、戦前の短編を集めた『乳を売る』を日本青年出版社から刊行。

二月、中野文化問題連絡会議主催の「小林多喜二没後三十九周年記念集会」で講演（十五日）、集会後、「小林多喜二」映画化の進行状況が報告された。

三月、日本国民救援会会長・難波英夫死去に際し、告別式に参列（九日、於・平和と労働会館）。足尾銅山不当解雇反対裁判闘争の第十回公判を傍聴。映画「小林多喜二」（ほるぷ映画社、代表・今井正）の製作運動が開始され、基金協力に応じる。

五月、メーデー事件中央後援会刊『広場の証言―写真で見るメーデー事件』扉に「あの日の血はぬぐわれても、人民の怒りと真実は消えない」と揮毫（一日発行）。「花岡事件おぼえがき」（週刊「日中友好新聞」連載、二十回）。小林多喜二生誕一〇〇年・没後七〇周年記念公演「小林多喜二―早春の賦―」公演にあたり、劇団新人会の滝田和子からインタビューを受ける（公演パンフレットに「『蟹工船』は一枚の板の上に日本中の搾取された労働者階級がのっている」掲載）。

六月、『地底の人々』改定版を民衆社より刊行。

七月、建設一般全日自労の全国交流集会で講演（十二日、於・石川県山中町）。

十月、小林周《かね》とともに大館の田畑市蔵（『地底の人々』定吉のモデル）を訪ね、新工場が操業されている花岡を現地取材。

十一月、「日中友好新聞」に「花岡その後」（上・下）を発表（三、十日）。東京芸術座が「おりん―続おりん口伝より」を上演（村山知義・脚色演出）。大沼が治安維持法国家賠償要求同盟中央本部常任幹事に選出される（五日）。

十二月、第三詩集『坑内の娘』を秋津書店から刊行。『文化評論』の連載・現代文学をどう読むか(10)で、高井有一「遠い日の海」、後藤みな子「刻を曳く」について草鹿外吉、長谷川綾子と座談（『文化評論』一九七三年一月号掲載）。

＊

一月　随想「忘れられぬ備前盾」（「学生新聞」12日）

随想「鉱山の子らを守って」（「赤旗」15日）
随想「極寒に襲う激痛に苦しむ」（「文学新聞」15日）
文化評論「『母』（東京芸術座）」（『文化評論』）
後書「あとがき」（『乳を売る』）
書評「壺井繁治と、その全詩集への最初のメモ」（『詩人会議』）

三月　文化評論「感銘深い人間像」（「赤旗」1日）
文学評論「弾圧にも貧窮にもさらりと耐えた女」（「新婦人しんぶん」16日）

五月　社会評論「**花岡事件おぼえがき**（一～二）」（「日中友好新聞」19、26日）
随想「懐郷」（『月刊学習』）

六月　社会評論「**花岡事件おぼえがき**（三～七）」（「日中友好新聞」2、9、16、23、30日）
詩「この党とともに」（「赤旗」8日）
後書「あとがき」（『地底の人々』改定版）

七月　社会評論「**花岡事件おぼえがき**（八～十一）」（「日中友好新聞」7、14、21、28日）
自伝「人びとのなかで（一）」（『婦人通信』）

八月　社会評論「**花岡事件おぼえがき**（十二～十四）」（「日中友好新聞」4、11、25日）
自伝「人びとのなかで（二）」（『婦人通信』）

九月　文学評論「民族・戦争・歴史――『地底の人々』再推敲を終えて」（「文学新聞」15日）
社会評論「**花岡事件おぼえがき**（十五～十九）」（「日中友好新聞」1、8、15、22、29日）
自伝「人びとのなかで（三）」（『婦人通信』）

十月　随想「ある集まりから」（「赤旗」8日）
社会評論「**花岡事件おぼえがき**（二十）」（「日中友好新聞」13日）
書評「真実に包まれる思い―栗田みどり著『太陽をめざして』」（「赤旗」31日）
推薦文「すぐれた反戦文学」（中川利三郎『風の足音』）

十一月　自伝「人びとのなかで（四）」（『婦人通信』）
『「おりん口伝」に寄せて」（「『おりん口伝』を観る中野の集いニュース」１日）
社会評論「花岡その後（上下）」（「日中友好新聞」３、10日）
書評「『極限』の悲惨を描く―曽野綾子著『切りとられた時間』」（「赤旗」６日）
書評「少年の目で追求―岸武雄著『化石山』」（「日中友好新聞」17日）
社会評論「明せきな解明ぶり―四区松本善明候補」（「赤旗」24日）
随想「秋田のやまの女たち」（東京芸術座『おりん』公演パンフレット）
随想「気になること」（『文化評論』）
十二月　自伝「人びとのなかで（五）」（『婦人通信』）
社会評論「平和・中立の国政に―党首は訴える」（「赤旗」８日）
書評「労働者作家の記念碑―熱田五郎著『うつくしき曇天の街』」（「赤旗」23日）
後書「あとがき」（『坑内の娘』）
自伝「人びとのなかで（六）」（『婦人通信』）

一九七三年（昭和四十八年）………六十八歳
一月、宮本百合子二十二回忌で、百合子の思い出を講演（二十一日、於・小平霊園）。

五月、壺井繁治、早乙女勝元ら九十三人とともに、小選挙区制に反対する声明を発表（十二日）。村山知義作「暴力団記」を初めて観る（十五日、於・都市センターホール）。「おりん口伝」に登場する永岡鶴蔵の末裔・中冨兵衛から突然の来信（二十八日）、伝記執筆の協力を乞われる。

六月、中冨兵衛の訪問を受ける。

八月、元衆議院議員・刈田アサノ死去（五日）、党葬に参加（二十三日）。

九月、ルポルタージュ集『疼く戦後』を民衆社から刊行。

十月、戦後の短編を収めた『またあらぬ日々に』を新日本出版社から刊行。

＊

一月　随想「明日にむかって」（「婦民新聞」１日）
三月　文学評論「徳永さんを憶う」（『文化評論』）

四月　婦人評論「働く女の像」(『学習の友』)
書評「『江口渙自選作品集』」(『民主文学』)
書評「純粋・誠実な共産主義的青年像―手塚英孝著『落葉をまく庭』」(『青年運動』)
五月　随想「やま歩き」(『小笠原流挿花』)
追想「坂井徳三の思い出」(『詩人会議』)
七月　文学評論「事実と表現の間」(『詩人会議』)
随想「銅鑼の音」(弘前演劇研究会『たんぽぽ』)
九月　書評「現代人への鋭い問い―宮本百合子著『文学にみる婦人像』」(「赤旗」3日)
後書「あとがき」(『疼く戦後』)
十月　後書「解説・あとがき」(『またあらぬ日々に』)
十一月　社会評論「江東での二十代」(『青年運動』)
十二月　随想「つけるクスリがない」(『民医連医療』)
随想「ひとつの町に」(「赤旗」16日)
教育評論「幼いいのちと一冊の本」(『子どものしあわせ』)
後書「あとがき」(合本『おりん口伝』)

一九七四年(昭和四十九年)………六十九歳

一月、『おりん口伝』(正、続)を合本として改めて新日本出版社より刊行。

三月、「おりん母子伝」第二章までを『民主文学』に発表。深尾須磨子死去、弔意を届ける(三十一日)。

八月、及川和男『深き流れとなりて』出版記念会に参加、発言。

九月、「おりん口伝」について、文芸誌『群狼』の稲沢潤子からインタビューを受ける(『群狼』十二月創刊号に「作家を訪ねて(1)松田解子さん『おりん口伝』をめぐって」掲載)。

十月、荒川鉱山出身者で作る「荒川会」の会合があり百二十名参加(十日、保谷市)。

十一月、長編『おりん母子伝』を新日本出版社から刊行。部落解放同盟朝田一派による集団リンチが行われた八鹿高校事件の現地調査報告集集会に参加(三十日、於・渋谷全理連ビル)、報告への感想が「東京民報」に掲載される(十二月八日)。「赤旗」からインタビュー(桜井幹善記者)を受ける(十二月二十三日付掲載)。

十二月、『月刊学習』に党活動ルポ「こんなちっちゃな子を連れて…」を発表。

＊

一月　随想「なつかしい本たち」（「文学新聞」）
二月　書評「豊かな人間味―上田耕一郎『私の戦後史』」（「東京民報」17日）
三月　小説**「おりん母子伝」**（『民主文学』）
四月　追悼「深尾須磨子さんを憶う」（「文学新聞」15日）
五月　書評「愛と誠実をつらぬく強さ―オット・ルードヴィッヒ『天と地の間』」（『新婦人しんぶん』16日）
社会評論「総括から得たもの」（『文化評論』）
六月　社会評論「衣食奪って礼節を説教」（「赤旗」22日）
文学評論「小林多喜二『一九二八年三月十五日』の工藤とお由」（『労働・農民運動』）
七月　随想「わが見たる紫陽花」（「赤旗」1日）
追悼「谷口善太郎さん」（「赤旗」14日）
随想「ゾロデモ」（「赤旗」29日）
八月　書評「歴史を生きた青春―及川和男『深き流れとなりて』」（「東京民報」18日）
随想「土の顔を」（「赤旗」26日）
随想「読者」（「赤旗」23日）
九月　随想「秋の思い」（「赤旗」21日）
十月　随想「この腐敗と、この物価高に…」（「赤旗」5日）
十一月　随想「遺稿」（「赤旗」18日）
十二月　随想「ふるさとの顔」（「秋田さきがけ」16日）
ルポ**「こんなちっちゃな子を連れて」**（『月刊学習』）

一九七五年（昭和五十年）………七十歳

一月、作家・間宮茂輔を代々木病院に見舞う（六日）、間宮は十二日逝去。作家同盟時代から慕ってきた江口渙死去、葬儀に列席（三十日、於・青山斎場）、「文学の父、江口さん」を『民主文学』に発表。塩田庄兵衛と対談「ふるさとに文学を求めて―『おりん口伝』『おりん母子伝』をめぐって」(「赤旗」二十五〜二月八日。八八年八月塩田庄兵衛対談集『人生案内』に収録)。

二月、「花岡事件の惨劇」を発表(『ドキュメント昭和五十年史　第四巻「太平洋戦争」』)。都知事選で同和行政を巡る社・共共闘問題について上田誠吉らと談話発表(二十二日、赤旗)。詩人会議で講演「回想・昭和初期の女流詩人」(『詩人会議』四月号に掲載)。

五月、文学同盟第六回大会で幹事に選出される(四日、於・自治労会館ホール)。

七月、花岡事件のシナリオ「勲章の川」作者・本田英郎と対談「『花岡事件』をどう伝えるか」(「日中友好新聞」二日掲載)。

八月、クアラルンプールで日本赤軍が起こした大使館襲撃事件について、自民党の泳がせ政策との談話を「赤旗」に発表。

夏、「伸びる会」の主要メンバーが再会。

九月、「赤旗」連載「『日独伊防共協定』前後」でインタビュー掲載(四〜六日)。四日死去した壺井繁治の詩人会議葬に出席、閉会の辞を述べる(四日、於・新宿千日谷会堂)。

十月、解放運動犠牲者遺族会・三多摩いしずえ会の創立30周年集会に参加。

十一月、高島平団地文化祭で講演「妻・母・文学」(二日、於・団地集会室。七八年三月、『高島平文芸』掲載)。秋田市郊外に住む妹宅訪問(十六日)。秋教組雄勝支部主催の文化講演会で「おりん口伝と女の生きがい」を講演(二十日、於・雄勝教育会館)。わらび座有志らと荒川鉱山を訪ねる。朝日新聞連載企画「私のウーマンリブ―国際婦人年に寄せて」でインタビューを受ける(二十七日掲載)。

十二月、十年ぶりに訪れたわらび座で「新春座談会」、原由子、茶谷十六、奥田成子氏が出席(『わらび新聞』一九七六年一月一日付掲載)。

＊

一月　随想「新年にあたって」(「中野の広場」1日)
　　随想「本について」(『青年運動』)
二月　ルポ「花岡事件の惨劇」(『ドキュメント昭

和五十年史4』）
三月　随想「一枚の写真から」（『婦人通信』）
随想「ひとすくいの土」（「文学新聞」15日）
書評「にじみ出る批判精神―江口渙著「少年時代」」（「赤旗」31日）
追悼「『あらがね』の作者間宮茂輔氏」（『文化評論』）
追悼「うかぶ面影」（国民救援会千代田総支部刊『町沢時治を偲んで』）
四月　随想「言い分け」（『民主文学』）
社会評論「日本の理性の勝利へ」（「赤旗」9日）
追悼「文学の父、江口さん」（『民主文学』）
五月　随想「娘たちへ―豊かな可能性」（「赤旗」18日）
随想「目の底の絵」（『わらび』）
自伝「鉱山に生きた日々から」（国民文庫『ひたすらに生きて』）
七月　随想「忘れられないお店」（「全国商工新聞」7日）

社会評論「心をよぎるもの―日本共産党創立53周年によせて」（「赤旗」15日）
八月　随想「行列」（「全国商工新聞」4日）
文化評論「革新の本義貫く―『赤旗ニュース』映画」（「赤旗」11日）
九月　随想「長生き」（「全国商工新聞」8日）
十月　随想「五ヶ月の命を克服した孫」（「文学新聞」15日）
随想「作品の堆肥づくり」（『科学と思想』）
十一月　書評「自ら歩んだ婦人解放の歴史―勝目テル著『未来にかけた日々』」（「新婦人しんぶん」27日）
随想「富士」（「全国商工新聞」3日）
追悼「壺井さんとその全詩集」（『民主文学』）
追悼「壺井さんを憶う」（『詩人会議』）
随想「育つ日の恵み」（『母のひろば』）
随想「働く者すべてのよろこび」（『小坂鉱山労働組合創立30周年記念誌』）
十二月　随想「訪郷」（「全国商工新聞」8日）
社会評論「ぬきさしならぬ問い」（「赤旗」

23日）

小説「**世の樋**」（『民主文学』）

一九七六年（昭和五十一年）………七十一歳

一月、宮本百合子没後二十五周年記念の夕に参加（二十日、於・神田共立講堂）。衆議院本会議で民社党・春日一幸委員長が戦前の治安維持法被告に関わる反共・違憲発言を行う。直ちに「赤旗」（一月二十八日、三月十三日、九月三十日付）、『文化評論』、『民主文学』（ともに四月号）などに抗議の論陣を張る。

三月、学者・文化人六十二氏とともに「秋田市の就学援助の認定基準改悪反対」をアピール、地方選挙での共産党必勝の談話を発表（十一日、「赤旗」）。春日違憲質問など治安維持法等被告事件に関する全般的論文を特集した『文化評論』臨時増刊号が緊急出版され、読後感を「現在の政治悪も照らす」と「赤旗」に発表（十三日）。第二十期「民主文学・文学教室」の講師を務める。ロッキード疑獄事件で「がんばれ、労働組合」との談話を国民春闘新聞に発表。

四月、布川事件（一九六七年発生）被告の桜井昌二から支援を訴える手紙が届く（九日）。

五月、布川事件被告の杉山卓男から支援要請の手紙届く（二十二日）。

六月、「桃割れのタイピスト―続・おりん母子伝」を『文化評論』に十二回連載（七七年五月号まで）。市民塾第三期（足尾）で「渡り鉱夫と友子制度」と題して講演（二十日、於・梁瀬町仮面館）。塩沢富美子著『野呂栄太郎の思い出』出版記念会で講演（二十六日、於・世田谷区商工センター）。

七月、第三十回岩手県母親大会（八日、於・岩手公会堂ホール）で「平和に生きる」と題して講演。中冨兵衛『永岡鶴蔵伝』出版に際し、推薦の言葉を寄せる。出版記念会に参加（三十日、於・奈良市）。

八月、物故後一年となる吉田誠子を偲ぶ食事会に参加（十日、於・和田洋子宅）。

九月、第九回親と教師の会（五日、於・秋田県小坂小学校）で「母の生きかたと教育」と題して講演。青森津軽の教育研究会で「私のもとめる教育」と題して講演。春日反共発言に関し談話発表（「赤旗」三十日）。

十月、第二十一期「民主文学・文学教室」で講師を務める。中川利三郎を励ます大集会（二十九日、於・県民会館、六百名参加）で挨拶。

十一月、「日本共産党をはげます文学者の会」機関紙創刊号を発行、発行の世話人となる（一日）。

十二月五日投票の第三十四回総選挙にあたり、日本共産党支援の談話を発表（十四日、「赤旗」）。秋田郊外の妹を見舞う（十六日）。教職員のつどいに参加（二十日、於・湯沢市教育会館）。

＊

一月　随想「秋田の旅から帰って」（「羽後民報」1日）
　婦人評論「絶望の果てで」（『新しい女性』）
二月　随想「生きることと文学と」（勤労通信大学第8期基礎コース月報『明日へ』）
三月　社会評論「バッケ（蕗のとう）の選挙に」（「赤旗」東北版12日）
　随想「難波先生を想う」（『国民融合通信』）
四月　随想「記念の夕に参加して」（多喜二・百合子研究会『会報』）
　随想「創刊五〇〇号を祝って」（「東京民報」4日）
　随想「この一票を磨ぎに磨いで」（「赤旗」日曜版11日）
　社会評論「背筋を走る寒む気」（『文化評論』）
五月　社会評論「春日発言に思う」（『民主文学』）
　随想「母校」（『住民と自治』）
六月　文学評論「ゴーリキーの文学」（「民主青年新聞」16日）
　小説「**桃割れのタイピスト**（一）」（『文化評論』）
　随想「母親として生きるとき」（『子どものしあわせ』）
七月　書評「『家族・私有財産及び国家の起源』『日本資本主義発達史』『野呂栄太郎の想い出』」（「緑の旗」20日）
　小説「**桃割れのタイピスト**（二）」（『文化評論』）

八月　随想「感覚と考え」（『部落』）
　　　選評「緊張感を持って」（『詩人会議』）
　　　書評「青春の輝きを確かなものに—西沢舜一著『愛とモラル』」（「赤旗」23日）
　　　小説「**桃割れのタイピスト**（三）」（『文化評論』）
　　　随想「悔い」（『土とふるさとの文学全集月報⑩』）
九月　小説「**桃割れのタイピスト**（四）」（『文化評論』）
十月　文学評論「尽きない人間への関心」（「文学新聞」15日）
　　　小説「**桃割れのタイピスト**（五）」（『文化評論』）
十一月　随想「忘れ得ない言葉」（徳永直文学碑をつくる会「会報」5号）
　　　社会評論「共産党の躍進を」（「文学者の会会報」）
　　　婦人評論「政治を変革できる力」（「赤旗」21日）
　　　文化評論「清しく覇気に満ちて—「党首遊説」をみて—」（「赤旗」30日）
　　　小説「**桃割れのタイピスト**（六）」（『文化評論』）
十二月　随想「待ちのぞむ日々へ」（『ちいさいなかま』）
　　　小説「**桃割れのタイピスト**（七）」（『文化評論』）

一九七七年（昭和五十二年）……… 七十二歳
一月、東京地裁支部村本寿子（東京簡易裁判所事務官）からインタビューを受ける（「全司法新聞」二十五日付掲載）。二十七日、ロッキード事件で逮捕された田中角栄の裁判が東京地方裁判所で始まったのを受けて談話を発表（二十八日、「赤旗」）。民教研主催の講演会（二十九日、於・浦和市）で「私の恩師たち」と題して講演。
二月、愛知保育団体連絡会主催「第十回愛知保育大学」（二十六日、於・名古屋港湾会館ホール）で「幼な子は私の先生」と題して講演。
三月、村山知義を代々木病院に見舞う（三日）。村山知義死去、東京芸術座での通夜に参列（二十二日)。全国商工団体連合会発表の「納税者の権利宣言」について意見を発表(商工新聞、三月二十八日)。

四月、村山知義の告別式に参列(三日、於・青山斎場)。

五月、憲法施行30周年・憲法のつどいで挨拶する(三日、於・日比谷公会堂)。文学同盟第七回大会で幹事に選出(四日、於・自治労会館)。最後の佐藤俊子会に参加、湯浅芳子、草野心平、佐多稲子ら十八人参加(十六日、於・ホテルオークラ)。石川島播磨重工の民社党後援会から「入会礼状」が届いたことに抗議・陳謝要求(二十七日「赤旗」報道)。「後藤マン都議をはげます婦人のつどい」に参加、挨拶(二十九日、於・中野区橋場公会堂)。

六月、五月に不慮の事故で亡くなった藤森成吉の告別式に参加(五日、於・青山斎場)。

七月、第二十二期「文学教室」で講師を務める。長編『桃割れのタイピスト』を新日本出版社から刊行。名古屋私教連主催のつどい(七日)で「婦人の自立」と題して講演。参議院選挙・吉川春子候補応援で、大宮駅で応援演説、のち婦人後援会主催の集会で講演(二十三日)。

八月、第九回保育合同研究会(六日、於・長野県山ノ内町)で「日本の子育てに思う」と題して講演。秋田大学祭で講演「母の生き方と教育」(十五日、於・秋田大学)。「文学新聞」の「作家素描」欄第十回で稲沢潤子からインタビューを受ける。「文学新聞」に「自筆年譜」を掲載(十五日)。三月に死去した村山知義を偲ぶ「トムさんを語る夕べ」が開かれ、杉村春子、中村翫右衛門、山本安英らと参加(二十日、於・新宿厚生年金会館)。

九月、日中友好協会中野支部主催の「映画と講演の夕べ」で講演「戦う兵隊」(一日、於・中野文化センター)。千葉県保育合同研究会で講演(十一日、於・津田沼公会堂)。東京民主商工会婦人部学習会で講演「婦人をとりまく現状と業者婦人の生き方」(十七日、於・神奈川・大山「はやみ荘」)。その帰りに渋谷駅で山本薩夫、河原崎国太郎、田村茂らとともに「赤旗」の宣伝に立つ。

十月、『橋本夢道全句集』に推薦文「夢道句よ永遠に」を執筆。この文章は一九九四年十月に月島図書館主催で開催された「橋本夢道展」で展示された。秋田県教職員組合南秋田支部主催の教研集会で講演（十五日、於・追分小学校）、続いて夕方から男鹿教育懇談会発足集会で講演「母親の生き方と教育」（於・船川港公民館）。秋田大学教育学部自治会主催の秋大祭で講演「母の生き方と教育」（十六日、於・秋田大学）。ロッキード事件について「許せない地位利用」との談話を「赤旗」に発表（二十八日）。

十一月、第十四回保育大学で講演「子育てに思う」（十二・十三日、於・高野山大学松下講堂）。

十二月、『赤旗』創刊五十周年記念文学作品募集にあたって佐藤静夫、西沢瞬一氏と鼎談（『赤旗』十二月二十、二十三日付掲載）。

＊

一月　書評「理性ある生き物として—エンゲルス著『家族・私有財産及び国家の起源』」（全学連「祖国と学問のために」5日）

小説「**桃割れのタイピスト**（八）」（『文化評論』）

二月　社会評論「『ヤミの帝王』の一族たち」（「赤旗」20日）

小説「**桃割れのタイピスト**（九）」（『文化評論』）

随想「星夜の想い」（『月刊学習』）

推薦文「『永岡鶴蔵伝』推薦の言葉」

三月　文学評論「『一九二八年三月十五日』のお由」（「赤旗」16日）

書評「多彩な聞き手による豊富な話題、あふれる人間味—宮本顕治対談集『人生・政治・文学』」（「赤旗」21日）

社会評論「ハギトリ政治は許せぬ」（「全国商工新聞」28日）

書評「忘れられぬ—ゴーリキー短編集『チエルカッシュ』」（「新婦人しんぶん」31日）

小説「**桃割れのタイピスト**（十）」（『文化評論』）

四月　随想「私の寮生活」（「緑の旗」10日）

小説「**桃割れのタイピスト**（十一）」（『文化評論』）

五月　推薦文「永岡鶴蔵伝推薦のことば」
　　　随想「感謝と願い―河崎なつ先生を語る」
　　　（「母親しんぶん」15日）
　　　小説「**桃割れのタイピスト**（最終回）」
　　　（『文化評論』）
六月　書評「仮借ない現実描写―バルザック著
　　　『ウェージニィ・グランデ』」（「学生新
　　　聞」8日）
　　　書評「伊藤信吉詩集を読んで」（「文学新
　　　聞」15日）
　　　文学評論「〝りん母子〟との11年―連載を
　　　終えて」（『文化評論』）
七月　追悼「村山知義さんを思う」（『民主文学』）
　　　社会評論「巨樹への想い―日本共産党創立
　　　55周年に」（「赤旗」15日）
　　　書評「目ざましい警鐘を聞く思い―米原昶
　　　他著『特高警察黒書』」（「赤旗」25日）
　　　追悼「数少ない農民作家として」（季刊
　　　『碑』）
　　　後書「あとがき」（『桃割れのタイピスト』）
八月　自伝「自筆略年譜」（「文学新聞」15日）

九月　随想「見えない所で」（「東京芸術座」50
　　　号）
　　　文化評論「ある女性と平沢」（劇団未踏
　　　「一人と千三百人」公演パンフレット）
十月　婦人評論「率直さと真剣さに打たれる」
　　　（「全国商工新聞」17日）
　　　文学評論「夢道句よ永遠に」（『橋本夢道全
　　　句集』）
十二月　追悼「藤森成吉先生の思い出」（『起点』）
　　　随想「詩からの出発」（『日曜』）
一九七八年（昭和五十三年）……… 七十三歳
一月、『民主文学』に自伝「回想の森」を連載開始
（十四回）。第十五回保育大学で講演「子育てに思
う」（七・八日、於・中津川文化会館）。
二月、日本共産党の機関紙「赤旗」創刊五十周年記
念講演会で講演「『赤旗』とわたし」（一日、於・
東京九段会館）。第十五回秋田県多喜二祭で講演
（二十三日、於・千秋会館）。
三月、第六回東京の保育と幼児教育研究集会で講演
「子育てのあり方」（十二日、於・荒川区立尾小学

校）。小澤茂逝去に際し弔問。

四月、第二十三期「文学教室」の講師を務める。東京電力思想差別撤廃闘争提訴二年目にあたり、支援する会第二回総会が開かれ、十七名の代表委員の一人に選出される。『民主文学』編集部からインタビューを受け「日本近代の女性労働者像」について話す（八日、六月号掲載）。江口渙文学碑の除幕式に参加（十六日、於・烏山町愛宕神社）。杉並第一小学校講堂で「赤旗と私」と題して講演（十九日）。日本のうたごえ運動三十周年を前に、作曲家・林学氏と「歌と文学と反戦」と題して対談（『うたごえ新聞』四月二十四日付掲載）。鬼頭史郎京都地裁判事補の職権乱用事件の判決公判にあたって、厳正判決を求める談話を発表（「赤旗」二十七日付）。都知事選を革新統一でたたかうことを求める中野区在住文化人十七人のアピールを発表（二十九日）。

五月、西津軽教職員組合主催の第二回明日の授業をめざす教育講座で講演（二日）。花岡事件の重要な舞台となった大館市の共楽館保存運動の激励と取材（二日）、関係遺跡を再訪。

六月、宮本顕治『暗黒政治へ歴史の審判』発刊を機に、主婦・小沢一恵、砂川英子と座談（『赤旗』六月十一日付掲載）。郷里・協和町の「ふるさとづくり集会」で講演「古里の心」（十五日、於・協和町総合開発センター）。第十回青森県教組西部支部定期大会で講演「私の求める教師たち」（二十八日、於・木造町中央公民館）。花岡事件中国人捕虜殉難者慰霊祭と日中不再戦友好のつどい（三十日、信正寺）に参加。

七月、共楽館解体の危機に際し、「侵略戦争の残忍性を物語る談話を〝物証〟保存を」と談話を発表（「赤旗」二日付）。

八月、鈴木俊子らと島崎こま子を見舞う（十二日、於・浄風園）。

九月、那覇市で「母親と女教師の会」主催の母親大会で講演、初めて沖縄を訪問。自民党の「有事立法」法制化の動きに対して反対の談話を発表（三十日、赤旗）。

十月、全京都女子学生連絡会主催の第十一回女子学生のつどいで講演「ふたたび愛するものを戦場に送らないために」（二十九日、於・立命大学）。

十一月、沖縄県知事選勝利を願う文化人としての談話を寄せる（「赤旗」十九日付掲載）。第十三回北陸看護学生のつどいで講演「女性の自立と看護の自立」（二十六日）。

＊

一月　社会評論「党の現場と袴田発言」（「赤旗」2日）
二月　随想「廃盤になった私の作品」（「学生新聞」18日）
自伝「**回想の森**（一）」（『民主文学』）
随想「作家同盟からの電報で」（「赤旗」19日）
三月　随想「目のまん前」（『かわら版』）
自伝「**回想の森**（二）」（『民主文学』）
自伝「**回想の森**（三）」（『民主文学』）
四月　書評「旺盛な作家精神の源―江夏美好著『飛騨雪解』」（「赤旗」25日）
社会評論「明白な事実を踏まえよ」（「赤旗」27日）
自伝「**回想の森**（四）」（『民主文学』）
五月　随想「わたしも支援します」（東京電力差別撤廃闘争支援する会「人間」2日）
随想「江口渙と烏山町」（「秋田さきがけ」9日）
社会評論「花岡・共楽館を目にして」（「日中友好新聞21日）。
自伝「**回想の森**（五）」（『民主文学』）
六月　社会評論「反戦貫いた唯一の新聞」（「赤旗」10日）
文学評論「日本近代の女性労働者像」（『民主文学』）
自伝「**回想の森**（六）」（『民主文学』）
七月　随想「お祝いの言葉」（全国保育団体合同研究集会十周年記念レセプションリーフレット）
自伝「**回想の森**（七）」（『民主文学』）
八月　自伝「**回想の森**（八）」（『民主文学』）
九月　随想「花岡事件とわたし」（『中国研究』）
自伝「**回想の森**（九）」（『民主文学』）
十月　自伝「**回想の森**（十）」（『民主文学』）
十一月　社会評論「権利という側面から」（「赤旗」

12日）
教育評論「自然なるものの見直しと連帯と」（『ちいさいなかま』）
十二月　自伝「**回想の森**（十一）」（『民主文学』）
書評「小沢清『芽ぶき』」（『民主文学』）
自伝「**回想の森**（十二）」（『民主文学』）
随想「坂井さんを憶う」（『日曜』）

一九七九年（昭和五十四年）………七十四歳
一月、百合子の命日に小平霊園に墓参（二十一日）。わらび座普及部の若松幸子と日本の民主主義について対談「毎日連帯の糸をつむいでいかなきゃね」（『わらび』一・二月合併号掲載）。

三月、月刊「AKITA」を発行するこだま会の要請で講演「私の文学人生」。「おりん口伝」の文学碑が建設されることになり、設立総会が開かれ、出席（十九日、於・協和町総合センター）。

四月、自伝『回想の森』を新日本出版社から刊行。

五月、文学同盟第八回大会に出席（五日、於・東京労音会館）。

六月、東電差別反対闘争を描く「あなたの中のさくらたち」を「赤旗」に連載（五日〜八〇年五月一日まで）。平野庄司の切り絵展の推薦人となり、最終日に見る（二十三日、於・画廊欅）。

十月、協和町旧大盛小学校跡地に建設された「おりん口伝」文学碑除幕式に二百人参加。祝賀会では進藤正夫町長が祝辞、中川利三郎・衆院議員が乾杯の音頭（十四日）。

＊

一月　随想「タカラさがし（上中下）」（「赤旗」9、12、13日）
自伝「**回想の森**（十三）」（『民主文学』）
随想「アリに追われて」（『かわら版』）
二月　随想「時間と季節について」（『農協広報通信』）
追悼「戸石さんを憶う」（『群狼』）
自伝「**回想の森**（完）」（『民主文学』）
三月　社会評論「国際婦人デーの今とむかし」（「民主青年新聞」7日）
社会評論「矢の深さ―参院予算委での上田質問を傍聴して―」（「赤旗」十六日）

随想「もう一つの夜明け」（『女性の広場』創刊号）

四月　随想「『回想の森』出版、『おりん口伝』碑へと」（「文学新聞」15日）
書評「『除村ヤエ詩集』を読む」（『日曜』）
後書「あとがき」（『回想の森』）
随想「詩への想い」（『詩人会議』）

五月　詩「伝統」（『詩人会議』）
書評「全体をつかむたしかな目—徳永直『太陽のない街』」（「民主青年新聞」2日）

六月　小説「あなたの中のさくらたち（1〜26）」（「赤旗」5〜30日）

七月　小説「あなたの中のさくらたち（27〜57）」（「赤旗」1〜31日）
文化評論「秋田の豊かな生命体—『平野庄司切り絵展』を見て」（「秋田さきがけ」13日）

八月　小説「あなたの中のさくらたち（58〜87）」（「赤旗」1〜31日）

九月　小説「あなたの中のさくらたち（88〜117）」（「赤旗」1〜30日）
随想「『黒潮』と『煙』のこと」（「秋田さきがけ」5日）
文学評論「一九三二年ごろへかけて」（『宮本百合子全集』月報⑧）

十月　小説「あなたの中のさくらたち（118〜147）」（「赤旗」1〜31日）
社会評論「権利がさびないよう」（「赤旗」日曜版7日）
随想「心に残ったひとこと」（「祖国と学問のために」31日）
随想「感謝」（『おりん口伝文学碑建立誌』）

十一月　小説「あなたの中のさくらたち（148〜176）」（「赤旗」1〜30日）
随想「『こだま』の人々に」（『AKITAこだま』）
婦人評論「いまある権利を」（『女性のひろば』）

十二月　小説「あなたの中のさくらたち（177〜207）」（「赤旗」1〜31日）
随想「近況」（『民主文学』）

一九八〇年（昭和五十五年）………七十五歳

二月、第十五回秋田県多喜二祭で講演「多喜二によって描かれた女性像」（二十三日、於・秋田千秋会館）。

前年に創立された民主主義文学同盟大館支部による第一回大館多喜二祭で講演（二十四日、於・大館市民会館）。

三月、「80国際婦人デー大阪集会」で講演「80年代の婦人の生き方」（七日、於・中之島中央公会堂）。第七十回国際婦人デー兵庫県集会で講演「80年代の婦人たち」（八日）。

五月、「赤旗」連載の「あなたの中のさくらたち」完結（一日）。金属鉱山研究会で報告「鉱山ぐらし今昔」（十七日、於・東京渋谷勤労福祉会館。同「会報」六月発行第二十四号に掲載）。文学同盟の土曜講座「作家と作品」で講義「『おりん口伝』について（二十四日）。

六月、「上田さんと身障者・家族の対話演説会」で参院議員・上田耕一郎の推薦演説を行う（九日、於・杉並区立杉並第一小学校）。

八月、テレビ朝日モーニングショーでの自民党・浜田幸一前代議士の日本共産党非合法化発言に対し抗議の談話発表（二六日付）。

九月、荒川鉱山の大盛尋常高等小学校の先輩で「おりん口伝」文学碑建立に力を尽くした「羽後民報」社長の佐々木恭蔵が死去。同日、老人性の腰椎症で入院（三日～一カ月）。

十月、七十八年に亡くなった戸石泰一を偲ぶ会が計画され発起人として参加（十日、於・青山会館）

十二月、八日の太平洋戦争開始記念日にあたって「新婦人しんぶん」に当時の体験を発表（四日付）。

＊

一月　小説「あなたの中のさくらたち（208～237）」（「赤旗」1～31日）

随想「思うこと尽きざるよう」（『民主文学』）

推薦文「両誌の復刻に寄せて」（『婦人戦旗』『働く婦人』復刻宣伝パンフ）

二月　小説「あなたの中のさくらたち（238～266）」（「赤旗」1～28日）

随想「『女性のひろば』一周年に際して」

（「赤旗」評論特集版11日、『女性のひろば』４月号）
三月　小説「あなたの中のさくらたち（267～296）」（「赤旗」１～31日）
社会評論「時代の進歩への真剣な勉学を」（「祖国と学問のために」５日）
序文「大きさ　哀れさ　したたかさ」（境田稜峰『いちまいの空』）
四月　小説「あなたの中のさくらたち（297～326）」（「赤旗」１～30日）
随想「青春の心を読書によって」（「祖国と学問のために」５日）
五月　小説「あなたの中のさくらたち（327）」（「赤旗」１日）
文学評論「あなたの中のさくらたちを終えて」（「赤旗」11日）
随想「最後まで目を離さないで」（日本共産党後援会「文学者の会」25日）
六月　推薦文「要求実現の政治を」（「赤旗」10日）
社会評論「平和を望んだばっかりに〝アカ〟とののしられて」（「赤旗」14日）
書評「歴史の歩み如実に―上田誠吉『ある内務官僚の軌跡』」（「赤旗」23日）
社会評論「**花岡事件に深い痛恨をこめて〝断〟を**」（「日中友好新聞」29日）
随想「鉱山ぐらし昨今」（『金属鉱山研究会』）
七月　社会評論「表裏一体の思い―金大中氏問題について」（「赤旗」13日）
書評「働く者の権利の書―山本忠利他著『東京電力　その栄光と影』」（「赤旗」28日）
九月　随想「その原型期と発展期」（『民主文学』）
随想「ひまわりの顔」（『月刊学習』）
十一月　書評「ゴーリキー『短編集』」（「祖国と学問のために」12日）
随想「政吉さんのこと」（『加藤政吉物語』）
一九八一年（昭和五十六年）………七十六歳
二月、ＮＨＫ第三放送で〈わたしの自叙伝〉「はるかな銅山」を収録（五日、二〇一二年十月二十三日に大空社から「NHKわたしの自叙伝32」として発売)。

四月、長編『あなたの中のさくらたち(上)』を、
五月、同(下)を新日本出版社から刊行。

五月、日本共産党の第22回「赤旗まつり」に参加、サインセールを行う(三〜五日、於・調布飛行場跡)。文学同盟第九回大会に参加。民主的文学運動の新しい定式化を契機として、今後の創造課題について、作家・吉開那津子、文芸評論家・駒井珠江と鼎談(『女性のひろば』八月号掲載)。

六月、「現代労働者を描く」課題について及川和男と対談(三十日、『民主文学』十月号掲載)。

七月、関東地区ろうあ団体連合婦人部主催の第十三回関東ろうあ婦人研修会で講演(四日、於・群馬県赤城緑風荘)。東京都議選最終日、後藤マンの応援演説(五日)。第二十四回岐阜県母親大会で講演「母親のまごころで子どもたちに平和な未来を」(十二日、於・岐阜県小会議所)。『女人芸術』復刻版刊行記念会に参加(十七日、於・新宿中村屋)。

八月、神近市子死去(一日)にあたり直ちに弔電を送る。葬儀は九月五日、新宿区の千日谷会堂で行われた。

十月、夕張新鉱でガス爆発事故。東電差別撤廃闘争の集会で激励の講演を行う(十三日)。

十月、石川播磨争議団の「10・13決起集会」で演説。

十二月、「おりん口伝」を書くきっかけを与えてくれた手塚英孝死去(一日)。尾去沢ダム決壊四十五年目にあたり恩人の三浦かつみが、森川政喜、四柳順治とともに来訪(二十四日)。

＊

一月　随想「夢」(「うたごえ新聞」1日)
　　　随想「書きたい」(「赤旗」9日)
　　　追悼「佐々木恭蔵氏に寄せる」(羽後民報)15日)
　　　随想「若い日の体験」(『日曜』)
二月　書評「篠原無然の生涯―江夏美好著『雪の碑』」(「赤旗」17日)
　　　随想「早春の便り」(「秋田さきがけ」18日)
四月　社会評論「『足』にも、心にも」(「赤旗」

18日）
追悼「温顔」（『増渕穣　人と作品』）
随想「時間を噛みこなす」（『一流人私の好きな言葉』）
五月　文学評論「プーシュキンの詩」（「うたごえ新聞」18日）
後書「あとがき」（『あなたの中のさくらたち』）
六月　随想「『声』その他」（「文学者の会」1日）
七月　文学評論「いのる思いで」（『民主文学』）
書評「てがみ」（杉村光子『レジマンの火』）
書評「『風の中の歌』を読む」（『日曜』）
随想「書く者としての感想」（『前衛』）
社会評論「〝アカ〟とののしられて」（『戦争と女性』）
八月　文学評論「宮本百合子全集（第25巻）と八月十五日」（「赤旗」14日）
随想「生きて来た道」（『月刊学習』）
十一月　文学評論「現代に挑む長編を」（「赤旗」24日）
小説「**春咲け、夏照れ**」（『文化評論』）
十二月　文化評論「底揺れからの溶岩―日本のうたごえ祭典に参加して」（「赤旗」11日）
追悼「手塚さんのこと」（「赤旗」12日）
随想「教育と私」（『高教組時報』）
随想「教育について」（『京教組時報』）

一九八二年（昭和五十七年）………七十七歳
一月、『赤旗』日曜版に「山桜のうた」を発表（三日）。参院本会議を初めて傍聴、日本共産党の金子満広書記局長、宮本顕治委員長の代表質問を聞く（二十八、二十九日）。鬼頭職権乱用事件で談話を発表（三十一日、「赤旗」）。

二月、北炭夕張新鉱爆発事件に関し稲沢潤子と対談（『学習の友』四、五月号掲載）。

三月、「国際婦人デーによせる思い」を語る（五日、「赤旗」）。82国際婦人デー中央集会で講演「国際婦人デーと私たち」（八日、於・東京九段会館）。

五月、全国保育団体連絡会主催の洋上保育大学（第二十六回保育大学）で講演「母から娘たちへ―私たちの中の昨日・今日・明日―」（八・九日、於・客船ユートピア船上）。日本共産党全都後援会の党躍進特別旬間で、レーガンの限定核戦争批判や「赤旗」拡大の運動に参加（十一日、渋谷駅）。農水省労組婦人部の講座で講義（二十日）。核戦争反対・核兵器禁止を求める大集会に参加（二十三日、代々木公園）。

六月、京都保育運動連絡会主催の第十五回京都保育のつどいで講演「いのち　この尊きもの―平和へのねがいをこめて」（二十日、於・立命館大学中学高等学校）。

七月、大盛小学校の教え子たちの同級会に招かれ大沼と秋田旅行、荒川鉱山跡、大盛小学校跡地に建てられた鉱山資料館を訪ねる（一日）。秋田市で秋田大学鉱山学部の興業博物館見学（二日）。十和田、奥入瀬入り、夜同級会（三日）。マインランド尾去沢見学（四日）。日本のうたごえ全国協議会主催「83創作講習会記念講演会」で講演「憎愛いよいよ深まりインクとなりて」。『季刊日本のうたごえ』八三年一月号掲載）。建設一般全日自労の第六回全国交流第集会で講演（十九日、於・石川県山中町。『建設一般全日自労』八三年一〜五月号掲載）。寿岳章子ら京都新日本婦人の会メンバーとともにヨーロッパ旅行（二十七日〜八月七日）。

八月、中野区の「憲法擁護・非核都市」宣言が青山区長によって発表される（十四日）。こどもの文化研究会主催の第四回てのひらげきじょうで講演「子どもの未来と平和」（十八日、於・日本青年館）。新日本婦人の会東京都本部主催の新婦人東京都本部学習会で講演「戦前戦後の婦人運動」（二十四日、於・生協会館ホール）。

十月、事故のあった夕張を訪問（十五日）。関係者との懇談の模様を「赤旗」日曜版に発表（十月二十四日付）。

十一月、埼玉土建主婦の会10周年記念祝賀会で講演（二十三日）。

十二月、全国障害者問題研究会発行『みんなのねがい』誌の特集「いのちの誕生」の企画として「いのちは太陽」をテーマに全障研委員長・清水寛と対談（『みんなのねがい』一九八三年一月号掲載）。改めて戦争責任を問う「中野区民法廷」が開催され、証人として発言（八日、於・中野区民会議室）

＊

一月　小説「**山桜のうた**」（「赤旗」日曜版3日）
社会評論「『他者の労働』と『吾ア腹』と」（「学生新聞」20日）
社会評論「『女の自立の敵は何か』」（「学生新聞」27日）
随想「朗報を喜んで」（『秋田の文化』）
随想「お向い同士」（『婦人之友』）
二月　社会評論「権利をどう生かす」（「学生新聞」3日）
ルポ「**尾去沢行**（一〜五）」（「秋田魁新報」5〜10日）
追悼「林家彦六さんの思い出」（「東京民報」7日）
文化評論「怒りのなか再建の道を――『赤旗ニュース映画』」（「赤旗」7日）
社会評論「子や孫のため平和な日本のために」（「赤旗」日曜版7日）
三月　社会評論「国際婦人デーによせる思い」（「赤旗」5日）

四月　随想「『同志愛』ということ」（「東京民報」4日）
五月　随想「花と灰」（「東京民報」2日）
追悼「『ピノキオ』と、かねよ先生」（『生活綴方』）
六月　書評「日立武蔵の『ガラスの檻』を破った英知とたたかい――金子総一『女たちの集積回路』を読む」（赤旗）5日）
随想「京都知事選で感じたこと」（「東京民報」6日）
書評「保育問題への導き――浦辺史・竹代著『道づれ』」（「赤旗」15日）
随想「ちかごろ気になること」（『詩人会議』）
書評「一つの証し立てとして――今崎暁巳『故郷は緑なり』」（『文化評論』）
七月　随想「その旅路に」（「秋田さきがけ」27日）
詩「**牛のうた**」（メモ）
詩「**小マッターホルンにて**」（メモ）
小説「**ある生き残りからの聞き書き**」（『民

主文学』)
随想「あやとり」(『障碍児の保育と教育』)
随想「生きとし生けるものの再重要の事業として」(わらび座『今こそ平和のために』)
八月　詩「**オランダはわたしに**」(メモ)
詩「**忘れまじ　サルビア**」(メモ)
九月　随想「おさえ難い感動」(「東京民報」5日)
随想「ある同級会・秋田の旅」(『女性のひろば』)
十月　随想「ある記事から」(「東京民報」3日)
書評「告発と対策への提言—山下文男著『哀史　三陸大津波』」(「赤旗」11日)
ルポ「**紅葉より赤くもえる決意**」(「赤旗」日曜版24日)
随想「塀と主権者のわらい」(「東京民報」28日)
文学評論「豊穣性と清浄さ」(『斎藤隆介全集』第九巻月報)
十一月　書評「『柊—江口渙とともに』」(『民主文学』)
随想「忘れられぬ『花岡事件』」(『機関紙と宣伝』)
十二月　随想「感想とねがい」(「うたごえ新聞」20日)
随想「工場の中の農民」(『あすの農村』)
随想「よくぞ歩いた年の感」(『生活ジャーナル』)

一九八三年(昭和五十八年)………七十八歳
一月、民医連の活動について感想を発表(一日、「民医連新聞」)。土建組合第5回全国主婦交流集会で講演(九日)。日本共産党板橋婦人後援会と『女性のひろば』板橋交流会主催の「作家松田解子さんを囲む、新春婦人のつどい」で内藤功、中島武敏衆院議員、むた陽子板橋区議らと座談(二十九日、「赤旗」二月四日付掲載)。日本共産党西荻窪後援会主催の新春のつどいで講演「いまなぜ平和をさけばなければならないか」(三十日、於・荻窪西松会館)。
二月、新日本婦人の会農林班主催の新春のつどいで講演「女性の自立について」（五日、於・農水省七階ホール）。夕張ルポに衝撃を受けた人々の手で、国会図書館内に「夕張をはげますもみじの会」が結成され、現地にカンパを送るなどの支援活動が始まり、以後十年以上にわたって取り組まれた。小林多喜二没後五十記念にあたり、「小林多喜二から受け継ぐもの」と題して及川和男と対談（「赤旗」日曜版二月二十日付掲載）。

三月、新日本出版社より文庫版『おりん口伝』（第一部、第二部上、第二部下、五月まで）刊行。板橋区日本共産党婦人後援会で講演「選挙と女の人生」（「赤旗」二十日付掲載）。

五月、新日本婦人の会京都府本部主催の新婦人しんぶん愛読者のつどいで講演「女の生き方　昨日今日明日」（二十六日、於・京都社会教育総合センター）。日中友好協会第三十二回大会で、二十年会員として表彰をうけるとともに、中央理事に選出される（二十二日、於・山形市蔵王温泉体育館）。

六月、窪田精『工場の中の橋』をめぐっての座談会に参加（出席者・確田のぼる、平瀬誠一。「赤旗」十二、十三日付掲載）

八月、四月から日中友好協会が始めた中国残留孤児問題で各省要求署名運動に、賛同を表明（八月十四日付機関紙に掲載）。

九月、二十五日に亡くなった、『女人芸術』編集担当だった熱田優子の葬儀に参加（二十七日、於・東京文京区西教寺）。

十月、世田谷教育委員会主催の代田婦人学級で講演『おりん口伝』を書いて」（二十日、於・世田谷区立経堂福祉会館）。NHKドラマ「おしん」に関連して「おしんの時代と私たち」を梅津はぎ子と対談（『女性のひろば』十二月号掲載）。

十一月、全日本ろうあ連盟婦人部主催の第十四回全国ろうあ婦人集会で講演「私の歩いた道」（四日、於・札幌婦人文化センター）。奈良県教職員組合主催の奈良教組婦人部教研集会で講演「愛することと生きること」（十二日、於・奈良教育会館）。千葉土建主婦対策部主催の千葉土建全県主婦交流集会で講演「私の半生と女性の生き方」（十九日、於・笹森保養デンター）。反核・平和をめざすうたごえ祭典第一日目に参加（二十七日）。

十二月、「赤旗」のインタビュー（牛久保建男記者）を受け「現代の労働者をどう描くか」を語る（『赤旗』二十四日付掲載）。『グラフこんにちは』で山内みな、松崎浜子とともに座談会「『おしん』の時代から男女平等、婦人参政権を主張した党」に参加（八四年新年増大号に掲載）。

＊

一月　随想「まばたき」（「赤旗」日曜版16日）
随想「ある原点」（「日中友好新聞」16日）
書評「『日本共産党の六十年』を読んで」（「赤旗」21日）
文学評論「最初の感激」（『小林多喜二全集月報⑦』）
小説「**生きものたちと**」（『文化評論』）
文学評論「一、二の経験から」（『民主文学』）

二月　随想「おくりもの」（「日中友好新聞」6日）
随想「貴重な宝もの」（「新婦人しんぶん」10日）
随想「減った局員さん」（「赤旗」日曜版13日）
随想「傍聴席から」（「日中友好新聞」27日）

三月　随想「ふたたび郵便局にて」（「赤旗」日曜版13日）
社会評論「『平和の箱』への一票」（「赤旗」15日）

四月　随想「立ち話」（「日中友好新聞」20日）
随想「歯科医にて」（「日中友好新聞」10日）
随想「花どき」（「赤旗」日曜版10日）
随想「恩師をおもう」（『かわら版』）
社会評論「選挙と人生」（『女性のひろば』）
社会評論「ふり返らざるを得ない戦後史」（『前衛』）

五月　随想「友を得る」（「日中友好新聞」1日）
随想「感謝」（「赤旗」日曜版8日）
随想「ひと連りの『自然』として」（『ちいさいなかま』）

六月　社会評論「朝のねがい」（「赤旗」3日）

七月　随想「ついに三度」（「赤旗」日曜版5日）
随想「おちていた本―本とのめぐりあい1」（「赤旗」3日）
随想「もうひとつの本―本とのめぐりあい2」（「赤旗」10日）
社会評論「よろこびと自戒」（「赤旗」15日）
随想「本と現実と―本とのめぐりあい3」（「赤旗」17日）
随想「××の冊子と六万字の論告要旨―本とのめぐりあい4」（「赤旗」24日）
随想「誰をかも」（「赤旗」日曜版24日）
随想「『木材窃盗……』と土まんじゅう―本とのめぐりあい5」（「赤旗」31日）
書評「稲沢潤子『夕張のこころ』」（『民主文学』）
八月　随想「暑中見舞」（「赤旗」日曜版21日）
九月　随想「秋来れり」（「赤旗」10日）
随想「ある文集から」（「赤旗」日曜版18日）
十月　随想「路上にて」（新宿・港・千代田「文化後援会だより」）
十一月　随想「末端への行革―一つの例」（『中小企業問題』）
書評「三方克『白の地図』」（『民主文学』）
十二月　随想「感想とねがい」（「うたごえ新聞」20日）
書評「宮寺清一『祭り囃子が聞こえる』」（「赤旗」26日）

一九八四年（昭和五十九年）………七十九歳

一月、千葉土建柏支部主婦の会主催の「主婦の会十周年記念講演会」で講演「女の人生」（十八日、於・柏市中央公民館）。国会図書館内の「夕張をはげますもみじの会」で「おしんとおりんと夕張と」を講演（三十日）。

二月、中曽根内閣は衆議院政治倫理協議会に「政党法」制定を提案、この民主主義破壊に際し、諸民主団体と歩調を合わせて、「赤旗」や『民主文学』などで反対の論陣を張る。

四月、『プロレタリア文学集』普及実行委員会主催の記念文芸講演会で講演「私のプロレタリア文学の思い出」(十日、於・調布市民センター)。五月十七日東京・三鷹市、六月十七日岸和田市でも同じ企画で)。

五月、日中友好協会第三十三回大会が開かれ、中央理事に再選された(二十日、於・広島・平和記念館)。

六月、『プロレタリア文学集』と佐藤栄作『白い雲と鉄条網』出版記念文芸講演会に参加(十七日、於・岸和田市)。宇田川信一の足跡を辿るため神戸市を訪問。

七月、韓国・アメリカ米輸入反対闘争を機に茨城県西部農村入り、農民生活を学ぶ。岩手母親大会で講演(八日、於・盛岡市)。協和町の新町長・佐々木清一を訪問、荒川鉱山跡を見学(十一日)。中野婦人後援会主催の伝統芸能の会で講演(十三日)。韓国米輸入反対横浜海上デモに参加(二十五日)、夜、コメ輸入自由化抗議集会に参加(於・日比谷公会堂)。核戦争反対7・29統一行動に参加(二十九日、於・代々木公園)。

八月、五日よりソ連旅行。「赤旗」東欧特派員である次男・作人宅を拠点に、モスクワ、レニングラード、トルストイ邸などを歴訪。

九月、ソ連から帰宅(五日)。東京都老後保障推進協議会主催の「都民生活大学」で講演(八日、於・東京都養育院)。「土に聴く」の取材で訪れた茨城下館市議会選挙で田谷武夫候補の応援演説に参加(十八日)。

十月、夕張新鉱ガス爆発事件三周年記念の犠牲者をしのぶ文化講演会で講演(十三日)、夜、文学関係者の松田解子を囲む交流会、現地調査(十四日)。安保条約廃棄全国統一行動に参加(二十一日、於・茨城県小川町百里が原)。

十一月全国ろうあ婦人連盟婦人部主催の、「第14回ろうあ婦人集会」で講演(二日、於・札幌)。日本共産党第十七回大会を前に、著名文化人らとともに期待を表明(「赤旗」十七日付掲載)。第六回全労働全国支部婦人代表者会議で講演「作家の見た婦人の戦前戦後—人間らしく生きるとは」(二十日、於・後楽園会館)。)日教組東北地区協議会婦人部主催の「第二十回東北地区母と女教師の会」で講演「生きて来た道に照らして」(二十三日、於・秋田温泉ホテル))、二十五日協和町に。

十二月、『あすの農村』にルポ「純白のソバの花にも」を発表。

＊

一月　小説**「恩師とワタの木」**（『文化評論』）

二月　書評「ひろい見聞きらめく英知―猿橋勝子著『女性として科学者として』」（新婦人しんぶん）9日）

随想「同封のローマ字の手紙」（「学生新聞」11日）

随想「二月への思いから」（『暮らしと政治』）

三月　社会評論「ずるがしこい策略」（「赤旗」12日）

書評「宮寺清一『祭り囃子が聞こえる』」（『青年運動』）

婦人評論「女の大業」（『女性のひろば』）

四月　推薦文「個性的な豊穣性」（『田村久子ただいま仕事中』）

社会評論「悪性を変えるのは人間の道」（パンフレット『政党法制定を許すな』）

五月　社会評論「当然の要求をも規制、弾圧いつも不安のなかで生活」（「民主青年新聞」23日）

随想「雪の日の『もみじの会』」（『民医連医療』）

随想「大塚金之助先生との出会い」（『大塚会会報No.6』）

六月　随想「四日の事件から」（「新婦人しんぶん」14日）

社会評論「何ができなくてもこれだけは―『政党法』試案へのわたしの思い」（『民主文学』）

随想「謝念」（『回想の東大セツルメント』）

七月　社会評論「プロレタリア文学と政党法」（「赤旗」日曜版1日）

書評「収奪と侵略の時代の〝絵巻〟―日本プロレタリア文学集15」（「赤旗」23日）

社会評論「くりかえすまい暗黒政治」（『女性のひろば』）

文学評論「『わがこと』として」（『文化評論』）

八月　小説「**白い小石から**」（『民主文学』）
　　　詩「**紫苑の花**」（メモ）
　　　詩「**盛り土の下に**」（メモ）
九月　詩「**食器と切符**」（メモ）
　　　アンケート「『政党法』についての文学者の発言」（『民主文学』）
十月　文学評論「批評に求めるもの」（『民主文学』）
　　　書評「生きた現代史を読む―宮本顕治対談集『世界のこと日本のこと』」（『前衛』）
　　　随想「〈THE　LETTER　FROM　MOSCOW〉」（高橋恒雄『旅感覚・私のロマネスク』）
十一月　随想「旅の年に」（「秋田さきがけ」2日）
　　　社会評論「切れ切れの体験から」（「赤旗」16日）
　　　詩「**墓石は**」（日記）
　　　随想「迷いをおそれず」（『前衛』）
十二月　ルポ「**純白のソバの花にも―10・21百里基地から**」（『あすの農村』）
　　　書評「ゴードン・パーカー著　筒井雪路訳『ハートレー炭鉱』」（『民主文学』）

一九八五年（昭和六十年）………八十歳
一月、江口渙没後十周年を記念しての偲ぶ集いが開かれ、親族・知人・文学関係者らとともに参加して挨拶を行う（十八日、主催＝日本民主主義文学同盟、新日本歌人協会、多喜二・百合子研究会、日本共産党中央委員会）。核兵器の全面禁止を求める署名運動について、新日本婦人の会代表委員が呼びかけた訴えに賛同発言（十九日）。第十九回民教連の夕べで講演「私の恩師たち」（二十九日、於・埼玉会館）。下旬、夫・大沼が側脳硬膜下血腫で手術治療。

三月、「赤旗」のインタビュー（牛久保建男記者）を受け「歩めるかぎり歩め（忙中閑話）」を語る（「赤旗」三日付掲載）。

五月、鬼頭裁判官の法曹資格回復について怒りの談話を発表（「赤旗」十二日付）。

第一回『文化評論』文学賞が発表され、受賞作について鼎談（土井大助、長山高之。「赤旗」十四、十五日付掲載）。

六月、自民党が議員立法で「国家機密法（スパイ防止法）を衆議院に提出、反対の論陣を張る。農村ルポ「土に聴く」を『あすの農村』に連載（十二回）。花岡事件四十周年記念集会が日中不再戦・友好碑を守る会主催で開かれ、「日中不再戦友好平和の誓いの集い」で「花岡事件について」と発言（大館市信正寺）、「花岡事件を語る集い」では高橋実医師とともに講演（三十日、「花岡と私」）。

七月、戦後短編集『山桜のうた』を新日本出版社から刊行、協和町役場に三十冊送付。「赤旗」日曜版からインタビュー（久保田有子記者）を受け「いのちはぐくむ『資源』への思い」を語る（八月四日付掲載）。

八月、第四詩集『松田解子全詩集』を未来社から刊行。柳瀬正夢遺作展を観覧（十四日）。河崎なつ記念室ニュースに「思い出と感謝」を執筆（上、十五日、下は九〇年四月号）。

九月、新刊の『山桜のうた』『松田解子全詩集』を届けがてら、横浜の南巌・小沢路子宅を訪問（十六日）。

十月、東京協和会の設立総会が開かれる（十日、於・高輪桧苑）。新著『山桜のうた』出版と傘寿を祝う会が中野区・大学生協会館で開かれ、不破哲三、石井あや子、窪田精、中川利三郎らがスピーチ、櫛田ふきが乾杯音頭（十二日）。埼玉土建大宮支部十周年記念祝賀会で講演「愛することと生きること」（十三日）。大分から大盛小学校の教え子が上京、大宮市の教え子・田口靖郎宅で歓談（二十日）。青森県教組主催の「市民に送る夕べ」で講演「生きて来た道に照らして」（二十五日、於・中弘教育会館）。マスコミ共闘主催の国家機密法案反対集会に参加（二十六日）。

十一月、全日自労活動交流集会で講演「労働者と文化と平和」（二―四日、於・秋田県わらび座。同機関誌『学習』№35に掲載）。失対事業見直し問題で、婦団連会長・櫛田ふき、新日本婦人の会会長・石井あや子らと労働省交渉（六日）。文学同盟埼玉東部支部で講演「『おりん口伝』の世界」（九日、於・越谷市福祉会館）。「国家機密法案について」を『民主文学』に。二十六日にはマスコミ文化・共闘主催の国家機密法反対集会（日比谷公園）であいさつするなど、反対運動を展開。青森県教組主催の「第六回若竹の会学習交流会のつどい」で講演「愛すること・生きること」（十八日、於・南津軽郡おおわに山荘）。秋田の知人七十人による傘寿と新著を祝う会が行われた（二十日、於・秋田市弥高会館）。翌日町長に挨拶、荒川鉱山跡地を見学。

荒川鉱山無縁墓に詣でる（二十一日）。第七回部落解放東日本婦人交流会で講演「戦後四十年と婦人の生き方」（二十三日、於・東京文京区民センター）。

国家機密法反対大集会に参加（二十六日、於・日比谷野外音楽堂）。

十二月、長野県母親大会連絡会主催の平和集会で講演（八日、於・塩尻市）。

＊

一月　随想「『用意はよいか』と」（「赤旗」日曜版6日）
　書評「資本と政治への告発―宍戸律著『産声』」（「赤旗」7日）
　詩「**ある原風景**」（日記）
二月　文学評論「『核』の脅威からの解放―二作品を中心に」（「赤旗」11日）
　随想「草の根のおかげで」（『月刊民商』）
　小説「**髪と鉱石**」（『民主文学』）
　追悼「女子師範のあこがれ―井上ハナさんをしのぶ」（「秋田魁新報」27日）
三月　随想「句集発刊に寄せて」（高橋キヨ句集『続・歩きたい』）
四月　社会評論「権利のうたの夕の勝利のために」（「赤旗」21日）
　詩「**亡びの土のふるさとへ**」（日記）
五月　前書「作者の言葉」（『あすの農村』）
　後書「あとがき」（『山桜のうた』）
六月　文学評論「事故と文学と―三菱南大夕張砿の悲報に接して」（「赤旗」日曜版2日）
　文化評論「〝大切な命を失いたくない〟一番あたり前の考えが共産党」（「赤旗」日曜版30日）
　ルポ「土に聴く（一）」（『あすの農村』）
七月　後書「あとがき」（『松田解子全詩集』）
　ルポ「土に聴く（二）」（『あすの農村』）
八月　書評「胸えぐられる感銘―日本プロレタリア文学集6『中西伊之助集』」（「赤旗」

19日、九一年『追悼集・中西伊之助』に再録）
随想「学び、愛し、たたかい」（「われら高校生」21日）
ルポ「土に聴く（三）」（『あすの農村』）
九月　小説「**ある夫妻のこと**」（『民主文学』）
文学評論「時代を反映した三つの小説」（『詩人会議』）
ルポ「土に聴く（四）」（『あすの農村』）
追悼「熱田優子さんを憶う」（『女人像』）
十月　ルポ「土に聴く（五）」（『あすの農村』）
十一月　追悼「なつかしい『女人芸術』での出会い―円地文子さん」（「赤旗」15日）
書評「理性と意思の純潔さ―塩沢富美子著『野呂栄太郎とともに』」（「赤旗」24日）
社会評論「国家機密法〝案〟について」（『民主文学』）
ルポ「土に聴く（六）」（『あすの農村』）
十二月　随想「荒川鉱山と永之介―案内したときの思い出」（「秋田さきがけ」16日）
社会評論「労働者と文化と平和」（建設一般全日自労『学習』）
随想「わたしは生徒」（『みんなのねがい』）
ルポ「土に聴く（七）」（『あすの農村』）
随想「『女性史研究』への願い」（『女性史研究』第20集）
随想「わが身をふりかえって」（『語りつぐ平和を　第四集』）
随想「見る者の立場に」（『季刊中国』）

一九八六年（昭和六十一年）………八十一歳
二月、「土に聴く」の取材で茨城県真壁郡協和町行き（十五日）。
第五福竜丸平和協会主催の「3・1ビキニ事件記念集会」で講演「第五福竜丸の頃」（二十六日、於・国鉄労働会館ホール）。
三月、婦人民主クラブ宮城県協議会主催の「婦民再建一五周年記念講演と文化のつどい」で講演「おりんの世界と私たち」（一日、於・戦災復興記念館ホール）。「井上ハナさんを偲ぶ会」に参加（二日、於・秋田市協働社大町ビル）。「86国際婦人デー記念のつどい」で講演「生きて来た道に照らして」（七日、於・働く婦人の家）。婦人参政権四十周年にあたり、孫娘江頭有子と対談（「歴史のページをめくるのはあなた」、『女性のひろば』五月号掲載）。

四月、「赤旗」で「多喜二・百合子賞受賞作をめぐって」碓田のぼる・佐藤静夫と座談（4、6日）。「伸びる会」の杉村光子死去。通夜に参列。全都保育日本共産党後援会で講演「今の保母さんへ老祖母からのお願い」（十四日、於・飯田橋セントラルプラザ）。

五月、連載中の「土に聴く」について第二十七回赤旗まつり会場で合評会が開催され、石橋靖夫（司会）、挿し絵画家・吉田力、登場人物モデル・岡田宗司、吉原一夫、下館市議候補・田谷武夫、協和町議・大島一明、三和町町議・菅原ヒデ子、茨城県党委員長・青木正彦、民間労組委員長・甲府田喜久男と語る（四日、於・赤旗まつり会場、『あすの農村』七月号掲載）。

七月、日教組私学校部主催の「全国私学夏季研究集会」で講演「わたしの大学」（二十七日、於・長崎・小浜町勤労者体育センター）。

八月、全農林労組主催の「第一回ノーリン婦人交流会」で講演「輝け、いのち―女の生き方働き方を考える」（六日、於・農林省七階ホール）。東北地区民間教育研究団体連絡会主催の「第三十五回東北民教研大湯集会」で講演「八十年生きて教えられた者からの教育論」（九日、於・角館大湯小学校）。中野区民医連主催の講演会で「私の戦争体験」（二十二日、於・中野商工会館）。妹・高橋キヨの喜寿を祝う会に出席（二十三日、我孫子「鈴木屋本店」）。

九月、帝銀事件被告の平沢貞道氏を救う会の「高齢者恩赦要請アピール」に賛同署名する（十二日）。映画「母さんの樹」について新婦人中央区・浜島かおる、ＮＴＴ王子局・長田繁氏と鼎談（「たたかうこと、働くことの美しさ」、『赤旗』九月十三日付掲載）。東京コロニー・カルチャースクール主催の自分史講座で講演「私の作品と自分史」（十七日～、於・東村山コロニー印刷）。

十月、青森県民医連看護委員会主催の「第十七回看護研究学会」で講演「生きて来た道に照らして」（五日、於・厚生年金会館）。荒川鉱山跡を訪問

（六日）。鈴木清文学碑完成祝賀会で講演（十四日、於・横手市駅前プラザ）。夕張新鉱「大災害5周年夕張集会」にあたりメッセージを送付（十六日）。

十一月、「赤旗」に発表した国鉄民営化反対運動に携わる労働者のたたかいを歌った「ささげるうた」が「大地ふかく」と改題して檀上さわえリサイタル（労音会館）で披露される（十九日）。衆議院議員・松本善明の「国会議員活動二十年を祝う会」（於・中野サンプラザ）で詩「たたえる」を朗読。

＊

一月　随想「シクラメンの鉢が」（「松本善明さんと代々木法律事務所を囲む会ニュース」1日）
文学評論「宮本百合子文学と農民」（「赤旗」日曜版19日）
書評「はげまされた二著―婦人による生活記録と平和」（「秋田さきがけ」28日）
随想「私も署名を集めています」（「ヒロシマ・ナガサキからのアピール国内連絡会ニュース」31日）
随想「政治家たちの短詩型作品」（『新日本歌人』）

二月　ルポ「土に聴く（八）」（『あすの農村』）
社会評論「松川事件について」（「学生新聞」22日）

三月　ルポ「土に聴く（九）」（『あすの農村』）
書評「天皇制を鋭くつく―岩倉政治著『波音』」（「赤旗」10日）
随想「もうつける薬はありません」（『月刊保団連』）

四月　ルポ「土に聴く（十）」（『あすの農村』）
ルポ「土に聴く（十一）」（『あすの農村』）

五月　社会評論「私は言いたい―ごまかしの定数『是正』」（「赤旗」日曜版15日）
随想「ゴーリキーの本」（『部落』）
ルポ「土に聴く（十二）」（『あすの農村』）
社会評論「花岡と私」（『花岡事件四〇周年記念集会の記録』）
文学評論「『おりん口伝』の世界」（『流域』）

六月　書評「人間の〝生〟とは何か―八坂スミ歌集『わたしは生きる』」（『民主文学』）
文学評論「そのころのこと」（復刻版『文化集団』別冊）
文学評論「ゴーリキーの『母』から学ぶ」（『月刊学習』）
七月　随想「風さわぐ日に」（『文化評論』）
社会評論「時代の創造的仕事として―衆・参同時選挙を終って」（「赤旗」13日）
八月　文学評論「忘れがたきゴーリキー作品」（「われら高校生」20日）
社会評論「ハートよ、迷いなく燃えよ」（『民主文学』）
九月　随想「星と土、米と緑を」（「全国農民新聞」1日）
文学評論「多彩な人間像、多彩なドラマ」（「赤旗」21日）
随想「ゴーリキー著『初期短編集』」（「赤旗」22日）
随想「昇曙夢著『ゴーリキーの生涯と芸術』」（「赤旗」29日）
十月　詩「**大地ふかく**」（「赤旗」28日）
文学評論「『地熱』の方法と、その世界」（『民主文学』）
十一月　紀行「荒川鉱山を訪ねて（上下）」（「秋田魁新報」4、5日）
詩「**たたえる〈1〉**」（『松本善明事務所ニュース』28日）

一九八七年（昭和六十二年）………八十二歳
一月、第八回研究集会で講演「人間としての自立と連帯」（二十四日、於・大阪市北陽高校）。

二月、プロレタリア作家・大江賢次死去、葬儀に参列（二日）。千葉市民生協佐原運営委員会主催の講演会で「女性の生き方と社会参加」（二十七日、於・佐原中央公民館）。

三月、非核の政府を求める会主催の婦人集会に参加（於・主婦会館）。全国老人福祉問題研究会からインタビューを受ける（『ゆたかなくらし』五、六月号に記事掲載）。

四月、「赤旗」日曜版からインタビュー（関口孝夫編集長）を受け「等し並の大切さをかみしめて」

と語る（五月十日付掲載）。

五月、共楽館の保存を訴える新聞記事に談話を掲載。「赤旗」日曜版。

六月、ルポ『土に聴く』を新日本出版社から刊行。

七月、川越民商婦人部第十四回総会で講演「女性の生き方を語る」（五日、於・川越民商会館）。詩話集『足の詩—詩話十編』を東京コロニーから刊行。大沼を紹介してくれた古河三樹松を迎える（十二日、於・自宅）。

八月、第三十三回母親大会で講演「母親は地上に核ではなく楽園を求めます」（一、二日、於・神戸市ポートアイランドワールド記念館、参加者一万人）。東京さわやか教育の会主催の旅行「87夏さわやか上高地」で、白骨温泉、乗鞍高原、安曇野などを訪ねる（十九—二十一日）。

九月、長野県教組婦人部で講演「八十年を生きて教えられた者からの教育論」（五日）。金子満広政談・文化講演会で講演「おりんの歩いた道を現代から見る」（二十五日）。

十月、千葉市母親大会で講演（十八日）。川越市新宿町保育園で講演「働く女性の生き方」（二十四日）。第九回国分寺母親大会で講演「子どもらに青い地球を手渡そう」（三十一日、於・国分寺勤労福祉会館）。

十一月、第二十八回赤旗まつりの政治プログラムとして座談会「創刊六〇年第をむかえる『赤旗』」に出席、労働運動史研究家・塩田庄兵衛、赤旗編集局長・吉岡吉典、元朝日新聞論説委員・丸山静夫、「赤旗」前モスクワ特派員大沼作人、女優・津田京子、中央委員会顧問・杉本文雄、文筆家・林田茂雄と語る（『前衛』十二月号掲載）。第十七回山形母親大会で公演「母親が手をつないでゆたかな自然と平和な山形を子供達に残そう」（七日、於・山形市第六小学校）。帰路協和町に寄る（八日）。大企業争議共同行動実行委員会主催の「争議勝利をめざす11・18共同行動」であいさつをする（於・日比谷野外音楽堂）。

十二月、鬼頭元判事補が公務員職権乱用事件で有罪判決、談話を発表（「赤旗」二十五日付）。

＊

一月　詩「**ははア、この男が、…**」（「夕張裁判

闘争をすすめる会ニュース13号」10日）
詩「**私たちの町　革新のまち**」（「中野の広場」号外）
文化評論「演劇『出雲の阿国』と『絆』を観て」（『民主文学』）
文化評論「民族の真の伝統美」『月刊わらび』）

二月
随想「『おりん口伝』三部作の思い出など」（『文化評論』）
ルポ「**何を食いて生きし**」（『あすの農村』）
追悼「大江賢次さんの訃に接して」（「赤旗」11日）

三月
随想「歩く」（「母親しんぶん」15日）
随想「初春のねがい」（「新婦人しんぶん」12日）
書評「信念を心底から吐露―畑田重夫著『春を呼ぶ準備を』」（「赤旗」30日）

四月
書評「『地熱』を再読して」（「赤旗」日曜版7日）
随想「自らの『声』と『言葉』で生きよう」（『AKITAこだま』58号）

五月
書評「戦前史を法律の側面から―青柳盛雄著『治安維持法下の弁護士活動』」（「学生新聞」2日）
随想「秋田とわたし」（『秋田短歌』）
随想「わたしにとっての『経済』とは」（『経済』）

六月
随想「みんなの力保育園のことなど」（建設一般全日自労『学習』）
後書「あとがき」（『土に聴く』）

七月
社会評論「不安は見事に打ち砕かれた」（「赤旗」12日）
詩「**こよなくうつくしく豊かなる地球を**」（『足の詩―松田解子詩話十編』）
後書「あとがき」（『足の詩―松田解子詩話十編』）

八月
随想「『コメ・農業を守るたたかい』への私の参加と、堀江邑一先生訪ソのお便り」（「旧縁乃会会報」15日）
随想「うれしかった長野の旅」（『87夏さわやか上高地』）
随想「ウソだけは書くまい、飾るまい―私

の文章修行」（『機関紙と宣伝』）
九月　ルポ「〝七・二〟の盛儀へ」（『あすの農村』）
十月　書評「歴史的な母性群像図―『母親がかわれば社会がかわる』」（「赤旗」19日）
十一月　社会評論「私の提言」（『食糧の自給をめざして』）
社会評論「歴史のページは自分でめくる」（『女性のひろば』）
書評「井口美代子『旅立ちまで』」（『民主文学』）
十二月　随想「氷雨の夜の感想」（「新婦人しんぶん」17日）

一九八八年（昭和六十三年）………八十三歳
一月、かながわ生協労働組合主催の「88新春の集い」で講演「ほんものの生き方―母親の生き方と生協運動」（二十日）。津川武一と対談「日本の米、稲作、文化を語る」（『あすの農村』三月号掲載）。

二月、東村山教職員組合婦人部「教研集会」で講演「暗闇の中も嵐の時も強く生きて、今」（三日、於・東村山スポーツセンター）。宮城県教組仙南支部白石ブロック婦人部主催の「母と女性教師の会」で講演「子どもたちの未来を明るくきり開くために」（六日、於・白石中央公民館ホール）。小林多喜二没後五五周年記念の夕べで講演「小林多喜二の思い出」（二十日、於・日比谷公会堂）。東都生協多摩支部主催の会合で講演（二十三日）。杉村光子の遺稿集『おりき』に「忘れ得ぬ友の遺作に」を寄稿（二四日）。千葉県第七回保育大学で講演「私の人生と平和」（二十八日）。千葉県青少年婦人会館で講演「生きるために育てるために」（二十八日）。

三月、横浜労働学校「第68期開講記念講演会」で講演「自分と教育」（三日、於・横浜平和と労働会館）。

四月、大型間接税について発言（十五日、「母親しんぶん」）。杉村光子を偲ぶ会に参加。

五月、第68期労働学校で講演「21世紀に生きる若者へのメッセージ」（十一日）。北埼玉保育問題研究会主催のつどいで講演「永遠なる幼児の心で」（十五日、於・第二さくら保育園）。第十一回部落解放婦人交流集会で講演「人間―母の立場からの平等」(二十一・二十二日、於・湯河原観光会館。同機関誌『解放の道』六、七月号に掲載)。墨田区の墨田母親集会で講演(二十九日)。斉藤公子と「幼児期の人間形成を考える」で対談(七月刊『愛と変革の保育思想』収)。

六月、担任した旧大盛小学校卒業生十人の十回目の同級会(十四日、大盛館)、二泊三日の旅行に参加。全国じん肺裁判闘争を支援。

七月、日本機関紙協会主催の「第五三期機関紙学校」で講演「私の人生と『書く』ことの意味」(二十一日、於・水上松の井ホテル)。随想集『生きることと文学と』を創風社から刊行。

九月、第二回高齢者大会で講演「人生これ青春」(一日、於・福島)。東京土建江戸川支部主催の集いで講演「歴史の上での現代女性の位置」(四日)。田川地区母親大会で講演「生命を守る母親は核より平和を」(二十五日、於・後藤寺小学校講堂)。

十月、新日本出版社「日本プロレタリア文学集」企画説明会「全国書籍部長会議」で記念講演(一、二日)。財団法人秋田県青年会館発行『あきた青年公論』のインタビュー「人文登場」に応じる(同誌八九年一、六月号掲載)。夫・大沼渉死去(二十五日)。。

十一月、第三十回市川市母親大会で講演「明日を信じ明治・大正・昭和を生き抜いて」(十三日、於・市川市勤労福祉センター分館)。福井県母親大会で講演。故松本一三同志を偲ぶ会に出席、あいさつ。

十二月、秋田県青年会館主宰の『あきた青年広場』のインタビューを受け「私の青春」を語る(『あきた青年広場』一九八九年一月、六月号掲載)。少年少女新聞社から「わたしのすすめる一さつの本」とのインタビューをうけビクトル・ユーゴー「ああ無情」をあげ、「少女コゼットはわたし」とのタイトルで二十五日付に掲載。

＊

一月　随想「新春の思い」(「赤旗」日曜版1日)
社会評論「救援会あれこれ」(「救援新聞」5日)
書評「感度明澄なヒューマニティ——日本プロレタリア文学集21〜23」(「新婦人しん

ぶん」28日）
小説「プラタナスと一老女の会話から」（『民主文学』）
三月　随想「幼い日のあこがれ」（『日本の学童保育』）
文学評論「うそだけは書かない飾らず書こう」（『私の文章修行』）
随想「今月の言葉」（『月刊学習』）
随想「こころ開いて生きれば」（『コロニーエキスプレス』）
四月　随想「触発されるものと生活と（上下）」（「うたごえ新聞」11日、5月9日））
文学評論「無題」（『この流れに生きて』）
随想「コメを憂える話」（『民主文学』）
文学評論「忘れ得ぬ友の遺作に」（杉村光子『おりき』）
文学評論「多喜二との思い出」（『文化評論』）
五月　書評「杉村光子と遺作『おりき』について」（「赤旗」24日）
六月　後書「あとがき」（『生きることと文学と』）
書評「『愛と希望の星みつめて』を読む」（『婦人通信』）
七月　社会評論「正しいものは結局は勝ちすすむ」（「赤旗」10日）
随想「訪郷」（「文芸家協会ニュース」）
八月　通信「夫の入院」（東京解放運動旧友会『風雪』）
書評「中本たか子著『とべ、千羽鶴』について」（「赤旗」日曜版21日）
随想「咳」（『佐藤秀一追想録』）
十月　社会評論「天皇の宣戦布告のもと奪われた多数のいのち」（「新婦人しんぶん」13日）
追悼「逝ける才能への惜念―工藤静子の遺作を読んで」（『歩きつづける』）
随想「失郷者の心」（『月刊わらび』）
十一月　文学評論「老いの胸轟きを禁じ得ない」（「赤旗」13日）
社会評論「結婚七日目に検束された夫はいま・・・」（『月刊民商』）
婦人評論「人間の権利を抑圧し続けたあの

存在」(『女性のひろば』)

十二月　社会評論「権利に磨きをかける姿勢こそ」(『月刊憲法運動』)

一九八九年(昭和六十四、平成元年)……八十四歳
一月、昭和天皇死去(7日)、感想を『民主文学』他に書く。

二月、「小林多喜二虐殺　追悼・決起集会」で講演「多喜二とその文学から何を学んだかについて」(十八日、於・阿佐ヶ谷地域区民センター)。

三月、故・松本一三同志を「偲ぶ会」で講演。全国じん肺弁護団連絡会議の第二回総会で講演(四日)。「治安維持法大弾圧三・一五61周年、四・一六60周年記念のつどい」で講演(十五日)。

四月、「東京都高齢者大会」であいさつ(二十日、日本教育会館)。『文化評論』の連載座談会「プロレタリア文学の時代」第五、六回分に参加(出席者・伊豆利彦、佐藤静夫、塩田庄兵衛、松沢信祐。同誌六、七月号掲載)。

五月、第四回狛江母親大会で講演「主権者は私たち―母親が変われば社会が変わる」(十四日、於・狛江市民センター)。生活と健康を守る会機関紙が千号に達したのを機会に会長・関光甫氏と対談(『生活と健康を守る新聞』二十八日付掲載)。内臓悪化により二十九日から入院、六月二日手術、六月中旬退院。

六月、協和町の資料室に、『日本プロレタリア文学全集』、『小林多喜二全集』、『宮本百合子全集』を寄贈。

八月、正則高校PTA主催の平和を考える集いで講演「母こそ創造者」(五日、於・港区芝正則高校)。病状にある守屋典郎を励ます会発起人会(世話人・塩田庄兵衛)が開かれ、当面見舞いの寸志を集めることになり、これに応じる。

九月、青年新聞からのインタビューを受け「美しく輝きたいあなたへ」と語る(「民主青年新聞」六日付掲載)。秋田県母親大会で講演(四日、於・横手高校)、夜、民主文学秋田県南支部主催の懇談会に出席、鈴木清らと懇談。新日本出版社「宮本百合子の女性シリーズ」発刊に関して感想を発表(六日、民主青年新聞)。農民連の全国研修会に参加(六～八日、於・わらび座)。三鷹母親大

会で講演「未来につなぐ子育て」（二十四日、於・三鷹市社会教育会館ホール）。神奈川生協主催の集会で講演（二十六日、於・三島市）。
十月、鈴木清文学碑建立委員会顧問に就任。戦前短編集『松田解子短篇集』を創風社から刊行。松本一三獄中詩集『すずなろ』の出版記念会に参加。東電差別撤廃闘争の秋期行動に参加、東電本店前でデモ隊を支援（十二日）。千葉県農村婦人センター結成準備会で講演（十三日、於・千葉市文化センター）。取手母親大会で講演「母親は未来をひらく」（二十二日、於・取手第二高校）。「赤旗」の「土曜インタビュー」（牛久保達男記者）で「半世紀を越す文学への思い」を語る（「赤旗」二十八日付掲載）。
十一月、仙台教組婦人部総会で講演「こよなく地球と子らの幸を守るために」（十八日、於・仙台教育会館）。年金者組合のインタビューを受け「私の年金は8000円よ」と組合結成への期待を語る（宣伝版「年金者組合」15日）
十二月、中国の花岡受難者連誼が、北京から鹿島建設に公開書簡を送る。以後九十年代に入ると日本の裁判所への提訴が相次ぐことになる。全日本福祉保育労働組合主催の福祉労働者決起集会で講演「私の歩んだ道」（十日、於・日本青年館）。

＊

二月　随想「耳にのこる言葉」（東京解放運動旧友会『風雪』）
　　文学評論「戦前の天皇制その中での抵抗の詩」（『季刊日本のうたごえ』）
三月　追悼「このお集りを機に……」（『笑顔を絶やさなかった革命家―故松本一三同志を「偲ぶ会」詳録』）
　　文学評論「『昭和』終焉、一実作者の感想」（『民主文学』）
六月　詩「**東京のお母さんへ**」（「赤旗」28日）
　　推薦文「一共産主義者の詩魂」（『すずなろ―松本一三獄中詩集』）
　　随想「じん肺のこと」（『文化評論』）
八月　随想「まちどおしい母親しんぶん」（「母親しんぶん」15日）
　　随想「思い出と感謝―河崎なつ先生に

（上）」（「河崎なつ記念室ニュース」15日）

婦人評論「わたしの思い『おんなのかたき論』」（『天皇―女たちは発言する』）

九月　随想「地に張る根」（「赤旗」22日）

後書「あとがき」（『松田解子短篇集』）

書評「江口渙と『労働者誘拐』」（『前衛』）

十月　随想「訪郷者のつぶやき」（『ＡＫＩＴＡこだま』63号）

十一月　随想「理性の怒り―農民連全国研修会に参加して」（『あすの農村』）

推薦文「現代労働界への厳しい警告」（升井登女尾『糸ぐるまの回想』）

十二月　随想「〝自然〟と恩師」（『月刊保団連』）

一九九〇年（平成二年）……………八十五歳

一月、国際婦人デー八十周年にあたって座談会「歴史から受け継ぐもの」に出席、労働者教育協会常任理事・川口和子、婦団連会長・櫛田ふき、都職労婦人部副部長・馬篭靖子、新日本婦人の会副会長・山川フサと座談（『婦人通信』二月号掲載）。

二月、江古田図書館で講演「生きることと文学と」（三日）。東京代々木病院で講演「私の生きてきた道と文学」（二十一日）。伊勢崎市母親大会で講演「母親は明日を拓く」（二十五日、於・伊勢崎市文化会館）。

三月、七十代・八十代対談「三味線と『資本論』でおつきあいしましょ」で那智シズ子と対談（『女性のひろば』五月号掲載）。

四月、休養を兼ねて執筆場所として田沢湖町のわらび荘に長期滞在（一日〜三十日）。

六月、再びわらび荘に滞在（六日〜）。

七月、花岡受難者連誼会と鹿島建設が共同声明を発表（五日）。「花岡事件が告げるもの」を「赤旗に発表（七月十三日）。第十九回党大会・党創立六十八周年にあたって参議院議員・小笠原貞子と対談（「いま輝く日本共産党と私たち」、『グラフこんにちは日本共産党です』123号七月十五日号掲載）。戦前の活動仲間の南巌・小沢路子夫妻の祝いの会に参加（十五日）。

八月、全国商工団体連合会婦人部協議会が「業者婦人の母性を守り、社会的・経済的地位向上を求める運動」を提起、これに賛同の意を表明、その関係から全国商工新聞からインタビューを受ける（同紙八月二七日付掲載）。

九月、第二十回水戸母親大会で講演「母親は未来を開く」（二十四日、於・水戸市三の丸公民館）。

十月、荒川鉱山廃山五〇周年記念式典に参加（十三日、於・鉱山墓園）。鈴木清文学碑完成祝賀会で講演「鈴木清の文学の不朽性と碑」（十四日、於・横手市プラザホテル）。中野女性史をつづる会で講演「自分史について」（二十七日、於・中野女性会館）。

十一月、日本共産党幸区後援会総会で講演「女性は自衛隊の海外派兵を許さない」（十二日、於・中小企業婦人会館）。陽光保育園ホールで講演「私の歩んだ道」（十八日）。

十二月、陽光保育園父母の会主催のつどいで講演「私の作家人生」（十五日、於・中野婦人会館）。

＊

一月　随想「怒りの果ての笑いへの願い」（『全農協労連』1日）
　　　随想「会員のみなさんへ」（東電差別撤廃闘争群馬支援する会「たいまつ」12日）
二月　随想「主権者、女はいま何を？」（『農民連新聞』1日）
三月　随想「二月の声」（東京解放運動旧友会『風雪』）
　　　随想「図書館について」（中野区「えごたとしょかんだより」30日）
　　　社会評論「世の中を変える一番の早道は」（『女性のひろば』）
四月　随想「思い出と感謝―河崎なつ先生に（下）」（「河崎なつ記念室ニュース」）
　　　文学評論「組み伏せられては立ち上り」（『新文学入門』）
六月　随想「その原風景と原感情」（『季刊中国』）
七月　社会評論「**花岡事件の告げるもの**」（「赤旗」13日）
　　　随想「日本中の生きたドラマが展開」（「母親しんぶん」15日）
八月　小説「**咽喉音**」（『民主文学』）
　　　文学評論「いま思うこと」（『民主文学』）

九月　随想「村々に宝あり」（『あすの農村』）
　書評「現在のたたかいを励ます―『秋田県農民運動史』」（「赤旗」24日）
　随想「陀田勘助と詩『全体の一人』」（『前衛』）
十月　随想「老いのひとりごと」（青年劇場「遺産らぷそでぃ」公演パンフ）
　随想「心を豊かにしてくれた…私の読書人生」（「赤旗」日曜版21日）
　随想「感謝と願い」（荒川会・荒川鉱山廃山五十周年記念『花の咲かない山』）
　文学評論「鈴木清文学の不朽性と碑」（『秋田民主文学』）
十一月　随想「ゆかりある人々と」（「秋田さきがけ」1日）
　社会評論「二つの図絵―即位礼のなかで考えたこと」（「赤旗」16日）
十二月　「郷山への想い」（『文化評論』）

一九九一年（平成三年）………八十六歳

一月、敗戦前後の女性群像を描いた「あすを孕むおんなたち」を連載（週刊『新婦人しんぶん』九二年六月四日まで）。蔵原惟人死去（二十五日）、弔意を送る。

二月、京商連婦人部協議会主催の「業者婦人フォーラム91」で講演（四日、於・下京区シルクホール）。治安維持法国家賠償要求同盟秋田県本部結成に際しメッセージ「励ましと感謝をこめて」を寄せる（十日）。第二回中野区老人大会で講演（二十四日、於・中野区役所集会室）。

三月、宮城県教組石巻支部主催の「お母さんと先生の集い」で講演「子どもの幸せを守る女性の生き方」（二日、於・石巻市飛龍閣）。解放運動無名戦士の墓に墓参（十八日、於・青山墓地）。都知事選政談演説会で発言（二十三日、於・中野文化センター）。治安維持法国家賠償要求同盟第二三回大会で中央本部顧問に選出される。

五月、中野勤労者医療協会労組で講演「メーデーの話」（二日）。東京解放運動旧友会が開催した「旧女性のつどい」に参加（二十八日、老・中野区勤労福祉会館）。

六月、鈴鹿市母親大会で講演「生きて来た道に照らして」（十六日、於・鈴鹿青少年センター）。新婦人都本部内後援会主催の日本共産党を語るつどいで講演（二十一日、於・豊島区勤労青少年センター）。

七月、第三十六回神奈川県母親大会で講演「人間らしい生き方を求めてしたたかに八十年」（七日、於・藤沢市市民会館ホール）。日本共産党創立六十年にあたり、「赤旗」日曜版の「私と日本共産党」に寄稿（十四日付掲載）。新日本出版社内共産党後援会で講演「私にとっての党」（十一日）。

八月、民医連在学医大生の研修会で講演（十八日、於・長崎市）。

九月、「中西伊之助氏を偲ぶつどい」に参加（十五日、於・藤沢市民会館）。じん肺訴訟第二回キャラバン行動として、常磐炭鉱で講演（三十日）。

十月、東京国家公務員労組共闘会議婦人部主催の集会で講演「明治の女性の見た平成」（十九日、於・農水省別館）。北炭夕張新鉱ガス突出事故から十年にあたり、事故死した田口睦夫夕張市議夫人・田口幸枝さんと対談（『民医連新聞』掲載）。夕張の記念集会にメッセージを送る（十六日）。

東京協和会第七回総会に出席、挨拶（二十七日、於・九段会館）。

十一月、「丸岡秀子さんを偲ぶ集い」に発起人として出席、あいさつ（九日、於・家の光会館）。

十二月、「ＰＫＯ協力法反対の集い」に参加、各党に反対要請（九日、於・参議院議員会館）。

＊

一月　文学評論「老いの再読から―主として『道標』について」（「赤旗」日曜版13日）
推薦文「発刊によせて」（山田寿子『長い旅路』）
小説「あすを孕むおんなたち（一～三）」（「新婦人しんぶん」17、24、31日）
詩「**夕張の山を思えば**」（森谷たけし宛手紙）
二月　小説「あすを孕むおんなたち（四～七）」（「新婦人しんぶん」7、14、21、28日）
三月　小説「あすを孕むおんなたち（八～十一）」（「新婦人しんぶん」7、14、21、28日）

四月　小説「あすを孕むおんなたち（十二～十五）」（「新婦人しんぶん」4、11、18、25日）
書評「胸に落ちるほんものの感動―土井大助詩集『朝のひかりが』」（『暮らしと政治』）
追悼「蔵原惟人氏の他界にあたって」（『民主文学』）
随想「わが秋田女子師範」（『月刊AKITA』）
五月　小説「あすを孕むおんなたち（十六～十九）」（「新婦人しんぶん」9、16、23、30日）
随想「ワラジとアメダマ考」（『ほんりゅう』）
六月　小説「あすを孕むおんなたち（二〇～二三）」（「新婦人しんぶん」6、13、20、27日）
七月　小説「あすを孕むおんなたち（二四～二七）」（「新婦人しんぶん」4、11、18、25日）
随想「この列島に血熱く心明き人間の集団」（「赤旗」日曜版14日）
随想「海上デモから『農村歩き書き』へと」（『あすの農村』）
書評「松山達枝作品集『赤い襟章』」（『民主文学』）
八月　小説「あすを孕むおんなたち（二八～三二）」（「新婦人しんぶん」1、8、15、22、29日）
随想「秋田・平和展に寄せて」（「秋田さきがけ」16日）
九月　小説「あすを孕むおんなたち（三三～三六）」（「新婦人しんぶん」5、12、19、26日）
社会評論「原点を忘れず―日本共産党から教えられたこと」（「赤旗」15日）
十月　小説「あすを孕むおんなたち（三七～四一）」（「新婦人しんぶん」3、10、17、24、31日）
十一月　小説「あすを孕むおんなたち（四二～四五）」（「新婦人しんぶん」7、14、21、25日）

28日）
随想「ふるさとを迎えて」（「秋田さきがけ」18日）
十二月
随想「住む町で」（「赤旗」4日）
小説「あすを孕むおんなたち（四六〜四九）」（「新婦人しんぶん」5、12、19、26日）
随想「廃山跡で」（「赤旗」11日）
随想「いわき市を訪ねて」（「赤旗」18日）
書評「女のえい智につきぬ面白さ」（「婦民新聞」20日）
随想「散りよう」（「赤旗」25日）
追悼「原太郎氏の思い出〝座〟への期待」（追悼集『原太郎　人と仕事』）
随想「青春と学習」（『青年運動』）

一九九二年（平成四年）………八十七歳
一月、東京都老後保障推進協議会主催の社会生活大学で講演「老いてなを青春」（十八日、於・東京都社会福祉総合センター）。

二月、「平塚らいてうを記念する会」創立。教育を考える太白区父母と教師の会で講演「人生これ青春」（十一日、於・仙台教育会館）。金親清死去（十五日）、追悼を『文化評論』に書く。「松田解子講演会」で講演「八十八歳の私がなぜ書きつづけるのか」（二十七日、於・港区婦人会館）。

四月、常磐じん肺第一陣訴訟和解成立記念レセプションで挨拶（三日、於・主婦会館）。東電闘争「第五次本店包囲終日行動」に参加（十七日、於・東電本社前）。日本共産党女性後援会主催「花ひらけ　愛　民主主義　4・17女性のつどい」で挨拶（十七日、於・日比谷公会堂）。第四回江東区高齢者集会で講演（二十六日、於・砂町文化センター）。中野女性会館で講演「人生、これ青春」（二十六日）。島崎こま子について書く予定で藤村を読み、木曽路を旅行（二十八、二十九日）。

六月、日本共産党大演説会で講演（十一日、於・千葉ポートアリーナ）。台東区婦人後援会で講演（二十一日、於・待乳山小学校講堂）。

八月、心臓発作で入院二度。

十月、再入院（三十日〜）。

十二月、『あすを孕むおんなたち』を新日本出版社より刊行。

＊

一月　小説「あすを孕むおんなたち（五〇〜五四）」（「新婦人しんぶん」2、9、16、23、30日）

二月　小説「あすを孕むおんなたち（五五〜五八）」（「新婦人しんぶん」6、13、20、27日）

　　　社会評論「真底の真実をついている党」（『女性のひろば』）

三月　小説「あすを孕むおんなたち（五九〜六二）」（「新婦人しんぶん」6、13、20、27日）

四月　小説「あすを孕むおんなたち（六三〜六六）」（「新婦人しんぶん」3、10、17、24日）

　　　社会評論「今年こそ、勝利をわが手に」（東京電力差別撤廃闘争支援する会「人間」30日）

五月　小説「あすを孕むおんなたち（六七〜最終回）」（「新婦人しんぶん」1、8日）

　　　書評「奈良さんと『大工場へ』を思う」（『北炎』15号）

六月　追悼「金親清さんのこと」（『文化評論』）

　　　後書「『あすを孕む女たち』の連載を終えて」（「新婦人しんぶん」11日）

　　　随想「悲惨だった炭鉱労働―秋田がこいしい鉱山がこいしい①」（『月刊ＡＫＩＴＡ』）

七月　社会評論「新しさ、必要性、真実ということ」（「赤旗」8日）

八月　随想「物思う心、本に向かう―秋田がこいしい鉱山がこいしい②」（『月刊ＡＫＩＴＡ』）

　　　随想「楽しくもありしかな」（日本共産党文学後援会「会報」41号）

九月　随想「永之介、第一作で活写―秋田がこいしい鉱山がこいしい③」（『月刊ＡＫＩＴＡ』）

十月　社会評論「八十七嫗怒りがこみあげてなら

ない」（日本共産党文学後援会「会報」42号）

十一月　随想「生き意地張って」（「東京革新懇ニュース」）

十二月　後書「あとがき」（『あすを孕むおんなたち』）

一九九三年（平成五年）………八十八歳

二月、93江東区母親大会で講演「女を生きて八十八年」（七日、於・パルシティ江東）。「教育を考える・太白区父母教師の会」で講演（二十七日）。

三月、治安維持法国家賠償要求同盟秋田県支部主催の「三・一五大弾圧六五周年記念・文化講演会」で講演「一人の主権者——一人の鉱山（かねやま）女として」（二十八日、於・秋田県社会福祉会館）。荻原和子さんを励ますつどいに参加、一九四七年の立候補の経験などを披露（二十八日）。

四月、東電の思想・賃金差別争議で千百人が参加した東電本社抗議デモに参加、マイクで参加者を激励（十五日）。吉岡真美、小林登美枝、櫛田ふきら女性史研究者、文学研究者に呼ばれてお茶の会が開かれる（於・荻窪駅前・こけし屋）。細倉じん肺闘争のマインパーク（細倉鉱山跡地）現地調査に参加。

六月、治安維持法国家賠償要求同盟秋田県鷹巣阿仁支部主催の文化講演会で講演（十三日、於・鷹巣町中央公民館大会議室）。いわき市の常磐炭鉱跡地にたつ「民主先駆の碑」建立を目ざす集会で講演「女ひとりひたすら生きた」（十九日、於・いわき市）。荒川鉱山・百目石坑が「マインロード・荒川」として再開発、完工式に参加（十一日）。

七月、第三十五回川崎母親大会で講演「母親は今燃えて憲法を守る」（四日、於・中小企業会館）。日中友好協会東京都連合会主催の「盧溝橋事件五六周年の集い」で講演「花岡事件に思う」（九日、於・東京芸術劇場会議室）。

八月、東電思想差別問題の前橋地裁判決を傍聴、午後東京本社前での勝利報告集会に参加、挨拶（二十四日）、感想を「赤旗」などに書く。

九月、東京土建調布支部主催の主婦の会決起集会で講演（十二日、於・三鷹市公会堂）。秋田県協和

町文芸協会二〇周年記念集会で講演「私の文学と人生」(二十日、同公民館)。大盛小学校の同級生七人と会合(二十五日、於・目黒雅叙園)。なくせじん肺全国キャラバンいわき行動で講演「常磐炭鉱との出会い」(三十日、於・いわき産業会館)。東武百貨店で開かれていた「昭和を切り開いた女性たち展」の一環として、望月百合子、平林英子とともに長谷川時雨の思い出を語る会に参加。『月刊AKITA』から鷲尾三郎のインタビューを受け「渦中の一人として是非後生に遺しておきたい」と語る(『月刊AKITA』十一月号掲載)。十月、米寿を祝う会が行われる(二十四日)。十一月、小選挙区制阻止の課題で講演「ふたたび戦争と暗黒政治を許すな」(二十七日)。長崎じん肺訴訟の最高裁口頭弁論開催日、最高裁判所前集会に参加(三十日)。

＊

一月　文芸評論「『土』公演によせて」(「日本農業新聞」13日)
三月　社会評論「連帯の原点にあったもの」(『あすの農村』)
四月　随想「文化評論あればこそ」(『文化評論』)
　書評「埋もれた文学に批評の光—祖父江昭二著『二〇世紀文学の黎明期』」(「赤旗」19日)
五月　文学評論「『おりん口伝』について」(『部落』)
　追悼「鈴木清氏を悼む」(『民主文学』)
　随想「特高の監視潜り教示—秋田がこいしい鉱山がこいしい④」(『月刊AKITA』)
六月　随想「問い」(日本共産党文学後援会「会報」48号)
七月　追悼「今の思い」(『秋田民主文学』25号)
八月　随想「県内の隅々まで遊説—秋田がこいしい鉱山がこいしい⑤」(『月刊AKITA』)
九月　社会評論「ある晴れた日胸に刻む16年の闘い」(「赤旗」3日)
　社会評論「私の驚きと、願い」(『練馬区労協・阿部事件裁判資料集』)

随想「よみがえった坑道」（「秋田さきがけ」）20日）
十月　追悼「忘れがたき面影」（『人権と正義を守ってひとすじの道　青柳盛雄追悼文集』）
随想「先輩たちが今も激励―秋田がこいしい鉱山がこいしい⑥」（『月刊ＡＫＩＴＡ』）
随想「一後輩の思い出」（『民主主義文学運動の先駆者若杉鳥子』）
十一月　随想「荒川鉱山が原体験に―秋田がこいしい鉱山がこいしい⑦」（『月刊ＡＫＩＴＡ』）
随想「横田文子さんのこと」（『索』４号）
随想「マグマの鼓動を聞く―秋田がこいしい鉱山がこいしい⑧」（『月刊ＡＫＩＴＡ』）
十二月　随想「『処女詩集』が発禁処分―秋田がこいしい鉱山がこいしい⑨」（『月刊ＡＫＩＴＡ』）
社会評論「あともどりは出来ない」（『民主文学』）

一九九四年（平成六年）………八十九歳
二月、詩誌『梢』に「わたしは歌わない」を発表。日鉄鉱業を訴えていた長崎じん肺訴訟の最高裁判決を傍聴、日鉄鉱業本社前の座り込みに参加（二十二日）。

三月、京都民主府政再生をとの飯沢匡・茂山千之丞・新藤兼人の呼びかけに賛同の名を連ねる（「赤旗」２日付発表）。

四月、秋田県協和町の職員・佐藤征子の訪問インタビューを受ける（九日、『ＡＫＩＴＡこだま』七二号に訪問記掲載）。

「清潔な市民の市長をつくる会」から横浜市長選立候補した近代文学研究者・伊豆利彦氏を支援する文化人アピールに賛同の名を寄せる（「赤旗」二十五日付発表）。

五月、新内の第一人者岡本文弥と「音曲の力、芸の魔術」と題して対談（二十九日、『民主文学』八月号掲載）。

六月、三菱細倉じん肺裁判闘争の提訴二周年記念集会で「坑夫の娘に生まれて文学へ」と講演（四日、於・鶯沢町新興センター町民ホール、参加者四〇

○名)。石川島播磨争議団主催の「石播のたたかいを勝たせる会第六回総会」で講演(十二日、於・江東区勤労福祉会館)。総選挙での躍進をめざす東京八区の演説会で岡本文弥、中濃教篤らとともに応援演説(十三日、於・浅草公会堂)。戦前から親交のあった南巌・小沢路子夫妻を訪問(十九日)

七月、「勝目テル生誕一〇〇年没後一〇年のつどい」に参加(六日)。日本共産党の第20回大会への期待を表明(「赤旗」十二日付)。八月五日に広島で開催される「核兵器なくそう女性のつどい」への参加を呼びかけに名を連ねる(二十二日、「赤旗」二十三日付掲載)。二十日、軽い交通事故に遇い、めまいもあって入院検査(二十六日〜)。

十月、茨城県古河市の「古河母親大会」で講演「母親のもう一つの力について」(二日、於・古河第三小学校)。五月十七日に新装会館した日本橋図書館開館記念展企画「長谷川時雨の仕事展」での座談会「長谷川時雨を語る講演と座談会」で望月百合子、平林英子氏と鼎談(二十二日、於・図書館六階ホール)

十二月、平塚らいてう研究家・小林登美枝をねぎらう会に参加(十三日)。

＊

一月　小説「自らの足と手で」(『民主文学』)
　　　序文「銅山に生きた人の心の友」(『町民がつづる足尾の百年』)
二月　随想「汚泥の中で死体探す―秋田がこいしい鉱山がこいしい⑩」(『月刊AKITA』)
三月　詩「**わたしは歌わない**」(『梢』4号)
　　　随想「婦人公論などにルポ―秋田がこいしい鉱山がこいしい⑪」(『月刊AKITA』)
四月　随想「〝地獄〟変じて極楽に―秋田がこいしい鉱山がこいしい⑫」(『月刊AKITA』)
　　　社会評論「尾去沢ダム事件補遺」(『民主文学』)
五月　随想「メーデー思うとき胸おどる」(『学習の友』)
六月　小説「飢餓路にて」(『民主文学』)

七月　　随想「石播のたたかう仲間の皆さんへ」（「石播のたたかいを勝たせる会」51号）
九月　　追悼「能智愛子さんを悼む」（『民主文学』）
十月　　詩「**ワタシノ願イ**」（「赤旗」30日）

一九九五年（平成七年）……… 九十歳
二月、文学同盟埼玉東部支部主催の第六回文芸講演会で講演「女性として文学者として」（十日、於・春日部市文化会館。同機関誌『流域』十一号に掲載）。小樽市多喜二祭で講演「多喜二から私が何を学んだか―人間として作家として」（二十日、於・小樽市日専連ビル）。

四月、長崎じん肺訴訟差戻審結審にあたり原告団にメッセージを送る（十四日）。中央郵便局労働者が起した「慣行休息」復活を求める「東京中央郵便局慣行休息権等確認請求裁判」への上申書「一利用者の思いと願い」を高等裁判所に提出（二十二日）。

五月、『婦民新聞』（旬刊）三十日付から「忘れ得ぬ先人たち」を連載開始、途中病気による中断を挟んで二〇〇〇年十月二十日付まで一五五回。

六月、「核兵器をなくそう女性のつどい95」の呼びかけ人に名を連ねる（「赤旗」二日付掲載）。東久留米市反核平和市民実行委員会主催のつどいで講演「花岡事件について」（五日、於・東久留米市市民会館）。

七月、参議院選挙にあたり日本共産党への期待を表明（十一日、「赤旗」発表）。詩集『辛抱づよい者へ』復刻版を不二出版から刊行（十八日）。

八月、小沢路子死去（五日）、横浜・戸塚の汲沢団地宅に弔問（六日）。日本民主主義文学同盟の創立三十周年を祝う会に参加、挨拶（二十六日）

九月、随想集『歩きつづけて、いまも』を新日本出版社、『女性線』復刻版をあけび書房から刊行。

十月、卒寿（七月十八日）にあたって「赤旗」からインタビュー（児玉由紀恵記者）を受ける（「労働者とともに書き、貫く〝おりん〟の90年」と題して七日付に掲載）。卒寿を祝う会が開催され、二百三十名参加、塩田庄兵衛開会あいさつ、櫛田ふき乾杯の音頭、「全女性進出行進曲」がピアノ・小林南、歌・福田由美子で戦後初めて披露された（十四日、東京・アルガディア市ヶ谷）。

十一月、新日本婦人の会発行の機関誌『月刊女性&運動』に求められて九十年の人生を語る（「女を生きて90年」）。長崎北松じん肺訴訟報告集会に参加（十六日）。尾形明子主催の会で、望月百合子、平林英子と集う（二十五日）。

十二月、東電思想差別撤廃闘争が十九年ぶりに解決。名古屋の書店大地の招きで講演（二日、於・三井ビル東館書店大地）。先輩・後輩対談として婦団連会長・櫛田ふきと対談「生きるのって楽しい―来年は「60年安保」のようにたたかいたい」（『赤旗』三日付掲載）。山梨県母親大会で講演「戦前―戦後　女を生きて九十年」（九日、於・甲府市社会教育センター）。宮本百合子没後四十五周年にあたり「宮本百合子と平塚らいてう」を研究家・小林登美枝と対談（『平塚らいてうを記念する会ニュース』一九九六年一月十日付掲載）。年末から翌春まで、骨粗鬆症と腰椎症で入院生活を送る。

＊

一月　随想「自己観察中」（日本共産党文学後援会「転形期」58号）

詩「**新年感あり**」（治安維持法犠牲者国家賠償要求同盟『不屈』247号）

随想「恩師ありき」（『ほんりゅう』129号）

追悼「とりとめなき思い出」（『民主文学』）

四月　詩「**今その一葉一葉は意思をもち**」（治安維持法犠牲者国家賠償要求同盟『不屈』250号）

社会評論「利用者の思いと願い」（東京高裁あて「上申書」、22日）

書評「身をつくして歩いてきた人生―櫛田ふき著『八度めの年おんな』」（「赤旗」17日）

文学評論「小林多喜二とその文学から何を学んだかについて」（『民主文学』）

五月　文学評論「なつかしい小樽の風景」（「赤旗」19日）

自伝「**忘れ得ぬ先人たち**（1）」（「婦人民主新聞」30日）

六月　自伝「**忘れ得ぬ先人たち**（2～4）」（「婦人民主新聞」10、20、30日）

七月　社会評論「日本が侵略した事実は消すことはできません」(「母親しんぶん」15日)
　　　随想「七月の感想」(「転形期」10日)
　　　自伝「**忘れ得ぬ先人たち**(5〜7)」(「婦人民主新聞」10、20、30日)
　　　後書「いま、なぜ、この発禁詩集か」(復刻版『辛抱づよい者へ』)
八月　自伝「**忘れ得ぬ先人たち**(8〜9)」(「婦人民主新聞」10、30日)
　　　推薦文「すいせんのことば」(『木の葉のように焼かれて』29集)
九月　自伝「**忘れ得ぬ先人たち**(10〜12)」(「婦人民主新聞」10、20、30日)
　　　後書「あとがき」(『歩きつづけて、いまも』)
　　　序文「再版にあたって」(改訂版『女性線』)
十月　随想「文学と解放運動に生きて」(『不屈』256号)
　　　自伝「**忘れ得ぬ先人たち**(13〜14)」(「婦人民主新聞」20、30日)
十一月　自伝「**忘れ得ぬ先人たち**(15〜17)」(「婦人民主新聞」10、20、30日)
　　　随想「自然体で生きたい」(『ほんりゅう』139号)
　　　推薦文「豊穣さと生命感が」(書店大地「岡本博日本画展」案内状)
十二月　自伝「**忘れ得ぬ先人たち**(18〜19)」(「婦人民主新聞」10、20日)
　　　随想「九十歳のわたしが願うこと　女性総体の進歩に励まされつつ」(『女性のひろば』)

一九九六年(平成八年)………九十一歳

一月、師走から腰痛で入院。

二月、東京電力差別撤廃闘争解決集会であいさつ(十七日、於・東京流通センター)。小樽の小林多喜二墓前祭にメッセージ送付(二十日、奥沢墓地)。

「田中正造と現代—進歩と革新の伝統をいかす集い」(二十五日、於・佐野市中央公民館)の呼びかけ人に名を連ねる。

三月、「**櫛田ふきさんの婦人運動五十年を祝う会**」

に参加、祝辞を述べる。　長年支援を続けてきた常磐炭鉱じん肺第三陣訴訟が原告勝利の和解成立（十二日、福島地裁いわき支部）。

四月、婦人参政権五十周年にあたり「赤旗」からインタビューを受ける「女性参政権50年　頭のフタがとれた主権者の重み」のタイトルで十七日付掲載）。民主主義文学同盟の第十四回全国研究集会で講演（二十七日、於・犬山市。『民主文学』十一月号掲載）。

五月、日本民主主義文学同盟三十周年記念の『民主文学』臨時増刊号『短編秀作選』が刊行され、「ある夫婦のこと」を収録。沖縄県議選での日本共産党の躍進への期待を表明（「赤旗」二十四日付発表）。

六月、埼玉県知事選にあたり高橋昭雄候補への期待を表明（「赤旗」十二日付発表）。

七月、東京都狛江市の市長選で矢野ゆたか候補へ期待を表明（「赤旗」四日付発表）。「核兵器をなくそう女性のつどい九六」への呼びかけに賛同の名を発表（「赤旗」十九日付発表）。

八月、上野東照宮に原爆の火を灯す会主催の「第十二回第二次世界大戦終結　歴史の教訓を語る会」で講演（十五日、於・東照宮）。汐留駅跡地の民主的利用を求める会の「わが国の鉄道発祥の地旧新橋駅の江戸屋敷跡の保存についてのアピール」に賛同署名（二十日）。

九月、亀戸事件七三周年追悼会で講演（八日、於・浄心寺）。総選挙にあたり日本共産党への期待を表明（「赤旗」二十六日付発表）。

十月、「女人芸術展座談会」で望月百合子、平林英子と鼎談（十二日、於・世田谷文学館）。秋田県大館市獅子ケ森に新しく建立された小林多喜二文学碑除幕式に参加（大館郷土博物館前庭）、午後、祝賀会で講演「小林多喜二の思い出」（十三日、於・秋田市秋北ホテル）。松田はこの碑の題額を揮毫した。花岡事件の現地訪問、協和町に逗留（十四日）。トンネルじん肺訴訟の集会に参加（三十一日）。

十一月、三多摩無名戦士を偲ぶ会で挨拶（十日）。卒寿を祝う会・『全詩集』『山桜の歌』出版記念会が開かれ講演（二十日、於・秋田市）。

十二月、全国で活動する強制連行裁判支援の七団体が「強制連行・企業責任追及裁判全国ネットワーク」を結成、後に十四団体に広がる。新婦人中野支部主催「婦人参政権施行50周年」に参加（十五日、於・江古田授産所）。「天狗講と下町人間のつどい」から第十二回下町人間庶民文化賞を受ける（十七日、於・浅草寺伝法院大書院）。東京電力差別撤廃闘争が全面解決（二十五日）。

＊

一月　自伝「**忘れ得ぬ先人たち**（20～22）」（「婦人民主新聞」1、20、30日）
社会評論「働く仲間の共通の願い」（東京電力差別撤廃闘争を支援する会「人間」147号、20日）
随想「万謝の中で」（「文芸家協会ニュース」）
二月　自伝「**忘れ得ぬ先人たち**（23～25）」（「婦人民主新聞」10、20、30日）
三月　自伝「**忘れ得ぬ先人たち**（26～27」（「婦人民主新聞」10、20日）
四月　推薦文「はげましのことば」（手塚亮詩集『追憶の回廊』）
五月　自伝「**忘れ得ぬ先人たち**（28～30）」（「婦人民主新聞」10、20、30日）
自伝「**忘れ得ぬ先人たち**（31～32）」（「婦人民主新聞」20、30日）
六月　自伝「**忘れ得ぬ先人たち**（33～35）」（「婦人民主新聞」10、20、30日）
七月　社会評論「悪玉は許さない」（「婦人民主新聞」10日）
自伝「**忘れ得ぬ先人たち**（36～38）」（「婦人民主新聞」10、20、30日）
追悼「意志つよき女人、小沢路子さん」（『婦人解放に生きて』）
随想「言葉・ことば」（文化団体連絡会議『まい』78号）
八月　自伝「**忘れ得ぬ先人たち**（39～40）」（「婦人民主新聞」10、20日）
文学評論「女性として文学者として」（『流域』）
随想「メッセージ」（『田中正造と現代』）
九月　自伝「**忘れ得ぬ先人たち**（41～43）」（「婦

人民主新聞」10、20、30日）
十月　随想「願いと現実」（『詩人会議』）
自伝「**忘れ得ぬ先人たち**（44〜46）」（「婦人民主新聞」10、20、30日）
随想「ふるさとへ―私の近況など」（『AKITAこだま』）
十一月　文学評論「私の文学と人生」（『民主文学』）
自伝「**忘れ得ぬ先人たち**（47〜49）」（「婦人民主新聞」10、20、30日）
書評「つらぬかれた志、生きた言葉で―岡本文弥著『ぶんやかたりぐさ』」（「赤旗」18日）
十二月　自伝「**忘れ得ぬ先人たち**（50〜51）」（「婦人民主新聞」10、20日）
追悼「弔文」（平野ミキ追悼文集を編集する会『ミキ先生』）
社会評論「あくまで主権者の誇りをもって」（東京電力差別撤廃闘争支援共闘中央連絡会議『きりひらこうあしたを』）

一九九七年（平成九年）………九十二歳
一月、憲法施行五十年にあたり、国民救援会顧問として新聞編集部のインタビューをうけ「戦前に引き戻してはいけない」と語る（『救援新聞』一月五日付掲載）。東京土建組合結成五十周年にあたり、同中野支部からインタビューを受け「あなた方のたたかいを成功させてください」と語る（「指金」十日付掲載）。東京千代田区長選にあたり小山隆太郎候補への期待を表明（「赤旗」二十六日付発表）。

三月、『子供とともに』復刻版を大空社から刊行。

五月、核兵器廃絶国民平和大行進への激励メッセージを発表（「赤旗」九日付掲載）。トンネルじん肺訴訟の集会に参加（十九日、於・総評会館）。

六月、東京都議選にあたり日本共産党候補への期待を表明（「赤旗」六日付掲載）。

七月、「里恋いの読書から―花岡事件五十年誌を読む」（「秋田魁新報」十七日）。「核兵器なくそう女性のつどい97」への参加呼びかけに名を連ねる（「赤旗」十九日付掲載）。岡田孝子の聞き書き『昭和を生きた女性たち―「女人芸術」の人々』

出版記念会に参加。

八月、七ツ館、花岡事件の現地再調査。松川事件記念集会に次男・作人、長女・史子とともに参加（二十一〜二十三日）。

九月、「おりん口伝」の公演で主役の清州すみ子（村山知義夫人、八月二十八日死去）の告別式に参加（一日、於・新宿区千日谷会堂）。「秋田魁新報」のインタビュー（佐藤裕記者）で「人間ドラマを描きたい」と応じる（五日付掲載）。『民主文学』十月号の特集「緊急発言　憲法が危ない」に飯尾憲士、夏堀正元らとともに寄稿。

十月、早稲田大学教育学部岡村遼司教授のゼミで近代女性史、特に女性の人権問題と花岡事件等について講演。（翌年三月、『女性が生きる　女性を生きる』に収録。）新ガイドライン反対の集会に参加（二十一日、於・明治公園）。

十一月、古河市東公民館で開催された「若杉鳥子没後六十年記念の集い」（十二月二十一日）にメッセージ送る
十二月、秋田県立図書館で「秋田の女流作家たち」展が開かれ、渡辺喜恵子、矢田津世子、山田順子とともに取り上げられる。海上基地反対の「名護からの願い」アピールに賛同の名を連ねる（「赤旗」十八日付掲載）。

＊

一月　自伝「**忘れ得ぬ先人たち**（52〜54）」（「婦人民主新聞」1、20、30日）
二月　詩「**あかつきのいろ**」（『不屈』）
　自伝「**忘れ得ぬ先人たち**（55〜57）」（「婦人民主新聞」10、20、28日）
　随想「一言」（東京電力差別撤廃闘争支援共闘中央連絡会議『人間の尊厳をかかげて』）
三月　自伝「**忘れ得ぬ先人たち**（58〜60）」（「婦人民主新聞」10、20、30日）
　文学評論「多喜二の人間と文学から学んだもの」（『秋田民主文学』）
　自伝「**忘れ得ぬ先人たち**（61〜63）」（「婦人民主新聞」10、20、30日）
五月　自伝「**忘れ得ぬ先人たち**（64〜65）」（「婦人民主新聞」、20、30日）

六月　自伝「**忘れ得ぬ先人たち**（66）」（「婦人民主新聞」10日）
七月　随想「里恋いの読書から」（「秋田さきがけ」17日）
九月　随想「老いの一言」（『教育文化』）
　　　推薦文「重厚な文化史絵図」（『門屋養安日記』チラシ）
十月　自伝「**忘れ得ぬ先人たち**（67〜69）」（「婦人民主新聞」10、20、30日）
　　　社会評論「侮辱ととペテンをゆるさず」（『民主文学』）
十一月　自伝「**忘れ得ぬ先人たち**（70〜72）」（「婦人民主新聞」10、20、30日）
　　　書評「『門屋養安日記』を読む」（「秋田さきがけ」12日）
　　　随想「『花岡事件』の地の旅から」（『日中友好新聞』15日）
十二月　自伝「**忘れ得ぬ先人たち**（73〜74）」（「婦人民主新聞」10、20日）
　　　推薦文「祝意と感謝」（小山時夫『島の風』）
　　　随想「近況」（『民主文学』）

一九九八年（平成十年）………九十三歳
二月、一九二九年当時伊豆大島で知人となった小山時夫の小説集出版記念の集いに参加、挨拶（十四日、於・千葉県市川市）。「櫛田ふきさん一〇〇才おめでとう」の会に参加、スピーチ（二十一日、於・西荻窪レストランこけし）「98杉並・中野・渋谷多喜二祭」に参加、挨拶（二十四日、於・中野ゼロホール）。

三月、京都府知事選にあたり、京都の再生を訴えるアピールに賛同署名（「赤旗」七日付掲載）。

四月、「婦団連創立45周年と櫛田ふきさんの白寿を祝う会」に参加（四日、於・日本青年館）。「井上美代さんをはげます女性のつどい」に参加（八日、於・中野ゼロホール）。

五月、国民平和大行進四十周年へ激励のメッセージを発表（「赤旗」十日付掲載）。

六月、参院選にあたり、日本共産党全国女性後援会代表委員として党前進への期待を発言（「赤旗」十四日付掲載）。大盛小学校の生徒の同級会に参加（十四日〜）。

七月、トンネルじん肺訴訟勝利集会に参加、挨拶

（十六日）。

八月、中旬より協和町の温泉施設・四季の湯に十日程逗留・休養。

『秋田民主文学』の佐藤好徳からインタビューを受ける（二十六日、九九年二月号に「初恋」と題して掲載）。

九月、荒川鉱山再訪に際して「秋田魁新報」からインタビューを受け「人間ドラマ描きたい」と語る（『秋田さきがけ』九月五日付掲載）。

十月、第三十六回赤旗まつりで文化後援会主催の色紙展へ出品。

十二月、「若林つやさんを偲ぶ会」に参加（於・新宿中村屋）。

＊

一月　自伝「**忘れ得ぬ先人たち**（75〜77）」（「婦人民主新聞」1、20、30日）
二月　自伝「**忘れ得ぬ先人たち**（78〜80）」（「婦人民主新聞」10、20、28日）
三月　自伝「**忘れ得ぬ先人たち**（81〜83）」（「婦人民主新聞」10、20、30日）
社会評論「七十年前の『三・一五』のこと」（「赤旗」13日）
書評「研究に徹する潔さ―加納博さんの『石に引かれて―』を読む」（「秋田さきがけ」26日）
四月　自伝「**忘れ得ぬ先人たち**（84〜86）」（「婦人民主新聞」10、20、30日）
五月　随想「忘れ得ぬ母たち―晩年の与謝野晶子との出会い」（「赤旗」7日）
随想「忘れ得ぬ母たち―戦前最後の国際婦人デーと渡政のおかあさん」（「赤旗」8日）
随想「忘れ得ぬ母たち―『花やしき』で会った山宣のおかあさん」（「赤旗」10日）
六月　自伝「**忘れ得ぬ先人たち**（87〜88）」（「婦人民主新聞」20、30日）
七月　自伝「**忘れ得ぬ先人たち**（89〜91）」（「婦人民主新聞」10、20、30日）
八月　自伝「**忘れ得ぬ先人たち**（92〜94）」（「婦人民主新聞」10、20、30日）
自伝「**忘れ得ぬ先人たち**（95〜96）」（「婦

人民主新聞」20、30日）
婦人評論「天皇制下の底辺で生きる」（『女性が生きる、女性を生きる』）

九月　自伝「**忘れ得ぬ先人たち**（97〜99）」（「婦人民主新聞」10、20、30日）
追悼「追悼手塚亮さん」（『道標』秋季号）
追悼「忘れられない先輩詩人―壺井繁治とわたし」（『詩人会議』）
自伝「書き始めたころと今と」（『民主文学』）

十月　自伝「**忘れ得ぬ先人たち**（100〜102）」（「婦人民主新聞」10、20、30日）
随想「栄あれ第三六回赤旗まつり」（「転形期」80号）
詩「**無題〈2〉**」

十一月　自伝「**忘れ得ぬ先人たち**（103〜105）」（「婦人民主新聞」10、20、30日）
随想「若杉鳥子短編集のこと」（「赤旗」23日）

十二月　自伝「**忘れ得ぬ先人たち**（106〜107）」（「婦人民主新聞」10、20日）

一九九九年（平成十一年）………九十四歳

一月、宮本百合子展（七月二十六日〜八月一日）の実行委員に就任。
雑誌『清流』からインタビュー（後藤淑子記者）を受ける。

二月、日本婦人団体連合会会長・櫛田ふきの百歳を祝う会に出席、挨拶（十七日）。99杉並・中野・渋谷多喜二祭で講演（二十三日、於・中野ゼロホール）。

三月、松川事件が発生して五十年を迎えるにあたり、松川運動記念会など十団体と松田・塩田庄兵衛の二個人が「松川事件五十周年記念行事委員会」を結成、当面八月に全国集会や展示会を企画。都知事選候補「三上満さんをかこむ女性のつどい」に参加、発言（三十一日）。

四月、知事選への思いを求められて、九三歳の作家として語る（「赤旗」八日付掲載）。七十回目を迎えるメーデーの前夜祭「メーデー・スペクタクル70！」で、戦前のメーデーの思い出を語る（二十八日、於・読売ホール）。

五月、メーデーに参加（一日　於・亀戸公園）。ガ

イドライン反対の集会・デモに参加（七日、於・日比谷野外音楽堂）

六月、横井久美子とのジョイントコンサート「20世紀を生きて次代につたえたいこと」で講演（五日、於・調布市文化会館たづくり）。

七月、第四五回母親大会愛媛大会にあたり「世界の母とともに核も戦争もない生を孫・子に残したい」との連帯メッセージを発表（「母親しんぶん」七月十六日付掲載）。開始された宮本百合子展に参加、中條百合子・宮本顕治から結婚通知（ハガキ）を受け取った時の感動を参加者に伝える（二十六日）。

八月、松川事件発生五十周年全国集会に参加（二十一〜二十三日）。「真実は壁を透して」編集員としての報告と挨拶を行う。

九月、笹本恒子のＮＨＫ番組のための取材が入る（八日、於・自宅）秋田県協和町議会一般質問で、日本共産党議員・金野智から松田解子の文学記念室設置が提案され承諾される。

十月、協和町施行三十周年記念集会で講演（三十一日、於・和ピア）。夕方『秋田民主文学』佐藤好徳のインタビューを受け「在りし日の百合子から学んだもの」を語る（三十一日、『秋田民主文学』二〇〇〇年二月号掲載）。

十一月、第五回東京の高校生平和の集いで講演（十四日、於・都立戸山高校。『高校生が心に刻んだ戦争と平和の証言』に収録）。

十二月、『いのちを愛し平和を求めて　写真集櫛田ふき百歳の軌跡』出版記念会に参加（十八日、於・主婦会館プラザ）新ガイドライン反対集会に参加（二十五日）。

＊

一月　自伝「**忘れ得ぬ先人たち**（108）」（「婦人民主新聞」1日）
二月　随想「貧困ある限り読みつがれる——ユーゴー・レ・ミゼラブル」（赤旗）8日）
　自伝「**忘れ得ぬ先人たち**（109〜110）」（「婦人民主新聞」20、28日）
　随想「忘れえぬ百合子と『女性のひろば』と」（『女性のひろば』）
　随想「櫛田さんの百歳に出会えて」（『櫛田

ふきの一世紀』）

三月　自伝「**忘れ得ぬ先人たち**（111〜113）」（「婦人民主新聞」10、20、30日）

四月　自伝「**忘れ得ぬ先人たち**（114〜116）」（「婦人民主新聞」10、20、30日）

五月　自伝「**忘れ得ぬ先人たち**（117〜118）」（「婦人民主新聞」20、30日）

六月　自伝「**忘れ得ぬ先人たち**（119〜121）」（「婦人民主新聞」10、20、30日）

小説「**出会いの時─島崎こま子さんのこと**」（『民主文学』）

七月　社会評論「花岡事件のこととガイドラインと」（「赤旗」6日）

自伝「**忘れ得ぬ先人たち**（122〜124）」（「婦人民主新聞」10、20、30日）

序文「序　わたしと〝松川〟」（『いまに生きる松川』）

八月　社会評論「被告の手記集と広津和郎の思い出」（「赤旗」17日）

自伝「**忘れ得ぬ先人たち**（125）」（「婦人民主新聞」20日）

九月　自伝「**忘れ得ぬ先人たち**（126〜127）」（「婦人民主新聞」10、20日）

十月　随想「心の張り─ふるさとの協和祭に招かれて」（「秋田さきがけ」15日）

自伝「**忘れ得ぬ先人たち**（128〜129）」（「婦人民主新聞」10、20日）

十一月　自伝「**忘れ得ぬ先人たち**（130〜132）」（「婦人民主新聞」10、20、30日）

十二月　自伝「**忘れ得ぬ先人たち**（133〜134）」（「婦人民主新聞」10、20日）

二〇〇〇年（平成十二年）………九十五歳

一月、新世紀への希望をうたった詩「たたえる」を『不屈』に発表。静岡県網代温泉で家族と新年を過ごす。京都市長選にあたり「市民が主人公の市政実現で歴史都市京都を守ろう」との文化人アピールに賛同署名（「赤旗」九日掲載）。「平和万葉集巻三」刊行についての賛同を表明（「赤旗」十二日付掲載）。雑誌『ミマン』から取材を受ける（三月号にインタビュー記事掲載）。

三月、国際婦人デー「二〇〇〇年世界女性行進」の

行進と集会に参加（八日）。『婦民新聞』千号にあたり談話を発表（同紙三月十日付）。婦人民主クラブ54周年、『婦民新聞』一千号記念集会で講演（十二日、於・全国教育文化会館）

五月、作曲家・小林南、ソプラノ歌手・福田由美子氏らによる音楽会「五月のばらコンサートパートⅢ―二〇世紀を生き拓いた女性・松田解子とともに」で「全女性進出行進曲」などが披露され、講演「全女性進出行進曲が生まれるとき」（二十九日、於・東京・ウィメンズプラザ）。

六月、総選挙にあたり日本共産党への期待を表明（「赤旗」七日付掲載）。森首相が「銃後」という言葉を使って選挙での支持依頼したことに対し、批判の談話を発表（「赤旗」十一日付掲載）。

七月、第四六回母親大会で浅井基文と対談（三十日）。

八月、「婦民新聞」連載の「忘れ得ぬ先人たち」を改題した『女人回想』発行準備。日中友好協会創立50周年記念『日中友好運動の半世紀』出版を契機に協会からインタビューを受け「戦争だらけの人生」を語る（「日中友好新聞」八月十五日付に掲載）。十一日から二十二日まで故郷の協和町を訪問。十八日、県立図書館、秋田魁新報社、五城目町の矢田津世子文学記念室を訪問、以後町営の温泉施設四季の湯に逗留。協和町の交流促進施設・大盛館に文学記念室が開設されることについて、「秋田魁新報」のインタビュー（泉孝樹記者）に応えて「古里に保存され安心」と語る（『秋田さきがけ』二十六日付掲載）。二十二日帰京。三十日、連載終了に先立って『女人回想』発行（新日本出版社）。

九月、劉連仁氏死去。望月百合子百歳を祝う会に参加（三十日、於・新宿中村屋）。望月百合子写真集出版記念会に参加。協和町議会で、松田解子文学記念室の設置補正予算が提出され全会一致で承認される。

十月、『女人回想』発行を契機に「赤旗」日曜版からインタビュー（玄間太郎記者）を受ける（「現役95歳　少女時代からの自伝的回想記」、日曜版十一月五日付掲載）

十一月、婦人民主クラブ五〇年史『明日を展く』出版記念のつどいに参加（四日、於・東京ルポール麹町）。中野女性後援会主催の「日本共産党を語る会」で講演（十五日）。「花岡事件」の中国人生存者と遺族計十一人が鹿島に求めた損害賠償訴訟に関して東京高等裁判所で法廷和解が成立。「赤旗」三十日付に「日本政府の責任をただすことが大事」との談話を発表。

＊

一月　随想「二〇〇〇年への思い」（文学後援会「転形期」85号）
　自伝「**忘れ得ぬ先人たち**（135〜137）」（「婦人民主新聞」1、20、30日）
　詩「**たたえる**」（『不屈』307号）
　随想「ツブラジイと」（『経済』）
二月　自伝「**忘れ得ぬ先人たち**（138〜140）」（「婦人民主新聞」10、20、28日）
　随想「女性の感性と温かさ」（「婦民新聞」千号）
三月　書評「生命の水のありだけを―若杉鳥子詩歌集」（「図書新聞」18日）
　挨拶「あいさつ」（『いまに生きる松川運動』）
四月　自伝「**忘れ得ぬ先人たち**（141〜143）」「婦人民主新聞」10、20、30日）
五月　社会評論「『石原都知事』的政治家を許さず」（「転形期」86号）
　序文「強い感銘うけた『百年史』」（『町民がつづる足尾の百年　第２部』）
六月　自伝「**忘れ得ぬ先人たち**（144〜146）」（「婦人民主新聞」10、20、30日）
七月　自伝「**忘れ得ぬ先人たち**（147〜148）」（「婦人民主新聞」10、30日）
八月　自伝「**忘れ得ぬ先人たち**（149〜150）」（「婦人民主新聞」10、30日）
　随想「この夏のわたし」（「秋田さきがけ」22日）
　推薦文「双腕に抱きしめた『職場に憲法を』」（『源流―レッドパージ五〇年のたたかい』）
　社会評論「敗戦直後のころ」（『民主文学』）
九月　随想「秋田に入ると―故郷への旅から①」（「赤旗」６日）

自伝「**忘れ得ぬ先人たち**（151〜153）」（「婦人民主新聞」10、20、30日）
随想「翌朝　日をさますと―故郷への旅から②」（「赤旗」13日）
随想「あと八日、泊まる中で―故郷への旅から③」（「赤旗」20日）
随想「10日目、直弥ちゃんと―故郷への旅から④」（「赤旗」27日）
随想「千歳村の頃の百合子さん」（『写真集望月百合子一〇〇歳のあゆみ』）
十月　自伝「**忘れ得ぬ先人たち**（154〜155）」（「婦人民主新聞」10、20日）

二〇〇一年（平成十三年）………九十六歳
一月、仙北郡協和町（現・大仙市）の母校跡地にある郷土資料館・大盛館に松田解子文学記念室開設・完成式（十八日）。町民センターで講演「故郷の慈愛に抱かれて―私の感謝」（十九日）。記念室を訪れお祝いを届けた紙智子参議院比例候補と対談「社会進歩へ力尽す」と語り合う（十九日、『赤旗』二十四日付掲載）。

二月、櫛田ふき死去（五日）、十七日に東京・青山葬儀場で「お別れ会」（葬儀委員長・小林登美枝）が開催され、守谷武子、井上美代、江尻美穂子、近藤とし子、瀬戸内寂聴、中村紀伊とともに葬儀委員として弔辞を述べる（「新婦人しんぶん」、「婦民新聞」三月一日付、『婦人通信』四月号に掲載）。

五月、メーデーに車椅子で参加（一日）。

六月、NHK放送「秋田発ラジオ深夜便」で「鉱山に生れて九十五年」を語る（二十三日）。

七月、東京地方裁判所で劉連仁事件について原告の請求額全額の国家賠償を命じる判決が出される（十二日）。横浜国立大学音楽家卒業生による研究会「21世紀ピアノ音楽の展望」で詩「たたえる」が演奏される（二十六日、於・鎌倉芸術館ホール）。

八月、初めて秋田の文化行事「竿燈」を見る。「赤旗」の連載企画「発言2001夏―靖国・教科書・憲法」に登場、「96歳　孫、ひ孫の未来思い」と発言（二日）。

九月、福田由美子リサイタルで「原始を恋う」など松田解子詩が四曲歌われる（九日、於・津田ホール）。雑誌『詩人会議』のために新春対談「詩と小説と熱情と」を土井大助と対談（二十一日、『詩人会議』二〇〇二年一月号掲載）。

十月、女性の憲法年連絡会主催の報復戦争反対の集会・デモが行われ車いすで参加（五日、於・銀座）。勝山俊介の出版記念会に参加、挨拶（七日、於・千葉駅内ペリエホール）。横浜市南区児童音楽会で、小林南作曲の「たたえる」が南太田小学四年生によって歌われる（二十四日）。

十二月、新宿女性史研究会主催の講演会で「新宿と『女人芸術』の人びと」（十三日、於・新宿文化センター）。

＊

一月　あいさつ「ふるさとの皆様へ」（大盛館松田解子文学記念室パンフレット）
三月　随想「大河」（「東京都日本共産党後援会事務局ニュース」223号）
　　追悼「弔辞」（「新婦人しんぶん」、「婦民新聞」1日）
四月　追悼「肉親の姉との別れの如く」（『婦人通信』櫛田ふき追悼特集）
六月　書評「真っ正直さ、誠実さはぐくんだ人々への思い―秋元有子『文学の森―トルストイから宮本百合子』」（「赤旗」22日）
十一月　随想「細倉の人々と出会った日のこと」（『鉱山の息―三菱細倉じん肺裁判運動の歩み』）
十二月　随想「里恋いの歳末便り（上下）」（「秋田さきがけ」19、20日）

二〇〇二年（平成十四年）………九十七歳
一月、「なつかしいふるさとの友へ」を『秋田さきがけ』に連載（十二回）、小説「ある坑道にて」（『民主文学』）。

二月　第十四回杉並・中野・渋谷多喜二祭にメッセージを送る（十六日）。

四月、ＮＰＯ法人現代女性文化研究所の設立パーティに出席、乾杯の音頭をとる（五日、於・新宿中村屋）。

五月、長崎県北松の地にじん肺根絶祈念碑が建立され、碑文「じん肺なき二十一世紀へ」を揮毫。有事法制反対の意見広告に呼びかけ人となる（三日、「朝日新聞」掲載）。女性の憲法年連絡会が呼びかけた意見広告「戦争のための『有事法制』―私たちは許しません」に名を連ねる（朝日新聞三日付掲載。同じものが韓国の新聞にも発表された）。秋田放送のABSスペシャル・矢田津世子の企画のため、ディレクター・立田厚子、県立大学助教授・高橋秀晴が自宅を訪問（十六日）。日中友好協会第五一回大会で顧問に再選（十八〜十九日、於・伊東市ハトヤホテル）。

六月、NPO現代女性文化研究所主催の第一回シンポジウム「再検討　20世紀」で、「私の歩いてきた道――21世紀を生きる人へ」を特別講演（八日、於・主婦会館プラザエフ）。花岡事件五七周年目の「日中不再戦友好碑を守る会」主催の「花岡事件中国殉難烈士慰霊祭」「日中不再戦友好平和の集い」が開かれメッセージを送る（三十日）。

十月、婦人民主クラブ（再建）主催の協和町・湯沢市を訪ねる旅で講演「いま人間として生きるために―私の願うこと」（二十六日、於・松田解子文学記念室）。佐藤征子との往復書簡二八七通を公刊。

十一月、花岡事件での「鹿島」との裁判・和解について談話を発表（「赤旗」、二日付）。

＊

一月　随想「鉱山長屋で文学知る―なつかしいふるさとの友へ①」（「秋田さきがけ」30日）

小説「**ある坑道にて**」（『民主文学』）

二月　随想「『恐怖』から『自信』へ―なつかしいふるさとの友へ②」（「秋田さきがけ」26日）

随想「ますますのご奮闘を」（『秋田民主文学』）

あいさつ「メッセージ」（『杉並・中野・渋谷第十四回多喜二祭』）

随想「教科書に『荒川鉱山』―なつかしいふるさとの友へ③」（「秋田さきがけ」28日）

三月　随想「『影』懐想」（協和町文化総合誌『お

んこ』）
四月　随想「親の働く坑内を見学―なつかしいふるさとの友へ④」（「秋田さきがけ」26日）
五月　随想「鼻にしみる坑内臭さ―なつかしいふるさとの友へ⑤」（「秋田さきがけ」28日）
詩「**じん肺なき二十一世紀へ**」（じん肺根絶祈念碑除幕式パンフレット）
六月　随想「人間平等説いた恩師―なつかしいふるさとの友へ⑥」（「秋田さきがけ」27日）
随想「宮本百合子さんとの在りし日々」（『宮本百合子全集』月報⑲）
七月　随想「祖母の家から出火―なつかしいふるさとの友へ⑦」（「秋田さきがけ」29日）
八月　随想「孫から初めての手紙―なつかしいふるさとの友へ⑧」（「秋田さきがけ」29日）
九月　随想「平和への決意新たに―なつかしいふるさとの友へ⑨」（「秋田さきがけ」30日）
十月　随想「牛を探し深夜の山へ―なつかしいふるさとの友へ⑩」（「秋田さきがけ」29日）
十一月　随想「山の中で恐怖の体験―なつかしいふるさとの友へ⑪」（「秋田さきがけ」28日）
十二月　随想「誇りたい『非核平和』―なつかしいふるさとの友へ⑫」（「秋田さきがけ」27日）

二〇〇三年（平成十五年）………九十八歳
一月、NPO現代女性文化研究所の一月講座（十八日、於・東京・文京区シビックセンター）で「今、書き続け、話し続けること」を講演。随想「矢田津世子さんとわたし」（『多喜二通信』）。
二月、有事法制反対秋田県民集会に賛同のメッセージを寄せる。「赤旗」創刊七十五周年に寄せてインタビューを受け「息子の腹巻きに忍ばせて」を語る（「赤旗」六日付に掲載）。「赤旗」日曜版の小林多喜二没後七十年生誕百年記念紙面に登場

「あのまなざしが忘れられない」（十六日付掲載）。櫛田ふき没後二周年「ありがとう櫛田ふきさん―うた横井久美子さんとトーク松田解子さん」に出席（十六日、於・西荻窪こけし屋）。

五月、中野区商工会館で開かれた「えん罪下高井戸放火事件―高野利幸さんと家族を励ます会」結成総会にメッセージを寄せる（十六日）。

六月、雑誌『母の友』から「戦前・戦後を歩んで思う」連載2回目のインタビューで「これからが楽しみ」と談話（八月号掲載）。

七月、雑誌『サライ』から取材を受ける。（七月十七日号掲載）。

八月、第四十九回日本母親大会（秋田市）で、秋田特別企画「秋田が生んだプロレタリア作家・小林多喜二と松田解子」が設けられ四百四十人が参加、発言（三日）。大館、花岡訪問（三日）。新日本婦人の会の記者会見「女性蔑視、人権無視の政治家は許せない女性共同アピール」で「産む、産まないは女性が決めることです」と発言（二十八日、於・主婦会館プラザエフ）。

九月、松川事件無罪確定四十周年記念東京集会に参加、講演「松川との出会いは生涯最良の出会い」（十五日、於・全労連会館）。

＊

一月　随想「新春感あり（上中下）」（「秋田さきがけ」1、3、4日）
　随想「矢田津世子さんとわたし」（「多喜二通信」42号）
　文学評論「在りし日のプロレタリア詩人たち」（『詩人会議』）
二月　文学評論「小林多喜二との出会いと生き方から何を学んだか」（『民主文学』）
　あいさつ「メッセージ」（『杉並・中野・渋谷第十五回多喜二祭』）
六月　詩「**無題**〈**3**〉」（原稿）
九月　文学評論「伊藤永之介との出会いとその文学から学んだものについて」（『国文学・解釈と鑑賞』）
十二月　随想「最初に入った生協」（「生協運動久友会「久友会だより」57号」）

二〇〇四年（平成十六年）………九十九歳

三月、童話集『桃色のダブダブさん』を新日本出版社から刊行。

四月、「しんぶん赤旗」の「月曜インタビュー（牛久保建男記者）」で『松田解子自選集の第一回配本『地底の人々』について「花岡事件へのとりくみは、私の作家としての戦後の起点となる仕事」と語る（十二日付）。白寿を祝う会が開催され二百余名が参加（十八日、於・東京芝アジュール竹柴）。会場で『松田解子自選集』第一回配本の第六巻・花岡事件集『地底の人々』（澤田出版刊）が披露され、全十巻の刊行開始。弁護士・佐藤むつみ、評論家・稲木信夫からインタビューを受ける（『法と民主主義』五月号、『詩人会議』九月号掲載）。

六月、花岡事件五九周年目の「日中不再戦友好碑を守る会」主催の「花岡事件中国殉難烈士慰霊祭」（花岡・信正寺）、同日夜「花岡事件を語る夕べ」（大館中央公民館）が開かれメッセージを送る（三十日）。

七月、『日中友好新聞』のインタビュー「白寿を迎えた松田解子さんにきく」で「平和の土台受け継いで」と題して語り「花岡事件」について「事件は私の原点」「会社としては謝ったけれど、国家としては強制連行と酷使、虐殺をまだ心から謝罪していない」と語る（五日付）。参議院選挙で自宅近くの街頭演説会で小池晃候補と握手（七日）。日本共産党創立八十二周年にあたり、「赤旗」日曜版からインタビューをうけ「世の中を変える種よ、広がれ」と語る（十一日付掲載）。「九条の会」（六月十日設立）賛同アピールに「全面的に賛同いたします」とメッセージ寄せる（十七日、「赤旗」掲載）。聞き書き『白寿の行路』を本の泉社から刊行。有志により「松田解子の会」が結成される（二十五日）。

九月、生活と健康を守る会からインタビューを受け、要求のかたまりが会をつくったと応じる（「生活と健康を守る新聞」九月五、十二日掲載）

十一月、自選集第三巻・自伝的作品集『女の見た夢』を刊行。『婦人画報』からインタビューを受け「日本人は戦争をしない、その約束を忘れたらいけない」と応じる（二〇〇五年一月号掲載）。

十二月、治安維持法犠牲者国家賠償要求同盟北海道本部から夫・大沼渉についてインタビューを受ける（十二日、〇五年一月十五日号掲載）。松田解子の会会報第一号発行（十九日）。二十六日午後〇時二分、急性心不全のため逝去。九九歳五カ月の生涯だった。二十八日通夜、二十九日に中野区の正法寺で告別式が執り行われた。

＊

一月　前書「まえがき」（童話集『桃色のダブダブさん』）
六月　随想「ただ一度の機会」（『わたしたちの平和のうた』）
九月　追悼「小林周さんを偲ぶ」（民主文学秋田支部『海風』）

二〇〇五年
二月、秋田放送がＡＢＳスペシャル「松田解子　愛と闘いの人生」を放映（二十六日）。

四月、第一回「松田解子さんを語る会」開催（九日、於・日本青年館。出席者・岡田孝子、金野智、鈴木章治、高橋秀晴、吉開那津子・司会）。以後十回まで開催。

八月、『松田解子自選集』第四巻・戦前短編集『女性苦』刊行。

十月、荒川鉱山墓地の先祖の眠る墓に分骨埋葬（九日）。講談社文芸文庫『乳を売る　朝の霧』刊行（十日）。

＊

一月　随想「私も応援します」（強制連行・企業責任追及裁判全国ネットワーク『過去の穂苦服を』）

二〇〇六年
一月、『松田解子自選集』第一巻『おりん口伝』刊行。
四月、『松田解子自選集』第二巻『おりん母子伝・桃割れのタイピスト』刊行
十一月、『松田解子自選集』第十巻・自伝集『回想の森』刊行。

二〇〇七年
七月、『松田解子自選集』第五巻・鉱山小説集『髪と鉱石』刊行。

二〇〇八年
三月、『松田解子自選集』第七巻・戦後短篇集『リンドーいろの焔の歌』刊行。
十月、『松田解子自選集』第八巻・ルポルタージュ集『とりもどした瞳』刊行。

二〇〇九年
七月、『松田解子自選集』第九巻・詩集『亡びの土のふるさとへ』刊行（自選集完結）。

二〇一一年
一月、「松田解子の作品を味わうつどい」開催、以後五十回（二〇一九年）まで開催。
十月、『民主文学』十月号に「敗戦日記」公表。

二〇一四年
十月、写真集『松田解子　写真で見る愛と闘いの99年』刊行

刊行書目録

凡　例

全刊行書を　単行本　選集　共著　翻訳に分けて配列
数字は西暦年と月
全収録作品を表示
＊印は発表年月日不詳のため年譜の執筆一覧不掲載のもの
単行本のうち、太字表記は『松田解子自選集』収録作品

【単行本】

長編・女性苦………33・10　国際書院（05・7　松田解子自選集『女性苦』に収録）

詩集・辛抱づよい者へ………35・12　同人社書店（95・7　不二出版より復刻版）

女性苦

坑内の娘　母よ　曲がった首　右腕　海女　全女性進出行進曲　起つ日　誡きられた父へ　神様は奪う　じっと坐っている赤禿山よ　あのストは俺等のストじゃなかったか　表現と時間について　創造に対する渇望を　故意の抽象　規律　みつめていた　父へ　出かける者へ　子どもに　想い　うばわれたひとへ　執拗に腹這え乳房　原始を恋う　煤けた窓から　労働者　曳かれ行く人へ　泣き声　韮粥　ふるさと　ザール人民投票　辛抱づよいものへ　哀悼の歌　身の軽さ、欲望の深さ　どよめきの中で　跋

長編・女性線………37・10　竹村書房（95・9　あけび書房より復刊）

序文　女性線

評論集・子供とともに………38・6　扶桑閣（97・3　大空社より復刻版　叢書・女性論37）

序　母の感想　婦人の坑内作業復活に就て　銃後の「小英雄」に就て　時局と婦人の服装　戦争と漫画　勤労婦人と結婚　婦人と選挙　**エジス・ハウマルチン女史の話**　反産運動から　調査される家計　婦人相一と月　いわゆる魔手について　二部教授制に関して　教育に望むもの　子供の言葉に就て　母親の答　契りを千切るもの　暑い日の集いから　少年の死から　日大生殺しについて　子供らの本心　絵のない絵日記　或る父性愛　俚諺のことなど　就学前後の子供　子供と算術　「母ちゃんは今お仕事をしている」　小学校教員と恋愛　ある小学校教員の結婚　陽溜り　自転車を購める　柿　母故に　きりぎりすの楽隊　**工場街から**　道路の上　三ッちゃんと質札と私　江東と山ノ手　停車場　雪の山合　洗濯を終えて　我家のクリスマス　苺の頃　重い花　一年ぶりに話し合って　レビューガールの裏面　子供とともに　いわゆる女の先生の夕

イプに就て　大島の夏　生活に追わるる者　取残された過去　一「猶太族」の行方　家庭生活とラジオ　**尾去沢事件現地報告**

短篇集・愚かしい饗宴………40・6　白水社

序　＊アルト・ハイデルベルクの夜　囮　＊愚かしい饗宴　姉ごころ　＊聖育産院のクイン　＊岐れみち　火口の思索　アパート点景　＊女優に似た顔　＊拋げられた花瓶　愛怨の宿　**鎧われた泡**

評論集・女の話題………40・9　モナス

＊社会時評　戦時下の風俗　断髪考　簡便な託児所経営の一例　工場食余談　婦人と保険　村の婦人運動　保健婦の草分　**無医村・成瀬村の場合**　女性春秋（一〜五）　内面からの改善運動の個性と方向　働く意味と生きる意味　職業の誇り　戦時下の婦人、少年労働について　幼き者の環境に触れて（一〜四）　＊真夏の感想―ランボオ的なもの―　生産人と生産文学　文学に於ける婦人の世界的進出　文学の浸透力について　＊砲煙のなかの婦人作家　卒業と就職　校外教育と児童文化施設　学園の詩情　教師と教養について　＊ふゆ厳し　＊家畜放浪時代　野の禽のように　＊憶い出の娘　＊時局と青春の課題　聰明の近代性　＊初夏随想　＊掌の感触　＊或る女人国記（わたしの交友録）映画館で　季節のない言葉　＊若い兵隊　＊ルソオの僧院

長編・さすらいの森………40・9　六芸社（04・11　松田解子自選集『女の見た夢』に収録）

序　**さすらいの森**

短篇・随想集・花の思索………40・11　西村書店

感謝　＊喜び多き仕事　＊鳩小屋　＊まるめろの匂い　＊機械に対する好奇心　外国人につながる随想　＊物言う顔　＊妙な友達　＊読書にふれて　＊「マルタ」を続りて　＊焔を鋏で切るなど　＊「少年工作クラブ」に就て　＊文化映画への一感想　「幻の馬車」を観て　＊初恋のこと　女の営み　日常生活の中の知性と独創へ　『母は泣き叫ぶ』　新聞小説とモラル　技術教育への示唆　女性の勝利とは？　『小島の春』を読む　＊『全伝・野口英世』　＊『みか

えりの塔』『長男』を読む　『女教師の記録』
＊生きている世界と絵本の世界　＊伝記が描く
人間　＊文学の構築性に触れて　＊花と種子の
対話　＊種子の独白　＊花の思索　＊掠められ
ぬ風景　＊低迷の果　＊種子の判決
短篇集・師の影……41・2　青年書房
師の影　＊乙女真珠　＊**海浜の花**　＊麗しき骸
羅紗鋏　＊息吹き　少年の笛
長編・女の見た夢……41・5　興亜文化協会（04・11
松田解子自選集『女の見た夢』
に収録）
女の見た夢
長編・海の情熱……42・6　興亜文化協会
海の情熱
短篇集・朝の霧……42・9　古明地書店
＊**朝の霧**　＊**つつましき希い**　＊小さな鏡　**小**
枝と鉄蔵　**写された恋**　黙祷　＊伴侶―女三代
＊笑窪　＊**伊沢先生**　＊星空
長編・農女の記……44・3　農山漁村出版所
農女の記
長編・地底の人々……53・3　世界文化社（72・6
民衆社より訂正版　04・5
松田解子自選集『地底の
人々』に収録）
地底の人々　あとがき
詩集・列……61・5　日本共産党江古田細胞詩集
『列』刊行委員会
無題　太陽よ　おっ母さん　麦　夏雲よ　しず
かな脈拍　つくろいもの　苦汁　母ら　祖国に
話すとき　あなたにそれが　機関紙新聞に　そ
のひとびとの中へ　七月の記録　あるロジック
グレースやヘレースのきょうだいへ　ふみ子へ
この八月の炎天に　誓い　実行　わかものがあ
つまった　目　メーデー連詩　つゆとそよかぜ
朝鮮休戦　よしすべて、時間について（A）
時間について（B）　その火矢のもと　おれは
呪う　三百六十五日よ　おのれへ　はたは風を
吸って　死の灰　ハタくばりのみちすじに　嶮
峻にむかって若者らは　朝鮮乙女のおどり　凝
視　黄海へ　Mさんへ　甥へ　波動　テーマは
ひきしぼられている　ねがい　そのひとみをま
もろう　高村建材　目盛　全てい中野　プラタ

ナスのささやきから　さしまわしの車で　生かすハンコと殺すハンコ　列　ムシロ旗賛歌　誘い　救護班　傷　六・二二　大橋へ寄せて　献詩　鞍山にて（A）　鞍山にて（B）　忘れるな・この一つのことを　人間　網走の獄にも　帯広にて　その二人は　あとがき

長編・おりん口伝………66・5　新日本出版社（06・1　松田解子自選集『おりん口伝』に収録）

おりん口伝　あとがき

長編・続おりん口伝………68・6　新日本出版社（06・1　松田解子自選集『おりん口伝』に収録）

続おりん口伝

短篇集・乳を売る………72・1　日本青年出版社

産む　乳を売る　風呂場事件　ある戦線　飯場で　大鋸屑　若いボールミル工とダム　あとがき

詩集・坑内の娘………72・12　秋津書店

坑内の娘　乳房　原始を恋う　煤けた窓から　母よ　曲がった首　右腕　海女　全女性進出行進曲　起つ日　表現と時間について　じっと坐っている赤禿山よ　創造に対する渇望を　故意の抽象　規律　みつめていた　父へ　子どもに　想い　デスマスクに添えて　うばわれたひとへ　執拗に腹這え　労働者　泣き声　韮粥　ふるさと　ザール人民投票　辛抱づよいものへ　哀悼の歌　身の軽さ、欲望の深さ　おっ母さん！　麦　夏雲よ　しずかな脈拍　苦汁　母ら　祖国に　ふみ子へ　この八月の炎天に　わかものがあつまった　メーデー連詩より　つゆとそよかぜ　時間について　ふたたび時間について　わたしはのろう　三百六十五日よ　おのれへ　はたは風を吸って　死の灰　ハタくばりのみちすじに　嶮峻にむかって若者らは　凝視　生かすハンコところすハンコ　六・二二　人間　網走の獄にも　帯広にて　その二人は　この党とともに　あとがき

ルポ集・疼く戦後………73・9　民衆社

メーデー参加記　首切り地帯を行く　立ちあがり　七月の記録　花岡鉱山をたずねて　常磐をささえるもの　高村建材　全逓中野　東京磁石

母の力量「みんな話しなさい、思うことを」　息子たちを母の手に　母親は立ちあがる　かえりみて　松川事件被告と家族をたずねて　松川控訴判決の日　テーマはひきしぼられている　つのる疑いと憎しみ　みんなが見守っている目盛　松川判決せまる　松川と秋田びと　証人に立って　一九六一年おめでとう　この子この母　病躯と闘魂　あなたをわたしたちは忘れません　疼く思い　プラタナスのささやきから　さしまわしの車で　生かすハンコと殺すハンコ列　ムシロ旗賛歌　誘い　救護班　六・二二ま昼の暴力　本管入れ　保育所がほしい　教育扶助　都バスのうちそと　ここに足場が　東京磁石で　椿と御神火の大島に農民組合のいぶき　アヒルのように　九牛の一毛　老人の要求　ちいさな工場でも組合を　民族教育を守ろう　出稼ぎ雑記　ドウナルカじゃない、ドウスルカだ　あとがき

短篇集・またあらぬ日々に……73・10　新日本出版社

足音　扉について　初語り　尾　九月十四日の夜　ある日の午後二時から　Rのこと　老師その一人　骨　横田へ　大工の政さんとそのあとつぎたち　解説・あとがき

合本・おりん口伝……74・1　新日本出版社

第一部　第二部　あとがき

長編・おりん母子伝……74・11　新日本出版社
（06・4　松田解子自選集『おりん母子伝　桃割れのタイピスト』に収録）

おりん母子伝

長編・桃割れのタイピスト……77・7　新日本出版社
（06・4　松田解子自選集『おりん母子伝　桃割れのタイピスト』に収録）

桃割れのタイピスト　あとがき

自伝・回想の森……79・4　新日本出版社（06・11　松田解子自選集『回想の森』に収録）

太陽とビルと　わたしの大学と、ある母子像　忘れがたきその年　プロレタリア作家同盟と「女人芸術」　プロレタリア作家同盟と「女人芸術」（続）　生と死と　帝大セツルメントと亀戸無産託児所　その年どし　その年どし（続）　プロレタリア作家同盟の解体と「文学評論」と　暗く白き季節に　暗く白き季節に（続）　炎上

する東京の空の下で　あとがき
長編・あなたの中のさくらたち（上下）………81・4、5　新日本出版社
文庫版・おりん口伝（三冊）
あなたの中のさくらたち　あとがき………83・3～5　新日本出版社
第一部　第二部（上・下）
短篇集・山桜のうた………85・7　新日本出版社
山桜のうた　生きものたちと　恩師とワタの木　白い小石から　髪と鉱石　ある生き残りからの聞き書き　あとがき
松田解子全詩集………85・8　未来社（09・7　松田解子自選集『亡びの土のふるさとへ』に収録）
乳房　原始を恋う　爆けた窓から　坑内の娘　母よ　曲った首　右腕　海女　全女性進出行進曲　起つ日　馘きられた父へ　神様は奪う　じっと坐っている赤禿山よ　あのストは俺達のストじゃなかったか　表現と時間について　創造に対する渇望を　故意の抽象　規律　みつめていた　父へ　出かける者へ　子どもに　想いデスマスクに添えて　執拗に腹這え　労働者曳かれ行く人へ　泣き声　韮粥　ふるさとうばわれたひとへ　ザール人民投票　辛抱づよいものへ　哀悼の歌　身の軽さ、欲望の深さ　どよめきの中で　薊の花束　無題　太陽よ　おっ母さん！　麦　夏雲よ　しずかな脈拍　つくろいもの　詩書き女の夜言　苦汁　母ら　足うらの歌　住民登録　祖国に　話すとき　七月の記録　あるロジック　台風・グレース、ヘレースの姉妹へ　そのひとびとの中に　ふみ子へ　この八月の炎天に　誓い　実行　わかものがあつまった　メーデー連詩　時間について（A）　時間について（B）　つゆとそよかぜ　朝鮮休戦　よし、すべて、その火矢のもと　わたしは呪う　三百六十五日よ　おのれへ　はたは風を吸って　死の灰　ハタくばりのみちすじに　嶮峻にむかって若者らは　朝鮮乙女のおどり　凝視　Mさんへ　甥へ　テーマはひきしぼられている　ねがい　高村建材　目盛　全てい・中野　プラタナスのささやきから　さしまわしの車で　生かすハンコと殺すハンコ　列　ムシロ

旗賛歌　誘い　救護班　傷　六・二二　大橋に寄せて　鞍山にて（A）　鞍山にて（B）　忘れるな・この一つのことを　網走の獄にも　帯広にて　その二人は　ある詩集の跋に代えて　新しい一ページをひらくために　焔　足のうたどっしり・根を。時間　この党とともに　牛のうた　小マッターホルンにて　オランダはわたしに　忘れまじ・サルビア　紫苑の花　盛り土の下に　食器と切符　墓石は　ある原風景　亡びの土のふるさとへ　あとがき

ルポ・土に聴く………87・6　新日本出版社

土に聴く　あとがき

詩話十編・足の詩………87・7　東京コロニー

最初の一票と子守歌　「がきなんか背負って……」　雪の日の「もみじ会」　歴史の頁は自分の手もそえて　ゆるせないこと　地球はうつくしい　書かれる者から書く者へ　「屈辱は忘れない……」　亡びの土か生きる土か　　あとがき

随想集・生きることと文学と………88・6　創風社

幼い日のあこがれ　「ピノキオ」と、かねよ先生　あやとり　教育について　自然なるものの見直しと連帯と　秋田の子ども　土の下にいる人間　そだつ日の恵み　病人一家となったとき　探究心について　文学にあらわれた子ども　氷雨の夜の感想　ひと連りの「自然」として　人間の〝生〟とは何か　ある女性と平沢計七　娘たちへ　「一九二八年三月十五日」のお由おかみさんとは「夕鶴」　傷める従軍記者スメドレー　銅山の花器　一人の曽祖母として　ドイツの母も同じ　本とのめぐりあい　生きることと文学と　S・Yさんと『国家と革命』と多喜二との思い出　最初の感激　宮本百合子文学と農民『宮本百合子全集』（第二五巻）と八月十五日　一九三二年ごろへかけて　現代人への鋭い問い　宮本百合子からの手紙　宮本百合子氏とその作品　ゴーリーキーの文学　ゴーリーキーの「母」から学ぶ　大塚金之助先生との出会い　文学の父、江口渙さん　『わけしいのちの歌』から　壷井繁治さんとその全詩集　不死の詩人、蛇田勘助を思う　対談―松田解子・塩田庄兵衛―『おりん口伝』『おりん母子伝』

をかたる　尽きない人間への関心　わたしの大学　あとがき

松田解子短篇集………89・9　創風社

逃げた娘　産む　乳を売る　風呂場事件　行く者帰る者　重役は言ったが　卵　勘定日　白と黒　ある戦線　飯場で　そだち　大鋸屑　行進図　小枝と鉄蔵　朝の霧　伊沢先生　あとがき

長編・あすを孕むおんなたち

………92・12　新日本出版社

あすを孕むおんなたち　あとがき

随想集・歩きつづけて今も

………95・9　新日本出版社

わたしの人生と文学　日本近代の女性労働者像　わたしの小説作法　尾去沢ダム事件補遺　花岡事件の真実　文学運動とわたしの文学　小林多喜二とその文学から何を学んだか　徳永さんを憶う　村山知義さんを思う　一九三二年ごろへかけて　蔵原惟人氏の他界にあたって　とりとめなき思い出―江口渙さんの二十周年に　対談（岡本文弥）―音曲の力、芸の魔術　あとがき

自伝・女人回想………00・8　新日本出版社（06・11　松田解子自選集『回想の森』に収録）

女神のような先生にあこがれて　わたしのジャンボルジャン　若衆たちとクロ　六人の子持ちと再婚して―わたしの母　初めてきいた「ビョウドウ」という言葉　『噫　無情』のコゼットはわたし　兄は鉱山に残り、叔父は東京へ　屋根裏部屋いっぱいの厚い本　鉱山にも騒然たる時代の波が　深夜の山中で救い求めて　鉱山事務所へ初出動　鉱夫たちの苦境を間近にみて　秋田県立女子師範　母校の教師に　青年団がガリ版雑誌『煙』発行　粉雪舞うなか二十歳の上京　東京下町の生活　しぼりとられる乳　『女人芸術』につどう女流たち　遊里の女の地獄を書いた若杉鳥子　ソ同盟から中條百合子帰国　アパート三階を訪れた人びと　鉱山の母を思いっきり書けと　われわれの文学を大衆の中へ　弾圧の中のプロレタリア作家たち―小林多喜二　無産者産児制限同盟の中で―山本琴子　二つの死

童話集・桃色のダブダブさん

………04・3　新日本出版社

まえがき　桃色のダブダブさん　パー、ピー、プーちゃん　マリ子とミケ　タマゴとピンポン　あたらしい帳面　クロとハナぼう　みえ子のねがい　井田のおじさん　ネズミのつなわたり　おなかの上の汽車ポッポ　なぜなぜ坊や　＊走って行った松の木　＊クマと健ちゃん　ハチと金ちゃん　切手ぼうや　てつおさんとクロ　犬とイノシシの話　小鳥たちと春風さん　やきいもやさんとハルミさん　お耳のなかのピアノ　ポンとロン　土の下にいる人間

松田解子 白寿の行路（聞き手・新船海三郎）

………04・7　本の泉社

午前二時の乾布まさつ　平和の心―おりんの造型「オレの苦労は一駄ある」　書き残された歴史のこわさ　出自とのたたかい、作家の発展　夫・大沼渉との出会い「失うものは鉄鎖のみ。得るものは全世界」『女人芸術』、あぶくの出たお茶　作家同盟のこと、武田麟太郎のこと　小林多喜二の死　戦争の本質―尾去沢ダム決壊事故　太平洋戦争、揺れる心　八月十五日、まず「党」を　下山、三鷹、松川…　花岡事件の衝撃　人間が人間を搾取する制度への断固たる否定　その現場へ、いまの現実へ　労働への感謝、農民という粘土「歌声よ、おこれ」と「五〇年問題」　童話の世界、『桃色のダブダブさん』　文学は何のために、誰のために　テロと戦争の根絶へ……やれるか、やりたい

＊　＊　＊

松田解子作品集「乳を売る　朝の霧」

………05・10　講談社文芸文庫

逃げた娘　産む　乳を売る　風呂場事件　姉ごころ　師の影　**朝の霧　山桜のうた　生きものたちと**（解説・高橋秀晴　年譜・江崎淳　著書目録・江崎淳）

松田解子　写真で見る愛と闘いの99年

………14・10　新日本出版社（写真・評伝・年譜）

秋田の鉱山に生まれ　社会と文学に目覚めて　弾圧下の東京へ　プロレタリア文学運動のなかで　戦時下の抵抗と私生活の迷い　戦後の闘い

と文学　六〇年安保から〃おりん〃三部作へペンをふるい足を運ぶ　次世代に伝える回想の人々　終焉—終りなき生命力　略年譜　あとがき

【松田解子自選集】（配本順）

＊印は初出誌不詳作品

第六巻『地底の人びと』（小説・ルポ集）………04・5　澤田出版

地底の人々　骨　花岡事件おぼえがき　遺骨を送って　花岡鉱山をたずねて　花岡事件のこと共楽館のこと　花岡事件の告げるもの

解題・解説　江崎　淳（以下同）

第三巻『女の見た夢』（自伝的作品集）………04・11　澤田出版

さすらいの森　転換期の一節　飢餓途上　産む乳を売る　ある一票　惑い　女の見た夢

第四巻『女性苦』（戦前作品集）………05・8　澤田出版

女性苦　何を以てむくいるか？　行く者帰る者重役は言ったが　加藤の場合　卵　教師エイ子達　労働者の妻　教育労働者　歯—女・女　冬の夜　白と黒　ある戦線　大鋸屑　露地の葬い行進図　蠅　平和な方　空気枕　＊海浜の花＊朝の霧　＊つつましき希い　小枝と鉄蔵　写された恋　＊伊沢先生

第一巻『おりん口伝』………06・1　澤田出版

おりん口伝第一部　おりん口伝第二部

第二巻『おりん母子伝　桃割れのタイピスト』………06・4　澤田出版

おりん母子伝　桃割れのタイピスト—続・おりん母子伝

第十巻『回想の森』（自伝集）………06・11　澤田出版

回想の森　女人回想

第五巻『髪と鉱石』（鉱山小説集）………07・7　澤田出版

逃げた娘　A鉱山の娘　風呂場事件　勘定日飯場で　そだち　若いボールミル工とダム手選女工員　老師　その一人　世の桶　山桜のうた　ある生き残りからの聞き書き　生きものたちと　恩師とワタの木　白い小石から髪と鉱石　ある坑道にて

第七巻『リンドーいろの焔の歌』（戦後作品集）　……08・3　澤田出版
秋晴れ　足音　扉について　初語り　九月十四日の夜　地蔵　部落　あけみ　尾　三つめの乳房　ある日の午後二時から　わな　Rのこと　職安の仲間　蛆　青いハンコのハガキ　横田へ　大工の政さんとそのあとつぎたち　リンドーいろの焔の歌　春咲け、夏照れ　ある夫妻のこと　咽喉音　出会いの時―島崎こま子さんのこと　＊わかい枝

第八巻『とりもどした瞳』（ルポ作品集）　……08・10　澤田出版
一九三三年の春　工場街から　東京市電の職場訪問記　エジス・ハウマルチン女史の話　一千の生霊を呑む死の硫化泥を行く　尾去沢事件現地報告　春の婦人職員探訪　農民文学の夕　無医村・成瀬村の場合　メーデー参加記　吹雪の中　立ち上がり　首切り地帯を行く　眉毛　三鷹事件の公判を傍聴して　怒るパルプ　結核とたたかう人びと　松川事件被告と家族をたずねて　私のねがい　常磐をささえるもの　松川控訴判決の日　お母さんの力量　つのる疑いと憎しみ　みんなが見守っている　とりもどした瞳第一部　一九六一年おめでとう　病躯と闘魂　雪のなかの真実　松川判決せまる　松川と秋田びと　息子たちを母の手に　〝松川〟は見守られている　母親たちは立ちあがる　本管入れ　教育扶助　保育所がほしい　ま昼の暴力　都バスのうちそと　椿と御神火の大島に農民組合のいぶき　老人の要求　民族教育を守ろう　東京磁石　証人に立って　疼く思い　春一便　「こんなちっちゃな子を連れて」　尾去沢行　紅葉より赤くもえる決意　純白のソバの花にも　何を食いて生きし

第九巻『亡びの土のふるさとへ』（詩集）　……09・7　澤田出版
乳房　原始を恋う　煤けた窓から　坑内の娘　母よ　曲がった首　全女性進出行進曲　右腕　海女　起つ日　馘きられた父へ　神様は奪う　じっと坐っている赤禿山よ　あのストは俺等のストじゃなかったか　表現と時間について

創造に対する渇望を　故意の抽象　規律　みつめていた　出かける者へ　子どもに　想い父へ　デスマスクに添えて　うばわれたひとへ　執拗に腹這え　労働者　曳かれ行く人へ泣き声　韮粥　ふるさと　ザール人民投票哀悼の歌　辛抱づよいものへ　身の軽さ、欲望の深さ　どよめきの中で　春が来るのにかくの如しだ　わが恋愛詩は　アナクロニスト氏へ　ふるさととの早春　ある風刺詩人へ三つの詩　薊の花束　無題〈1〉　太陽よおっ母さん！　麦　夏雲よ　しずかな脈拍子守歌　にくしみあるわらい　ポツダム宣言の下　詩書き女の夜言　つくろいもの　苦汁母ら　ああ欲しい　こどもらへ　おちていた歯　演習　意思　チ（遅）配のうた　足うらの歌　住民登録　祖国に　話すとき　あなたにそれが　おまえはまさに工場だから　機関紙・新聞に　七月の記録　あるロジック　台風・グレース、ヘレースの姉妹へ　そのひとびとの中へ　ふみ子へ　この八月の炎天に自分へ　誓い　実行　わかものがあつまった日　メーデー連詩　時間について（A）　時間について（B）　三百六十五日よ　その罪をおもいおこして　つゆとそよかぜ　朝鮮休戦　よし、すべて、その火矢のもと　わたしは呪う　おのれへ　はたは風を吸って　死の灰　ハタくばりのみちすじに　嶮峻にむかって若者らは　歓迎の詩　朝鮮乙女のおどり凝視　黄海へ　Mさんへ　河口　甥へ　波動テーマはひきしぼられている　ねがい〈1〉松川の母の歌　そのひとみをまもろう　高村建材　目盛　全てい・中野　プラタナスのささやきから　さしまわしの車で　生かすハンコと殺すハンコ　はぐるま一転　列　ムシロ旗賛歌　誘い　救護班　傷　六・二二　大橋に寄せて　献詩〈1〉　鞍山にて（A）　鞍山にて（B）　忘れるなこの一つのことを　女だからとて　網走の獄にも　帯広にて　人間その二人は　ある詩集の跋に代えて　こころ美しき母たちへ　新しい一ページをひらくために　焔　足のうた　門出のために握手しよう　中国人俘虜殉難者烈士の霊に　どっしり、根を。　時間　ポラリスはいた　このひと・ともに　受け口　献詩〈2〉　ふるさとへ　この党とともに　牛のうた　小マッターホルンにて　オランダはわたしに　忘れまじサルビア　紫苑の花　盛り土の下に　食器と切符　墓石は　ある原風景　亡びの土のふるさとへ　大地ふかく　たたえる〈1〉　私たちの町・革新のまち「ははア、この男が、」こよなくうつくしく豊かなる地球を　東京のお母さんへ　夕張の山を思えば　わたしは歌わない　ワタシノ願イ　新年感あり　今その一葉一葉は意思をもち　あかつきのいろ　無題〈2〉　たたえる〈2〉　じん肺なき二十一世紀へ　無題〈3〉　ねがい〈2〉　はた　ためいきへ　踊り　紙のうた　わかものにささげる歌　その男は行く　たよりにかえて　怒りの日　構成詩・あざみの花は歌う　オネスト・ジョンへ　あなたがたは来た　無題〈4〉

【共　著】

年刊日本プロレタリア詩集　一九二九年版
　　シキの娘
　　………29・7　戦旗社
新興詩・随筆選集………32・1　詩と人生社
　　馘きられた父へ
年刊日本プロレタリア創作集　一九三二年版
　　加藤の場合
　　………32・3　日本プロレタリア作家同盟出版部
詩集　戦列
　　………33・2日本プロレタリア作家同盟出版部
　　うばわれたひとへ
プロレタリア文学講座3（創作編）
　　………33・3　白楊社
　　小説・詩を書いた経験
年刊一九三四年詩集………34・10　前奏社
　　ふるさと
われらの成果………34・10　三一書房
　　そだち
一九三五年詩集………36・1前奏社
　　ザール人民投票

日本山嶽詩集……36・5　『炬火文芸林』出版部
　じっと坐っている赤禿山よ
一人一文……37・8　中島耕一編（私家版）
　尾去沢を訪ねて
短篇小説コンクール……39・10　砂子屋書房
　夫婦
愛情の思索……40・12　教材社
　女の友情
東京の一日……46・8　三興書林
　死への夢
小説十二人集……47・2　新興芸術社
　一匹の蟻（東京通信一）
新しい小説……47・6　新日本文学会
　九月十四日の夜
女流作家小説集……48・12　毎日新聞社
　いけにえ
日本プロレタリア詩集……49・5　新日本文学会
　シキの娘
小説集斗いの環……50・3　新日本文学会
　怒るパルプ
私の哲学（続）……50・4　中央公論社
　生きるということ
現代女性十二講……50・12　ナウカ社
　家庭婦人
真実は壁を透して
　……51・12　月曜書房（52・3増補改訂版）
　私のねがい
わが祖国の詩……52・6理論社
　坑内の娘
手紙の書き方　入門百科叢書
　……52・11　大泉書店
　大水害をうけた友へ
真実の勝利のために
　……54・5　松川事件対策委員会
　松川控訴判決の日
日本現代詩体系第八巻……54・7　河出書房
　坑内の娘　母よ　じっと坐っている赤禿山よ
　辛抱づよいものへ（抄）
日本プロレタリア文学大系3……54・10　三一書房
　坑内の娘
日本プロレタリア文学大系6……54・11　三一書房
　女性苦（抄）

徳目についての四十一章……58・5　明治図書出版
岩上順一追想集……59・7　三一書房
　明朗（快活）について
とりもどした瞳……59・8　大同書院出版
　微笑のかげの不屈
子どもに聞かせたいとっておきの話
　第一部
　　……59・10　英宝社
　土の下にいる人間
陀田勘助詩集……63・8　国文社
　山本忠平さんのこと
世に出ていく君たちに2……66・6　汐文社
　ある二少女をとうして
松田解子小詩選……69・4『詩人会議』
　父へ　ふるさと　生かすハンコと殺すハンコ
文学入門……70・9　新日本出版社
　凝視
現代短編小説集……72・4　東邦出版社
　書くことの前に
日本の革命歌集……74・6　一声社
　骨

日本の抵抗詩……74・10　光和堂
　全女性進出行進曲
ドキュメント昭和五十年史4……75・2　汐文社
　坑内の娘
日本現代詩大系第八巻……75・4　河出書房新社
　花岡鉱山の惨劇―中国人強制連行の記録―
ひたすらに生きて……75・55　大月書店
　辛抱づよい者へ（抄）
詩集　ひとすじの道……76・5　新日本出版社
　鉱山に生きた日々から
土とふるさとの文学全集2……76・5　家の光協会
　この党とともに
一流人―私の好きな言葉
　……81・4　講談社（85・1　講談社文庫版）
　朝の霧
戦争と女性……81・7　白石書店
　時間を噛みこなす
回想の東京帝大セツルメント
　……84・6　日本評論社
　〝アカ〟とののしられて
　謝念

旅感覚・私のロマネスク
………84・10　京都芸術家協会
〈THE　LETTER　FROM　MOSCOW〉
復刻版『文化集団』別巻………86・6　久山社
そのころのこと
日本プロレタリア文学集38（プロレタリア詩集1）
………87・5　新日本出版社
乳房　母よ　坑内の娘　じっと坐っている赤禿
山よ　うばわれたひとへ　デスマスクに添えて
ふるさと　辛抱づよいものへ　ザール人民投票
どよめきの中で
日本プロレタリア文学集22（婦人作家集2）
………87・10　新日本出版社
産む　乳を売る　風呂場事件　行く者帰る者
重役は云ったが　卵　勘定日　白と黒　ある戦
線　飯場で　そだち　大鋸屑　行進図
私の文章修行………88・3　日本機関紙協会
ウソだけは書かない　飾らずに書こう
愛と変革の保育思想………88・7　創風社
地球を亡びの土から生きる土へ
対談「幼児期の人間形成を考える」

人生案内………88・8　昭和出版
対談・ふるさとに文学を求めて―「おりん口
伝」「おりん母子伝」をめぐって
日本プロレタリア文学集34（ルポルタージュ集2）
………88・10　新日本出版社
一九三三年の春　一千の生霊を呑む死の硫化泥
を行く　尾去沢事件現地報告
いま声をあげるとき………88・12　昭和出版
権利に磨きをかける姿勢こそ
笑顔を絶やさなかった革命家―故松本一三同志を「偲
ぶ会」詳録
………89・3　故松本一三同志
を「偲ぶ会」よびかけ人一同編
このお集まりを機に……
天皇―女たちは発言する………89・8　新日本出版社
わたしの思い「おんなのかたき論」
現代文学と天皇制イデオロギー
………89・12　新日本出版社
「昭和」終焉、一実作者の感想
新文学入門………90・4　新日本出版社
組み伏せられては立上り

座談によるプロレタリア文学案内
……90・4　新日本出版社
四、三・一五弾圧と「御大典」前後
五、世界恐慌から戦争の時代へ
小説の花束I……90・7　新日本出版社
髪と鉱石
花の咲かない山—荒川鉱山廃山五十周年記念—
……90・10　秋田荒川会
感謝と願い
追悼集・中西伊之助—その人と作品
……91・9中西伊之助追悼実行委員会
胸えぐられる感銘
追悼　金親清—民衆の心を継承した作家—
……92・11　なのはな出版
金親清さんのこと
人権と正義を守ってひとすじの道—青柳盛雄追悼文集
……93・10　青柳盛雄さんを偲ぶつどい世話人会
忘れがたき面影
ふるさと文学館第6巻……95・5　ぎょうせい
朝の霧
民主文学30年短編小説秀作選
ある夫妻のこと
……96・5　日本民主主義文学同盟
婦人解放に生きて
……96・7　小澤路子さん遺稿集発行世話人
意志つよき女人、小澤路子さん
女性が生きる　女性を生きる……98・8　明石書店
天皇制下の底辺で生きる
いまに生きる松川
……99・7　松川事件50周年記念行事実行委員会
序　わたしと〝松川〟
いまに生きる松川運動……00・3　松川運動記念会
あいさつ
源流—レッドパージ五〇年のたたかい　二一世紀への継承……00・8　光陽出版社
双腕に抱きしめた「職場に憲法を」
鉱山の息　三菱細倉じん肺裁判運動の歩み
……01・11　金港堂出版部
細倉の人々と出会った日のこと
国文学解釈と鑑賞　別冊伊藤永之介生誕百年
……03・9　至文堂
伊藤永之介との出会いとその文学から学んだも

のについて
戦後の出発と女性文学3………03・5　ゆまに書房
尾　三つめの乳房　母
戦後の出発と女性文学5………03・5　ゆまに書房
蛆
時代の波音………05・6　新日本出版社
ある坑道にて
抵抗の群像　第一集………08・3　光陽出版社
文学と解放運動に生きて
特集　プロレタリア詩再評価
………09・6　『詩人会議』6月号
坑内の娘
秋田ふるさとの文学………10・4　無明出版
卵・作者紹介
伊豆大島文学・紀行集　小説編
………18・3　東京都大島町
大工の政さんとそのあとつぎたち
伊豆大島文学・紀行集　紀行編
………19・3　東京都大島町
大島の反面　大島の海　大島の夏　回想の森
（一部）

【翻訳】

地底下的人們………54・9　上海　泥土社
地底の人々
世界文学………60・7月号　中国　世界文学社
6月22日
女性叙情詩集………60　ルーマニア・エスプラ出版
詩1編
驚雷集………62・3　中国・作家出版社
傷　列　生かすハンコと殺すハンコ　六月二十
二日　新しい一ページをひらくために
ハングル版『地底の人々』（金正勲・訳）
………11・6　韓国・汎友社
地底の人々
ハングル版『花岡事件覚え書』（金正勲・訳）
………15・2　韓国・昭明出版
花岡事件覚え書
尊厳・正義・そして革命のために　日本プロレタリア
文学選集………16・3　シカゴ大学出版
ある戦線

資料

「講演一覧」と「対談・座談一覧」は、基本的には年譜に反映したものですが、検索の便利を考え、あえて一覧表を提供するものです。

「来簡一覧」は、松田解子の書斎に残されていた書簡を年代別に配列したもの。発信年度不明の封書・ハガキ約七十通余りは除外しました。

講演一覧

＊講演年月日　主催団体　講演場所　企画名の順で配列した
＊判明している演題は〈　〉で表記した

30年6月27日　女人芸術　朝日講堂　女人芸術創立3周年記念講演会〈失業者の事〉
30年11月9日　日本プロレタリア作家同盟　上野自治会館　戦旗・ナップ防衛プロレタリア文芸大講演会
31年6月6日　小石川電通会館　無産者産児制限同盟創立大会
32年3月28日　築地小劇場　汎太平洋同志挨拶週間記念プロレタリア文学大講演会
32年10月27日　作家同盟　プロレタリア文学講座
33年2月11日　仙台新興文芸家協会　仙台歌舞伎座　東北文芸出版記念会
34年10月26日　婦人文芸　朝日新聞社講堂　婦人文芸発刊記念文芸講演会
34年11月10日　詩精神社　帝大基督教青年会館　詩人祭
35年6月29日　婦人文芸　時事新報社講堂　一周年記念「講演と映画の夕」〈書きたいことと、書けることについて〉
35年9月14日　婦人文芸　長岡市　婦人文芸講演会
35年9月15日　婦人文芸　越後高田一三九銀行講演会場　婦人文芸講演会
35年10月25日　婦人文芸　南大津町千代田講堂　婦人文芸講演会〈二つの文学作品について〉
35年10月26日　婦人文芸　大阪朝日新聞社ホール　婦人文芸講演会
35年10月27日　婦人文芸　神戸　婦人文芸講演会
35年10月29日　婦人文芸　名古屋　婦人文芸講演会
36年1月18日　婦人文芸　前橋市　婦人文芸講演会〈文学に就いての最近の感想〉
48年6月　新日本文学会　巡回講演　13日鶴

岡　14、15日山形
48年8月20日　新日本文学会　東京大学31番大教室〈新しいモラルと文学〉
48年9月12日　中野婦人団体協議会　中野区役所講堂　平和確立婦人大会〈平和と主婦の使命〉
49年7月　農村婦人協会　福島県
53年11月　山形県の社会主義革命三六周年記念のアカハタ祭りで、各地で講演（七日～十三日）。
60年9月17日　日中婦人友好会　千代田公会堂　講演と映画のつどい
63年8月18日　9・1清水青年実行委員会　清水市公会堂　平和と友情青年の集い〈第九回原水爆禁止大会をめぐる情勢と青年の進むべき道〉
65年5月18日　第一回民主文学「文学教室」〈「おりん口伝」を書き終えて〉
70年11月22日　群馬県教員組合吾妻支部　電気会館　吾妻母と女教師の会
73年1月21日　多喜二・百合子研究会　小平霊園　宮本百合子22回忌
75年2月　詩人会議〈回想・昭和初期の女流詩人〉
75年11月2日　城北文芸　高島平自治会　文化祭・文芸講演会〈妻・母・文学〉
75年11月20日　秋教組雄勝支部　雄勝教育会館　文化講演会〈おりん口伝と女のいきがい〉
76年6月20日　市民塾第三期（足尾）事務局　仮面館　渡り坑夫と友子制度
76年6月26日　塩沢富美子著『野呂栄太郎の思い出』出版記念会　東京世田谷区三軒茶屋・商工センター
76年7月8日　岩手県母親大会実行委員会　岩手県公会堂　第三十回岩手県母親大会〈平和に生きる〉
76年9月5日　秋教組鹿角支部・民主教育をすすめる鹿角郡市民の会　小坂小学校　第9回親と教師の会〈母の生き方と教育〉
76年9月30日　青森津軽の教育研究会〈私のもとめ

る教師たち〉
76年10月29日　中川利三郎を励ますつどい
77年1月29日　民教研　浦和　〈私の恩師たち〉
77年2月26日　愛知保育団体連絡会　名古屋港湾会館ホール　第十回愛知保育大学　〈幼な子は私の先生〉
77年7月2日　名古屋市教連　〈婦人の自立〉
77年7月23日　日本共産党婦人後援会　大宮　参院選支援　〈婦人と政治〉
77年8月6日　山ノ内町　第九回保育合同研究会〈日本の子育てに思う〉
77年8月15日　秋田大学　秋田大学祭　〈母の生き方と教育〉
77年9月1日　日中友好協会中野支部　中野文化センター　映画と講演の夕べ　〈戦う兵隊〉
77年9月11日　千葉県保育研究会　津田沼市公会堂　千葉県保育合同研究会
77年9月17日　東京民商婦人部　神奈川県大山「はやみ荘」　東京民商婦人部学習会　〈婦人をとりまく現状と業者婦人の生き方〉
77年10月15日　秋田県教職員組合南秋田支部　教研集会　追分小学校　午後1時半から
77年10月15日　船川港公民館　男鹿教育懇談会発足総会　午後6時半から　〈母親の生き方と教育〉
77年10月16日　秋田大学教育学部自治会　秋大祭〈母の生き方と教育〉
77年11月12日　全国保育団体合同研究集会実行委員会　高野山大学松下講堂　第14回保育大学　〈子育てに思う〉
78年1月7〜8日　全国保育団体合同研究集会実行委員会　中津川文化会館　第15回保育大学　〈子育てに思う〉
78年2月1日　九段会館　「赤旗」創刊五〇周年記念講演会　〈「赤旗」とわたし〉
78年2月23日　第15回秋田県多喜二祭　千秋会館
78年3月12日　全国保育団体合同研究集会東京実行委員会　荒川区立尾久小学校　第六回東京の保育と幼児教育研究集会〈子育てのあり方〉

78年4月19日　杉並第一小学校〈赤旗とわたし〉
78年5月12日　西津軽教職員組合　第二回明日の授業をめざす教育講座
78年6月15日　協和町　総合開発センター　ふるさとづくり集会〈ふるさとの心〉
78年6月28日　青森県教組西部支部　木造町中央公民館　第十回青森県教組西部支部定期大会〈私の求める教師たち〉
78年9月17日　沖縄県教職員組合那覇支部　第20回母親と女教師の大会〈私が見た子育ての原点と教育〉
78年10月29日　全京都女子学生連絡会議　立命大学　第十一回女子学生のつどい〈ふたたび愛するものを戦場に送らないために〉
78年11月26日　第十三回北陸看護学生のつどい〈女性の自立・看護の自立〉
79年3月19日　ＡＫＩＴＡこだま会〈私の文学人生〉
80年2月23日　秋田県多喜二祭実行委員会　秋田・千秋会館　第十五回秋田県多喜二祭〈多喜二によって描かれた女性像〉
80年2月24日　小林多喜二記念の集い実行委員会　大館市中央公民館　第一回大館多喜二祭
80年3月7日　80国際婦人デー大阪集会実行委員会　中之島中央公会堂　80国際婦人デー大阪集会〈80年代の婦人の生き方〉
80年3月8日　第70回国際婦人デー兵庫県集会〈80年代の婦人たち〉
80年5月17日　金属鉱山研究会　東京渋谷勤労福祉会館　金属鉱山研究会第二四回例会〈鉱山ぐらし今昔〉
80年5月24日　民主文学　土曜講座・作家と作品〈「おりん口伝」について〉
81年2月5日　ＮＨＫ第三放送　わたしの自叙伝〈はるかなる銅山〉
81年6月　都議選・後藤マン応援演説
81年7月5日　関東地区ろうあ団体連合会婦人部　群馬県赤木・緑風荘　第十三回関東ろうあ婦人研修会
81年7月12日　岐阜県母親大会実行委員会　岐阜県商工会議所　第二十四回岐阜県母親大

会〈母親のまごころで子供たちに平和な未来を〉
81年10月13日　石川島播磨争議団　10・13決起集会〈私が腹立たしいと思うのは〉
82年3月8日　82国際婦人デー中央実行委員会　九段会館　82国際婦人デー中央集会〈国際婦人デーと私たち〉
82年5月8・9日　全国保育団体連絡会　客船ユートピア船上　洋上保育大学（第二十六回保育大学）〈母から娘たちへ―私たちの中の昨日・今日・明日〉
82年5月20日　農水省婦人部〈女性が家庭責任と社会責任を果たしつつ…〉
82年6月20日　京都府保育運動連絡会　立命館大学中学・高等学校　第15回京都保育のつどい〈いのち　この尊きもの―平和へのねがいをこめて〉
82年7月　日本のうたごえ全国協議会　83創作講習会記念講演〈憎愛いよいよ深まりインクとなりて〉
82年7月19日　建設一般全日自労　石川県山中町　第六回全国交流会〈平和に生きる〉
82年8月18日　こども文化研究会　日本青年館　第四回てのひらげきじょう〈子どもの未来と平和〉
82年8月24日　新日本婦人の会東京都本部　東京・生協会館ホール　新婦人東京都本部学習会〈戦前戦後の婦人運動〉
82年11月23日　埼玉土建主婦の会　10周年記念祝賀会
83年1月19日　土建第5回全国主婦交流集会
83年1月30日　日本共産党西荻後援会　荻窪・西松会館　新春のつどい〈いまなぜ平和をさけばなければならないのか〉
83年2月5日　新婦人農林班　農水省七階ホール　新春のつどい〈女性の自立について〉
83年3月　日本共産党婦人後援会　板橋区〈選挙と女の人生〉
83年5月26日　新日本婦人の会京都府本部　京都・社会教育総合センター　新婦人しんぶん愛読者のつどい〈女の生き方昨日今日明日〉
83年10月20日　世田谷区教育委員会　世田谷区立経堂

福祉会館　代田婦人学級　〈「おりん口伝」を書いて〉
83年11月12日　奈良県教職員組合　奈良教育会館　奈良教組婦人部教研集会〈愛することと生きること〉
83年11月19日　千葉土建主婦対策部　笠森保養センター　千葉土建全県主婦交流集会〈私の半生と女性の生き方〉
84年1月18日　千葉土建柏支部主婦の会　柏市中央公民館　主婦の会十周年記念講演会〈女の人生〉
84年1月31日　国会図書館内もみじの会　国会図書館〈おりんと夕張と〉
84年4月10日　プロレタリア文学全集普及実行委員会　調布市市民センター　文学・芸術の夕べ
84年5月17日　日本共産党武蔵野・三鷹地区委員会　プロレタリア文学集発刊記念文芸講演会〈私のプロレタリア文学の思い出〉
84年6月17日　岸和田市　プロレタリア文学集発刊記念文芸講演会
84年7月8日　岩手県母親大会　盛岡
84年7月13日　中野区婦人後援会　伝統芸能の会
84年9月8日　東京都老後保障推進協議会　東京都養育院都民生活大学　〈私の生きがい〉
84年10月13日　夕張文学会　夕張市民会館　〈はたらくものと文学〉
84年11月2日　全国ろうあ婦人連名婦人部　札幌・婦人文化センター　第14回ろうあ婦人集会　〈私の歩いた道〉
84年11月20日　全労働青婦協中央婦人対策委員会　後楽園会館　第六回全労働全国支部婦人代表者会議〈作家の見た婦人の戦前戦後―人間らしく生きるとは〉
84年11月23日　日教組東北地区協議会婦人部　秋田温泉ホテル　第三十回東北地区母と女教師の会〈生きて来た道に照らして〉
85年1月29日　第十九回民教連の夕べ実行委員会　埼玉会館　第十九回民教連の夕べ〈私の恩師たち〉

85年6月30日　日中不再戦・友好碑を守る会　大館市・信正寺　花岡事件四〇周年記念集会〈花岡と私〉
85年10月13日　埼玉土建大宮支部主婦の会　埼玉土建大宮支部十周年記念祝賀会〈愛することと生きること〉
85年10月25日　青森県教組　中弘教育会館　市民に贈る夕べ〈生きてきた道に照らして〉
85年11月2－4日　建設一般全日自労　秋田県・わらび座　全日自労民間活動交流集会〈労働者と文化と平和〉
85年11月9日　文学同盟埼玉東部支部　越谷市福祉会館　第一回文芸講演会〈私の文学―「おりん口伝」の世界〉
85年11月18日　青森県退職教職員組合　南津軽郡大鰐町・おおわに山荘　第六回若竹の会学習交流会のつどい〈愛すること・生きること〉
85年11月23日　第七回部落解放東日本婦人交流会実行委員会　東京・文京区民センター　第七回部落解放東日本婦人交流会〈戦後四十年と婦人の生き方〉
85年12月8日　長野県母親大会連絡会　平和集会映画「松川事件」上映会で〈松川事件と私〉
86年1月25日　第五福竜丸平和協会　国鉄労働会館ホール　3・1ビキニ事件記念集会〈第五福竜丸被災の頃〉
86年2月28日　婦人民主クラブ宮城県協議会　戦災復興記念館ホール　婦民再建一五周年記念講演と文化のつどい〈おりんの世界と私たち〉
86年3月1日　86国際婦人デー上小記念のつどい実行委員会　働く婦人の家　86国際婦人デー記念のつどい〈生きてきた道に照らして〉
86年3月7日　全都保育後援会　飯田橋・セントラルプラザ　全都保育後援会決起のつどい〈今の保母さんたちへの老祖母からのお願い〉
86年4月14日　日教組私立学校部　小浜町勤労者体育センター　全国私学夏季研究集会

〈わたしの大学〉

86年8月6日　全農林第一回のーりん婦人交流会実行委員会　農林省七階ホール　第一回のーりん婦人交流会〈輝け、いのち―女の生き方働き方を考える〉

86年8月9日　東北地区民間教育研究団体連絡協　角館・大湯小学校　第三五回東北民教研大湯集会〈八十年生きて教えられた者からの教育論〉

86年8月22日　中野区民医連　中野商工会館〈私の戦争体験〉

86年9月17日　コロニーカルチャースクール　東村山コロニー印刷　自分史講座〈私の作品と自分史〉

86年10月5日　青森県民医連看護委員会　厚生年金会館　第十七回看護研究学会「生きてきた道に照らして〉

87年1月24日　大阪市・北陽高校　第八回研究集会〈人間としての自立と連帯〉

87年2月27日　千葉生協佐原運営委員会　佐原市中央公民館〈女性の生き方と社会参加〉

87年7月5日　川越民商婦人部　川越民商会館　川越民商婦人部第14回総会〈女性の生き方を語る〉

87年7月31日〈今、時代に生きる〉

87年8月1～2日　第三十三回日本母親大会実行委員会　ポートアイランド・ワールド記念ホール　第三十三回日本母親大会〈母親は地上に核でなく楽園を求めます〉

87年9月5日　長野県教組婦人部　長野県〈八十年生きて教えられた者からの教育論〉

87年9月25日　金子満広政談・文化講演会〈おりんの歩いた道を現代から見る〉

87年10月18日　千葉母親大会

87年10月24日　川越市新宿町保育園〈働く女性の生き方〉

87年10月31日　国分寺母親大会連絡会　国分寺勤労福祉会館　第九回国分寺母親大会〈子どもらに青い地球を手渡そう〉

87年11月7日　山形県母親大会　山形市立第六小学校〈母親が手をつないでゆたかな自然

と平和な山形を子供たちに残そう〉
88年1月20日　かながわ生協労働組合　88年新春の集い〈ほんものの生き方―母親の生き方と生協運動〉
88年2月3日　東村山教職員組合婦人部　東村山スポーツセンター大会議室　東村山教職員組合婦人部教研集会〈暗闇の中も嵐の時も強く生きて、今〉
88年2月6日　宮城県教組仙南支部白石ブロック婦人部　白石市中央公民館ホール　母と女性教師の会〈子どもたちの未来を明るくきり開くために〉
88年2月20日　日比谷公会堂　小林多喜二没後55周年記念の夕〈小林多喜二の思い出〉
88年2月23日　東都生協南多摩支部〈私の人生と平和〉
88年2月28日　千葉県第七回保育大学実行委員会　千葉県青少年婦人会館　千葉県第七回保育大学〈生きるために育てるために〉
88年3月3日　神奈川県労働者学習協会　横浜平和と労働会館　横浜労働学校第六八期開講記念講演会〈自分と教育〉
88年5月11日　神奈川県労働者学習協会　横浜平和と労働会館　第68期横浜労働学校〈21世紀に生きる若者へのメッセージ〉
88年5月15日　北埼玉保育問題研究会　第二さくら保育園〈永遠なる幼児の心で〉
88年5月21～22日　全国部落解放運動連合会　湯河原町観光会館　第十一回部落解放婦人交流会〈人間―母の立場からの平等〉
88年5月29日　東京墨田区の「すみだ母親集会」　すみだ中小企業センター〈平和・愛・いきがい〉
88年7月21日　日本機関紙協会　水上温泉・松の井ホテル　第五三期機関紙大学〈私の人生と「書く」ことの意味〉
88年9月1日　全国高齢者大会連絡会　福島　第二回高齢者大会〈人生これ青春〉
88年9月4日　東京土建江戸川支部〈歴史の上での

現代女性の位置〉
88年9月25日　88田川地区母親大会実行委員会　後藤寺小学校講堂　88田川地区母親大会〈生命を守る母親は核より平和を〉
88年10月1・2日　新日本出版社　全国都道府県書籍部長会議　新日本出版社企画説明会
88年11月13日　市川市母親大会実行委員会　勤労福祉センター分館　第三十回市川市母親大会〈明日を信じ明治・大正・昭和を生き抜いて〉
89年2月18日　第一回杉並多喜二祭実行委員会　阿佐ヶ谷地域センター　小林多喜二虐殺追悼・決起集会〈「火を継ぐもの」として〉
89年3月　故松本一三同志を「偲ぶ会」〈このお集まりを機に……〉
89年3月4日　全国じん肺弁護団連絡会議　じん肺弁護団第二回総会
89年5月14日　第四回狛江母親大会実行委員会　狛江市民センター　第四回狛江母親大会〈主権者は私たち―母親が変われば社会が変わる〉
89年8月5日　正則高校PTA　港区芝・正則高校　平和を考える集い〈母こそ創造者〉
89年9月4日　秋田母親大会　横手市・横手高校〈あかるい明日は母の手で〉
89年9月24日　三鷹母親大会実行委員会　三鷹市社会教育会館ホール　三鷹母親大会〈未来につなぐ子育て〉
89年9月26日　神奈川生協　静岡県三島市
89年10月13日　千葉県農村婦人センター結成準備会　千葉市文化センター　千葉県農村婦人センター結成総会
89年10月22日　取手母親大会実行委員会　取手第二高校　取手母親大会〈母親は未来をひらく〉
89年11月18日　仙台教組婦人部総会〈こよなき地球と子らの幸いを守るために〉
89年12月10日　全日本福祉労働組合　日本青年館　福祉労働者決起集会〈わたしの歩んだ道〉
90年2月3日　中野区　江古田図書館〈生きること

と文学と〉
90年2月21日　代々木病院　〈私の生きて来た道と文学〉
90年2月25日　佐波伊勢崎母親連絡会　伊勢崎市文化会館　伊勢崎市母親大会　〈母親は明日を拓く〉
90年9月24日　水戸市三の丸公民館　第二十回水戸母親大会　〈母親は未来を開く〉
90年10月14日　鈴木清文学碑完成祝賀会　横手市駅前プラザホテル　鈴木清文学碑完成祝賀会　〈鈴木清の文学の不朽性と碑〉
90年10月27日　中野女性史をつづる会　中野女性会館〈自分史について〉
90年11月12日　中小企業婦人会館　日本共産党幸区婦人後援会総会　〈女性は自衛隊の海外派兵を許さない〉
90年11月18日　陽光保育園ホール　〈私の歩んだ道〉
90年12月15日　陽光保育園父母の会　中野婦人会館〈私の作家人生〉
91年2月4日　京商連婦人部協議会　下京区シルクホール　業者婦人フォーラム91
91年2月24日　中野区役所集会室　第二回中野老人大会
91年3月2日　宮城教組石巻支部　石巻市・飛龍閣　お母さんと先生の集い　〈子どもの幸せを守る女性の生き方〉
91年5月1日　中野勤医協労組　〈メーデーの話〉
91年6月16日　鈴鹿母親大会実行委員会　鈴鹿青少年センター　鈴鹿市母親大会　〈生きて来た道に照らして〉
91年6月21日　新婦人都本部内後援会　豊島区勤労青少年センター　日本共産党を語るつどい
91年7月7日　第三十六回神奈川県母親大会第17回藤沢母親大会　藤沢市市民会館ホール〈人間らしい生き方をもとめてしたたかに八十年〉
91年7月11日　新日本出版社内日本共産党後援会〈私にとっての党〉
91年7月28日　〈日本共産党と私の歩いたみち〉
91年8月18日　民医連在学医大生の研修会　長崎市
91年9月30日　常磐炭鉱　じん肺訴訟第二回キャラバ

ン

91年10月19日　東京国家公務員労組共闘会議婦人部　農水省別館〈明治の女性の見た平成〉

91年11月9日　家の光会館　丸岡秀子さんを偲ぶ集い〈日本の婦人運動の中心〉

92年1月18日　東京都老後保障推進協議会　東京都社会福祉総合センター　社会生活大学〈老いてなを青春〉

92年2月11日　教育を考える太白区父母と教師の会　仙台市・山田市民センター〈人生これ青春〉

92年2月27日　港区婦人会館　松田解子講演会〈八十八歳の私がなぜ書きつづけるのか〉

92年4月17日　女性後援会　日比谷公会堂　花ひらけ・愛・民主主義4・17女性のつどい

92年4月26日　江東区高齢者集会実行委員会　砂町文化センター　第4回江東区高齢者集会〈人生、これ青春〉

92年6月11日　日本共産党千葉県委員会　千葉ポートアリーナ　日本共産党大演説会

92年6月21日　台東区婦人後援会　待乳山小学校講堂　日本共産党躍進・台東女性のつどい〈日本共産党の歴史と女性のねがい〉

93年2月7日　93江東母親大会実行委員会　パルシティ江東　93江東母親大会〈女を生きて八十八年〉

93年2月27日　教育を考える太白区父母と教師の会　山田市民センター体育館　教育講演会

93年3日28日　治安維持法国家賠償要求同盟秋田県支部　秋田県社会福祉会館　三・一五大弾圧六五周年記念・文化講演会〈一人の主権者—一人の鉱山(かねやま)の女として〉

93年3月28日　荻原和子さんを励ますつどい　秋田市

93年6月13日　治安維持法国家賠償要求同盟鷹巣阿仁支部　中央公民館〈一人の主権者—一人の鉱山(かねやま)の女として〉

93年6月19日　いわき市　民主先駆の碑建設をめざす集会〈女ひとりひたすら生きた〉
93年7月4日　川崎市母親大実行委員会　中小企業婦人会館　第三五回川崎市母親大会〈母親は今燃えて憲法を守る〉
93年7月9日　日中友好協会・同東京都連　東京芸術劇場会議室　盧溝橋事件五六周年の集い〈花岡事件に思う〉
93年9月12日　東京土建調布支部　三鷹市公会堂　主婦の会・拡大決起集会
93年9月20日　秋田県協和町文芸協会　秋田県協和町公民館　同20周年記念集会〈私の文学と人生〉
93年9月30日　なくせじん肺全国キャラバンいわき行動実行委員会　いわき産業会館　なくせじん肺全国キャラバンいわき行動〈常磐炭坑との出会い〉
93年11月27日　江戸川区平井町　小選挙区制阻止集会〈ふたたび戦争と暗黒政治を許すな〉
94年6月4日　鶯沢町復興支援センター　細倉じん肺裁判提訴2周年記念集会〈鉱夫の娘に生まれて文学へ〉
94年6月12日　石播のたたかいを勝たせる会　石播のたたかいを勝たせる会第六回総会
94年10月2日　94古河母親大会　古河第三小学校〈母親のもう一つの力について〉
95年2月10日　文学同盟埼玉東部支部　春日部市文化会館　第六回文芸講演会〈女性として文学者として〉
95年2月20日　小樽多喜二祭実行委員会　小樽市・日専連ビル7階ホール　小樽多喜二祭〈多喜二から私が何を学んだか――間として作家として〉
95年6月5日　東久留米市反核平和市民実行委員会　東久留米市市民会館〈花岡事件について〉
95年12月2日　書店大地　松田解子卒寿記念講演会　名古屋三井ビル東館・書店大地〈歩きつづけて、いまも――私の人生と文学・芸術――〉
95年12月9日　母親大会実行委員会　山梨県母親大会　甲府市社会教育センター「戦前――

戦後　女を生きて九十年」
96年4月27日　民主主義文学同盟　犬山　第14回全国研究集会〈私の文学と人生―マグマの上、花の下にてわれ聞けり〉
96年8月15日　上野東照宮に原爆の火を灯す会　第十二回第二次世界大戦終結　歴史の教訓を語るつどい〈一九四五年八月十五日の覚悟と現代―明治、大正、昭和、平成へ生き抜いて〉
96年9月8日　実行委員会　浄心寺　亀戸事件七三周年追悼会
96年10月13日　小林多喜二文学碑建設実行委員会　大館秋北ホテル　小林多喜二文学碑除幕式祝賀会〈多喜二の人間と文学から学んだもの〉
96年11月20日　秋田市　卒寿を祝う会・『全詩集』『山桜の歌』出版記念会
97年10月2日　早稲田大学教育学部岡村遼司教授ゼミ〈天皇制下の底辺に生きる〉
99年2月23日　杉並・中野・渋谷多喜二祭実行委員会〈おはなし〉
99年6月5日　調布市　一日出前公民館　横井久美子案内「20世紀を生きて次代につたえたいこと」
99年10月31日　協和町　和・ピア　協和町制施行30周年〈故郷こそは恩師―人として生きるということ〉
99年11月14日　東京の高校生平和のつどい実行委員会　都立戸山高校　99東京の高校生平和のつどい〈治安維持法下の文学活動と弾圧〉
00年3月4日　婦人民主クラブ　全国教育文化会館　婦民新聞1000号記念のつどい〈あしたを生きる女性たちに―いま伝えたいこと〉
00年5月29日　五月のばらコンサート　東京ウイメンズクラブ　五月のばらコンサートパートⅢ20世紀を生き拓いた女性・松田解子とともに〈全女性進出行進曲が生まれるとき〉
00年11月15日　中野女性後援会　日本共産党を語る会
01年1月19日　協和町町民センター　文学記念室完成

式「お話し会」「故郷の慈愛に抱かれて―私の感謝」

01年6月23日　NHK秋田発ラジオ深夜便〈鉱山に生まれて〉

01年12月13日　新宿女性史研究会　新宿文化センター〈新宿と『女人芸術』の人びと〉

02年6月8日　現代女性文化研究所　主婦会館プラザエフ　望月百合子忌―第1回シンポジウム「再検討20世紀」〈私の歩いて来た道―21世紀を生きる人へ〉

02年10月26日　婦人民主クラブ　松田解子文学記念室協和町・湯沢市を訪ねる旅〈いま人間として生きるために―私の願うこと〉

03年1月18日　文京区シビックセンター　NPO現代女性文化研究所一月講座〈今、書き続け、話し続けること〉

03年9月15日　松川無罪確定40周年記念事業東京実行委員会　平和と労働センター　いまに生かす松川運動〈松川との出会いは生涯最良の出会い〉

対談・座談一覧

＊年月日、タイトル、対談・座談相手、掲載誌紙などの順で配列した。
＊収録日が判明しているものは年月日まで表示した。
＊新聞・雑誌でのインタビューも対象として記載した。

31年11月22日　文学座談会……山田清三郎、鹿地亘、田邊耕一郎、上野壮夫、武田麟太郎、秋田雨雀、大宅壮一　「文学新聞」12月5日付
33年6月17日　「輝ク」について……神近市子　平林英子　小寺菊子　長谷川時雨　窪川いね子　英美子　杉山（若林）つや　『輝ク』7月17日号
33年7月1日　松竹レビュー争議の真相座談会（第1回）……水の江瀧子　伊藤貞助　『文化集団』8月号
34年5月2日　最近文芸の動向を語る新進作家座談会……窪川いね子　若林つや子　木下歌子　小坂たき子　平林英子　『進歩』6月創刊号
34年8月25日　作品検討座談会……江口渙　徳永直　立野信之　中條百合子　川口浩　亀井勝一郎　窪川鶴次郎　森山啓　渡邊順三（司会）　『文学評論』10月号
35年1月6日　新人座談会「三四年度の批判と三五年度の抱負」……本庄陸男　平田小六　島田和夫　沼田英一　永井街子　平林英子　荒木巍　橋本正一　島木健作　徳永直　渡邊順三（司会）　『文学評論』1月号
35年6月1日　夏休みと子供の座談会……今井譽次郎　岡田道一　城戸薫　小出静子　小砂丘忠義　須藤きよう　須藤朋子　野村ますよ　平田のぶ　平野婦美子　藤田正俊　水野静雄　小林かねよ　戸塚哲郎　戸塚廉　野村芳兵衛　村松元　『生活学校』7月号

35年7月20日　東京帝大セツルメント母の会・松田解子氏を囲む座談会

35年10月　秋夕小集座談……長谷川時雨　板垣直子　窪川稲子　佐々木ふさ　『輝ク』10月17日号

35年11月27日　一九三六年を語る座談会……今井誉次郎　小川実也　奥田美穂　為藤十郎　野口茂夫　長谷健　藤谷重雄　水野静雄　野村芳兵衛　小林かねよ　村松元　戸塚廉　牧瀬伊平　『生活学校』36年1月号

35年　一九三六年の婦人に与う……平林たい子　窪川いね子　丸岡秀子　片岡鐵兵　岡邦雄　村山知義　神近市子　加藤敏子　眞気信子　『婦人文芸』36年1月号

36年1月　女性の社会時評座談会……金子しげり　竹内茂代　大竹せい　平田のぶ　木内きよう　『女性展望』2月号

36年5月　女中問題について……西崎綾野　蒲池すま子　吉海貞子　竹内茂代　平山信子　平林たい子　『婦女新聞』5月10日号

36年5月　若もの一席話……平林彪吉　細野孝二郎　小坂たき子　新田潤　大谷藤子　上野壮夫　古澤元　伴野英夫　渋川驍　田宮虎彦　那珂孝平　円地文子　高見順　石光葆　荒木巍　堀田昇一　矢田津世子　井上友一郎　田村泰次郎　本庄陸男　『人民文庫』6月号

36年6月　女性の社会時評座談会……金子しげり　市川房枝　大竹せい　平田のぶ　木内きょう　『女性展望』7月号

36年6月　働く青年の職場生活を語る会……山内光雄　知澤清　大谷重信　井上貞　鎌田健輔　赤松常子　阿部信代　北風孝　織田元八　米山　美甘傳市　穂積六郎　小岩井浄　立花敏男　原田三友　『労働雑誌』7月号

36年10月　女性の社会時評座談会……金子しげり　村岡花子　平林たい子　木内きょう　山室民子　『女性展望』11月号

36年11月　働く女性は斯く視る……伊藤のり子　岡村浪枝　高須高江　村越勝子　山浦二美　後藤由子　有田栄子　森本八重　大谷藤子　矢田津世子　小坂たき子　円地文子　平林たい子
『人民文庫』37年1月号

37年2月　女性の社会時評座談会……新妻伊都子　市川房枝　小栗将江　竹内茂代　勝目照子
『女性展望』3月号

37年6月26日　女性の社会時評座談会……金子しげり　新妻伊都子　千本道子　石原清子　市川房枝
『女性展望』7月号

37年6月　ソ・米・支女性を語る……除村ヤエ　河崎なつ　佐藤俊子　藤原あき　石原清子　丸岡秀子　狩野弘子　神近市子
『婦人文芸』7月号

37年11月24日　女性の社会時評座談会……金子しげり　新妻伊都子　石原清子　竹田菊　市川房枝
『女性展望』12月号

38年3月20日　児童文化を語る……波多野完治　石田三郎　管忠道　黒瀧成至　槇本楠郎　百田宗治　落合聰三郎　高山一郎　山田文子　安田一格　戸塚廉　押田信恭
『生活学校』5月号

38年3月23日　女性の社会時評座談会……金子しげり　石原清子　窪川稲子　平井恒　勝目テル　木内キョウ　市川房枝
『女性展望』4月号

38年6月　社会と教育……池田種生　宮津博　戸坂潤　新島繁　石原辰郎　本間唯一
『学芸』7月号

38年8月26日　女性の社会時評座談会……金子しげり　大竹せい　河崎なつ　山本杉　勝目テル　木内キョウ　伊福部敬子
『女性展望』9月号

38年12月　女性の社会時評座談会……金子しげり　神近市子　高橋英子　塩原静　阿部静枝　深尾須磨子
『女性展望』1月号

39年11月　女性の社会時評座談会……金子しげり　山本杉　高橋英子　塩原永子
『女性展望』11月号

46年9月5日　創作コンクール小説選者座談会……徳永直　岩上順一　壺井栄　佐多稲子　田中英士（司会）　『新日本文学』12月号外「新作家誕生のために」
47年9月　女性の幸福を考える……中山愛子　『婦人民主新聞』9月4日付
48年11月　新しい性道徳確立へ……宮古碧（記者）　熊谷次郎（編集長）　高村武次（司会）　「青年新聞」11月10、16、30日付
49年3月　創造と実践……岩藤雪夫　窪川鶴次郎　佐々木基一　松本正雄　『文化タイムズ』3月8日付
49年5月5日　女教師の解放……堀田量（世田谷区立山崎校教諭）　『教育社会』6月号
51年5月27日　ようこそ園子さん！……二階堂園子　李正子　高甲淳　『新女性』7月号
55年5月　アジアの友情のはなしあい……グエン・リン・ニェップ　A・N・ナイル　李時柏　大庭歌子　瀬長瞳　ドオティ・ビヒ・ガ　陳美香　沈明玉　山下孝三　安里みち子　『新女性』6月号
58年11月27日　職場での松川対策活動……井川隆子　伊藤一夫　大内昭三　大館欣一　島峰清　十文字三郎　浜崎二雄　桧山晃　益川昇　南夏子　袴田里見　木村三郎　斉藤喜作　岡正芳　『前衛』12月臨時増刊号
58年12月　力をゆるめずに……松島秀雄　阿川悠子　中祖昭規　春日るり子　川島恭子　編集部＝加藤謙三　下山重雄　『松川通信』12月25日付
59年10月　お母さんたちに希望の灯―フ首相の軍備全廃提案をめぐって……小林　大滝　吉田　斉藤　石川　中村　「アカハタ」10月25日付
66年5月　「おりん口伝」を語る……田村栄　「読書の友」5月23日付
66年9月7日　「おりん口伝」をよんで……細井光子　中野好子　安藤和枝　朝野雪江　村松保枝（司会）

「新婦人しんぶん」9月15日付

67年1月　現実をどうとらえるか（上）……蔵原惟人　金達寿　霜多正次　西野辰吉　佐藤静夫（司会）『民主文学』1月号

67年2月　現実をどうとらえるか（下）……蔵原惟人　金達寿　霜多正次　西野辰吉　佐藤静夫（司会）『民主文学』2月号

67年10月　貧苦がなくなるまで生きて書きたい……編集部　『食生活』10月号

68年5月7日　出版された「母の歴史」……今井ヤス子　鎌田みち子　小杉志げ　中川和子　福田ツユ子　「新婦人しんぶん」5月16日付

68年9月　いつ、どこでなにを詩にするか……小森香子　滝いく子　草鹿外吉（司会）『詩人会議』10月号

69年1月　「うちのおばあちゃん」を終って（上下）……長壁澄子　伊藤文子　「赤旗」1月30、31日付

69年3月　創作合評……津上忠　北村耕　『民主文学』3月号

69年2月20日　作家の仕事―多喜二・百合子賞受賞の日に……伊東信『民主文学』4月号

69年2月　松田解子・人と作品―「おりん口伝」の作者と語る……津田孝　『文化評論』4月号

70年11月　人民闘争をどうつかむか―小説「おりん口伝」をめぐって……塩田庄兵衛　『歴史評論』71年1月号

71年5月　野坂参三『風雪のあゆみ（一）』を読んで……塩田庄兵衛　森住和弘　佐々木季男（司会）　「赤旗」日曜版5月30日付

72年5月　「蟹工船」は一枚の板の上に日本中の搾取された労働者階級がのっている…滝田和子　『小林多喜二―早春の譜』パンフレット

72年12月　現代文学をどう読むか……草鹿外吉　長谷川綾子『文化評論』73年1月号

74年12月　普通の人間の革命性を……桜井幹善記者　「赤旗」12月23日付

74年9月　「おりん口伝」をめぐって……稲沢潤

子　　　　　　　　　『群狼』12月号
75年1月　歴史と文学――「おりん口伝」「おりん母子伝」をめぐって……塩田庄兵衛　「赤旗」1月25日～2月8日付
75年7月　「花岡事件」をどう伝えるか……本田英郎　「日中友好新聞」8月2日付
75年9月　「日独伊防共協定」前後―反共主義の歴史的役割……編集部　「赤旗」9月4、5、6日付
75年11月　底辺の生活描写―不平等への正義感貫く……私のウーマンリブ編集部　「朝日新聞」11月27日付
75年12月　松田解子さんを囲んで新春座談会……原由子　茶谷十六　奥田成子　「わらび新聞」76年1月1日付
76年3月　がんばれ、労働組合……編集部　「国民春闘しんぶん」
77年1月　松田解子さんを訪ねて……東京簡裁事務官・村本寿子　「全司法新聞」1月25日付
77年8月　熱情のひと・松田解子……稲沢潤子
77年12月　新しい才能の出現を……佐藤静夫　西沢舜一　「文学新聞」8月15日付　「赤旗」12月20、23日付
78年4月　歌と文学と反戦……林学　「うたごえ新聞」4月24日付
78年4月8日　日本近代の女性労働者像……「民主文学」編集部　『民主文学』6月号
78年6月　宮本顕治『暗黒政治への歴史の審判』を読んで……小沢一恵　砂川英子　「赤旗」6月11日付
78年9月　私も「有事立法」にあくまで反対します……編集部「緑の旗」9月30日付
79年1月　毎日連帯の糸をつむいでいかなきゃね……若松幸子　『月刊わらび』1・2月合併号
81年5月　あすの日本への歌声……吉開那津子　駒井珠江　『女性のひろば』8月号
81年6月30日　現代の労働者を描く……及川和男　『民主文学』10月号
82年2月　北炭夕張に人間の生きる原点を追って（1、2）……稲沢潤子

『学習の友』4・5月号

82年12月　いのちは太陽……清水寛
『みんなのねがい』1月号

83年1月29日　作家松田解子さんを囲む新春婦人のつどい…内藤功　中島武敏衆院議員　むた陽子板橋区議
「赤旗」2月4日付記事

83年2月　小林多喜二から受け継ぐもの……及川和男　「赤旗」日曜版2月20日付

83年6月　窪田精『工場の中の橋』を読んで……碓田のぼる　平瀬誠一
「赤旗」6月12、13日付

83年12月　おしんの時代と私たち……梅津はぎ子
『女性のひろば』12月号

83年12月　現代の労働者をどう描くか……牛久保建男記者
「赤旗」12月24日付

84年1月　「おしん」の時代から男女平等、婦人参政権を主張した党……山内みな子　松崎浜子
『グラフこんにちは』1月1日号

85年3月　歩めるかぎり歩め……牛久保建男記者
「赤旗」3月3日付

85年5月　第一回『文化評論』文学賞入選作を語る……土井大助　長山高之
「赤旗」5月14、15日付

85年8月　いのちはぐくむ「資源」への思い……久保田有子記者
「赤旗」日曜版8月4日付

86年3月　歴史のページをめくるのはあなた……江頭有子　『女性のひろば』5月号

86年4月　多喜二・百合子賞受賞作をめぐって……佐藤静夫　碓田のぼる
「赤旗」4月4・6日付

86年5月4日　「宝多き平野」に汗する仲間たち—松田解子さんを囲んで「土に聴く」合評会……吉田力　岡田宗司　田谷武夫　吉原一夫　大島一明　菅原ヒデ子　青木正彦　甲府田喜久男　石橋靖夫（司会）『あすの農村』7月号

86年9月　たたかうこと、はたらくことの美しさ—映画「母さんの樹」をみて……浜島かおる　長田繁

「赤旗」9月13日付

87年5月　等し並の大切さをかみしめて……関口孝夫編集長　「赤旗」日曜版5月10日付

87年3月　作家・松田解子さんを訪ねて①②　『ゆたかなくらし』5、6月号

87年11月　創刊60年を迎える「赤旗」……塩田庄兵衛　吉岡吉典　丸山静夫　大沼作人　津田京子　杉本文雄　林田茂雄　『前衛』12月号

88年1月19日　日本の米、稲作、文化を語る……津川武一　『あすの農村』3月号

88年　幼児期の人間形成を考える……斉藤公子　『愛と変革の保育思想』7月刊

88年12月　私の青春……編集部　『あきた青年広論』89年1、6月号

88年12月　わたしのすすめる一さつの本……編集部　「少年少女新聞」12月25日付

89年5月　「守る新聞」千号記念対談……関光甫　「生活と健康を守る新聞」5月28日付

89年4月　連載座談会「プロレタリア文学の時代⑤」三・一五弾圧と「御大典」前後……伊豆利彦　佐藤静夫　塩田庄兵衛　松沢信祐　津田孝（司会）　『文化評論』6月号

89年5月　連載座談会「プロレタリア文学の時代⑥」世界恐慌から戦争の時代へ……伊豆利彦　佐藤静夫　塩田庄兵衛　松沢信祐　津田孝（司会）　『文化評論』7月号

89年9月　美しく輝きたいあなたへ……編集部　『民主青年新聞』9月6日付

89年10月　半世紀を越す文学人生への思い……牛久保建男記者　「赤旗」10月28日付

89年11月　私の年金は８０００円よ……編集部　宣伝版「年金者組合」15日付

89年12月　老人を温かくむかえ入れる社会を……馬場記者「年金者組合」12月15日付

90年2月　国際婦人デー80周年—歴史から受け継ぐもの……川口和子　櫛田ふき　馬篭靖子　山川フサ　白井雅子（司会）　『婦人通信』2月号

90年3月　70代・80代対談—三味線と『資本論』でおつきあいしましょ……那智シズ子　『女性のひろば』5月号
90年7月　いま輝く日本共産党と私たち……小笠原貞子　『グラフこんにちは』7月15日号
90年8月　業者婦人の社会的経済的地位向上……編集部「全国商工新聞」8月27日付
91年10月　北炭夕張新鉱ガス突出事故から10年……田口幸枝　「民医連新聞」10月928号
93年9月　長川時雨の思い出……望月百合子　平林英子　「朝日新聞」9月27日付
93年9月23日　渦中の一人として是非後世に遺しておきたい……鷲尾三郎　『月刊AKITA』11月号
94年4月9日　作家松田解子先生をお訪ねして……佐藤征子　『AKITAこだま』72号
94年5月29日　音曲の力、芸の魔術……岡本文弥　『民主文学』8月号
94年10月22日　長谷川時雨を語る……望月百合子　平林英子　於・日本橋図書館
95年10月　労働者とともに書き、貫く〝おりん〟の90年……児玉由紀恵記者　「赤旗」10月7日付
95年11月　女を生きて90年……稲邑麗子記者　『女性&運動』11月号
95年12月　生きるのって楽しい—先輩・後輩対談……櫛田ふき　「赤旗」12月3日付
95年12月　宮本百合子と平塚らいてう……小林登美枝　「平塚らいてうを記念する会ニュース」1月10日付
96年4月　女性参政権50年　頭のフタがとれた主権者の重み……編集部　「赤旗」4月17日付
96年10月12日　女人芸術のころ……望月百合子　平林英子　於・世田谷文学館
97年1月　戦前に引き戻してはいけない……編集部　「救援新聞」1月5日付
97年1月　おめでとう東京土建50周年……編集部　「指金」1月10日付
98年8月26日　初恋—松田解子さんに聞く……佐藤好

98年9月　徳　『秋田民主文学』99年2月号
99年1月　人間ドラマ描きたい……佐藤裕記者　「秋田魁新報」9月5日付
99年10月31日　人間の平等と権利を問い続ける、だからまだまだ筆は擱かない……後藤淑子記者　『清流』2月号
00年1月　在りし日の百合子から学んだもの……佐藤好徳　『秋田民主文学』2月号
00年7月30日　書くことが生きること……宇津木理恵子　『ミマン』3月号
00年8月　第四六回母親大会……浅井基文
00年8月　戦争だらけの人生……編集部　「日中友好新聞」8月15日付
00年10月　古里に保存され安心……泉孝樹記者　「秋田魁新報」8月26日付
01年1月19日　鉱山で育った反骨精神……玄間太郎記者　「赤旗」日曜版11月5日付
01年8月　社会進歩へ力尽くす……紙智子参院比例代表候補「赤旗」東北版1月24日
　96歳　孫、ひ孫の未来思い……浅尾大輔記者　「赤旗」8月2日付
01年9月21日　詩と小説と情熱と……土井大助　『詩人会議』02年1月号
02年　松田解子・佐藤征子往復書簡　『松田解子とわたし』10月刊
03年2月　息子の腹巻きに忍ばせて……村上宏記者　「赤旗」6日付
03年6月　戦前・戦後を歩んで思う―これからが楽しみ……編集部『母の友』8月号
03年7月　一文字でも二文字でも多く書き残す。健康法は、そのための手段なのです……今津良一記者　『サライ』7月17日号
04年4月　幼い魂に刻まれた母の優しさ……牛久保建男記者　「赤旗」4月12日付
04年4月　ときこ口伝　書けばこそ在る……・佐藤むつみ（弁護士）　『法と民主主義』5月号
04年4月25日　すぐれた詩人が追求するものは……稲木信夫　『詩人会議』9月号
04年7月　平和の土台受け継いで……編集部　「日中友好新聞」7月5日付

04年7月　世の中を変える種よ、広がれ…編集部
「赤旗」日曜版7月11日付
04年9月　要求のかたまりが会をつくった…編集部
「生活と健康を守る新聞」9月5、12日付
04年11月　日本人は戦争をしない、そのお約束を忘れたらいけない……編集部
『婦人画報』05年1月号
04年12月12日　タコ部屋廃止を闘った大沼渉さん……宮田汎　治安維持法犠牲者国家賠償要求同盟北海道本部
『不屈』05年1月15日号

来簡一覧（1945～2004）

＊所属団体等以外の住所は個人情報保護を考慮して詳細を省いた。
＊住所表示は発信当時のままにした。
＊住所不記載は、手渡しによるものかと思われる。

年	月・日	差出人	住所	種　別
1945	7・14	伊藤　佐太郎	仙北郡荒川村宮田又	封書
	11・28	伊藤　佐太郎	仙北郡荒川村宮田又分教場	封書
1946	5・5	佐々木　偵郎	秋田県由利郡象潟町神田	封書
	6	田中　英士	東京市荒川区三河島	封書
	8・14	戸台　俊一	芝区新橋7·12　日本民主義文化連盟	封書
	10・4	伊藤　佐太郎	仙北郡大曲町字黒瀬　鈴木七之助方	ハガキ
1947	3・8	伊藤　佐太郎	仙北郡峰吉川村字中村	ハガキ
	6	太田　洋子		封書
1948	1・3	伊藤　佐太郎	刈和野伊藤病院	ハガキ
	3・10	伊藤　佐太郎	刈和野伊藤病院	ハガキ
	6・2	久保　栄	東京都目黒区自由ヶ丘	ハガキ
	6・4	最上　健一	秋田県角間川町	ハガキ
	6・15	佐多　稲子	東京都中野区	ハガキ
	6・22	佐藤　静夫	千代田区富士見町2丁目8番地　（株）雄山閣内	封書
	10・12	佐々木　偵郎	秋田県由利郡	ハガキ
1949	1・1	伊藤　佐太郎	仙北郡荒川村中学校	ハガキ
	1・10	伊藤　佐太郎	仙北郡峯吉川村	封書
	1・11	蔵原　惟人	東京都練馬区	ハガキ
	1・20	高山　麦子	東京都世田谷区	封書
	2・28	伊藤　佐太郎	仙北郡荒川村	ハガキ
	8・19	栗林　農夫	東京都世田谷区	ハガキ
	9・10	伊藤　佐太郎	仙北郡峰吉川村	ハガキ
	9・13	円地　文子	東京都台東区谷中	封書
	10・25	伊井　まつえ	神奈川県鎌倉市	封書
1950	1・1	伊井弥四郎・まつえ	鎌倉市	ハガキ
	7・31	松井　圭子	千葉市小仲台	封書
	8・1	新島　繁	東京都杉並区	ハガキ
	10・15	新島　繁	港区新橋7・12　大中ビル松川事件対策委員会	ハガキ

1951	3・18	武田　　久	仙台市古城番外地　宮城拘置所	ハガキ
	3・19	浜崎　二雄	仙台市古城番外地　宮城拘置所	ハガキ
	3・23	徳永　直	東京都世田谷区	封書
	3・31	武田　　久	仙台市古城番外地　宮城拘置所	封書
	4・12	浜崎　二雄	仙台市古城番外地　宮城拘置所	ハガキ
	4・15	被告一同	仙台市古城番外地　宮城拘置所	封書
	4・16	佐藤　代治	仙台市古城番外地　宮城拘置所	ハガキ
	4・16	太田　省次	仙台市古城番外地　宮城拘置所	ハガキ
	5・1	佐藤　　一	仙台市古城番外地　宮城拘置所	封書
	5・3	浜崎　二雄	仙台市古城番外地　宮城拘置所	ハガキ
	5・22	斉藤　　千	仙台市古城番外地　宮城拘置所	ハガキ
	5・28	浜崎　二雄	仙台市古城番外地　宮城拘置所	ハガキ
	6・3	赤間　勝美	仙台市古城番外地　宮城拘置所	ハガキ
	7・18	鈴木　　信	仙台市古城番外地　宮城拘置所	ハガキ
	7・27	武田　　久	仙台市古城番外地　宮城拘置所	封書
	7・27	浜崎　二雄	仙台市古城番外地　宮城拘置所	ハガキ
	7・29	阿部　市次	仙台市古城番外地　宮城拘置所	封書
	8・18	被告一同	仙台市古城番外地　宮城拘置所	ハガキ
	8・20	伊藤　佐太郎	仙北郡峯吉川村	ハガキ
	8・22	被告一同・佐藤代治	仙台市古城番外地　宮城拘置所	ハガキ
	9・3	高橋　晴雄	仙台市古城番外地　宮城拘置所	ハガキ
	9・3	高橋　晴雄	仙台市古城番外地　宮城拘置所	ハガキ
	9・3	高橋　晴雄	仙台市古城番外地　宮城拘置所	ハガキ
	9・3	高橋　晴雄	仙台市古城番外地　宮城拘置所	ハガキ
	9・3	高橋　晴雄	仙台市古城番外地　宮城拘置所	ハガキ
	9・3	高橋　晴雄	仙台市古城番外地　宮城拘置所	ハガキ
	9・4	加藤　謙三	仙台市古城番外地　宮城拘置所	ハガキ
	9・4	武田　　久	仙台市古城番外地　宮城拘置所	封書
	9・10	菊地　　武	仙台市古城番外地　宮城拘置所	ハガキ
	9・11	鈴木　　信	仙台市古城番外地　宮城拘置所	封書
	9・13	武田　　久	仙台市古城番外地　宮城拘置所	封書
	9・18	二階堂　園子	福島県安達郡	ハガキ
	9・27	武田　　久	仙台市古城番外地　宮城拘置所	ハガキ
	9・27	武田　　久	仙台市古城番外地　宮城拘置所	ハガキ

1951	9・27	武田　久	仙台市古城番外地　宮城拘置所	ハガキ
	9・28	武田　久	仙台市古城番外地　宮城拘置所	ハガキ
	9・29	岡田　十良松	仙台市古城番外地　宮城拘置所	封書
	9・29	二階堂　武夫	仙台市古城番外地　宮城拘置所	封書
	9・30	佐藤　代治	仙台市古城番外地　宮城拘置所	封書
	10・4	武田　久	仙台市古城番外地　宮城拘置所	封書
	10・8	大内　昭三	仙台市古城番外地　宮城拘置所	封書
	10・8	杉浦　三郎	仙台市古城番外地　宮城拘置所	封書
	10・8	二宮　豊	仙台市古城番外地　宮城拘置所	封書
	10・9	太田　省次	仙台市古城番外地　宮城拘置所	封書
	10・9	菊地　武	仙台市古城番外地　宮城拘置所	封書
	10・9	小林　源三郎	仙台市古城番外地　宮城拘置所	封書
	10・9	浜崎　二雄	仙台市古城番外地　宮城拘置所	封書
	10・11	さいとう　ゆき	仙台市古城番外地　宮城拘置所	ハガキ
	10・13	武田　久	仙台市古城番外地　宮城拘置所	封書
	10・16	武田　久	仙台市古城番外地　宮城拘置所	封書
	10・23	杉浦　三郎	仙台市古城番外地　宮城拘置所	封書
	10・23	本田　昇	仙台市古城番外地　宮城拘置所	封書
	10・24	菊地　武	仙台市古城番外地　宮城拘置所	封書
	10・24	杉浦　三郎	仙台市古城番外地　宮城拘置所	封書
	11・2	杉浦　三郎	仙台市古城番外地　宮城拘置所	封書
	11・5	浜崎　二雄	仙台市古城番外地　宮城拘置所	ハガキ
	11・7	杉浦　三郎	仙台市古城番外地　宮城拘置所	封書
	11・7	武田　久	仙台市古城番外地　宮城拘置所	封書
	11・11	佐藤　一	仙台市古城番外地　宮城拘置所	ハガキ
	11・12	武田　久	仙台市古城番外地　宮城拘置所	ハガキ
	11・12	杉浦　三郎	仙台市古城番外地　宮城拘置所	封書
	11・28	太田　省次	仙台市古城番外地　宮城拘置所	ハガキ
	12・12	杉浦　三郎	仙台市古城番外地　宮城拘置所	封書
	12・21	阿部　市次	仙台市古城番外地　宮城拘置所	ハガキ
	12・21	杉浦　三郎	仙台市古城番外地　宮城拘置所	封書
	12・21	杉浦　三郎	仙台市古城番外地　宮城拘置所	封書
	12・21	杉浦　三郎	仙台市古城番外地　宮城拘置所	封書
	12・23	菊地　武	仙台市古城番外地　宮城拘置所	封書

1951	12・23	浜崎　二雄	仙台市古城番外地　宮城拘置所	ハガキ
1952	1・1	佐藤　　一	仙台市古城番外地　宮城拘置所	封書
	1・14	武田　　久	仙台市古城番外地　宮城拘置所	封書
	1・28	浜崎　二雄	仙台市古城番外地　宮城拘置所	封書
	1・	武田　　久	仙台市古城番外地　宮城拘置所	ハガキ
	2・9	加藤　謙三	仙台市古城番外地　宮城拘置所	ハガキ
	2・16	菊地　　武	仙台市古城番外地　宮城拘置所	封書
	2末	武田　　久	仙台市古城番外地　宮城拘置所	封書
	2・26	浜崎　二雄	仙台市古城番外地　宮城拘置所	封書
	3・19	菊地　　武	仙台市古城番外地　宮城拘置所	ハガキ
	3	武田　　久	仙台市古城番外地　宮城拘置所	封書
	4・2	武田　　久	仙台市古城番外地　宮城拘置所	封書
	4・7	国民救援会東京都本部港区芝新橋7－12文化工業会館内		封書
	4・13	加藤　謙三	仙台市古城番外地　宮城拘置所	ハガキ
	4・15	新居　公治		封書
	5・28	新島　繁	東京都杉並区	ハガキ
	5・29	阿部　市次	仙台市古城番外地　宮城拘置所	ハガキ
	6・6	竹内　実	東京都目黒区	封書
	6・16	竹内　実	東京都目黒区	封書
	6・27	竹内　実	東京都目黒区	ハガキ
	7・14	鈴木　　信	仙台市古城番外地　宮城拘置所	ハガキ
	7・15	阿部　市次	仙台市古城番外地　宮城拘置所	封書
	7・18	吉田　隆子	東京都目黒区	ハガキ
	8・1	奥村　久雄	東京都葛飾区	ハガキ
	8・8	鈴木　　信	仙台市古城番外地　宮城拘置所	ハガキ
	8・16	竹内　実	東京都目黒区	ハガキ
	9・2	二階堂　武夫	仙台市古城番外地　宮城拘置所	ハガキ
	9・2	二階堂　武夫	仙台市古城番外地　宮城拘置所	ハガキ
	9・3	杉浦　三郎	仙台市古城番外地　宮城拘置所	封書
	9・4	二階堂　武夫	仙台市古城番外地　宮城拘置所	ハガキ
	9・7	二宮　　豊	仙台市古城番外地　宮城拘置所	ハガキ
	9・8	二階堂　武夫	仙台市古城番外地　宮城拘置所	ハガキ
	10・12	杉浦　三郎	仙台市古城番外地　宮城拘置所	封書
	11・24	杉浦　三郎	仙台市古城番外地　宮城拘置所	封書

1952	12・14	南　泰	葛飾区小菅町　東京拘置所	ハガキ
	12・16	塩川　潔	東京都渋谷区代々木	ハガキ
	12・23	杉浦　三郎	仙台市古城番外地　宮城拘置所	封書
1953	1・1	岩上　順一	東京都杉並区荻窪	ハガキ
	1・27	鈴木　信	仙台市古城番外地　宮城拘置所	ハガキ
	2・5	島田　政雄		封書
	2・15	二階堂　武夫	仙台市古城番外地　宮城拘置所	封書
	2・18	赤木　健介	東京都板橋区	ハガキ
	2・25	二階堂　武夫	仙台市古城番外地　宮城拘置所	封書
	2・28	二階堂　武夫	仙台市古城番外地　宮城拘置所	封書
	3・12	小宮山　量平	千代田区神田神保町１・64　理論社	ハガキ
	3・29	二階堂　武夫	仙台市古城番外地　宮城拘置所	封書
	4・7	秋田　雨雀	東京都豊島区	封書
	4・23	杉浦　三郎	仙台市古城番外地　宮城拘置所	封書
	4・30	国救宮城県本部	仙台市東 3-19-1	ハガキ
	5・26	池田　みち子	東京都杉並区	封書
	5・29	日本国民救援会東京都本部	芝区新橋 7・12　文化工業会館内	ハガキ
	6・13	杉浦　三郎	仙台市古城番外地　宮城拘置所	封書
	6・18	赤木　健介	東京都板橋区	ハガキ
	7・17	鈴木　信	仙台市古城番外地　宮城拘置所	ハガキ
	7・22	志賀　多恵子	東京都武蔵野市	封書
	7・26	徳永　直	東京都世田谷区	封書
	8・4	杉浦　三郎	仙台市古城番外地　宮城拘置所	ハガキ
	8・7	金　一秀	花岡町榊山	ハガキ
	8・12	国救本部・人権民報編集部	芝区新橋 7・12　文化工業会館内	ハガキ
	8・13	阿部　知二	長野県軽井沢町	ハガキ
	8・18	二階堂　武夫	仙台市古城番外地　宮城拘置所	封書
	9・9	池田　みち子	東京都杉並区	封書
	9・13	石黒　米治郎	神奈川県横浜市	ハガキ
	9・14	布施　光子		ハガキ
	9・17	布施　光子		ハガキ
	10・1	塩川　潔	東京都渋谷区代々木	ハガキ
	10・5	日本国民救援会東京都本部	東京都港区芝新橋７ノ12　日本文化工業会館内	ハガキ
	10・5	池田　みち子	東京都杉並区	封書

1953	10・12	池田　みち子	東京都杉並区	封書
	10・12	石井　藤子	千葉県市川市	ハガキ
	10・16	大原　富枝	東京都杉並区	ハガキ
	10・19	瀧崎　安之助	東京都文京区	封書
	10・20	瀧崎　安之助	東京都文京区	封書
	10・21	アカハタ山形支局	山形市香澄町横町南　志村方	封書
	10・22	二階堂　武夫	仙台市古城番外地　宮城拘置所	ハガキ
	10・27	二階堂　武夫	仙台市古城番外地　宮城拘置所	ハガキ
	10・27	アカハタ山形支局	山形市香澄町横町南　志村方	ハガキ
	10・28	アカハタ山形支局	山形市香澄町横町南　志村方	封書
	10・28	新島　繁	港区新橋7・12　大中ビル松川事件対策委員会	ハガキ
	10・30	徳永　直	東京都世田谷区	封書
	10・31	布施　光子	渋谷区	
	11・5	杉村　光子	東京都北区	封書
	11・5	瀧崎　安之助	東京都文京区	封書
	11・6	松川三鷹事件対策委員会	芝区新橋7·12　文化工業会館内	封書
	11・12	坂井　徳三	東京都板橋区	ハガキ
	11・27	山岸　外史	千代田区飯田町2・1　日本文学学校	ハガキ
	12・1	赤木　健介	東京都板橋区	ハガキ
	12・3	古川　祐一	茨城県北相馬郡布川町谷原　農民組合常総同盟布川出張所	封書
	12・6	古川　祐一	茨城県北相馬郡布川町谷原　農民組合常総同盟布川出張所	封書
	12・22	赤木　健介	東京都板橋区	ハガキ
1954	1・8	鎌田　二郎	秋田県南秋田郡押戸村	ハガキ
	1・11	佐藤　善太郎	秋田県平鹿郡睦合村	封書
	1・13	杉浦　三郎	仙台市古城番外地　宮城拘置所	封書
	1・16	岩上　順一	東京都杉並区荻窪	ハガキ
	2・1	丸岡　秀子	東京都世田谷区	ハガキ
	2・18	古川　祐一	茨城県北相馬郡布川町谷原　農民組合常総同盟布川出張所	封書
	3・12	山田　清三郎	東京都杉並区	封書
	3・17	徳永　直	東京都世田谷区	ハガキ
	3・29	徳永　直	東京都世田谷区	ハガキ
	3・29	徳永　直	東京都世田谷区	ハガキ
	7・3	杉浦　三郎	仙台市行人塚70ノ2　宮城拘置所	ハガキ
	8・9	伊藤　佐太郎	仙北郡峯吉川村	ハガキ

1954	8・31	岩上　順一	東京都杉並区荻窪	ハガキ
	9・19	坂井　徳三	東京都板橋区	封書
	10・5	岸田　泰政	ソビエト・ハバロフスク	封書
	11・7	鈴木　　信	仙台市行人塚 70 ノ 2　宮城拘置所	封書
	11・10	坂井　徳三郎	清瀬村国立東京療養所	ハガキ
	11・17	山田　清三郎	東京都杉並区	封書
	11・25	鈴木　　信	仙台市行人塚 70 ノ 2　宮城拘置所	ハガキ
	11・27	太田　省治	仙台市行人塚 70 ノ 2　宮城拘置所	封書
	12・5	池田　みち子	東京都杉並区	ハガキ
	12・11	岩上　順一	東京都杉並区	ハガキ
	12・21	太田　省治	仙台市行人塚 70 ノ 2　宮城拘置所	ハガキ
	12・22	岩上　順一	東京都杉並区	ハガキ
1955	1・1	杉浦　三郎	仙台市行人塚 70 ノ 2　宮城拘置所	ハガキ
	1・31	江口　　渙	栃木県烏山町	ハガキ
	3・2	熱田　五郎	神奈川県川崎市	封書
	3・12	熱田　五郎	神奈川県川崎市	ハガキ
	3・24	岸田　泰政	ソビエト・ハバロフスク	封書
	4・1	山口　包夫	静岡県熱海市	封書
	4・3	岡　邦雄	東京都目黒区	封書
	4・12	熱田　五郎	神奈川県川崎市	封書
	4・20	熱田　五郎	神奈川県川崎市	封書
	5・14	岸田　泰政	ソビエト・ハバロフスク	封書
	7・17	杉浦　三郎	仙台市行人塚 70 ノ 2　宮城拘置所	ハガキ
	7・22	丸岡　秀子	東京都世田谷区	ハガキ
	7・23	杉浦　三郎	仙台市行人塚 70 ノ 2　宮城拘置所	ハガキ
	9・3	岸田　泰政	ソビエト・ハバロフスク	封書
	9・11	岸田　泰政	ソビエト・ハバロフスク	封書
	9・12	藤森　成吉	神奈川県逗子市	ハガキ
	9・24	松本　そで子	東京都北区	封書
	10・5	杉浦　三郎	仙台市行人塚 70 ノ 2　宮城拘置所	封書
	10・30	岸田　泰政	ソビエト・ハバロフスク	封書
	11・5	藤森　成吉	神奈川県逗子市	ハガキ
	11・10	藤森　成吉	神奈川県逗子市	封書
	11・14	杉浦　三郎	仙台市行人塚 70 ノ 2　宮城拘置所	封書

1955	12・9	藤森　成吉	神奈川県逗子市	ハガキ
1956	1・1	杉浦　三郎	仙台市行人塚70ノ2　宮城拘置所	ハガキ
	1・1	杉浦　三郎	仙台市行人塚70ノ2　宮城拘置所	ハガキ
	1・10	杉浦　三郎		封書
	1・20	岸田　泰政	ソビエト・ハバロフスク	封書
	2・7	岸田　泰政	ソビエト・ハバロフスク	封書
	2・11	徳永　直	東京都世田谷区	封書
	3・14	久保　栄	東京都目黒区自由ヶ丘	ハガキ
	3・28	岸田　泰政	ソビエト・ハバロフスク	封書
	5・4	富本　一枝	東京都世田谷区	封書
	5・16	日本共産党中央委員会	渋谷区千駄ヶ谷4·714	封書
	5・19	岸田　泰政	ソビエト・ハバロフスク	封書
	6・3	光田　実	中央区銀座西6・4　巴里ビル　文化通信組合	封書
	6・7	日本共産党中央委員会	渋谷区千駄ヶ谷4·714	封書
	6・20	岸田　泰政	ソビエト・ハバロフスク	封書
	6・20	新妻　イト	東京都大田区大	ハガキ
	6・26	日本共産党中央委員会	渋谷区千駄ヶ谷4·714	封書
	6・27	大林　せい	東京都世田谷区	ハガキ
	7・21	冨本　陽	東京都世田谷区	ハガキ
	7・21	日本共産党中央委員会	渋谷区千駄ヶ谷4·714	封書
	7・24	日本共産党中央委員会	渋谷区千駄ヶ谷4·714	封書
	7・31	岡田　耕作	北海道夕張市	封書
	8・7	日本共産党中央委員会	渋谷区千駄ヶ谷4·714	封書
	8・15	岡林　キヨ	東京都杉並区	封書
	8・16	杉浦　三郎	仙台市行人塚70ノ2　宮城拘置所	封書
	9・9	杉浦　三郎	仙台市行人塚70ノ2　宮城拘置所	封書
	9・24	松田　十三子	東京都大田区	封書
	9・27	木下　順二	東京都文京区	封書
	10・1	木下　順二	東京都文京区	ハガキ
	10・7	岸田　泰政	ソビエト・ハバロフスク	封書
	10・8	木下　順二	東京都文京区	ハガキ
	10・15	木下　順二	東京都文京区	ハガキ
	11・2	能智　愛子	東京都杉並区	封書
	11・25	岸田　泰政	ソビエト・ハバロフスク	封書

1956	12・20	岸田　泰政	ソビエト・ハバロフスク	封書
1957	1・2	杉浦　三郎	仙台市行人塚70ノ2　宮城拘置所	封書
	1・4	岸田　泰政	ソビエト・ハバロフスク	封書
	1・10	熱田　五郎	神奈川県川崎市	封書
	1・13	松山　うつる	東京都杉並区	ハガキ
	1・18	熱田　五郎	神奈川県川崎市	封書
	2・10	杉浦　三郎	仙台市行人塚70ノ2　宮城拘置所	封書
	2・15	杉浦　三郎	仙台市行人塚70ノ2　宮城拘置所	封書
	3・1	杉浦　三郎	仙台市行人塚70ノ2　宮城拘置所	封書
	5・26	岸田　泰政	ソビエト・ハバロフスク	封書
	7・29	石堂　清俊	千葉県市川市	ハガキ
	8・28	杉浦　三郎	仙台市行人塚70ノ2　宮城拘置所	封書
	8・30	莇田　アサノ	東京都世田谷区	ハガキ
	9・27	岩上　順一	東京都杉並区	ハガキ
	10・10	佐藤　一	宮城県塩釜市	封書
	10・10	佐多　稲子	東京都新宿区	ハガキ
	10・11	岩上　順一	東京都杉並区	ハガキ
	10・22	岩上　順一	東京都杉並区	ハガキ
	11・14	杉浦　三郎	仙台市行人塚70ノ2　宮城拘置所	封書
	11・15	岡　邦雄	東京都品川区	ハガキ
	11・22	岡　邦雄	東京都品川区	封書
	11・24	荒　正人	東京都杉並区	ハガキ
	12・4	岡　邦雄	東京都品川区	ハガキ
	12・20	野上　トミコ	兵庫県伊丹市	ハガキ
1958	1・6	杉浦　三郎	仙台市行人塚70ノ2　宮城拘置所	封書
	1・8	中野　重治	東京都世田谷区	ハガキ
	1・18	新島繁追悼会準備会	杉並区荻窪3・223　能智潟方	ハガキ
	1・22	朝倉　摂	東京都渋谷区	ハガキ
	2・4	野上　トミコ		ハガキ
	2	徳永　光一	東京都世田谷区	ハガキ
	2・16	徳永　光一	東京都世田谷区	ハガキ
	2・20	徳永家		ハガキ
	2・28	守屋　典郎	東京都大田区	ハガキ
	3・8	佐藤　一	宮城県塩釜市	ハガキ

1958	3・10	守屋　典郎	東京都大田区	ハガキ
	4・15	渡辺　幸雄	東京都板橋区	封書
	4・30	赤松　常子	千代田区永田町参院会館	ハガキ
	5・24	中本　たか子	東京都練馬区	封書
	7・17	坂井　徳三	清瀬町　東療南8	封書
	8・1	富本　一枝	東京都世田谷区	封書
	8・4	熱田　五郎		ハガキ
	8・15	岩上　淑子	東京都杉並区	ハガキ
	9・1	日本共産党中部地区	藤沢氏辻堂東町 3217　日本共産党中部地区委員会	ハガキ
	9・2	外文出版社	中国	封書
	9・17	杉浦　三郎	仙台市行人塚70ノ2　宮城拘置所	封書
	9・23	中西　とみ子	神奈川県藤沢市辻堂	ハガキ
	10・20	外文出版社	中国	封書
	10・22	上田　鶴恵	東京都中野区	ハガキ
	10・28	能智　愛子	東京都杉並区	ハガキ
	10・31	岩上　淑子	東京都杉並区	ハガキ
	11・8	坂井　徳三	東京都板橋区	ハガキ
	11・13	坂井　徳三	東京都板橋区	ハガキ
	11・17	岩上　淑子	東京都杉並区	封書
	11・19	岩上　淑子	東京都杉並区	ハガキ
	11・27	岩上　淑子	東京都杉並区	ハガキ
	12・3	西谷　文子	東京都北区	ハガキ
	12・4	外文出版社	中国	封書
	12・9	岩上　淑子	東京都杉並区	封書
1959	2・4	杉浦　三郎	仙台市行人塚70ノ2　宮城拘置所	ハガキ
	2・12	田中　春枝	神奈川県鎌倉市	封書
	2・27	田中　春枝	神奈川県鎌倉市	封書
	4・23	田中　春枝	神奈川県鎌倉市	封書
	5・6	佐多　稲子	東京都新宿区	ハガキ
	6・7	加藤　万寿	東京都武蔵野市	ハガキ
	6・9	松山　文雄	武蔵野市吉祥寺1599　加藤悦郎葬儀実行員会	封書
	7・5	高見沢　コウ	群馬県藤岡市	封書
	7・28	田中　春枝	神奈川県鎌倉市	封書
	8・29	田中　春枝	神奈川県鎌倉市	封書

1959	8・30	坂井　徳三	東京都板橋区	ハガキ
	9・27	杉浦　三郎	神奈川県横浜市鶴見区	ハガキ
	10・4	樋渡利秋	札幌地検	ハガキ
	10・25	伊井　まつえ	神奈川県鎌倉市	封書
	10・26	本田　昇		ハガキ
	10・28	杉浦　三郎	東京都港区芝新橋7ノ12　大中ビル　松川事件対策委員会	封書
	11・19	伊藤　きみ子	東京都八王子市	ハガキ
	12・2	竹内　達治	東京都豊島区	ハガキ
1960	4・6	江森　仁保栄	東京都豊島区	ハガキ
	6・20	能智　愛子	東京都保谷市	封書
	7・15	熱田　五郎	神奈川県川崎市	ハガキ
	8・20	中国作家同盟	北京市	封書
	9・1	伊藤　武雄	東京都清瀬市	ハガキ
	9・3	和田　洋子	北多摩郡久留米町	ハガキ
	9・5	中村　静子	東京都中野区江古田3　国立中野療養所	ハガキ
	9・5	中本　たか子	東京都練馬区	封書
	9・5	兼房　次男（大野達三）	東京都渋谷区	ハガキ
	9・5	藤田　光徳	東京都板橋区	ハガキ
	9・14	サトウ　ヨシオ	東京都目黒区	ハガキ
	9・15	平野　義太郎		ハガキ
	9・23	生田　花世	東京都中野区	ハガキ
	9・27	中本　たか子	東京都練馬区	封書
	10・6	宮本　吉次	埼玉県浦和市	封書
	11・21	渋谷　すみ江	神奈川県川崎市	ハガキ
1961	3・4	国救東京都本部　横谷虎楓偲ぶ会	港区芝新橋6・52	ハガキ
	3・19	武田　志も	東京都青梅市	ハガキ
	4・1	黒田　政雄	港区赤坂一ツ木53　中国文化通信社	封書
	4・1	藤森　成吉	神奈川県逗子市	ハガキ
	4・3	赤木　健介	東京都板橋区	ハガキ
	4・3	中本　たか子	東京都練馬区	封書
	4・3	因藤　荘助	北海道小樽市	封書
	4・5	中本　たか子	東京都練馬区	封書
	4・6	小沢　三千雄	港区芝新橋　松川全国連絡会	ハガキ
	4・10	富樫　武	茨城県水戸市	ハガキ

1961	4・13	中島　千代	東京都中野区	封書
	4・21	渡辺　幸雄	東京都板橋区	ハガキ
	5・9	山田　清三郎	東京都杉並区	封書
	5・12	中沢　紀美	秋田県鹿角郡花輪町	封書
	5・12	江口　渙	栃木県烏山町	ハガキ
	5・13	村上　国治	札幌市大通拘置所	ハガキ
	5・13	小澤　三千雄	港区芝新橋6・52　松川事件対策協議会	封書
	5・15	赤木　健介	東京都板橋区	ハガキ
	5・15	守屋　典郎	東京都大田区	封書
	5・15	伊藤　豊三郎	秋田市西根	封書
	5・15	難波　正雄	京都北区	ハガキ
	5・17	赤木　健介	東京都板橋区	ハガキ
	5・17	西条　寛六	宮城県石巻市	ハガキ
	5・19	長　恒子	東京都練馬区	ハガキ
	5・20	小林　三吾	北海道小樽市	封書
	5・20	政岡　悦子	東京都杉並区	封書
	5・22	因藤　荘助	北海道小樽市	ハガキ
	5・25	西条　寛六	宮城県石巻市	封書
	5・31	因藤　荘助	北海道小樽市	封書
	6・2	佐藤　一	神奈川県横浜市鶴見区	ハガキ
	6・3	佐藤　一	東京都港区芝新橋6ノ52　こみやビル　松川事件対策委員会	封書
	6・5	梶谷　善久・澄江	東京都港区	封書
	6・7	伊藤　豊三郎	秋田市西根	封書
	6・8	富本　一枝	東京都世田谷区	封書
	6・8	タカクラ・テル	東京都昭島市昭和町	封書
	6・11	中本　たか子	東京都練馬区	封書
	6・20	守谷　武子	東京都渋谷区千駄ヶ谷4・23　平和ふじん新聞	封書
	6・24	伊藤　哲子	東京都新宿区四谷	封書
	6・25	西条　寛六	宮城県石巻市	ハガキ
	6・26	吉沢　美子		封書
	7・4	古堀　春子	東京都杉並区	封書
	7・26	国分　一太郎	東京都新宿区	封書
	夏	佐藤　一	東京都港区芝新橋6ノ52　こみやビル　松川事件対策委員会	封書
	8・10	村上　国治	札幌市大通拘置所	ハガキ

1961	8・18	村上　国治	札幌市大通拘置所	ハガキ
	9・9	高田　新	千葉県柏市	ハガキ
	10・20	村上　国治	札幌市大通拘置所	封書
	12・3	能智　愛子	東京都保谷市	封書
1962	1・12	竹内　景助	東京都豊島区	ハガキ
	2・7	村上　国治	北海道札幌市	ハガキ
	2・9	村上　国治	北海道札幌市	封書
	3・19	武田　志も	東京都青梅市	ハガキ
	6	中村翫衛門をまもる会		ハガキ
	6・25	村上　国治	札幌市大通西 14・10	封書
	7・6	鹿地　亘	東京市清瀬町	ハガキ
	11・14	山本　和子	東京都武蔵野市	ハガキ
	12・8	中華人民共和国全国婦女連合会	中国	封書
	12・9	富本　一枝	東京都世田谷区	封　巻紙
	12・15	中共外交出版社図書編訳部		封書
1963	1・1	竹内　景助	東京都豊島区	ハガキ
	1・1	中国画報編集部	中国	封書
	1・1	杉浦　三郎	神奈川県横浜市鶴見区	ハガキ
	1・1	鹿地　亘・充子	東京都北多摩郡清瀬村	ハガキ
	1・7	村上　国治	札幌国営大通ホテル	ハガキ
	1・13	西氏　恒次郎	東京都目黒区	封書
	1・28	西氏　恒次郎	東京都目黒区	封書
	4・3	西沢　舜一	千葉県柏市	ハガキ
	5・8	中本　たか子	東京都練馬区	封書
	6・2	斉藤　セツ	渋谷区代々木１・35　党東京都委員会	封書
	7・14	松本　そで	東京都北区	封書
	8・16	長島　しげ子	東京都板橋区	封書
	8・19	村上　国治	札幌市大通拘置所	封書
	9・1	小森　香子	東京都文京区	封書
	9・20	北村　愛子	東京都葛飾区	ハガキ
	10・6	葵　イツ子	東京都新宿区	封書
	11・14	関　鑑子	東京都新宿区西大久保	ハガキ
	11・14	岡林　辰雄	東京都杉並区	封書
1964	5・4	門島　敏子	亘理郡山元町 100　国立宮城療養所 8・12	封書

1964	6・4	佐藤　一	東京都港区芝新橋6ノ52　みやこビル内松川対策協議会	封書
	6・10	田口　勝	東京都港区	ハガキ
	7・28	西条　寛六	宮城県石巻市	封書
	8・17	衆村　安子	東京都小金井市	ハガキ
	9・21	東京華僑総会	中央区銀座8・8	封書
	10・26	小沢　三千雄	板橋区前野町4ノ10　(株) RNK内	封書
		衆村　安子	東京都小金井市	ハガキ
1965	3・8	長野　梅子	東京都北区	封書
	8・10	第10回原水禁世界大会中国代表団		封書
	8・22	多喜二碑建設期成会	小樽市色内町労働会館	封書
	9・5	今野　健夫	宮城県塩釜市	封書
	9・11	藤森　成吉	神奈川県逗子市	ハガキ
	9・12	塩川　潔	東京都渋谷区	封書
	11・2	津田　孝	東京都渋谷区千駄ヶ谷4・26　文化評論編集部	封書
1966	1・1	杉浦　三郎・好子	中華人民共和国広州市从化温泉澳大楼	封書
	2・10	江口　渙	栃木県烏山町	ハガキ
	2・16	伊井弥四郎・まつ枝	東京都世田谷区	ハガキ
	3・18	服部　竜枝	埼玉県西武町	封書
	4・4	苅田　アサノ	東京都世田谷区	封書
	4・8	能智　愛子	東京都保谷市	封書
	5・10	佐々木　リウ	東京都八王子市	封書
	5・19	住井　すゑ	茨城県	封書
	5・21	田村　栄	代々木病院	ハガキ
	5・30	小沢　三千雄	港区芝新橋　松川全国連絡会	ハガキ
	6・18	三鷹事件対策協議会	港区新橋6・19・23　平和と労働会館	封書
	6・19	小沢　三千雄	千葉県市川市	封書
	6・20	松崎　孝義	東京都港区新橋6・19・23　国民救援会中央本部	封書
	6・20	日本国民救援会中央本部	港区新橋6・19・23　平和と労働会館	封書
	6・21	阿佐美　和代	港区新橋6・19・23平労会館　青梅事件被告団	封書
	6・28	宮崎　治助	東京都杉並区	ハガキ
	7・1	坂口　ひろ子	東京都中野区上	封書
	7・10	小林　周	秋田県大館市	封書
	7・10	関西芸術座　河東けい	大阪市阿倍野区文ノ里4・18・6	ハガキ
	7・12	浜田　糸衛	神奈川県真鶴	ハガキ

1966	7・28	藤田　晋助	東京都品川区	ハガキ
	9・6	藤田　晋助	東京都品川区	ハガキ
	9・16	藤田　晋助	東京都品川区	ハガキ
	10・7	岩藤　雪夫	神奈川県横浜市鶴見区	ハガキ
	10・13	早乙女　勝元	東京都葛飾区	ハガキ
	10・21	杉浦　三郎	中華人民共和国広州市从化温泉澳大楼	封書
	10・27	杉浦　三郎	中華人民共和国広州市从化温泉澳大楼	封書
	10・27	藤田　晋助	東京都品川区	ハガキ
	10・28	因藤　荘助	北海道小樽市	封書
	11・13	北浦　勇海	佐賀県鳥栖市	ハガキ
	11・28	中里　喜昭	長崎市玉園	封書
	12・4	円地　文子	東京都台東区池之端	ハガキ
	12・12	小沢　清	神奈川県川崎市鹿嶋田	ハガキ
	12・12	小沢　三千雄	牛久から	封書
	12・21	小林　周	秋田県大館市	ハガキ
	12・26	山本　和子	東京都武蔵野市	ハガキ
1967	1・1	岸田　泰政	モスクワ	ハガキ
	1・1	黒田　秀俊	東京都中野区	ハガキ
	1・1	土井　大助	東京都北多摩郡狛江町	ハガキ
	1・1	山村　房次	東京都南多摩郡多摩町	ハガキ
	1・1	板谷　紀之	東京都杉並区	ハガキ
	1・25	柳田　謙十郎	埼玉県大宮市	封書
	1・28	小林　周	秋田県大館市	封書
	2・2	宮崎　みよ子	東京都豊島区	ハガキ
	2・12	近藤　幸男	港区新橋6・19・23平労会館　青梅事件被告団	封書
	2・13	浅井　みち	渋谷区千駄ヶ谷4・26　党本部内	封書
	2・15	佐藤　與惣次	東京都北区	封書
	2・23	新井　鑛一郎	東京都小金井市	ハガキ
	3・16	斉藤　隆介	千葉市大宮町	封書
	3・21	山田　清三郎	東京都杉並区	ハガキ
	3・22	能智　愛子	東京都保谷市	封書
	3・22	山村　房次	東京都南多摩郡多摩町	ハガキ
	3・22	山根　献	神奈川県横浜市港北区	ハガキ
	3・23	中里　喜昭	長崎市玉園	ハガキ

1967	3・24	難波　英夫	港区新橋6・19・23　平和と労働会館　国民救援会	ハガキ
	3・25	三浦　雷太郎	秋田市中通	封書
	4	小沢　三千雄	千葉県市川市	封書
	5・7	西山　朝子	ソ連モスクワから	封書
	5・9	中里　喜昭	長崎市玉園	封書
	5・21	西田　近太郎	秋田市千秋	ハガキ
	5・24	清水　蒼子	東京都中央区	封書
	6・12	黒滝　きよ子	神奈川県横浜市港北区	封書
	6・20	江口　渙	栃木県烏山町	ハガキ
	8	大谷　竹雄	神奈川県鎌倉市	封書
	8・5	田中　正紹	新潟県五泉市	ハガキ
	8・13	塩川　潔	東京都渋谷区	ハガキ
	8・14	小沢　三千雄	千葉県松戸市	封書
	8・23	小沢　清	神奈川県川崎市鹿嶋田	ハガキ
	8・28	赤坂　隆三	秋田県大曲市	ハガキ
	8・30	中村　新太郎	東京都日野市	ハガキ
	9・2	土田　萬寿	村上市長井町	ハガキ
	9・14	霜多　正次	東京都武蔵野市	ハガキ
	10・2	奥野　正男	福岡市香椎	封書
	10・14	半田　義之		ハガキ
	10・25	中本　たか子	代々木病院内	封書
	10・27	金親　清	代々木病院内	ハガキ
	11・10	北村　耕	東京都板橋区	ハガキ
	12・1	塩川　潔	東京都渋谷区	ハガキ
	12・2	村上　国治	北海道網走市	ハガキ
	12・3	小寺　和夫	東京都世田谷区	ハガキ
	12・7	鈴木　光枝	東京都北区田端町103　文化座内	封書
	12・9	鈴木　光枝	東京都北区田端町103　文化座内	封書
	12・9	長谷川　恭子	東京都町田市	ハガキ
	12・18	石井　俊三	福島県田村郡小野町小野新町　公立小野地方総合病院	ハガキ
1968	1・19	ＡＡ作家会議日本協議会	港区西新橋２・９・８　田中ビル	ハガキ
	1・21	伊井　松枝	神奈川県横浜市港北区	ハガキ
	1・27	草鹿　外吉	足立区日ノ出町	ハガキ
	2・2	北村　愛子	東京都葛飾区	ハガキ

1968	2・10	佐藤　静夫	所沢市北野	ハガキ
	2・12	石郷岡　弘子	東京都渋谷区	封書
	2・16	間島　ひろじ	東京都調布市	ハガキ
	2・21	河野　さくら	東京都新宿区	ハガキ
	2・21	松本　政雄	東京都小金井市	封書
	2・27	松本　政雄	東京都小金井市	封書
	3・2	円乗　淳一	埼玉県入間郡日高町	ハガキ
	3・3	斉藤　隆介	千葉市大宮町	ハガキ
	3・10	田村俊子の会		ハガキ
	3・13	赤塚　毅	福島県喜多方市	ハガキ
	3・13	梅津　濟美	愛知県名古屋市	ハガキ
	3・13	渡辺　定	港区赤坂　共同通信編集局	ハガキ
	3・14	黒滝　きよ子	神奈川県横浜市港北区	ハガキ
	3・15	松本　正雄	東京都小金井市	ハガキ
	3・15	池原　増一	福岡県北九州市八幡区	ハガキ
	3・15	山本　秋	東京都杉並区	ハガキ
	3・15	高田　新	千葉県柏市	ハガキ
	3・16	渡辺　順三	東京都世田谷区	封書
	3・16	山岸　一章	東京都日野市	ハガキ
	3・16	永木　信子	東京都三鷹市	ハガキ
	3・17	小沢　清	神奈川県川崎市鹿嶋田	ハガキ
	3・17	和田　利一郎	秋田県仙北郡協和村	ハガキ
	3・17	難波　正雄	京都市北区	ハガキ
	3・18	河野　さくら	東京都新宿区	ハガキ
	3・18	小沢　路子	横浜市戸塚区戸塚町157　戸塚診療所内	ハガキ
	3・18	手塚　亮	岡山県苫田郡加茂町	ハガキ
	3・19	赤木　健介	東京都板橋区	ハガキ
	3・23	芳賀　てる子	東京都杉並区	ハガキ
	3・24	角　圭子		ハガキ
	3・26	片桐　雪子	宮城県仙台市	封書
	3・27	小林　周	秋田県大館市	ハガキ
	3・27	田村　金吉	埼玉県与野市	封書
	3・28	永井　潤子	港区赤坂1・9・19　日本短波放送	封書
	4・2	宅　昌一	東京都世田谷区	ハガキ

1968	4・4	石黒　タカ子	東京都府中市	ハガキ
	4・13	飯村　英雄	茨城県猿島郡猿島町	封書
	4・15	中本　たか子	東京都練馬区	ハガキ
	4・15	片山　健	東京都中野区	封書
	4・20	吉開　那津子	神奈川県横浜市港北区	封書
	4・21	山原　鶴	東京都豊島区	ハガキ
	4・23	鈴木　清	秋田県横手市	封書
	4・23	小林　周	秋田県大館市	ハガキ
	4・23	小林　周	秋田県大館市	ハガキ
	4・30	石川　冬子	東京都三鷹市	封書
	4・30	伊藤　昭一	東京都中野区	ハガキ
	4・30	神谷　毅	沖縄県読谷村	ハガキ
	4・30	原口　喜代	神奈川県逗子市	封書
	5	清水　悠子	東京都練馬区	封書
	5・1	斉藤　隆介	千葉市大宮町	ハガキ
	5・1	能智　愛子	東京都保谷市	ハガキ
	5・1	間島　ひろじ	東京都調布市	ハガキ
	5・3	永見　恵	東京都世田谷区	ハガキ
	5・3	飯村　英雄	茨城県猿島郡猿島町	ハガキ
	5・5	桜田　俊雄	埼玉県春日部市	ハガキ
	5・5	岸野　淳子	東京都千代田区	ハガキ
	5・6	大原　富枝	東京都杉並区	ハガキ
	5・6	田村　金吉	埼玉県与野市	封書
	5・8	藤田　晋助	東京都大田区	ハガキ
	5・9	大野　達三	千葉県船橋市	ハガキ
	5・9	高橋　寿夫	東京都文京区	封書
	5・11	石井　茂	東京都練馬区	封書
	5・12	片山　健	東京都中野区	封書
	5・13	塩川　潔	東京都渋谷区	ハガキ
	5・13	吉沢　志津	東京都荒川区	封書
	5・13	宮崎　治助	東京都杉並区	ハガキ
	6・1	永見　恵	東京都世田谷区	封書
	6・5	田村　金吉	埼玉県浦和市　北宿病院	封書
	6・13	大垣　肇	東京都大田区	ハガキ

1968	6・13	菅野　由吉	石川県金沢市	封書
	6・21	中本　たか子	東京都練馬区	ハガキ
	6・21	藤森　成吉	神奈川県逗子市	ハガキ
	6・23	窪田　精	神奈川県秦野市	ハガキ
	6・23	永見　恵	東京都世田谷区	封書
	6・23	山田　清三郎	東京都杉並区	ハガキ
	6・24	赤塚　毅	福島県喜多方市	ハガキ
	6・24	野坂　龍	東京都大田区	ハガキ
	6・25	柳田　謙十郎	埼玉県大宮市	封書
	6・26	大原　富枝	東京都杉並区	ハガキ
	6・26	小林　周	秋田県大館市	ハガキ
	6・27	江口　渙	栃木県烏山町	ハガキ
	6・27	大垣　肇	東京都大田区	ハガキ
	6・27	加藤　和子	埼玉県入間市	封書
	6・27	松田　力子	秋田県仙北郡田沢湖町神代　わらび座	ハガキ
	6・27	わらび座	秋田県仙北郡田沢湖町神代字早稲田　わらび座	ハガキ
	6・29	中里　喜昭	長崎市玉園	封書
	7・1	和田　利一郎	秋田県仙北郡協和村	ハガキ
	7・2	飯野　芳子	東京都保谷市	封書
	7・3	山村　房次	東京都南多摩郡多摩町	ハガキ
	7・3	古川　祐一	東京都杉並区清水	ハガキ
	7・4	岩谷　慶一郎	秋田県仙北郡協和村	ハガキ
	7・8	高橋　キヨ	秋田県本庄市	ハガキ
	7・13	金子　洋文	東京都杉並区	ハガキ
	7・14	佐藤　善雄	東京都江戸川区	ハガキ
	7・15	山主　敏子	東京都杉並区	ハガキ
	7・15	田畑　正	東京都世田谷区	封書
	7・23	平迫　省吾	東京都三鷹市	封書
	7・24	望月　昭二郎	静岡市千代田	封書
	7・29	原　鉄志	渥美郡愛知県田原町	封書
	7・31	除村　吉太郎	東京都小金井市	ハガキ
	8・2	原田　春野	東京都中野区	ハガキ
	8・7	飯村　英雄	茨城県猿島郡猿島町	ハガキ
	8・11	加藤　和子	埼玉県入間市	封書

1968	8・20	山　武比古	東京都町田市	ハガキ
	8・21	伊東　信	埼玉県入間郡福岡町	ハガキ
	8・30	中村　新太郎	東京都日野市	ハガキ
	8・31	岩谷　ミネ	秋田県協和村	封書
	9・2	小原　元	埼玉県久喜町	ハガキ
	9・2	矢作　勝美	東京都小金井市	ハガキ
	10・4	円乗　淳一	埼玉県入間郡日高町	封書
	10・6	吉開　那津子	神奈川県横浜市港北区	封書
	10・12	中村　章子	千代田区富士見2・13・14　新日本出版社	封書
	10・12	門脇　定吉	東京都中野区	ハガキ
	10・28	田島　長三郎	山形県羽前水沢　水沢化学ＫＫ	封書
	11・10	金親　清	千葉市あやめ台	封書
	11・13	田村　金吉	埼玉県与野市	封書
	11・22	石井　為之助	福島県いわき市	封書
	12・2	若尾　正也	名古屋市中区西新町2・8　大東ビル　名古屋演劇集団	封書
	12・3	田村　栄	埼玉県入間郡大井町	ハガキ
	12・3	山本　志郎	埼玉県行田市	ハガキ
	12・5	西条　寛六	宮城県石巻市	封書
	12・8	中本　たか子	東京都練馬区	ハガキ
	12・18	飯村　秀雄	茨城県古河市	封書
1969	1・1	宮崎　治助	東京都杉並区	ハガキ
	1・27	岩谷　慶一郎	秋田県仙北郡協和村	ハガキ
	2・2	片山　健	東京都中野区	ハガキ
	2・3	中村　新太郎	東京都日野市	ハガキ
	2・4	大江　もとえ	岐阜県吉城郡神岡町	封書
	2・14	山田　清三郎	東京都杉並区	ハガキ
	2・18	寺原　梅子	埼玉県浦和市	封書
	2・20	柳田　謙十郎	埼玉県大宮市	封書
	2・20	松野　宣	秋田県仙北郡田沢湖町神代字早稲田430　わらび座	ハガキ
	2・21	赤木　健介	東京都板橋区	ハガキ
	2・21	佐藤　善雄	東京都江戸川区	ハガキ
	2・21	松井　圭子	千葉市小仲台	封書
	2・21	西條　寛六	宮城県塩釜市錦町　坂病院	封書
	2・22	小林　周	秋田県大館市	封書

1969	2・22	門倉　さとし	東京都渋谷区	封書
	2・24	北村　愛子	東京都葛飾区	ハガキ
	2・24	鈴木　清	秋田県横手市	ハガキ
	2・24	斉藤　久	代々木病院内	ハガキ
	2・26	奥野　正男	福岡市香椎	封書
	2・28	菊田　一雄	神奈川県藤沢市	ハガキ
	3・1	赤塚　毅	福島県喜多方市	ハガキ
	3・4	山原　鶴	東京都豊島区	ハガキ
	3・5	長能　とし	福岡県北九州市小倉区	ハガキ
	3・6	八木　あき	中多度郡清瀬町元町	ハガキ
	3・10	赤木　健介	東京都板橋区	ハガキ
	3・10	伊藤　哲子	東京都新宿区戸塚町	ハガキ
	3・13	荒巻　明	福岡市大字堅粕御塔後 1346・6　福岡民医連	ハガキ
	3・15	小林　周	秋田県大館市	ハガキ
	3・16	岩藤　雪夫	神奈川県横浜市鶴見区	ハガキ
	3・17	塩田　庄兵衛	東京都文京区	ハガキ
	3・21	和田　利一郎	秋田県仙北郡協和村	ハガキ
	4・2	伊藤　愛	福島県郡山市	封書
	4・9	塚原　嘉重	東京都文京区	封書
	4・16	塚原　嘉重	東京都文京区	ハガキ
	5・2	江口　渙	栃木県烏山町	ハガキ
	5・3	山主　敏子	東京都杉並区	封書
	5・23	西条　寛六	宮城県石巻市	封書
	5・25	奈良　憲		
	5・29	吉田　誠子	仙台市	ハガキ
	6・23	平木　美那子	川崎市本町1・7・8　京浜労働者演劇協議会	封書
	6・29	奈良　憲	文学同盟北支部	封書
	7・16	杉浦　三郎	神奈川県横浜市鶴見区	封書
	7・17	須山　計一	東京都目黒区	ハガキ
	8・25	鈴木　静子	神奈川県鎌倉市	ハガキ
	10・2	山本　和子	東京都南多摩郡多摩町	ハガキ
	10・14	小沢　三千雄	千葉県松戸市	ハガキ
	10・17	大塚　千知子	東京都豊島区	封書
	11・17	塩川　潔	東京都渋谷区	封書

1969	11・29	佐藤　善雄	東京都江戸川区	ハガキ
1970	3・1	笠井　ナミ子	東京都町田市	封書
	4・4	中里　喜昭	長崎市玉園	封書
	4・8	原　一彦	神奈川県茅ヶ崎市	封書
	6・12	吉田　誠子	仙台市国見	封書
	6・29	吉田　誠子	仙台市国見	封書
	7・1	佐藤　善雄	神奈川県川崎市川崎区	封書
	7	吉田　震太郎	宮城県仙台市国見	封書
	7・5	奈良　憲	東京都北区	封書
	7	渡辺　寛	千葉県八千代市	ハガキ
	9・21	山田　清三郎	東京都杉並区	封書
	9・29	中村　章子	千代田区富士見２・13・14　新日本出版社	封書
	10・9	笠井　ナミ子	東京都町田市	封書
	11・12	冨澤　すみ江	群馬県吾妻郡吾妻町	封書
	12・6	山岸　一章	東京都日野市	ハガキ
	12・13	西村　辰代	神奈川県茅ヶ崎市	ハガキ
1971	1・21	伊井　松枝	横浜市港北区	ハガキ
	1・28	勅使　千鶴	愛知県名古屋市	封書
	2・10	笠井　ナミ子	神奈川県横浜市港南区	封書
	2・21	寺原　梅子	埼玉県浦和市	封書
	3・21	奈良　憲	文学同盟北支部	封書
	3・26	江口　栄子	栃木県烏山町	封書
	4・7	江口　栄子	栃木県烏山町	ハガキ
	5・17	山本　秋	東京都杉並区	封書
	5・30	吉田　誠子	仙台市国見	ハガキ
	6・9	奈良　憲	東京都北区	封書
	6・15	江口　栄子	栃木県烏山町	ハガキ
	6・29	吉田　誠子	仙台市国見	封書
	7・3	高橋　キヨ	秋田市金足小泉	封書
	8・13	金親　清	千葉市あやめ台	ハガキ
	8・15	吉田　誠子		ハガキ
	8・21	山畑　武雄	埼玉県所沢市	封書
	8・28	吉開　那津子	神奈川県横浜市港北区	ハガキ
	9・4	金親　清	千葉市あやめ台	封書

1971	9・7	吉田　誠子	東京都世田谷区	ハガキ
	9・9	鈴木　俊子	東京都世田谷区	ハガキ
	9・22	吉開　那津子	神奈川県横浜市港北区	封書
	11・15	金親　清	千葉市あやめ台	ハガキ
	11・15	吉田　誠子	仙台市国見	封書
	11・23	和島　操子	岡山市津島　岡山大学南宿舎 S16	封書
	12・2	和島　操子	岡山市津島　岡山大学南宿舎 S16	ハガキ
	12・4	林　さよ子	豊橋市町畑町　愛知大学図書館	封書
	12・30	伊井　松枝	横浜市港北区	ハガキ
1972	1・1	松本　正雄	東京都小金井市	ハガキ
	1・16	和島　操子	岡山市津島　岡山大学南宿舎 S16	封書
	2・2	山本　和子	東京都八王子市	ハガキ
	2・3	金親　清	千葉市あやめ台	封書
	2・15	吉田　誠子	仙台市国見	封書
	2・28	和島　操子	岡山市津島　岡山大学南宿舎 S16	封書
	3	日本国民救援会中央本部		ハガキ
	3・4	深尾　恭子	東京都豊島区	封書
	3・8	斉藤　惇	栃木県上都賀郡足尾町	ハガキ
	3・9	難波　政哉	東京都町田市	ハガキ
	3・23	川原　末治	宮城県名取市	ハガキ
	3・24	菅井　幸雄	東京都目黒区	ハガキ
	4・5	斉藤　惇	栃木県上都賀郡足尾町田元　足尾銅山不当解雇反対同盟	封書
	4・6	野坂　参三	東京都大田区	ハガキ
	4・7	多海本　泰男	札幌市南２４条西８丁目　劇団新劇場	封書
	4・15	高橋　千歳	秋田県川辺町	封書
	4・25	福島　和夫	栃木県足尾町	封書
	5・12	斉藤　惇	栃木県上都賀郡足尾町田元　足尾銅山不当解雇反対同盟	封書
	5・15	吉田　誠子	仙台市国見	封書
	6・2	加納　博	秋田市手形字大洗　秋田大学工業博物館	封書
	6・10	足柄　定之	神奈川県茅ヶ崎市	封書
	6・14	斉藤　惇	栃木県上都賀郡足尾町田元　足尾銅山不当解雇反対同盟	封書
	6・28	中本　たか子	東京都練馬区	ハガキ
	6・29	霜多　正次	東京都武蔵野市	ハガキ
	6・30	壷井　繁治	東京都中野区	封書

1972	7・1	柳田　謙十郎	埼玉県大宮市	封書
	7・2	江口　渙	栃木県烏山町	封書
	7・2	タカクラ・テル	東京都昭島市	ハガキ
	7・5	中里　喜昭	長崎市玉園	ハガキ
	7・5	山岸　一章	東京都日野市新町	ハガキ
	7・6	窪田　精	神奈川県秦野市	ハガキ
	7・7	津田　孝	東京都世田谷区	封書
	7・7	平野　義太郎	東京都港区	封書
	7・8	佐藤　静夫	東京都中野区東中野	ハガキ
	7・11	松本　正雄	東京都小金井市	ハガキ
	7・17	能智　愛子	東京都保谷市	封書
	7・20	山原　鶴		封書
	7・20	大垣　肇	神奈川県横浜市	ハガキ
	7・22	冬　敏之	埼玉県富士見市	ハガキ
	7・24	菅井　幸雄	東京都目黒区	ハガキ
	8・2	小生　夢坊	神奈川県茅ヶ崎市	封書
	8・2	勝山　俊介	千葉県柏市	封書
	8・3	金親　清	千葉市あやめ台	封書
	8・12	除村　吉太郎	東京都小金井市	ハガキ
	8・17	小沢　清	神奈川県川崎市多摩区	ハガキ
	9・3	苅田　アサノ	東京都世田谷区	ハガキ
	9・5	伊藤　芳子	宮城県仙台市	ハガキ
	9・10	増渕　穣	東京都新宿区	ハガキ
	9・11	飯野　芳子	東京都保谷市	封書
	10・5	山岸　一章	東京都日野市	封書
	10・7	戸石　泰一	代々木病院	ハガキ
	10・18	平迫　省吾	東京都三鷹市	封書
	10・22	土井　大助	モスクワにて	ハガキ
	10・24	小林　周	秋田県大館市	封書
	10・25	伊藤　愛	福島県郡山市	封書
	11・4	窪田　精	神奈川県秦野市	ハガキ
	11・7	境田　稜峰	秋田市楢山	封書
	11・12	岸野　礼子	東京都渋谷区	封書
	11・22	福島　末子	栃木県足尾町	封書

1972	11・31	柳田　謙十郎	埼玉県大宮市	ハガキ
	12・12	川尻　泰司	東京都杉並区	封書
	12・28	岡田　京子	東京都中野区	封書
1973		槇村浩記念碑建設実行委員会		ハガキ
	1・4	津布久　晃司	中野区弥生町	封書
	1・7	境田　稜峰	秋田市楢山	封書
	1・26	赤木　健介	川越市天沼	ハガキ
	2・4	斉藤　惇	栃木県上都賀郡足尾町田元　足尾銅山不当解雇反対同盟	封書
	2・10	飯野　芳子	東京都保谷市	封書
	2・22	金親　清	千葉県銚子市	封書
	3・11	石垣　りん	東京都大田区	ハガキ
	4・8	服部　竜枝	埼玉県入間市	封書
	4・10	野沢　富美子	神奈川県川崎市高津区	封書
	4・11	佐藤　善雄	神奈川県川崎市川崎区	封書
	4・21	浜名　桂子	東京都葛飾区	封書
	5・7	奈良　憲	東京都北区	封書
	5・10	山本　志郎	埼玉県行田市	ハガキ
	5・17	飯村　英雄	茨城県猿島郡猿島町	封書
	5・28	中冨　兵衛	奈良県生駒市	封書
	6・10	中冨　兵衛	奈良県生駒市	封書
	6・12	奈良　憲		封書
	7・16	中冨　兵衛	奈良県生駒市	ハガキ
	7・18	小沢　清	神奈川県川崎市多摩区	封書
	7・31	高橋　キヨ	秋田市金足	ハガキ
	8・2	壷井　繁治	東京都中野区	封書
	8・7	金親　清	千葉県銚子市外川町	ハガキ
	8・9	武田　英子	東京都調布市	ハガキ
	8・10	中冨　兵衛	奈良県生駒市	ハガキ
	8・16	野呂　正夫	東京都新宿区	封書
	9・6	山本　志郎	埼玉県行田市	ハガキ
	9・11	山本　志郎	埼玉県行田市	ハガキ
	9・12	山本　志郎	埼玉県行田市	ハガキ
	9・17	堀江　邑一	東京都世田谷区	封書
	9・21	小沢　清	神奈川県川崎市多摩区	封書

1973	9・30	今野大力没後38周年墓前祭実行委員会	立川市錦町1·14·14　国救三多摩総支部	封書
	10・1	佐藤　善雄	神奈川県川崎市川崎区	ハガキ
	10・1	横山　敏子	東京都東久留米市	ハガキ
	10・2	江口　渙	栃木県烏山町	ハガキ
	11・15	金野　新一	東京都練馬区	封書
	11・16	伊藤　愛	福島県郡山市	封書
	12・4	山本　和子	東京都八王子市	ハガキ
	12・5	堀江　邑一	東京都世田谷区	ハガキ
	12・13	矢部　友衛	新潟県村上市松山568　瀬浪病院内	封書
	12・16	松井　勝明	埼玉県北足立郡伊奈町	封書
	12・18	中冨　兵衛	奈良県生駒市	ハガキ
	12・18	右遠　俊郎	東京都練馬区	ハガキ
1974	1・1	佐藤　善雄	神奈川県川崎市川崎区	ハガキ
	1・21	伊井　松枝	神奈川県横浜市港北区	ハガキ
	2・8	金親　清	千葉県銚子市犬若	ハガキ
	2・14	金親　清	千葉県銚子市犬若	ハガキ
	2・15	右遠　俊郎	東京都練馬区	ハガキ
	2・16	山本　志郎	埼玉県行田市	封書
	2・18	浜田　文子	神奈川県海老名市	ハガキ
	2・23	橋本　紀子	千葉県柏市	ハガキ
	2・27	金親　清	千葉県銚子市犬若	ハガキ
	3・5	伊藤　愛	福島県郡山市	封書
	3・7	金親　清	千葉県銚子市犬若	ハガキ
	3・7	長谷川　綾子	東京都練馬区	封書
	3・11	稲沢　潤子	東京都練馬区	封書
	3・17	小田島　森良	宮城県仙台市	ハガキ
	4・6	村山　知義	東京都新宿区	ハガキ
	4・18	小沢　清	神奈川県川崎市多摩区	封書
	4・18	佐藤　善雄	神奈川県川崎市川崎区	ハガキ
	5・20	深尾　優子	東京都新宿区	封書
	6・26	佐藤　善雄	神奈川県川崎市川崎区	封書
	7・1	佐藤　善雄	神奈川県川崎市川崎区	ハガキ
	7・8	右遠　俊郎	東京都練馬区	ハガキ
	7・15	江口　栄子	栃木県烏山町	封書

1974	7・20	田村　栄	埼玉県入間郡大井町	ハガキ
	7・22	杉村　光子	東京都北区	ハガキ
	8・26	徳田　静子	奈良県大和高田市	封書
	8・28	及川　和男	岩手県一関市	封書
	9・11	羽仁　説子	神奈川県横須賀市	封書
	10・7	稲沢　潤子	東京都練馬区	封書
	11・7	伊藤　愛	福島県郡山市	封書
	11・9	小林　房子	東京都中野区	封書
	11・14	河村　早智子	東京都東久留米市	封書
	11・16	戸石　泰一	東京都保谷市	ハガキ
	12・2	能智　愛子	東京都保谷市	ハガキ
	12・4	山村　房次	東京都多摩市	ハガキ
	12・5	及川　和男	岩手県一関市	封書
	12・5	戸石　泰一	東京都保谷市	ハガキ
	12・5	松本　正雄	小金井市貫井南町	ハガキ
	12・6	澤田　章子	東京都江戸川区	ハガキ
	12・6	小沢　三千雄	千葉県松戸市	封書
	12・6	山田　清三郎	東京都杉並区	ハガキ
	12・7	中村　新太郎	東京都日野市	封書
	12・7	工藤　清八	神奈川県横浜市港南区	封書
	12・7	増渕　穣	東京都新宿区	ハガキ
	12・7	徳田　静子	奈良県大和高田市	封書
	12・8	津田　孝	東京都世田谷区	ハガキ
	12・8	能智　愛子	東京都保谷市	封書
	12・9	勝山　俊介	千葉県柏市	ハガキ
	12・9	大垣　肇	神奈川県横浜市	ハガキ
	12・10	山根　献	神奈川県横浜市港北区	ハガキ
	12・11	佐藤　静夫	埼玉県所沢市	ハガキ
	12・11	松井　勝明	埼玉県北足立郡伊奈町	ハガキ
	12・11	右遠　俊郎	東京都練馬区	ハガキ
	12・11	鶴岡　征雄	春日部市	ハガキ
	12・12	小林　周	秋田県大館市	封書
	12・14	野沢　富美子	神奈川県川崎市高津区	封書
	12・18	小沢　清	神奈川県川崎市多摩区	封書

1974	12・19	土井　大助	東京都狛江市	ハガキ
	12・21	稲沢　潤子	東京都練馬区	ハガキ
	12・23	駒井　珠江		封書
	12・24	山原　鶴	東京都豊島区	ハガキ
	12・25	窪田　精	神奈川県秦野市	ハガキ
	12・27	早船　ちよ	埼玉県浦和市	封書
	12・30	荒川　紀捷	東京都大田区	ハガキ
1975	1・1	鈴木　清	秋田県横手市	封書
	1・6	長岐　すみ子	秋田市手形	封書
	1・11	駒井　珠江	神奈川県横浜市港北区	封書
	3・6	橋本　英吉	静岡県田方郡大仁町	封書
	4・22	大野　忠明	秋田市手形	ハガキ
	6・8	工藤　清八	神奈川県横浜市港南区	封書
	8・3	牧　洋一	静岡県沼津市	封書
	9	壷井家		ハガキ
	9・8	吉田　金造	千葉県柏市	ハガキ
	9・18	吉田　金造	千葉県柏市	ハガキ
	10・3	吉田　震太郎	宮城県仙台市	封書
	10・19	駒井　珠江	神奈川県横浜市港北区	封書
	10・20	納谷　綱子	愛知県名古屋市	封書
	10・29	森山　四郎	東京都田無市	封書
	11・15	江口　栄子	栃木県烏山町	ハガキ
	11・24	伊藤　愛	福島県郡山市	封書
	12・2	勝目　テル	東京都杉並区	封書
	12・6	山内　みな	東京都杉並区	封書
1976	1・6	桟敷　よし子	大阪府東淀川区	封書
	2・5	茂木　文子	東京都杉並区	ハガキ
	2・5	長谷川　侃	山形県鶴岡市	封書
	2・21	伊藤　愛	福島県郡山市	封書
	2・24	松本　八重野	東京都小金井市	ハガキ
	2・26	能智　愛子	東京都保谷市	ハガキ
	2・26	能智　愛子	東京都保谷市	ハガキ
	2・26	能智　愛子	東京都保谷市	ハガキ
	3・6	(株) 草土文化	東京都千代田区五番町	封書

1976	3・8	染谷　邦子	東京都世田谷区	封書
	3・28	橋本　タマ	東京都目黒区	封書
	4・6	除村　ヤエ	東京都小金井市	封書
	4・9	桜井　昌司	東京都葛飾区	封書
	4・11	浅野　文治	山形県鶴岡市	封書
	4・21	水野　明善	千葉県柏市	ハガキ
	4・22	大野　良明	秋田市手形	ハガキ
	4・26	久保　敦子	東京都世田谷区	封書
	5・8	茂木　文子	東京都杉並区	ハガキ
	5・8	高野　達男	東京都練馬区	封書
	5・10	工藤　清八	神奈川県横浜市港南区	封書
	5・18	松井　勝明	東京都新宿区	封書
	5・19	松本　八重野		ハガキ
	5・22	杉山　卓男	東京都葛飾区	封書
	5・31	小林　栄子	東京都町田市	封書
	6・2	塩澤　富美子	東京都世田谷区	ハガキ
	6・7	飯野　芳子	東京都中野区	ハガキ
	6・23	石川　加津栄	秋田県男鹿市	封書
	7・6	平林　英子	埼玉県新座市	ハガキ
	7・24	和田　洋子	東京都世田谷区	封書
	8・14	山原　鶴	東京都豊島区	ハガキ
	8・23	西沢　舜一	千葉県柏市	封書
	9・12	工藤　清八	神奈川県横浜市港南区	封書
	9・17	細野　孝示	板橋区栄町　産育院附属病院	ハガキ
	10・25	笠井　ナミ子	東京都県町田市	ハガキ
	11・10	守谷　武子	神奈川県横浜市鶴見区	封書
	11・15	川村　悦子	秋田県角館市	封書
	11・18	進藤　孝一	秋田県仙北郡協和町	ハガキ
	12・26	中川　利三郎	秋田市川尻総社町	封書
	1・1	志賀　和子	東京都三鷹市	ハガキ
	1・17	関　京子	山形にて	ハガキ
	1・27	塩澤　富美子	東京都世田谷区	ハガキ
1977	2・8	中冨　兵衛	奈良県生駒市	封書
	2・16	丸岡　秀子	東京都世田谷区	ハガキ

1977	3・8	西浦　一意	長崎市八百屋町36　長崎県教職員組合	封書
	3・14	八坂　スミ	埼玉県戸田市	ハガキ
	3・18	吉井　忠	東京都豊島区	ハガキ
	3・20	赤木　健介	東京都板橋区	ハガキ
	3・21	松本　八重野	東京都小金井市	ハガキ
	3・29	駒井　珠江	ローマ	ハガキ
	4・21	阿部　光子	東京都狛江市	封書
	4・24	中冨　兵衛	奈良県生駒市	封書
	5・3	石川　加津栄	秋田県男鹿市	封書
	5・5	河野　さくら	東京都新宿区	ハガキ
	5・8	中冨　兵衛	奈良県生駒市	ハガキ
	5・9	駒井　珠江	ベアトリーチェ	ハガキ
	5・24	中冨　兵衛	奈良県生駒市	封書
	5・26	阿部　光子	東京都狛江市	ハガキ
	5・27	江夏　美好	愛知県名古屋市千種区	封書
	5・28	伊藤　信吉	神奈川県横浜市港北区	ハガキ
	5・28	湯浅　芳子	浜松ゆうゆうの里	ハガキ
	5・28	山原　鶴	東京都豊島区	ハガキ
	6・3	江夏　美好	愛知県名古屋市千種区	封書
	6・6	伊藤　信吉	神奈川県横浜市港北区	ハガキ
	6・10	村田　元		封書
	6・19	中冨　兵衛	奈良県生駒市	封書
	7・8	伊藤　信吉	神奈川県横浜市港北区	ハガキ
	7・13	一ノ瀬　綾	東京都江東区	封書
	7・27	津田　孝	東京都文京区大塚3・3・1　新日本出版社	ハガキ
	7・29	河野　さくら	東京都新宿区	ハガキ
	7・31	金親　清	千葉市あやめ台	ハガキ
	8・1	江口　栄子	栃木県烏山町	封書
	8・1	窪田　精	神奈川県秦野市	ハガキ
	8・1	中本　たか子	東京都練馬区	ハガキ
	8・1	原　一彦	神奈川県茅ヶ崎市	ハガキ
	8・2	赤木　健介	東京都板橋区	ハガキ
	8・2	右遠　俊郎	東京都練馬区	ハガキ
	8・2	赤坂　隆三	秋田県大曲市	ハガキ

1977	8・2	戸石　泰一	東京都保谷市	封書
	8・3	中冨　兵衛	奈良県生駒市	封書
	8・3	松本　八重野	東京都小金井市	ハガキ
	8・3	長谷川　綾子	東京都練馬区	ハガキ
	8・4	江夏　美好	愛知県名古屋市千種区	封書
	8・4	平林　英子	埼玉県新座市	ハガキ
	8・4	中村　新太郎	東京都日野市	ハガキ
	8・4	中里　喜昭	長崎市玉園	ハガキ
	8・4	石川　加津栄	秋田県男鹿市	ハガキ
	8・5	金親　清	千葉市あやめ台	ハガキ
	8・5	土井　大助	東京都狛江市	ハガキ
	8・5	霜多　正次	東京都武蔵野市	ハガキ
	8・5	一ノ瀬　綾	東京都江東区	ハガキ
	8・5	月刊秋田社	秋田市千秋矢留町7・16	ハガキ
	8・6	滝　いく子	東京都小平市	ハガキ
	8・6	石川　加津栄	秋田県男鹿市	封書
	8・6	山村　房次	東京都多摩市	ハガキ
	8・7	小林　茂夫・栄子	東京都町田市	ハガキ
	8・8	田中　未年子	京都市山梨区	封書
	8・8	田中　策之	長野市三輪	ハガキ
	8・9	島崎　こま子	東京都中野区江古田	ハガキ
	8・9	及川　和男	岩手県一関市	ハガキ
	8・9	稲沢　潤子	東京都練馬区	ハガキ
	8・9	小林　周	秋田県大館市	封書
	8・10	田村　栄	埼玉県入間郡大井町	ハガキ
	8・12	大垣　肇	神奈川県横浜市	ハガキ
	8・12	阿部　光子	東京都狛江市	封書
	8・12	安武　ひろ子	兵庫県神戸市垂水区	封書
	8・14	能智　愛子	東京都保谷市	封書
	8・14	山根　献	神奈川県横浜市港北区	ハガキ
	8・15	吉井　忠	東京都豊島区	ハガキ
	8・16	鈴木　清	秋田県横手市	封書
	8・17	早船　ちよ	埼玉県浦和市	封書
	8・19	駒井　珠江	神奈川県横浜市神奈川区	封書

1977	8・20	吉開　那津子	神奈川県横浜市港北区	ハガキ
	8・22	中野　健二	東京都三鷹市	ハガキ
	8・31	小沢　清	神奈川県川崎市多摩区	封書
	9・6	石川　加津栄	秋田県男鹿市	ハガキ
	9・8	稲沢　潤子	東京都練馬区	ハガキ
	9・8	丸岡　秀子	東京都世田谷区	ハガキ
	9・14	泉津　太郎	秋田県教職員組合	封書
	9・15	小泉　和子	東京都目黒区	ハガキ
	9・16	鈴木　清	秋田県横手市	封書
	9・19	杉村　光子	東京都北区	封書
	9・21	佐々木　綾子	東京都大田区	封書
	9・26	鶴岡　征雄	東京都千代田区六番町三栄ビル　民主文学編集室	ハガキ
	10・1	鈴木　清	秋田県横手市	ハガキ
	10・8	後藤　鉄治	北海道札幌市北区	封書
	10・20	小玉　定男	秋田市土崎港	ハガキ
	10・28	佐藤　善雄	神奈川県川崎市川崎区	封書
	11・1	境田　稜峰	秋田市楢山	封書
	11・3	進藤　孝一	仙北郡協和町境字岸館45　協和町公民館	封書
	11・9	佐藤　恵美	秋田市広面	封書
	11・20	江夏　美好	愛知県名古屋市千種区	封書
	11・22	山田　清三郎	東京都杉並区	ハガキ
	11・24	境田　稜峰	秋田市楢山	封書
	11・24	松井　貞蔵	秋田市牛島	ハガキ
	12・4	井口　美代子	東京都江東区	ハガキ
	12・5	鈴木　清	秋田県横手市	封書
	12・6	山岸　一章	東京都日野市新町	ハガキ
	11・12	伊藤　千里	東京都板橋区	ハガキ
	12・19	中冨　兵衛	奈良県生駒市	ハガキ
	12・21	鈴木　清	秋田県横手市	封書
	12・23	中冨　兵衛	奈良県生駒市	封書
1978	1・4	野沢　富美子	神奈川県川崎市高津区	封書
	1・20	岡野　正	北海道札幌市北区	封書
	1・20	伊藤　愛	福島県郡山市	封書
	1・30	能智　愛子	東京都保谷市	ハガキ

1978	2・3	野沢　富美子	神奈川県川崎市高津区	封書
	2・3	杉村　光子	東京都北区	封書
	2・7	野沢　富美子	神奈川県川崎市高津区	封書
	2・11	河野　さくら	東京都新宿区西新宿	封書
	2・14	小林　周	秋田県大館市	封書
	2・15	杉村　光子	東京都北区	封書
	2・21	鈴木　清	秋田県横手市	ハガキ
	2・23	杉村　光子	東京都北区	封書
	3	小沢　清子	川崎市多摩区	封書
	3・1	西沢　舜一	千葉県柏市	封書
	3・2	山田　清三郎	東京都杉並区	封書
	3・2	石川　加津栄	秋田県男鹿市	ハガキ
	3・3	中冨　兵衛	奈良県生駒市	ハガキ
	3・11	内藤　美代子	兵庫県川西市	封書
	3・11	国際婦人デー実行委員会	神戸市生田区下山手通 7-1　兵庫婦人協議会	ハガキ
	3・25	菊地　正夫	宇都宮市西 14-2　落合書店方	封書
	3・26	宮本　英子	大阪府堺市	封書
	3・27	河野　さくら	東京都新宿区	封書
	3・30	野沢　富美子	神奈川県川崎市高津区	封書
	4・6	河野　さくら	東京都新宿区	封書
	4・7	江夏　美好	愛知県名古屋市千種区	封書
	4・10	河野　さくら	東京都新宿区	封書
	4・19	小沢　三千雄	千葉県松戸市	封書
	4・19	福島　純江	東京都杉並区	ハガキ
	4・20	増渕　穣	東京都新宿区	ハガキ
	4・25	江夏　美好	愛知県名古屋市千種区	封書
	5・1	高橋　正昭	秋田県由利郡西目町	ハガキ
	5・23	工藤　清八	神奈川県横浜市港南区	封書
	5・26	駒井　珠江	神奈川県横浜市神奈川区	ハガキ
	6・2	近藤　富枝	東京都杉並区	封書
	6・9	熱田　優子	東京都中野区	ハガキ
	6・12	織間　とき	東京都世田谷区	封書
	6・14	野沢　富美子	神奈川県川崎市高津区	封書
	6・20	西条　きん	宮城県石巻市	封書

1978	6・20	佐藤　征子	秋田県仙北郡協和町	封書
	6・23	鈴木　清	秋田県横手市	封書
	6・28	進藤　孝一	秋田県仙北郡協和町	ハガキ
	6・30	島崎　こま子	東京都中野区江古田	封書
	7・6	進藤　孝一	仙北郡協和町境字岸館45　協和町公民館	封書
	7・7	中冨　兵衛	奈良県生駒市	封書
	7・11	野沢　富美子	神奈川県川崎市高津区	封書
	7・14	野沢　富美子	神奈川県川崎市高津区	封書
	7・15	佐藤　征子	秋田県仙北郡協和町	ハガキ
	7・24	野沢　富美子	神奈川県川崎市高津区	封書
	8・24	進藤　孝一	秋田県仙北郡協和町	ハガキ
	9・23	山本　喜三郎	東京都千代田区	封書
	9・27	鈴木　佳子	神奈川県川崎市多摩区	封書
	10・4	杉村　光子	東京都北区	封書
	10・7	小沢　清	神奈川県川崎市多摩区	ハガキ
	10・10	江夏　美好	愛知県名古屋市千種区	封書
	10・15	野沢　富美子	神奈川県川崎市高津区	封書
	10・15	杉村　光子	東京都北区	封書
	10・30	鈴木　佳子	神奈川県川崎市多摩区	ハガキ
	11・1	山岸　一章	東京都日野市	封書
	11・3	野沢　富美子	神奈川県川崎市高津区	封書
	11・6	石川勤労者医療協会	金沢市京町20・3	封書
	11・7	升井　登女尾	東京都世田谷区	封書
	11・8	野沢　富美子	神奈川県川崎市高津区	封書
	11・13	斉藤　セツ	埼玉県新座市	封書
	11・15	野沢　富美子	神奈川県川崎市高津区	ハガキ
	11・22	田中　未年子	京都市山科区	封書
	11・25	小沢　路子	神奈川県横浜市戸塚区	封書
	11・29	鈴木　清	秋田県横手市	封書
	12・1	鈴木　佳子	神奈川県川崎市多摩区	ハガキ
	12・11	江夏　美好	愛知県名古屋市千種区	封書
	12・14	野沢　富美子	神奈川県川崎市多摩区	ハガキ
1979	1・1	小沢　清	神奈川県川崎市多摩区	ハガキ
	1・4	河野　さくら	東京都新宿区	封書

1979	1・6	松井　勝明		封書
	1・30	津田　孝	東京都世田谷区	封書
	1・31	津田　孝	東京都文京区大塚3・3・1　新日本出版社	封書
	2・5	金親　清	千葉市院内	ハガキ
	2・22	佐藤　征子	秋田県仙北郡協和町	ハガキ
	2・28	田中　政雄	神奈川県横浜市	封書
	3・6	佐藤　征子	秋田県仙北郡協和町	ハガキ
	3・16	岩間　正男	東京都世田谷区	ハガキ
	3・23	黒田　三郎	東京都練馬区	封書
	3・23	山田　昭次	埼玉県所沢市	ハガキ
	3・23	佐藤　征子	秋田県仙北郡協和町	封書
	3・24	鈴木　佳子	埼玉県所沢市	ハガキ
	3・29	野沢　富美子	神奈川県川崎市多摩区	封書
	4・2	駒井　珠江	神奈川県横浜市神奈川区	封書
	4・13	多田　友明	秋田市山王	ハガキ
	4・26	田口　靖郎	埼玉県大宮市	ハガキ
	4・26	手代木　茂守	東京都多摩市	封書
	5	志多伯　静子	東京都練馬区	封書
	5・1	工藤　キン	神奈川県横浜市港南区	封書
	5・9	進藤　孝一	秋田県仙北郡協和町	ハガキ
	5・11	進藤　孝一	秋田県仙北郡協和町	ハガキ
	5・21	能智　愛子	東京都保谷市	ハガキ
	5・24	佐藤　征子	秋田県仙北郡協和町	封書
	5・28	物部　長照	秋田県仙北郡協和町	封書
	6・1	進藤　孝一	秋田県仙北郡協和町	封書
	6・3	鈴木　安蔵	東京都世田谷区	ハガキ
	6・25	渡部　豊治	東京都昭島市	封書
	7・7	金子　総一	東京都小平市	ハガキ
	7・9	駒井　珠江	神奈川県横浜市神奈川区	ハガキ
	7・16	森本　脩	東京都練馬区	ハガキ
	7・18	山田　昭次	埼玉県所沢市	封書
	7・19	山本　和子	東京都八王子市	封書
	7・26	橋本　タマ	神奈川県川崎市川崎区	ハガキ
	7・27	山本　和子	東京都八王子市	ハガキ

1979	7・27	磯崎　道雄	神奈川県横浜市旭区	ハガキ
	8・5	黒滝　チカラ	東京都町田市	封書
	8・16	飯田　七三	東京都小金井市	封書
	8・23	石橋　喜六	秋田県仙北郡田沢湖町	ハガキ
	8・24	物部　長照	秋田県仙北郡協和町	封書
	8・27	佐藤　征子	秋田県仙北郡協和町	封書
	8・30	佐藤　貴美子	愛知県名古屋市昭和区	封書
	9・3	村上　安正	神奈川県葉山町上山口1878・17　金属鉱山研究会	封書
	9・11	江夏　美好	愛知県名古屋市千種区	封書
	9・11	佐藤　征子	秋田県仙北郡協和町	封書
	9・14	石川　加津栄	秋田県男鹿市	ハガキ
	9・14	進藤　栄子	秋田県仙北郡協和町	封書
	9・16	物部　長照	秋田県仙北郡協和町	封書
	9・17	山田　昭次	埼玉県所沢市	封書
	9・21	進藤　堅悦	仙北郡協和町境字野田4　協和町役場	封書
	9・22	物部　長照	秋田県仙北郡協和町	封書
	9・24	佐々木　恭蔵	秋田県湯沢市	封書
	10・1	石川　加津栄	秋田県男鹿市	ハガキ
	10・1	伊藤　源一郎	北海道札幌市中央区	封書
	10・4	進藤　栄子	秋田県仙北郡協和町	封書
	10・9	佐藤　きよ子	神奈川県川崎市川崎区	ハガキ
	10・13	金親　清	千葉市院内	ハガキ
	10・13	中冨　兵衛	奈良県生駒市	ハガキ
	10・23	石川　加津栄	秋田県男鹿市	ハガキ
	10・29	松井　貞蔵	秋田市本通1・1・1　秋田大学附属病院	ハガキ
	11・1	赤坂　隆三	秋田県大曲市	ハガキ
	11・5	小林　茂夫・栄子	東京都町田市	ハガキ
	11・5	和田　篤	秋田県仙北郡協和町	ハガキ
	11・8	鈴木　清	秋田県横手市	封書
	11・8	伊藤　芳子	宮城県仙台市	ハガキ
	11・8	石川　加津栄	秋田県男鹿市	ハガキ
	11・8	小林　周	秋田県大館市	ハガキ
	11・10	金親　清	千葉市院内	ハガキ
	11・11	松井　勝明	東京都新宿区	封書

1979	11・13	中冨　兵衛	奈良県生駒市	ハガキ
	11・15	境田　稜峰	秋田市楢山	ハガキ
	11・19	中冨　兵衛	奈良県生駒市	ハガキ
	11・26	進藤　孝一	秋田県仙北郡協和町	封書
	11・27	佐藤　征子	秋田県仙北郡協和町	封書
	11・28	物部　長照	秋田県仙北郡協和町	ハガキ
	11・28	松井　貞蔵	秋田市牛島	封書
	12・1	原　武男	秋田市保戸野	ハガキ
	12・8	進藤　孝一	秋田県仙北郡協和町	封書
	12・10	真田　康子	神奈川県横浜市戸塚区	封書
	12・11	鈴木　俊子	東京都世田谷区	ハガキ
	12・19	佐藤　征子	秋田県仙北郡協和町	封書
	12・20	境田　稜峰	秋田市楢山	ハガキ
1980	1・1	山北　孝之	千代田区一ツ橋２・５・５　岩波救援会	ハガキ
	1・1	柳　孝子	神奈川県三浦郡葉山町	ハガキ
	1・1	山本　和子	東京都八王子市	ハガキ
	1・1	赤塚　毅	福島県喜多方市	ハガキ
	1・1	赤木　健介	東京都板橋区	ハガキ
	1・1	右遠　俊郎	東京都練馬区	ハガキ
	1・1	鶴岡　征雄	東京都大田区	ハガキ
	1・1	中冨　兵衛	奈良県生駒市	ハガキ
	1・1	山　武比古	東京都町田市	ハガキ
	1・1	森熊　猛	神奈川県横浜市戸塚区	ハガキ
	1・1	岡本　博	東京都杉並区	ハガキ
	1・1	内山　義寶	東京都田無市	ハガキ
	1・1	岩間　正男	東京都世田谷区	ハガキ
	1・1	伊藤　久雄	秋田市手形	ハガキ
	1・1	池原　重一	福岡県北九州市門司区	ハガキ
	1・1	池原　増一	福岡県北九州市八幡区	ハガキ
	1・1	揆川　玲	東京都板橋区	ハガキ
	1・1	石川　加津栄	秋田県男鹿市	ハガキ
	1・1	島田　正策・キミヨ	神奈川県川崎市	ハガキ
	1・1	佐藤　新吉	東京都大島町差木地	ハガキ
	1・1	片倉　千代	東京都墨田区	ハガキ

1980	1・1	渡部　豊治	東京都昭島市	ハガキ
	1・1	山田　武雄	秋田県仙北郡六郷町	ハガキ
	1・1	福島　純江	東京都世田谷区	ハガキ
	1・1	松本　忠司	北海道小樽市	ハガキ
	1・1	米田　清一	東京都新宿区	ハガキ
	1・1	橋爪　利次	和歌山県海南市	ハガキ
	1・1	鈴木　安蔵	東京都世田谷区	ハガキ
	1・1	手塚　亮	岡山県苫田郡加茂町	ハガキ
	1・1	高久　ナカ	東京都八王子市楢原町 971　多摩第一老人ホーム	ハガキ
	1・2	横田　文子	東京都中野区	ハガキ
	1・2	横山　敏子	東京都東久留米市	ハガキ
	1・3	吉田　朗		ハガキ
	1・7	蔵原　惟人	東京都練馬区	ハガキ
	1・7	岡田　京子	東京都中野区	ハガキ
	1・10	小川　俊之	秋田市土崎港	ハガキ
	1・11	金親　清	千葉市院内	ハガキ
	1・14	小林　周	秋田県大館市	封書
	1・18	伊藤　源一郎	北海道札幌市中央区	封書
	1・21	野沢　富美子	神奈川県川崎市多摩区	封書
	1・24	野沢　富美子	神奈川県川崎市多摩区	封書
	2・2	境田　稜峰	秋田市楢山	封書
	2・10	国際婦人デー実行委員会	神戸市生田区下山手通 7-1　兵庫婦人協議会	封書
	2・11	能智　愛子	東京都保谷市	封書
	2・14	小林　周	秋田県大館市	封書
	2・26	湊　七良	神奈川県川崎市中原区	封書
	2・28	能智　愛子	東京都保谷市	封書
	3・1	小林　周	秋田県大館市	封書
	3・5	あさ　あゆむ	秋田市新屋	ハガキ
	3・7	駒井　珠江	神奈川県横浜市神奈川区	封書
	3・11	内藤　美代子	兵庫県川西市	封書
	3・19	西浦　悠子	東大阪市下小阪	封書
	5・10	野沢　富美子	神奈川県川崎市多摩区	封書
	5・11	西条　きん	宮城県石巻市穀町 4　石巻診療所内	封書
	5・19	鈴木　清	秋田県横手市	封書

1980	5・19	境田　稜峰	秋田市楢山	封書
	5・20	伊藤　憲一	東京都大田区	ハガキ
	5・28	西条　きん	宮城県石巻市穀町4　石巻診療所内	ハガキ
	6・20	境田　稜峰	秋田市楢山	封書
	6・23	上田　誠吉	東京都武蔵野市	ハガキ
	7・22	西条　きん	宮城県石巻市	ハガキ
	7・31	湊　七良	神奈川県川崎市中原区	封書
	8・2	駒井　珠江	神奈川県横浜市神奈川区	ハガキ
	8・2	金谷　勇	東京都豊島区	封書
	8・2	山本　忠利	神奈川県川崎市中原区	ハガキ
	8・6	政岡　悦子	秋田市千秋	封書
	8・10	金谷　勇	東京都豊島区	封書
	8・22	森川　政喜	東京都葛飾区	ハガキ
	9・2	政岡　悦子	秋田市千秋	角封筒
	9・24	湊　七良	神奈川県川崎市中原区	封書
	10・1	橋本　タマ	神奈川県川崎市川崎区	封書
	10・10	戸石偲ぶ会	新宿区下落合1・16・15　新教育文化研究所	封書
	10・12	井口　美代子	兵庫県芦屋市	封書
	10・15	海老原　利勝	神奈川県横浜市港南区	封書
	10・17	角　圭子		ハガキ
	10・21	西条　きん	宮城県石巻市	封書
	10・25	金親　清	千葉市院内	ハガキ
	11・2	政岡　悦子	秋田市千秋	封書
	11・5	佐藤　誠	宮城県仙台市	封書
	11・6	金親　清	千葉市院内	ハガキ
	11・12	境田　稜峰	秋田市楢山	ハガキ
	11・15	藤岡　重	千葉市内山町	ハガキ
	11・18	大島　博光	東京都三鷹市	ハガキ
	11・18	藤岡　重	千葉市内山町	封書
	11・21	辺田　満	山梨県中巨摩郡竜王町	ハガキ
	11・25	池原　増一	福岡県北九州市八幡区	封書
	11・27	池原　重一	福岡県北九州市門司区	封書
	11・28	政岡　悦子	秋田市千秋	封書
	11・29	山本　和子	東京都八王子市	ハガキ

1980	12・1	南　巖	神奈川県横浜市戸塚区	ハガキ
	12・1	西村　辰代	神奈川県茅ヶ崎市	封書
	12・2	金親　清	千葉市院内	封書
	12・4	駒井　珠江	神奈川県横浜市神奈川区	封書
	12・5	黒田　秀俊	東京都東村山市	ハガキ
	12・12	山田　清三郎	東京都練馬区	ハガキ
	12・14	江夏　美好	愛知県名古屋市千種区	ハガキ
	12・15	野沢　富美子	神奈川県川崎市多摩区	封書
	12・15	山田　昭次	埼玉県所沢市	ハガキ
	12・16	西条　きん	宮城県石巻市	ハガキ
	12・16	長島　けい	埼玉県所沢市	ハガキ
	12・17	渡辺　テイ	秋田市楢山	ハガキ
	12・17	渡辺　テイ	秋田市楢山	ハガキ
	12・23	鈴木　俊子		ハガキ
1981	1・3	西沢　舜一	千葉県柏市	封書
	1・19	伊藤　芳子	宮城県仙台市	封書
	1・19	鈴木　章治	神奈川県横浜市金沢区	封書
	1・20	中野　健二	東京都杉並区	ハガキ
	1・22	佐藤　征子	秋田県仙北郡協和町	封書
	1・24	江夏　美好	愛知県名古屋市千種区	ハガキ
	1・26	小沢　路子	神奈川県横浜市戸塚区	ハガキ
	1・29	尾形　明子	神奈川県川崎市高津区	ハガキ
	1・30	駒井　珠江	神奈川県横浜市神奈川区	ハガキ
	2	秋山　芳範	山梨県甲府市	封書
	2・3	小林　周	秋田県大館市	ハガキ
	2・4	西条　きん	宮城県石巻市	封書
	2・5	杉村　光子	東京都北区	封書
	2・6	江口　栄子	栃木県烏山町	ハガキ
	2・6	上田　誠吉	東京都武蔵野市	ハガキ
	2・6	石川　加津栄	秋田県男鹿市	封書
	2・6	三好　康夫	兵庫県宝塚市	ハガキ
	2・6	森下　真理	東京都中央区日本橋	ハガキ
	2・6	菅原　ヒサ	宮城県栗原郡栗駒町	封書
	2・7	秋山　芳範	山梨県甲府市	封書

1981	2・7	吉武　孝	京都府城陽市	封書
	2・7	西浦　悠子	大阪市天王寺区筆ヶ崎50　大阪赤十字病院内	封書
	2・7	佐藤　征子	秋田県仙北郡協和町	封書
	2・8	竹内　孝二郎	秋田市土崎港	ハガキ
	2・10	森本　廉子	神奈川県横須賀市	封書
	2・10	橋村　八重	北海道室蘭市	封書
	2・11	皆川　太郎	東京都中野区	ハガキ
	2・11	金親　清	千葉市院内	ハガキ
	2・12	加藤　多江子	神奈川県横須賀市	封書
	2・12	諸橋　キクノ	北海道札幌市豊平区	封書
	2・12	江夏　美好	愛知県名古屋市千種区	ハガキ
	2・13	北浦　勇海	佐賀県鳥栖市	ハガキ
	2・13	石川　加津栄	秋田県男鹿市	封書
	2・13	石川　加津栄	秋田県男鹿市	封書
	2・14	物部　長照	秋田県仙北郡協和町	ハガキ
	2・19	長岐　すみ子	秋田市手形	封書
	2・19	田口　鉄治	神奈川県横須賀市	封書
	2・20	石沢　忠孝	栃木県足利市	封書
	2・20	境田　稜峰	秋田市楢山	ハガキ
	2・24	江夏　美好	愛知県名古屋市千種区	封書
	2・24	森本　廉子	神奈川県横須賀市	封書
	2・28	丹　正喜	秋田県大館市	封書
	3・1	西沢　舜一	千葉県柏市	封書
	3・8	田口　鉄治	神奈川県横須賀市	ハガキ
	3・11	橋村　八重	北海道室蘭市	封書
	3・12	諸橋　キクノ	北海道札幌市豊平区	封書
	3・17	因藤　荘一郎	北海道小樽市	封書
	4	山根　献	神奈川県横須賀市	ハガキ
	4・18	小沢　清	神奈川県川崎市多摩区	ハガキ
	5・6	原田　春野	静岡県沼津市西椎路158　老人共同ホーム	ハガキ
	5・9	光織　政美	青森県八戸市	封書
	5・11	上原　真	東京都練馬区	ハガキ
	5・12	稲沢　潤子	東京都練馬区	ハガキ
	5・13	飯野　芳子	東京都中野区	ハガキ

1981	5・15	中本　たか子	東京都練馬区	ハガキ
	5・15	山田　清三郎	東京都杉並区	ハガキ
	5・15	山村　房次	東京都多摩市	ハガキ
	5・16	稲田　三吉	埼玉県飯能市	封書
	5・17	井上　猛	東京都練馬区	封書
	5・17	駒井　珠江	神奈川県横浜市神奈川区	ハガキ
	5・17	鈴木　清	秋田県横手市	封書
	5・17	佐藤　義弥	埼玉県浦和市	ハガキ
	5・18	金親　清	千葉市院内	ハガキ
	5・18	上田　誠吉	東京都武蔵野市	ハガキ
	5・18	皆川　太郎	東京都中野区	封書
	5・19	中里　喜昭	長崎市玉園	封書
	5・19	長島　けい	埼玉県所沢市	ハガキ
	5・21	千頭　剛	大阪府泉南市	ハガキ
	5・21	平迫　省吾	東京都三鷹市	ハガキ
	5・21	西岡　道子	東京都足立区	ハガキ
	5・21	武藤　功	勝田市東石川	封書
	5・22	森　与志男	東京都品川区	ハガキ
	5・22	杉村　光子	東京都北区	封書
	5・13	宮本　顕治	東京都多摩市	ハガキ
	5・23	皆川　太郎	東京都中野区	ハガキ
	5・25	山原　鶴	東京都豊島区	ハガキ
	5・26	中本　たか子	東京都練馬区	ハガキ
	5・26	宮本　顕治	東京都多摩市	ハガキ
	5・27	石川　加津栄	秋田県男鹿市	ハガキ
	5・28	窪田　精	神奈川県秦野市	ハガキ
	5・28	駒井　珠江	神奈川県横浜市神奈川区	封書
	5・28	西条　きん	宮城県石巻市	封書
	5・30	井上　猛	東京都練馬区	ハガキ
	5・30	今崎　暁己	東京都北区	封書
	5・30	山田　清三郎	東京都杉並区	ハガキ
	5・30	早船　ちよ	埼玉県浦和市	ハガキ
	5・31	早船　ちよ	埼玉県浦和市	ハガキ
	6・1	右遠　俊郎	東京都練馬区	ハガキ

1981	6・1	津田　孝	東京都世田谷区	ハガキ
	6・1	山原　鶴	東京都豊島区	ハガキ
	6・2	稲田　三吉	埼玉県飯能市	ハガキ
	6・4	永見　恵	東京都世田谷区	ハガキ
	6・4	尾形　明子	神奈川県川崎市高津区	封書
	6・4	岡崎　万寿秀	渋谷区千駄ヶ谷4・26・7　『前衛』編集部	封書
	6・5	金親　清	千葉市院内	ハガキ
	6・18	野沢　富美子	神奈川県川崎市多摩区	封書
	6・20	江夏　美好	愛知県名古屋市千種区	封書
	6・21	岡林　キヨ	東京都杉並区	封書
	6・28	寺田　政之	茨城県北相馬郡守谷町	ハガキ
	6・29	仁村　貴美子	東京都板橋区	封書
	7	仁村　貴美子	東京都板橋区	封書
	7・3	田口　鉄治	神奈川県横須賀市	封書
	7・11	及川　和男		封なし
	7・12	駒井　珠江	神奈川県横浜市神奈川区	ハガキ
	7・13	佐藤　征子	秋田県仙北郡協和町	封書
	7・20	返田　満	山梨県中巨摩郡竜王町	ハガキ
	7・20	山田　安子		封書
	7・21	菅原　セツ	茨城県栗原郡一迫町	ハガキ
	7・28	尾形　明子	神奈川県川崎市高津区	ハガキ
	7・29	駒井　珠江	神奈川県横浜市神奈川区	封書
	7・31	西沢　舜一	千葉県柏市	封書
	8・3	佐藤　征子	秋田県仙北郡協和町	封書
	8・5	菅原　セツ	茨城県栗原郡一迫町	封書
	8・17	上田　誠吉	東京都武蔵野市	ハガキ
	8・20	湊　七良	神奈川県川崎市中原区	封書
	8・22	早船　ちよ	埼玉県浦和市	ハガキ
	8・22	鈴木　黎児	東京都目黒区	封書
	9・3	駒井　珠江	神奈川県横浜市神奈川区	ハガキ
	9・3	石井　あや子	東京都新宿区	封書
	9・10	尾形　明子	神奈川県川崎市高津区	ハガキ
	9・25	山本　喜三郎	東京都千代田区	封書
	10・3	吉開　那津子	神奈川県横浜市港北区	封書

1981	10・5	神近　光子	東京都目黒区	封書
	10・17	小沢　路子	神奈川県横浜市戸塚区	封書
	10・23	今井　かおる	東京都小平市	封書
	10・24	飯野　芳子		封書
	11・13	眞木　貞子	京都府宇治市	ハガキ
	12・19	角田　義憲	台東区上野公園 17・9　厚生事務組合	封書
1982	3・3	難波　正雄	京都北区	ハガキ
	3・24	田口　靖郎	埼玉県大宮市	封書
	3・27	袴塚　千賀子	福島県白河市	封書
	4・15	松井	神奈川県葉山町上山口 1878・17　金属鉱山研究会	封書
	5・14	赤坂　隆三	秋田県大曲市	ハガキ
	5・19	月居　清吉	秋田県大館市	封書
	5・21	境田　稜峰	秋田市楢山	封書
	5・27	境田　稜峰	秋田市楢山	封書
	5・27	田口　靖郎	埼玉県大宮市	封書
	7・6	加納　博	秋田市広面	封書
	7・16	山崎　勝三郎	北海道札幌市南区	ハガキ
	7・17	松井　貞蔵	秋田市牛島	ハガキ
	8	瀬口　允子	東京都清瀬市	ハガキ
	8・2	秋田魁新報社文化部	秋田市大町１・２・６	封書
	8・4	渡辺　テイ	秋田市楢山	封書
	8・5	月居　清吉	秋田県大館市	封書
	8・10	佐々木　忠	神奈川県横浜市	封書
	8・12	佐藤　征子	仙北郡協和町境字野田４　協和町役場	封書
	8・13	菊地　慶子	秋田市川尻	封書
	8・20	渡辺　テイ	秋田市楢山	ハガキ
	8・21	佐藤　征子	仙北郡協和町境字野田４　協和町役場	ハガキ
	8・23	田口　靖郎	埼玉県大宮市	封書
	8・25	滝田　金三郎	宮城県白石市	ハガキ
	8・27	高橋　ハナ	秋田県大館市川口	ハガキ
	8・31	浅井　元子	京都市左京区	封書
	10・4	江口　栄子	栃木県烏山町	封書
	11・9	宍戸　律	北海道夕張市	封書
	11・9	山本　喜三郎	東京都千代田区	封書

1982	11・10	寺田　幾子	東京都葛飾区	ハガキ
	11・17	田口　靖郎	埼玉県大宮市	封書
	11・21	佐藤　征子	秋田県仙北郡協和町	ハガキ
	11・22	菊地　慶子	秋田市川尻	封書
	12・3	山上　忠治	秋田県仙北郡協和町	封書
	12・9	金親　清	千葉市院内	封書
	12・10	小縄　龍一	夕張市清水沢	封書
	12・12	田口　靖郎	埼玉県大宮市	
1983	1・1	中冨　兵衛	奈良県生駒市	ハガキ
	1・1	鈴木　俊子	東京都世田谷区	ハガキ
	1・11	中村　東輝子	京都市北区	封書
	2・1	岩崎　定雄	新潟市東頚城郡牧村	封書
	2・10	苗木　耕造	東京都八王子市	封書
	2・13	岡本　博	東京都杉並区	ハガキ
	3・19	福田　一雄	東京都世田谷区	ハガキ
	4・24	宍戸　律	北海道夕張市	封書
1984	3・3	境田　稜峰	秋田市楢山	封書
	3・7	寺沢　迪雄	茨城県水戸市	ハガキ
	3・11	田口　靖郎	埼玉県大宮市	封書
	3・20	日本国民救援会中央本部	港区新橋6・19・23	封書
	4・5	新鉱再建・要求実現実行委員会	夕張市清水沢青稜町3区・B・6　川本清美方	封書
	4・23	四柳　順治	神奈川県横浜市保土ヶ谷区	ハガキ
	5・13	澤田　章子		封書
	6・1	田口　靖郎	埼玉県大宮市	封書
	6・7	広瀬　俊雄		封書
	6・10	東　春江	京都市中京区	封書
	6・11	宮本　久代	京都市左京区	ハガキ
	6・12	塩江　久美子・恵美子	京都府城陽市	封書
	6・19	奥田　室子	奈良県宇治市	ハガキ
	6・19	東　春江	京都市中京区	ハガキ
	6・20	広田　順子	京都市右京区	ハガキ
	6・22	西山　昌子	京都府日向市	ハガキ
	6・25	田口　靖郎	埼玉県大宮市	
	6・28	西垣　昭子	京都市西京区	ハガキ

1984	6・30	田口　靖郎	埼玉県大宮市	
	7・4	佐藤　栄作	大阪府貝塚市	ハガキ
	7・6	山田　はる美	京都府長岡京市	封書
	7・19	佐藤　征子	秋田県仙北郡協和町	ハガキ
	7・20	山田　はる美	京都府長岡京市	ハガキ
	7・28	田口　靖郎	埼玉県大宮市	
	9・7	小林　茂夫	東京都町田市	封書
	9・14	緒方　和子	熊本市出水	封書
	9・18	宍戸　律	北海道夕張市	封書
	9・19	田口　靖郎	埼玉県大宮市	
	10・2	田口　靖郎	埼玉県大宮市	
	10・2	小林　茂夫	東京都町田市	封書
	10・3	田口　靖郎	埼玉県大宮市	
	10・4	札幌地方検察庁		封書
	10・9	佐藤　征子	秋田県仙北郡協和町	封書
	12・13	伊藤　信吉	神奈川県横浜市港北区	ハガキ
	12・19	清水　誠	東京都目黒区	封書
1985	1・1	金杉　登代子	東京都田無市	ハガキ
	2・21	篠崎　富男	東京都練馬区	封書
	3・6	鈴木　文也	秋田市川尻町	封書
	4・7	小林　三吾	東京都渋谷区	ハガキ
	4・20	宍戸　律		封書
	5・30	佐藤　征子	秋田県仙北郡協和町	封書
	6・3	小林　周	秋田県大館市	封書
	6・11	山崎　元	千代田区永田町１・10・１　国会図書館	封書
	6・12	佐藤　征子	秋田県仙北郡協和町	封書
	6・17	松本　一三	東京都国分寺市	ハガキ
	6・25	井上　百合子	北海道札幌市西区	封書
	6・30	斉藤　イク	秋田県大曲市	封書
	7・4	斉藤　イク	秋田県大曲市	ハガキ
	7・14	政岡　悦子	秋田市千秋	封書
	7・16	緒方　和子		封書
	7・17	山崎　元	千代田区永田町１・10・１　国会図書館	封書
	7・17	川原　末治	宮城県名取市	封書

1985	7・20	永見　恵	東京都世田谷区	ハガキ
	7・21	江口　栄子	栃木県烏山町	ハガキ
	7・21	佐藤　静夫	埼玉県所沢市	ハガキ
	7・21	山口　勇子	東京都品川区	封書
	7・21	能智　愛子	東京都保谷市	封書
	7・22	江崎　淳	埼玉県越谷市	封書
	7・22	緒方　和子	熊本市出水	封書
	7・22	新船　海三郎	東京都清瀬市	ハガキ
	7・22	小林　茂夫・栄子	東京都町田市	ハガキ
	7・22	津上　忠	東京都町田市	ハガキ
	7・22	山　武比古	東京都町田市	ハガキ
	7・22	勝山　俊介	千葉県柏市	封書
	7・22	荒井　英二	北海道札幌市白石区	ハガキ
	7・22	山田　清三郎	東京都杉並区	ハガキ
	7・23	中本　たか子	東京都練馬区	ハガキ
	7・23	小林　昭	東京都東久留米市	ハガキ
	7・23	田口　靖郎	大宮市宮原町	封書
	7・24	右遠　俊郎	東京都田無市	ハガキ
	7・24	森　与志男	東京都品川区	ハガキ
	7・24	金子　総一	東京都小平市	ハガキ
	7・24	保谷　睦子	千葉県我孫子市	ハガキ
	7・25	佐藤　貴美子	愛知県名古屋市昭和区	封書
	7・25	千頭　剛	大阪府泉南市	ハガキ
	7・25	窪田　精	神奈川県秦野市	ハガキ
	7・26	片山　健	東京都中野区	ハガキ
	7・27	吉開　那津子	神奈川県横浜市港北区	ハガキ
	7・27	田口　靖郎	大宮市宮原町	封書
	7・28	緒方　和子	熊本市出水	封書
	7・29	山中　郁子	東京都文京区	ハガキ
	7・29	小林　周	秋田県大館市	ハガキ
	7・30	荒井　英二	北海道札幌市白石区	封書
	7・30	平野　庄司	秋田県山本郡藤里町	ハガキ
	7・31	菅井　幸雄	東京都渋谷区	ハガキ
	7・31	宮寺　清一	東京都東大和市	ハガキ

1985	8	秋谷　徹雄	東京都調布市	ハガキ
	8・2	除村　ヤエ	東京都小金井市	ハガキ
	8・4	田口　靖郎	埼玉県大宮市	封書
	8・5	森本　脩	東京都練馬区	ハガキ
	8・6	小林　登美枝	東京都小金井市	ハガキ
	8・7	小林　周	秋田県大館市	ハガキ
	8・8	土井　大助	長崎にて	ハガキ
	8・9	石川　加津栄	秋田県男鹿市	封書
	8・11	西条　きん	宮城県石巻市	ハガキ
	8・11	鈴木　文也	秋田市川尻町	封書
	8・12	進藤　孝一	秋田県仙北郡協和町	ハガキ
	8・13	草鹿　外吉	埼玉県所沢市	ハガキ
	8・14	平野　庄司	秋田県山本郡藤里町	ハガキ
	8・15	石井　あや子	東京都品川区	ハガキ
	8・15	松岡　朝子	東京都武蔵野市	ハガキ
	8・19	緒方　和子	熊本市出水	封書
	8・19	田口　靖郎	埼玉県大宮市	封書
	8・25	岩井　栄	神奈川県相模原市	封書
	8・26	小縄　龍一	北海道夕張市	封書
	8・28	川原　末治	宮城県名取市	ハガキ
	8・29	石井　あや子	東京都品川区	ハガキ
	8・31	岩井　栄	神奈川県相模原市	ハガキ
	9・2	菊池　恩恵	東京都世田谷区	封書
	9・3	野口　祥子	東京都狛江市	ハガキ
	9・4	江崎　淳	埼玉県越谷市	封書
	9・4	佐藤　静夫	埼玉県所沢市	ハガキ
	9・5	松永　伍一	東京都練馬区	封書
	9・6	大島　博光	東京都三鷹市	封書
	9・6	境田　稜峰	秋田市楢山	ハガキ
	9・7	一戸　葉子	仙台市国分町3・20仙台中央法律事務所	封書
	9・7	後藤励蔵・マン	東京都中野区	封書
	9・9	小林　栄子	東京都町田市	ハガキ
	9・9	川原　末治	宮城県名取市	封書
	9・9	南　巖	神奈川県横浜市戸塚区	ハガキ

1985	9・10	中島　ヒデ	秋田県仙北郡神岡町	ハガキ
	9・12	手塚　亮	岡山県苫田郡加茂町	ハガキ
	9・15	渡辺　テイ	秋田市楢山	ハガキ
	9・16	山田　清三郎	東京都杉並区	封書
	9・17	松尾　洋	埼玉県大宮市	ハガキ
	9・18	滝　いく子	東京都小平市	ハガキ
	9・18	南　巌	神奈川県横浜市戸塚区	ハガキ
	9・18	日本国民救援会中央本部	港区新橋６・19・23	封書
	9・20	川原　末治	宮城県名取市	封書
	9・21	塩田　庄兵衛	京都百万遍にて	ハガキ
	9・24	平林　英子	埼玉県新座市	ハガキ
	9・24	山崎　勝三郎	北海道札幌市南区	封書
	9・25	筒井　雪路	東京都北区	封書
	9・25	川原　末治	宮城県名取市	ハガキ
	9・26	伊藤　信吉	神奈川県横浜市港北区	封書
	9・29	田口　靖郎	埼玉県大宮市	封書
	9・30	遠藤　春子	新潟市西堀前通	封書
	10	政岡　悦子		封書
	10・1	長崎　浩	新潟県新津市	封書
	10・2	山　武比古	東京都町田市	封書
	10・2	緒方　和子	熊本市出水	封書
	10・2	平野　庄司	秋田県山本郡藤里町	ハガキ
	10・4	佐藤　征子	秋田県仙北郡協和町	封書
	10・7	千葉　三郎	秋田市大町１・２・６　秋田魁新報社	ハガキ
	10・7	境田　稜峰	秋田市楢山	封書
	10・8	宍戸　律	北海道夕張市	封書
	10・9	吉開　那津子	神奈川県横浜市港北区	封書
	10・9	福田　由美子	東京都江東区	ハガキ
	10・10	金子　総一	東京都小平市	ハガキ
	10・10	永江　美由紀	熊本県荒尾市	封書
	10・11	鈴木　清	秋田県横手市	封書
	10・12	勝山　俊介	千葉県柏市	封書
	10・14	西垣　昭子	京都市西京区	ハガキ
	10・23	岩倉　政治	富山市奥田寿町	封書

1985	10・24	日野　百合子	大分県大分郡湯布院町	封書
	10・29	松永　アキ	新潟市幸町	封書
	11・8	小森　香子	東京都文京区	封書
	11・16	西沢　舜一	千葉県柏市	ハガキ
	11・16	浅利　香津代	京都から	封書
	11・19	松尾　洋	埼玉県大宮市	封書
	11・21	金親　清	千葉市院内	封書
	12・7	松井　貞蔵	秋田市牛島	封書
	12・8	田口　靖郎	大宮市宮原町	封書
	12・11	佐藤　征子	秋田県仙北郡協和町	封書
	12・12	前薗　裕子	東京都杉並区	封書
	12・14	穂積　生萩	東京都目黒区	封書
	12・18	金谷　勇	東京都豊島区	ハガキ
	12・20	吉田　力	茨城県下館市	封書
	12・21	井上　君子	東京都世田谷区	封書
	12・26	佐藤　征子	秋田県仙北郡協和町	封書
1986	1・4	中島　とし子	富山県中新川郡道源寺	ハガキ
	1・16	佐藤　征子	秋田県仙北郡協和町	ハガキ
	1・8	井口　きよ子	長野県松本市	封書
	1・21	江崎　淳	埼玉県越谷市	封書
	2・4	井上　君子	東京都世田谷区	封書
	2・7	村上　国治	埼玉県大宮市	封書
	2・12	前薗　裕子	東京都杉並区	封書
	3	境田　稜峰	秋田市楢山	封書
	3・2	境田　稜峰	秋田市楢山	封書
	3・7	佐藤　征子	秋田県仙北郡協和町	封書
	3・9	高山　観平	宮城県仙台市	封書
	3・10	水野　良子	千葉県柏市	封書
	3・15	小山　正子	長野県上田市	封書
	4・12	後藤　マン	東京都中野区中野	ハガキ
	5・5	金谷　勇	東京都豊島区	封書
	5・17	永江　美由紀	熊本県荒尾市	封書
	7	藤原　美津子	長野県上田市	封書
	7・10	鈴木　清	秋田県横手市	ハガキ

1986	7・16	高嵜　栄子	東京都目黒区	ハガキ
	7・28	古川　のぶ	岐阜県郡上郡白鳥町	封書
	7・30	高橋　寿夫	千葉県我孫子市	封書
	7・31	佐藤　征子	秋田県仙北郡協和町	ハガキ
	8・20	藤原　美津子	長野県上田市	封書
	8・22	塩田　庄兵衛	信州穂高にて	ハガキ
	8・25	志田　好江	東京都北区	封書
	9・9	平沢貞道を救う会	杉並区阿佐ヶ谷南3・34・7	封書
	10・9	日本共産党夕張市委員会	夕張市本町4	封書
	10・15	佐藤　征子	秋田県仙北郡協和町	封書
	12・22	佐藤　征子	秋田県仙北郡協和町	封書
1987	1・20	竜崎　幸子	千葉県佐原市	封書
	2・7	椎名　喜美子	ちば市民生協	封書
	3・1	升井　登女尾	東京都世田谷区	封書
	3・2	佐藤　征子	秋田県仙北郡協和町	封書
	3・30	田口　靖郎	埼玉県大宮市	ハガキ
	4・8	田口　靖郎	埼玉県大宮市	封書
	4・21	畑田　重夫	東京都大田区	ハガキ
	4・28	稲沢　潤子	東京都練馬区	ハガキ
	4・30	升井　登女尾	東京都世田谷区	封書
	5・16	山家　和子	豊島区目白	ハガキ
	5・27	笹田　共子	東村山市秋津町2・22・9　コロニー東村山印刷所	ハガキ
	6・24	木村　君枝	群馬県高崎市	封書
	6・29	佐藤　征子	秋田県仙北郡協和町	封書
	7・14	田口　靖郎	埼玉県大宮市	封書
	7・20	山家　和子	豊島区目白	封書
	8・13	菊地　慶子	秋田市川尻	封書
	8・25	升井　登女尾	東京都世田谷区	封書
	9・5	佐藤　征子	秋田県仙北郡協和町	封書
	9・25	田口　靖郎	埼玉県大宮市	封書
	9・25	佐藤　征子	秋田県仙北郡協和町	封書
	10・7	上園　政雄	東京都中野区　東京かるた同好会	ハガキ
	10・15	山崎　元	東京都杉並区	封書
	10・30	佐藤　征子	秋田県仙北郡協和町	ハガキ

1987	11・3	野口　祥子	狛江市和泉本町	封書
	11・3	鈴木　郁子	東京都国分寺市	封書
	12・7	大島　博光	東京都三鷹市	ハガキ
	12・9	佐藤　征子	秋田県仙北郡協和町	封書
1988	1・1	鈴木　敏江	山形市鉄砲町	ハガキ
	1・22	鈴木　敏江	山形市鉄砲町	封書
	2・8	市東　真弓	千葉市大宮台	封書
	2・21	魚好　辰夫	渋谷区代々木２・５・５　中央映画	封書
	3・4	萩生田　千津子	神奈川県大和市	ハガキ
	3・5	市東　真弓	千葉市大宮台	封書
	3・15	川合　澄男		ハガキ
	3・16	佐藤　征子	秋田県仙北郡協和町	封書
	3・29	佐藤　征子	秋田県仙北郡協和町	封書
	4・2	松井　勝明		封書
	4・25	永江　美由紀	熊本県荒尾市	ハガキ
	5・5	正久　正江	墨田区東向島2・38・7　墨田母親集会事務局	封書
	5・6	佐藤　征子	秋田県仙北郡協和町	封書
	5・10	三浦　トメノ	東京都東村山市	封書
	5・21	田口　靖郎	埼玉県大宮市	封書
	5・23	戸村　政博	千葉県八千代市	ハガキ
	5・24	金野　智	東京都仙北郡協和町	封書
	6・21	佐藤　征子	秋田県仙北郡協和町	封書
	6・24	三浦　未来・大輔	秋田県仙北郡協和町	封書
	6・25	加藤　シゲ	秋田県大曲市	封書
	7・4	三浦　トメノ	東京都東村山市	封書
	7・8	佐藤　征子	秋田県仙北郡協和町	封書
	7・9	塩田　庄兵衛	東京都文京区	ハガキ
	7・12	佐藤　静夫	埼玉県所沢市	封書
	7・13	加藤　シゲ	秋田県大曲市	封書
	7・13	堀　博子	東京都江戸川区東小松川1・8・8　東京土建江戸川支部	封書
	7・15	宍戸　律	北海道夕張市	封書
	7・18	野沢　富美子	神奈川県川崎市多摩区	封書
	7・19	津田　孝	東京都狛江市	ハガキ
	7・19	豊田　さやか	東京都新宿区	封書

1988	7・21	勝山　俊介	千葉県柏市	封書
	7・28	窪田　精	神奈川県秦野市	ハガキ
	8・6	久保田　誠	東京都中野区	封書
	8・7	藤目　ゆき	フィリピンにて	ハガキ
	8・13	赤瀬　房子	福岡県田川市	ハガキ
	8・20	加藤　雄一・貞子	秋田県大曲市	封書
	8・22	河野　公平	東京都新宿区	ハガキ
	9・28	田口　靖郎	埼玉県大宮市	封書
	10・7	柳武　ふく代	福岡県田川市	封書
	10・17	丑田　美代子	宮城県白石市	封書
	10・19	稲葉　真吾	埼玉県岩槻市	封書
	10・27	佐藤　征子	秋田県仙北郡協和町	封書
	11・2	佐藤　征子	秋田県仙北郡協和町	封書
	11・10	赤瀬　房子	福岡県田川市	封書
1989	3・7	武藤　ヒサ子	千葉県柏市	封書
	3・9	赤瀬　房子	福岡県田川市	ハガキ
	3・11	右遠　俊郎	東京都田無市	封書
	4・6	谷村　静野	長崎県北松浦郡	封書
	4・14	大宮　シズヱ	長崎県北松浦郡小佐々町	封書
	4・30	塩田　庄兵衛	東京都文京区	ハガキ
	5・7	原　由子	ベルリンから	ハガキ
	5・7	谷村　静野	長崎県北松浦郡	封書
	5・11	佐藤　征子	秋田県仙北郡協和町	封書
	5・18	佐藤　四郎	東京都板橋区	封書
	5・24	田中　美恵子	千葉県船橋市	ハガキ
	5・30	金谷　勇	東京都豊島区	封書
	6・1	小森　香子	東京都文京区	ハガキ
	6・1	松澤　信祐	東京都港区	ハガキ
	6・8	鈴木　初江	長野県茅野市奥蓼科にて	封書
	6・9	工藤　敏雄	千葉県市川市	封書
	6・13	田村　久子	神奈川県横浜市	ハガキ
	6・16	北條　元一	東京都世田谷区	封書
	6・23	佐藤　好徳	秋田市茨島	ハガキ
	7・1	石塚　靖	秋田市下北手通沢	封書

1989	7・9	澤田　章子	東京都大田区	ハガキ
	7・14	谷村　静野	長崎県北松浦郡	封書
	7・26	安田　陸男	千代田区一ツ橋　毎日新聞生活家庭部	ハガキ
	7・29	都築　久義	愛知県安城市	封書
	8・5	佐藤　征子	秋田県仙北郡協和町	封書
	8・7	赤瀬　房子	福岡県田川市	ハガキ
	8・14	平野　義政	港区白金4・7・3　平野文庫	封書
	8・18	熊谷　房子	秋田市山王4　教育会館　秋田県母親連絡会	封書
	8・19	佐藤　征子	秋田県協和町	ハガキ
	8・19	和泉　竜一	横手市鍛冶町	ハガキ
	9・13	和泉　竜一	秋田県横手市	ハガキ
	9・18	佐藤　留吉	秋田県横手市	封書
	9・18	山口　瑞子	宮城県仙台市太白区	封書
	9・20	小田　利広	和歌山市湊通り丁南1・1・3名城ビル　農民農業団体連合会	封書
	9・20	村串　仁三郎	埼玉県流山市	封書
	9・20	佐藤　征子	秋田県仙北郡協和町	封書
	9・21	佐藤　征子	秋田県協和町	封書
	9・30	松井　貞蔵	秋田市牛島	封書
	10	石井　大三郎	東京都杉並区	封書
	10・6	江崎　淳	埼玉県越谷市	封書
	10・6	和泉　竜一		封書
	10・6	大田　努	東京都世田谷区	ハガキ
	10・7	土井　大助	東京都狛江市	ハガキ
	10・7	佐藤　征子	秋田県協和町	ハガキ
	10・7	進藤　孝一	秋田県仙北郡協和町	封書
	10・8	津田　孝	東京都狛江市	ハガキ
	10・8	吉岡　真美	東京都東村山市	ハガキ
	10・9	窪田　精	神奈川県秦野市	ハガキ
	10・9	勝山　俊介	千葉県柏市	封書
	10・9	佐々木　清一	秋田県仙北郡協和町	ハガキ
	10・9	松澤　信祐	東京都港区	ハガキ
	10・9	斉藤　公子	埼玉県深谷市	ハガキ
	10・10	『すずなろ』刊行委員会	国分寺市富士本3・13・1・1・102	ハガキ
	10・11	小林茂夫・栄子	東京都町田市南大岩	ハガキ

1989	10・12	伊豆　利彦	神奈川県横須賀市	ハガキ
	10・12	佐藤　静夫	埼玉県所沢市	ハガキ
	10・12	北条　元一	東京都世田谷区	封書
	10・13	岡本　博之	東京都中野区	封書
	10・16	岡本　博之	東京都中野区	ハガキ
	10・16	チリ人民連帯日本委員会	港区西新橋２・９・８	ハガキ
	10・17	平野　義政	港区白金４・７・３　平野文庫	封書
	10・18	升井　登女尾	東京都世田谷区	ハガキ
	10・18	丸山　邦子	秋田県仙北郡田沢湖町卒田字早稲田430　わらび座	封書
	10・19	塩田　庄兵衛	東京都文京区	封書
	10・19	山口　瑞子	宮城県仙台市太白区	封書
	10・22	岡本　博之		封書
	10・23	千代本　茂守	秋田県仙北郡協和町	封書
	10・24	境田　稜峰	秋田市楢山	ハガキ
	10・29	渡辺　敬子	東京都台東区	ハガキ
	10・30	山口　瑞子	宮城県仙台市太白区	封書
	11	斉藤　仁一・弘子	東京都八王子市	ハガキ
	11・1	塔川　君子	茨城県取手市	封書
	11・1	武藤　ヒサ子	千葉県柏市	ハガキ
	11・4	田中　義人	東京都大田区	ハガキ
	11・7	宇井　澄子	千葉県香取郡山田町	封書
	11・9	建石　一郎	取手市新町	ハガキ
	11・11	小林　南	東京都小金井市	封書
	11・17	太田　哲二	静岡県伊東市	ハガキ
	11・26	祖父江　昭二	東京都板橋区	封書
	12・4	山口　瑞子	宮城県仙台市太白区	封書
1990	1・21	江崎　淳	埼玉県越谷市	封書
	1・31	祖父江　昭二	東京都板橋区	ハガキ
	2・9	鈴木　清	秋田県横手市	封書
	3・8	那智　シズ子	千葉県船橋市	封書
	3・20	鈴木　ウメ	北海道札幌市白石区	封書
	4・18	塩谷　満枝	千葉県取手市新町	ハガキ
	4・22	佐藤　征子	秋田県仙北郡協和町	封書
	5・13	佐藤　征子	秋田県仙北郡協和町	封書

1990	5・19	田口　靖郎	埼玉県大宮市	封書
	6・11	塩谷　満枝	千葉県取手市新町	封書
	6・15	祖父江　昭二	東京都板橋区	封書
	6・16	上田　耕一郎	東京都国立市	封書
	7・1	山口　礼子	千葉市小仲台	封書
	7・7	佐藤　征子	秋田県仙北郡協和町	ハガキ
	7・13	千田	東京都文京区	封書
	7・14	上森　勉	福岡県田川市	ハガキ
	7・17	斉藤　公子		ハガキ
	7・18	沢木　隆子	秋田県男鹿市	封書
	7・22	市東　真弓	千葉市大宮台	封書
	7・22	平野　義政	港区白金4・7・2　平野文庫	封書
	7・22	古川　のぶ	岐阜県郡上郡白鳥町	封書
	7・23	石川　加津栄	秋田県男鹿市	封書
	7・28	手塚　亮	岡山県苫田郡加茂町	ハガキ
	7・30	山田　寿子	群馬県勢多郡粕川村	封書
	8	丑田　美代子	宮城県白石市	封書
	8・3	佐藤　征子	秋田県仙北郡協和町	封書
	8・9	浅野　綏子	宮城県白石市	封書
	8・10	平野　和生	神奈川県川崎市	ハガキ
	8・12	鈴木　恩	東京都杉並区	封書
	8・17	山原　鶴	東京都豊島区	ハガキ
	8・20	山本　喜三郎	東京都青梅市	ハガキ
	8・25	県立秋田図書館	秋田市千秋明徳町2・52	封書
	9・13	塩谷　満枝	千葉県取手市	封書
	9・22	佐藤　征子	秋田県仙北郡協和町	封書
	10・2	丸田　典子	茨城県水戸市	封書
	10・8	高木　陽子	愛知県豊川市	封書
	10・10	赤坂　隆三	秋田県大曲市	ハガキ
	11・5	佐藤　征子	秋田県仙北郡協和町	封書
	11・6	鈴木　悦子	夕張市清水沢	封書
	11・12	三枝　和子	東京都杉並区	封書
	11・12	那智　シズ子	千葉県船橋市	封書
	11・14	上田　耕一郎	東京都国立市	封書

1990	11・27	加藤　蔦枝	仙北郡田沢湖町卒田字早稲田430　わらび座	封書
	12・6	江崎　淳	埼玉県越谷市	封書
	12・6	松永　生子	奈良県大和郡山市	ハガキ
	12・7	松井　貞蔵	秋田市牛島	封書
1991	1・1	中本　たか子	東京都練馬区	ハガキ
	1・1	三浦　トメノ	東京都東村山市	封書
	1・8	鶴岡　征雄	東京都大田区	封書
	1・29	岡本　博	東京都杉並区	封書
	1・29	佐藤　征子	秋田県仙北郡協和町	封書
	2・9	鈴木　清	秋田県横手市	封書
	2・15	古川　のぶ	岐阜県郡上郡白鳥町	封書
	2・18	瀬戸口　萌	神奈川県川崎市麻生区	封書
	2・18	森谷　たけし	北海道夕張市清水沢	封書
	2・25	瀬戸口　萌	神奈川県川崎市麻生区	ハガキ
	3・5	工藤　威	渋谷区本町1・7・16　初台ハイツ1010　文学同盟	ハガキ
	3・11	西条　きん	宮城県石巻市	封書
	3・14	蔵原　たか子	東京都練馬区	封書
	3・18	藤井　茂夫	東京都中野区	ハガキ
	3・18	根岸　君夫	埼玉県上尾市	ハガキ
	3・23	松岡　りつ子	東京都中野区	封書
	4・6	嶋田　睦	千葉県東葛郡高柳	封書
	5・10	安江　淳	神奈川県藤沢市	ハガキ
	5・10	真田　康子	神奈川県横浜市戸塚区	封書
	5・25	小林　房子	東京都中野区	封書
	6・3	佐藤　貴美子	愛知県名古屋市昭和区	ハガキ
	6・7	伊藤　信吉	神奈川県横浜市港北区	封書
	7・8	田口　靖郎	埼玉県大宮市	封書
	7・16	原　由子	秋田県仙北郡田沢湖町　わらび座	封書
	7・17	小林　健	秋田県仙北郡田沢湖町生保内駒ヶ岳　わらび荘	封書
	7・24	堀　紀子	神奈川県藤沢市	ハガキ
	7・25	中西　国夫	神奈川県藤沢市	ハガキ
	8・2	佐藤　志	東京都世田谷区	ハガキ
	8・10	渡辺　正男	神奈川県藤沢市	封書
	8・12	斉藤　良子	埼玉県熊谷市	封書

1991	8・13	西条　きん	宮城県石巻市	封書
	8・14	桟敷　よし子	大阪府八尾市	ハガキ
	8・16	中西伊之助追悼実行委員会	藤沢市鵠沼アテネ書房　増本一彦	ハガキ
	8・16	石井　大三郎	東京都杉並区	封書
	8・22	塩谷　満枝	千葉県取手市新町	ハガキ
	8・26	佐藤　征子	秋田県仙北郡協和町	封書
	8・30	伊藤　信吉	神奈川県横浜市港北区	ハガキ
	9・10	田中　未年子	京都市山梨区	ハガキ
	9・11	金杉　登代子	東京都田無市	封書
	10	丸岡秀子さんを偲ぶ集い実行委員会	豊島区駒込１・３・15　ドメス出版	封書
	10・4	鈴木　悦子	夕張市清水沢	封書
	10・7	斉藤　絹子	夕張市鹿の谷山手町24　新日本婦人の会	封書
	10・11	塩谷　満枝	千葉県取手市	ハガキ
	10・11	塩谷　満枝	千葉県取手市	ハガキ
	10・15	丸岡秀子さんを偲ぶ集い実行委員会		封書
	10・16	佐藤　征子	秋田県仙北郡協和町	ハガキ
	10・23	鈴木　悦子	夕張市清水沢	ハガキ
	10・30	大宮　シズヱ	長崎県北松浦郡小佐々町	封書
	11・10	佐藤　征子	秋田県仙北郡協和町	封書
	12・13	堀江　朋子	東京都武蔵野市	ハガキ
	12・15	佐藤　征子	秋田県仙北郡協和町	封書
	12・22	大宮　シズヱ	長崎県北松浦郡小佐々町	封書
1992	1・1	古河　三樹松	杉並区浜田山	ハガキ
	1・18	境田　稜峰	秋田市楢山	封書
	1・22	角銅　立身	福岡県田川市栄町２・１　角銅法律事務所	封書
	2・6	岡部　長利	東京都調布市	封書
	2・28	原田　佑三郎	東京都品川区	封書
	4・10	佐藤　征子	秋田県仙北郡協和町	封書
	4・19	塩谷　満枝	千葉県取手市	封書
	4・30	安江　紀子	東京都中野区	封書
	4・30	佐藤　征子	秋田県仙北郡協和町	封書
	5・3	難波英夫記念碑建立実行委員会	東京都港区新橋6-19-23	角封筒
	5・20	小森　香子	東京都文京区	封書
	6・2	浅井　ミチ	埼玉県三郷市田中新田中の割273・1　協立病院内	ハガキ

1992	6・8	石島　晴夫	東京都文京区	封書
	6・8	谷村　静野	長崎県北松浦郡	封書
	8・31	佐藤　征子	秋田県仙北郡協和町	ハガキ
	10・6	洞　富雄	東京都中野区	封書
	12・6	佐藤　征子	秋田県仙北郡協和町	封書
	12・7	佐藤　征子	秋田県仙北郡協和町	ハｇキ
1993	1・25	寺原　ウメ	埼玉県浦和市	封書
	2・10	山岸　一章	東京都日野市	封書
	2・11	祖父江　昭二	東京都板橋区	封書
	3・11	柏谷　正子	秋田市手形	封書
	4・9	佐藤　征子	秋田県仙北郡協和町	封書
	4・13	山本　千恵	東京都杉並区	ハガキ
	4・16	杵渕　智子	東京都練馬区	ハガキ
	4・17	佐藤　征子	秋田県仙北郡協和町	封書
	4・19	塩谷　満枝	千葉県取手市	ハガキ
	4・20	山本　千恵	長崎県北松浦郡小佐々町	封書
	4・21	祖父江　昭二	東京都板橋区	封書
	4・22	小林　登美枝	東京都小金井市	ハガキ
	4・22	小林　栄子	東京都町田市	封書
	4・26	石崎　昇子	東京都武蔵野市	ハガキ
	4・26	佐藤　征子	秋田県仙北郡協和町	封書
	5・1	新日本文学会	中野区東中野1・41・5	封書
	5・7	杵渕　智子	東京都練馬区	ハガキ
	5・7	杉本　ハマ	神奈川県川崎市	封書
	5・8	谷村　静野	長崎県北松浦郡	封書
	5・11	秋山　峰生	神奈川県藤沢市	封書
	5・15	秋山　峰生	神奈川県藤沢市	封書
	5・15	杉本　ハマ	神奈川県川崎市	封書
	5・20	熊谷　榧	東京都豊島区千早2・27・6　ギャラリー榧	ハガキ
	5・27	佐藤　征子	秋田県仙北郡協和町	ハガキ
	6・2	寺原　ウメ	埼玉県浦和市	封書
	6・4	大宮　シズヱ	長崎県北松浦郡小佐々町	封書
	6・7	松井　貞蔵・カツ	千葉市美浜区	ハガキ
	6・14	谷村　静野	長崎県北松浦郡	封書

1993	6・21	佐藤　征子	秋田県仙北郡協和町	封書
	6・26	呑川　泰司	福島県いわき市	封書
	7・7	壬生　照順	東京都台東区元浅草1・17・2　善光寺別院	ハガキ
	7・30	武藤　ヒサ子	千葉県柏市	封書
	8・24	東　栄蔵		封書
	8・26	山岸　一章	東京都日野市新町	封書
	8・31	藤井　光子	神奈川県川崎市	封書
	9	阿部　弘明	阿部事件原告	封書
	9・5	沼田　秀郷		ハガキ
	9・7	小林　登美枝	東京都小金井市	封書
	9・10	坂井　信夫	神奈川県横浜市港北区	封書
	9・16	山岸　一章	東京都日野市新町	封書
	9・21	坂井　信夫	神奈川県横浜市港北区	封書
	9・27	佐藤　征子	秋田県仙北郡協和町	封書
	9・28	小沢　路子	神奈川県横浜市戸塚区	ハガキ
	10・7	伊藤　源一郎	北海道札幌市中央区	封書
	11・2	奈良　達雄	茨城県古河市	封書
	11・4	藤岡　重	千葉市内山町	封書
	11・9	奈良　達雄	茨城県古河市	封書
	11・23	佐藤　征子	秋田県仙北郡協和町	ハガキ
	11・28	金属鉱山研究会	千代田区富士見2・17・1　法政大学経済学部資料室	封書
	12・6	園田　とき	三鷹市	封書
	12・10	平林　英子	新座市北野	封書
	12・14	佐藤　征子	秋田県仙北郡協和町	ハガキ
	12・18	武藤　ヒサ子	千葉県柏市	封書
1994	1・1	園田　とき	東京都三鷹市	ハガキ
	1・12	谷村　靜野	長崎県北松浦郡	ハガキ
	1・14	南　巌	神奈川県横浜市戸塚区	ハガキ
	1・19	佐藤　征子	秋田県仙北郡協和町	ハガキ
	2・14	高橋　良子	東京都小平市	封書
	2・23	奈良　達雄	茨城県古河市	封書
	3・2	谷村　靜野	長崎県北松浦郡	封書
	3・8	森　与志男	東京都品川区	封書
	3・24	佐藤　征子	秋田県仙北郡協和町	ハガキ

1994	3・27	佐藤　征子	秋田県仙北郡協和町	ハガキ
	3・29	山本　千恵	東京都杉並区	ハガキ
	3・30	金子　総一	東京都小平市	ハガキ
	4・4	高橋　良子	東京都小平市	封書
	4・5	鷲尾　三郎	秋田市保戸野すわ町　月刊ＡＫＩＴＡ	ハガキ
	4・8	尾形　明子	神奈川県横浜市青葉区	ハガキ
	4・8	赤瀬　房子	福岡県田川市	ハガキ
	4・13	兼房　次男（大野達三）	東京都渋谷区	封書
	4・14	葛岡　章	北海道夕張市平和	封書
	4・18	佐藤　征子	秋田県仙北郡協和町	封書
	4・27	加賀山　亜希	神奈川県横浜市鶴見区	ハガキ
	5・6	小沢　清	神奈川県川崎市多摩区	封書
	5・7	佐藤　典・一恵	秋田県湯沢市	ハガキ
	5・13	澤田　章子		封書
	5・20	小沢　路子	神奈川県横浜市戸塚区	封書
	5・21	岡本　博	東京都杉並区	ハガキ
	5・26	藤田　スミ	千代田区永田町２・２・１　衆議院議員会館402	封書
	6・7	広瀬		封書
	6・14	佐藤　征子	秋田県仙北郡協和町	ハガキ
	6・15	庄司　捷彦	宮城県石巻市泉町４・１・20　庄司法律事務所	封書
	6・16	山岸　一章	東京都日野市	封書
	6・20	成澤　榮壽	東京都足立区	封書
	7	藤巻　重男	東京都江戸川区	ハガキ
	7・6	澤田　章子	大田区上池台	封書
	7・7	佐藤　征子	秋田県仙北郡協和町	ハガキ
	7・8	山本　千恵	東京都杉並区	ハガキ
	7・8	谷村　静野	長崎県北松浦郡	ハガキ
	7・10	岡本　博	東京都杉並区	ハガキ
	7・11	小林　節夫	東京都北区十条	ハガキ
	7・16	二瓶　佳子	渋谷区千駄ヶ谷４・25・６　新日本出版社	ハガキ
	7・19	佐藤　征子	秋田県仙北郡協和町	封書
	7・20	石田　恭一	東京都中央区	封書
	7・20	石田　恭一	中央区月島	封書
	7・21	高橋　永吾	宮城県古川市	封書

1994	7・23	山岸　一章	日野市新町	封書
	8・1	佐藤　征子	秋田県仙北郡協和町	封書
	8・12	山岸　一章	日野市新町	封書
	8・13	皆川　太郎	東京都中野区	封書
	8・16	柏谷　玄	秋田市手形	封書
	8・17	佐藤　征子	秋田県仙北郡協和町	ハガキ
	8・29	大宮　シズヱ	長崎県北松浦郡小佐々町	封書
	8・30	谷村　静野	長崎県北松浦郡	ハガキ
	9・5	松岡　朝子	東京都武蔵野市	封書
	9・6	鈴木　園子	茨城県古河市	封書
	9・8	南　巖	神奈川県横浜市戸塚区	ハガキ
	9・15	高橋　良子	東京都小平市	封書
	9・20	松岡　純子	長崎県佐世保市	封書
	9・21	鈴木　園子	茨城県古河市	封書
	9・25	加藤　蔦枝	仙北郡田沢湖町卒田字早稲田 430　わらび座	封書
	9・28	石田　恭一	中央区月島	封書
	10・10	大宮　シズヱ	長崎県北松浦郡小佐々町	封書
	10・24	柏谷　正子		封書
	10・29	宮崎　由紀	渋谷区千駄ヶ谷	封書
	12・22	佐藤　征子	秋田県仙北郡協和町	ハガキ
	12・28	西条　きん	宮城県石巻市	封書
	12・29	江崎　淳	埼玉県越谷市	封書
1995	1・1	岡本　博	東京都杉並区	ハガキ
	1・1	鞍貫　操・ミキ	埼玉県比企郡嵐山町	ハガキ
	1・5	西条　きん	宮城県石巻市	封書
	1・8	江崎　淳	埼玉県越谷市	封書
	1・28	岡本　博	東京都杉並区	ハガキ
	2・8	江崎　淳	埼玉県越谷市	封書
	2・21	谷村　静野	長崎県北松浦郡	ハガキ
	2・24	佐藤　征子	秋田県仙北郡協和町	封書
	2・28	枝　称	北海道札幌市	ハガキ
	3・1	小林　節夫	東京都北区中十条	封書
	3・8	藤目　ゆき	京都市左京区田中	封書
	3・15	江崎　淳	埼玉県越谷市	ハガキ

1995	3・25	佐藤　征子	秋田県仙北郡協和町	ハガキ
	4・17	藤目　ゆき	京都市左京区	ハガキ
	4・25	大宮　シズヱ	長崎県北松浦郡小佐々町	封書
	5・21	江崎　淳	埼玉県越谷市	封書
	5・27	加川　照子	東京都調布市	封書
	5・30	井上　頼豊	東京都世田谷区	ハガキ
	6・4	小林　南	東京都小金井市	封書
	6・9	佐藤　征子	秋田県仙北郡協和町	ハガキ
	6・14	川原　末治	宮城県名取市	封書
	6・17	渡辺　テイ	秋田市楢山	封書
	6・20	松尾　洋	埼玉県大宮市	ハガキ
	6・23	庄司　捷彦	宮城県石巻市泉町4・1・20　庄司法律事務所	封書
	7・10	窪田　精	神奈川県秦野市	ハガキ
	7	木村　康子	東京都八王子市	ハガキ
	7・12	山本　千恵	東京都杉並区	ハガキ
	7・12	山口　勇子	東京都品川区	封書
	7・14	大島　博光	東京都三鷹市	ハガキ
	7・14	新船　海三郎	東京都清瀬市	ハガキ
	7・14	松岡　朝子	東京都武蔵野市	封書
	7・14	松岡　純子	長崎県佐世保市	封書
	7・15	土井　大助	東京都狛江市	ハガキ
	7・15	秋山　峰生	神奈川県藤沢市	封書
	7・15	田島　一	茨城県取手市	ハガキ
	7・15	中　正敏	東京都新宿区	封書
	7・15	平瀬　誠一	千葉県松戸市	ハガキ
	7・15	政岡　悦子	秋田市千秋	封書
	7・15	塩田　庄兵衛	東京都文京区	ハガキ
	7・17	小坂　太郎	秋田県雄勝郡羽後町	ハガキ
	7・17	森　与志男	東京都品川区	封書
	7・17	宮寺　清一	東京都東大和市	ハガキ
	7・17	花房　健次郎	兵庫県西宮市	ハガキ
	7・17	浦辺　史	東京都多摩市	封書
	7・17	手塚　亮	岡山県苫田郡加茂町	ハガキ
	7・18	塩谷　満枝	千葉県取手市	ハガキ

1995	7・18	佐藤　征子	秋田県仙北郡協和町	ハガキ
	7・19	奈良　達雄	茨城県古河市	封書
	7・20	寺沢　迪雄	茨城県水戸市	ハガキ
	7・21	佐藤　征子	秋田県仙北郡協和町	ハガキ
	7・21	滝　いく子	東京都小平市	ハガキ
	7・22	山田　清三郎	東京都杉並区	ハガキ
	7・25	小沢　路子	神奈川県横浜市戸塚区	ハガキ
	7・26	小林　茂夫・栄子	東京都町田市	ハガキ
	7・29	吉開　那津子	神奈川県横浜市港北区	ハガキ
	7・29	金杉　登代子	東京都田無市	ハガキ
	7・29	浦辺　史	東京都多摩市	ハガキ
	8・1	大田　努	東京都世田谷区	ハガキ
	8・1	小林　周	秋田県大館市	ハガキ
	8・2	松岡　朝子	東京都武蔵野市	ハガキ
	8・3	沼田　秀郷	東京都調布市	封書
	8・5	田畑　木利子	静岡県熱海市	ハガキ
	8・8	浅尾　忠男	東京都町田市	ハガキ
	8・8	中川　利三郎	秋田市川元	封書
	8・9	秋山　峰生	神奈川県藤沢市	封書
	8・9	沼田　秀郷	茨城県多賀郡十王町	封書
	8・10	境田　稜峰	秋田市楢山	封書
	8・19	松尾　洋	埼玉県大宮市	封書
	8・20	勝山　俊介	千葉県安房郡鋸南町	封書
	8・22	山口　勇子	東京都品川区	ハガキ
	8・23	石黒　米治郎	埼玉県川越市	ハガキ
	8・26	津田　孝	東京都狛江市	ハガキ
	8・29	大宮　シズヱ	長崎県北松浦郡小佐々町	ハガキ
	8・29	佐藤　征子	秋田県仙北郡協和町	ハガキ
	9	安藤　孝一	神奈川県川崎市麻生区	封書
	9・1	森　与志男	東京都品川区	ハガキ
	9・5	田口　靖郎	埼玉県大宮市	ハガキ
	9・7	佐藤　留吉	秋田県横手市	封書
	9・12	政岡　悦子	秋田市千秋	封書
	9・12	宮寺　清一	東京都東大和市	ハガキ

1995	9・16	田口　靖郎	埼玉県大宮市	封書
	9・18	斉藤　孝子	神奈川県川崎市	封書
	9・21	江崎　淳	埼玉県越谷市	封書
	9・21	澤田　章子	大田区上池台	ハガキ
	9・22	窪田　精	神奈川県秦野市	ハガキ
	9・22	松澤　信祐	東京都港区	ハガキ
	9・22	勝山　俊介	千葉県安房郡鋸南町	封書
	9・22	塩田　庄兵衛	東京都文京区	ハガキ
	9・26	永江　美由紀	熊本県荒尾市	封書
	9・26	森　幹大	東京都中野区	ハガキ
	9・27	田畑　木利子	静岡県熱海市	ハガキ
	9・28	赤塚　道枝	神奈川県横浜市港南区	ハガキ
	9・28	矢野　修	東京都東久留米市	封書
	10・1	宮寺　清一	東京都東大和市	ハガキ
	10・2	澤田　章子		
	10・2	谷村　静野	長崎県北松浦郡	ハガキ
	10・3	塩田　庄兵衛	東京都文京区	ハガキ
	10・4	土井　大助	東京都狛江市	ハガキ
	10・6	斉藤　正子	埼玉県深谷市	封書
	10・9	福田　由美子	東京都江東区	ハガキ
	10・9	鹿島　光代	豊島区駒込1・3・15　ドメス出版	封書
	10・10	森　与志男	東京都品川区	ハガキ
	10・11	山中　郁子	豊島区駒込1・3・15　ドメス出版	封書
	10・11	西条　きん	宮城県石巻市	封書
	10・11	高柳　博也	東京都渋谷区	ハガキ
	10・12	鹿島　光代		ハガキ
	10・16	山本　千恵	東京都杉並区	ハガキ
	10・20	塩谷　満枝	千葉県取手市	ハガキ
	10・20	福田　由美子	東京都江東区	ハガキ
	10・21	松沢　悦子	新宿区百人町4・7・2　全日自労労働組合	ハガキ
	10・21	繁澤　政典	名古屋市中村区名駅4・27・23　書店大地	封書
	10・21	鈴木　初江	東京都狛江市	封書
	10・26	金高満　すゑ	東京都中野区	封書
	10・28	澤田　章子	大田区上池台	封書

1995	10・28	赤瀬　房子	福岡県田川市	ハガキ
	10・29	児玉　由紀恵	「赤旗」文化部	封書
	10・30	金野　作治郎	東京都板橋区	封書
	11・2	鎌田　蒼生子	長野市松代温泉	ハガキ
	11・3	小林　南	東京都小金井市	封書
	11・4	吉開　那津子	神奈川県横浜市港北区	封書
	11・4	秋山　峰生	神奈川県藤沢市	封書
	11・4	南　巖	神奈川県横浜市戸塚区	ハガキ
	11・5	佐久間　まさ	千葉県船橋市	封書
	11・5	佐藤　征子	秋田県仙北郡協和町	ハガキ
	11・9	浅川　栄子	山梨県甲府市	封書
	11・9	中村　美智子	東京都町田市	封書
	11・9	繁澤　政典	名古屋市中村区名駅4・27・23　書店大地	封書
	11・10	浅川　栄子	山梨県甲府市	ハガキ
	11・10	村上　安正	神奈川県三浦郡葉山町	ハガキ
	11・10	手塚　亮	岡山県苫田郡加茂町	封書
	11・16	藤井　光子	川崎市幸区下平間	封書
	11・22	角銅　立身	福岡県田川市栄町2・1　角銅法律事務所	ハガキ
	11・30	太田　まち	奈良県生駒市	ハガキ
	11・30	西条　きん	宮城県石巻市	封書
	12・1	南　巖	神奈川県横浜市戸塚区	封書
	12・4	本郷　敏子	神奈川県横浜市中区	ハガキ
	12・5	吉岡　真美	東京都千代田区麹町4・7　議員宿舎106	封書
	12・6	浅川　栄子	山梨県甲府市	ハガキ
	12・13	西条　きん	宮城県石巻市	封書
	12・15	西条　きん	宮城県石巻市	封書
	12・16	吉田　生紘	東京都足立区千住	ハガキ
	12・19	手塚　亮	岡山県苫田郡加茂町	ハガキ
1996	1・1	石関　みち子	埼玉県上尾市	封書
	1・1	谷澤　林之助	秋田市茨島	ハガキ
	1・5	坂入　博子	東京都杉並区	封書
	1・6	塩田　庄兵衛	東京都文京区	ハガキ
	1・10	佐藤　征子	秋田県仙北郡協和町	ハガキ
	1・11	佐藤　征子	秋田県仙北郡協和町	ハガキ

1996	1・11	望月　翠山	東京都練馬区	ハガキ
	1・20	北村　愛子	埼玉県川越市	ハガキ
	1・24	永江　美由紀	熊本県荒尾市	ハガキ
	1・31	小林　登美枝	東京都小金井市	封書
	2・10	佐藤　好徳	秋田市茨島	封書
	2・12	松崎　浜子	埼玉県北本市	封書
	2・15	松岡　朝子	東京都武蔵野市	ハガキ
	3・2	赤塚　道枝	神奈川県横浜市港南区	封書
	3・4	嶋田　睦	練馬区豊玉中4・13・22　区労協内	封書
	3・16	吉田　博	茨城県いわき市	封書
	3・20	佐藤　征子	秋田県仙北郡協和町	ハガキ
	3・22	池田　節夫	大阪市旭区	封書
	5・31	池原　重一	福岡県北九州市門司区	封書
	6・3	岡田　孝子	神奈川県横浜市	ハガキ
	6・7	池原　重一	福岡県北九州市門司区	ハガキ
	6・7	池原　重一	福岡県北九州市門司区	ハガキ
	6・7	池原　重一	福岡県北九州市門司区	ハガキ
	6・11	小野　雄一	愛知県名古屋市港区	封書
	6・27	小野　雄一	愛知県名古屋市港区	ハガキ
	7・5	丸田　ちさと	東京都目黒区駒場4・3・55　日本近代文学館	封書
	7・9	野本　一平		封書
	7・29	浦辺　史	東京都多摩市	ハガキ
	7・29	塩田　庄兵衛	東京都文京区	ハガキ
	8・2	野本　一平		封書
	8・4	佐藤　征子	秋田県仙北郡協和町	ハガキ
	8・19	林　幸雄	茨城県古河市	封書
	8・22	皆川　太郎	東京都中野区	封書
	9・7	岩佐　莵絲	東京都練馬区	ハガキ
	9・9	寺澤　節子	東京都府中市	ハガキ
	9・13	秋山　峰生	藤沢市藤澤	封書
	9・17	秋山　峰生	神奈川県藤沢市	ハガキ
	9・19	佐藤　征子	秋田県仙北郡協和町	ハガキ
	9・21	沖　正子	埼玉県春日部市	封書
	10・2	金野　智	秋田県仙北郡協和町	封書

1996	10・8	林　幸雄	茨城県古河市	封書
	10・22	長谷部　健	秋田市楢山太田町	封書
	10・23	谷村　静野	長崎県北松浦郡	ハガキ
	10・25	津田　道代	東京都狛江市	ハガキ
	10・28	岩佐　莵絲	東京都練馬区	ハガキ
	10. 3	津田　道代	東京都狛江市	封書
	11・6	浅野　幸枝	東京都昭島市	ハガキ
	11・11	岡本　宮染		ハガキ
1997	1・2	江崎　淳	埼玉県越谷市	封書
	1・9	岩佐　莵絲	東京都練馬区	封書
	1・20	尾形　明子	神奈川県横浜市青葉区	封書
	2・1	永江　美由紀	熊本県荒尾市	封書
	2・13	南　巌	神奈川県横浜市戸塚区	ハガキ
	3・4	林　小枝子	東京都武蔵野市	ハガキ
	3・19	杉野　武彦		封書
	3・22	林　幸雄	茨城県古河市	封書
	4・8	永井　潔	東京都練馬区	ハガキ
	4・11	山本　千恵	東京都杉並区	ハガキ
	4・12	福田　由美子	東京都江東区	封書
	4・13	浅野　幸枝	東京都昭島市	ハガキ
	4・19	佐藤　征子	秋田県仙北郡協和町	封書
	4・21	永江　美由紀	熊本県荒尾市	封書
	4・22	山本　千恵	東京都杉並区	ハガキ
	5・7	森本　脩	東京都練馬区	封書
	5・8	塩谷　満枝	千葉県取手市	封書
	5・11	藤目　ゆき	京都市左京区	ハガキ
	5・12	駒井　珠江		封書
	5・15	永江　美由紀	熊本県荒尾市	ハガき
	6・6	笹本　恒子		封書
	6・8	澤田　章子	大田区上池台	封書
	6・9	林　小枝子		封書
	6・11	大石　貴志子	秋田県仙北郡田沢湖町	封書
	6・17	高橋　良子	小平市小川町	封書
	6・20	浅野　幸枝	東京都昭島市	ハガキ

1997	6・20	堀江　智子		封書
	7・5	村上　安正	神奈川県三浦郡葉山町	封書
	7・12	林　小枝子	東京都武蔵野市	封書
	7・15	中村　パク三		封書
	7・22	宮崎　由紀	東京都渋谷区	ハガキ
	7・22	佐藤　征子	秋田県仙北郡協和町	ハガキ
	7・25	塩谷　満枝	千葉県取手市	封書
	7・30	吉岡　真美	東京都千代田区麹町4・7　議員宿舎106	ハガキ
	8・4	林　小枝子	東京都武蔵野市	封書
	8・5	田島　一	茨城県取手市	封書
	8・6	谷村　静野	長崎県北松浦郡	ハガキ
	8・11	永江　美由紀	熊本県玉名郡長洲町	ハガキ
	8・17	大輪　匂子	岡山市さくら住座	封書
	8・20	永江　美由紀	熊本県玉名郡長洲町	ハガキ
	8・25	寺原　ウメ	埼玉県浦和市	封書
	9・3	山形　暁子	東京都市川市	封書
	9・3	江崎　淳	埼玉県越谷市	封書
	9・4	松岡　朝子	東京都武蔵野市	ハガキ
	9・6	佐藤　征子	秋田県仙北郡協和町	封書
	9・8	市東　真弓	千葉市大宮台	封書
	9・8	土佐　優子	秋田県大館市	封書
	9・11	池原　重一	福岡県北九州市門司区	封書
	9・12	津田　道代	東京都狛江市	封書
	9・13	林　小枝子	東京都武蔵野市	ハガキ
	10・6	佐藤　好徳		
	10・9	林　小枝子	東京都武蔵野市	封書
	10・26	佐藤　征子	秋田県仙北郡協和町	封書
	10・28	笠原　美代		封書
	11・6	奈良　達雄	茨城県古河市	封書
	11・10	佐藤　征子	秋田県仙北郡協和町	封書
	11・13	佐藤　好徳	秋田市茨島	封書
	11・13	奈良　達雄	茨城県古河市	封書
	11・17	佐藤　好徳	秋田市茨島	封書
	12・8	洞　富雄	東京都中野区	封書

1997	12・14	佐藤　征子	秋田県仙北郡協和町	封書
	12・25	床嶋　まちこ	東京都江戸川区	ハガキ
1998	1・9	佐藤　征子	秋田県仙北郡協和町	ハガキ
	1・14	洞　富雄	東京都中野区	封書
	1・21	江崎　淳	埼玉県越谷市	封書
	1・21	秋谷　徹雄	東京都調布市	ハガキ
	2・3	吉岡　真美	東京都千代田区麹町4・7　議員宿舎106	封書
	2・22	林　小枝子	東京都武蔵野市	ハガキ
	3	遠藤　和夫	秋田県鹿角市花輪	ハガキ
	3・28	赤坂　隆三	秋田県大曲市	封書
	3・31	寺原　ウメ	埼玉県浦和市	封書
	4・10	浅野　幸枝	東京都昭島市	封書
	4・20	小山時夫『島の風』出版と米寿を祝う会		封書
	4・24	佐藤　征子	秋田県仙北郡協和町	封書
	5	南　巌	神奈川県横浜市保土ヶ谷区	ハガキ
	5	永江　美由紀	熊本県玉名郡長洲町	ハガキ
	5・4	林　小枝子	東京都武蔵野市	封書
	5・4	田口　靖郎	埼玉県大宮市	封書
	5・10	岡崎　恵子	東京都東久留米市	封書
	5・12	鈴木　初江	東京都狛江市	封書
	5・13	永江　美由紀	熊本県玉名郡長洲町	封書
	5・23	小林　南	東京都小金井市	封書
	6	沼田　秀郷	代々木病院	ハガキ
	6・2	洞　富雄	東京都中野区	封書
	6・3	内藤　国枝	東京都中野区	ハガキ
	6・23	沼田　秀郷	代々木病院	ハガキ
	6・28	洞　富雄	東京都中野区	封書
	6・29	佐藤　好徳	秋田市茨島	ハガキ
	7・8	永江　美由紀	熊本県玉名郡長洲町	封書
	7・9	斉藤　仁一	東京都八王子市	ハガキ
	7・11	松井　貞泰	千葉市美浜区	ハガキ
	7・21	林　小枝子	東京都武蔵野市	封書
	7・25	林　小枝子	野尻湖から	ハガキ
	8・1	千葉　三郎	秋田市保戸野	ハガキ

1998	8・4	林　小枝子	東京都武蔵野市	ハガキ
	8・10	赤塚　道枝	神奈川県横浜市港南区	ハガキ
	8・15	狗飼　衛	埼玉県与野市	ハガキ
	8・15	池原　重一	福岡県北九州市門司区	ハガキ
	8・18	加川　照子	東京都調布市	ハガキ
	8・25	丑田　美代子	宮城県白石市	封書
	8・27	塩田　睦子	秋田市山王	封書
	8・29	小林　登美枝	東京都小金井市	ハガキ
	9	井上　美代	千代田区永田町2・1・1参議院議員会館508	封書
	9・3	茶谷　十六		封書
	9・5	佐藤　征子	秋田県仙北郡協和町	封書
	9・7	平野　庄司	秋田県山本郡藤里町	ハガキ
	9・8	杵渕　智子	東京都練馬区	ハガキ
	9・8	渡辺　テイ	秋田市楢山	ハガキ
	9・9	高柳　博也	東京都渋谷区	ハガキ
	9・12	加藤　義臣	秋田市土崎港	封書
	9・12	千葉　三郎	秋田市保戸野	ハガキ
	9・14	岡村　遼司	千葉県佐倉市	封書
	9・21	林　小枝子	東京都武蔵野市	封書
	9・24	政岡　悦子	秋田市千秋	封書
	10・16	永江　美由紀	熊本県玉名郡長洲町	ハガキ
	11	赤瀬　房子	福岡県田川市	ハガキ
	11・19	永江　美由紀	熊本県玉名郡長洲町	ハガキ
	11・24	津田　道代	東京都狛江市	封書
	11・25	林　幸雄	茨城県古河市	封書
	11・26	高橋　久視	香川県観音寺市	ハガキ
	12	池上　日出夫	京都府宇治市	ハガキ
	12・12	尾形　明子	神奈川県横浜市青葉区	封書
	12・19	岩佐　莵絲	東京都練馬区	ハガキ
	12・21	矢崎　光晴	東京都江東区	ハガキ
1999	1・6	秋山　峰生	神奈川県藤沢市	封書
	1・10	林　小枝子	東京都武蔵野市	ハガキ
	1・12	中谷　英子	東京都新座市	ハガキ
	1・18	原　由子	秋田市田沢湖町　わらび座内	ハガキ

1999	1・21	江崎　淳	埼玉県越谷市	封書
	1・25	塩谷　満枝	千葉県取手市	ハガキ
	1・26	杵渕　智子	東京都練馬区	封書
	1・26	佐藤　征子	秋田県仙北郡協和町	封書
	2・6	本田　しのぶ	神奈川県横浜市栄区	封書
	2	平野　庄司	秋田県山本郡藤里町	封書
	2・13	林　小枝子	東京都武蔵野市	封書
	2・15	秋山　峰生	神奈川県藤沢市	ハガキ
	2・16	杵渕　智子	東京都練馬区	ハガキ
	2・17	中谷　英子	新座市北野	ハガキ
	2	沼田　秀郷	東京都調布市	ハガキ
	2・19	沖川　伸夫	東京都青梅市	封書
	2・22	沖川　伸夫	東京都青梅市	封書
	2・23	秋山　峰生	神奈川県藤沢市	封ハガキ
	2・25	浦辺　史	東京都多摩市	ハガキ
	2・26	尾形　明子	神奈川県川崎市宮前区	封書
	2・28	浅野　幸枝	東京都昭島市	封書
	3・1	笹本　恒子	東京都渋谷区	封書
	3・5	鈴木　ウメ	北海道札幌市白石区	封書
	3・16	佐藤　征子	秋田県仙北郡協和町	封書
	3・17	茂木　文子	群馬県嬬恋村	封書
	3・19	大里　隆一	秋田県鹿角市	封書
	3・26	田口　知二	秋田県天王町	封書
	4・5	高橋　良子	東京都小平市	封書
	4・12	鈴木　ウメ	北海道札幌市白石区	封書
	4・26	佐藤　征子	秋田県仙北郡協和町	封書
	4・30	茂木　洋子	すずらん村	ハガキ
	5・4	飯野　豊秋	三郷市戸ヶ崎	封書
	5・9	岡崎　恵子	東京都東久留米市	封書
	5・10	松澤　信祐	東京都港区	ハガキ
	5・10	佐藤　征子	秋田県仙北郡協和町	封書
	5・17	右遠　俊郎	東京都田無市	ハガキ
	5・17	津田　道代	東京都狛江市	封書
	5・30	加藤　謙三		封書

1999	6	茶谷　十六	秋田県仙北郡田沢湖町卒田字早稲田430　民族芸術研究所	封書
	6・9	横井　久美子	東京都国立市	封書
	6・9	林　小枝子	東京都武蔵野市	封書
	6・9	横井　久美子	東京都国立市	封書
	6・21	福永　サチ		封書
	6・24	福永　サチ	愛知県瀬戸市	封書
	6・26	大田　努	渋谷区千駄ヶ谷4・25・6　新日本出版社　百合子展実行委員会	封書
	6・30	林　小枝子	東京都武蔵野市	封書
	7・1	本田　しのぶ	神奈川県横浜市栄区	ハガキ
	7・4	福永　サチ	愛知県瀬戸市	ハガキ
	7・7	池田　節夫	大阪市旭区	封書
	7・18	小沢　守	愛知県名古屋市守山区	封書
	7・22	赤瀬　房子	福岡県田川市	ハガキ
	7・28	岡崎　恵子	東京都東久留米市	封書
	7・28	浅野　幸枝	東京都昭島市	封書
	7・28	田口　靖郎	埼玉県大宮市	封書
	7・29	堀田　照子	東京都目黒区	封書
	8・5	金杉　登代子	東京都田無市	ハガキ
	8・5	佐藤　征子	秋田県仙北郡協和町	ハガキ
	8	池原　重一	福岡県北九州市門司区	ハガキ
	8・12	池原　重一	福岡県北九州市門司区	封書
	8・19	林　小枝子	信州信濃町から	ハガキ
	8・20	磯部　暁美	東京都練馬区	封書
	8・20	永江　美由紀	熊本県玉名郡長洲町	封書
	8・22	池原　重一	福岡県北九州市門司区	ハガキ
	8・24	入江　良信	福岡市東区	ハガキ
	8・24	黒木　庸人	福岡県田川市	封書
	8・25	本田　しのぶ	神奈川県横浜市栄区	封書
	8・27	秋山　峰生	神奈川県藤沢市	
	8・28	江崎　淳	埼玉県越谷市	ハガキ
	8	池原　重一	福岡県北九州市門司区	ハガキ
	8・30	池原　重一	福岡県北九州市門司区	ハガキ
	8・31	八記　久美子	北九州市門司区清滝1・1・1　自治労連北九州市職員労組門司支部	封書
	9・1	笹本　恒子	東京都渋谷区	封書

1999	9・2	浦辺　史	東京都多摩市	ハガキ
	9・3	入江　良信	福岡市東区	封書
	9・9	笹本　恒子	東京都渋谷区	ハガキ
	9・9	角銅　立身	福岡県田川市栄町2・1　角銅法律事務所	封書
	9・11	宿沢　志寿枝	神奈川県横浜市港南区	角封筒
	9・14	本田　昇	神奈川県横浜市栄区	ハガキ
	9・14	佐藤　征子	秋田県仙北郡協和町	封書
	9・15	塩田　庄兵衛	東京都文京区	ハガキ
	9・18	大塚　一男	東京都武蔵野市	ハガキ
	9・18	黒田　嘉代子	福島市御山	封書
	9・20	中祖　百合子	東京都北区	封書
	9・20	秋山　峰生	神奈川県藤沢市	封書
	9・23	佐藤　佳久	京都府宇治市	封書
	9・24	松島　とし子	富山県中新川郡立山町	ハガキ
	9・29	福永　サチ	愛知県瀬戸市	封書
	9・30	日本国民救援会中央本部	港区新橋6・19・23	封書
	10・6	林　珠子		封書
	10・11	池原　重一	福岡県北九州市門司区	ハガキ
	10・20	石井　大三郎	東京都杉並区	封書
	10・27	永江　美由紀	熊本県玉名郡長洲町	封書
	10・28	加納　博	秋田市広面	封書
	11	佐藤　征子	秋田県仙北郡協和町	ハガキ
	11	斉藤　仁一	東京都八王子市	ハガキ
	11・6	谷村　久志	長崎県北松浦郡	ハガキ
	11・11	佐藤　征子	秋田県仙北郡協和町	封書
	11・12	岩佐　莵絲	東京都練馬区	封書
	11・16	林　小枝子	東京都武蔵野市	封書
	11・23	佐藤　征子	秋田県仙北郡協和町	ハガキ
	12	佐々木　敏子	東京都八王子市	ハガキ
	12・1	佐藤　征子	秋田県仙北郡協和町	封書
	12・16	佐藤　好徳	秋田市茨島	ハガキ
	12・17	秋山　峰生	神奈川県藤沢市	封書
	12・22	池田　みち子		ハガキ
	12・24	豊田　四郎	東京都新宿区	ハガキ

1999	12・25	佐藤　征子	秋田県仙北郡協和町	封書
	12・30	池原　重一	福岡県北九州市門司区	封書
2000	1・1	高橋　良子	東京都小平市	ハガキ
	1・1	山　武比古	東京都町田市	封書
	1・1	乙部　宗徳	千葉市若葉区	封書
	1・1	上田　耕一郎	東京都国立市	ハガキ
	1・1	山田　政次	長崎県佐世保市	ハガキ
	1・1	安田　陸男	千葉県市原市	ハガキ
	1・1	米原　美智子	東京都大田区	ハガキ
	1・1	宮前　利保子	群馬県富岡市	ハガキ
	1・1	鳥海　昭子	東京都杉並区	ハガキ
	1・1	高橋　千秋	埼玉県大宮市	ハガキ
	1・1	鈴木　章治	神奈川県横浜市金沢区	ハガキ
	1・9	床嶋　まちこ	東京都江戸川区	封書
	1・10	大倉　正宝	千葉県夷隅郡夷隅町	ハガキ
	1・10	佐藤　征子	秋田県仙北郡協和町	封書
	1・11	吉田　絹枝	宮城県仙台市青葉区	ハガキ
	1・11	鈴木　文也	秋田市楢山	ハガキ
	1・11	吉田　絹枝	宮城県仙台市青葉区	ハガキ
	1・12	角銅　立身	福岡県田川市栄町2・1　角銅法律事務所	封書
	1・15	宍戸　律	北海道夕張市	ハガキ
	1・23	床嶋　まちこ	東京都江戸川区	封書
	1・26	塩谷　満枝	千葉県取手市	ハガキ
	1・26	保田　慶子	鳥取市雲山	封書
	1・27	藤目　ゆき	吹田市古江台	封書
	1・28	小西　悟	東京都杉並区	ハガキ
	2	宮森　繁	東京都杉並区	ハガキ
	2・7	横井　久美子	東京都国立市	封書
	2・7	林　小枝子	東京都武蔵野市	封書
	2・8	佐藤　征子	秋田県仙北郡協和町	封書
	2・9	佐藤　征子	秋田県仙北郡協和町	ＦＡＸ
	2・13	福田　由美子	東京都江東区	封書
	2・14	佐藤　征子	秋田県仙北郡協和町	ｆＡＸ
	2・15	金野　孝介	秋田県仙北郡協和町	封書

2000	2・16	佐藤　征子	秋田県仙北郡協和町	封書
	2・20	林　小枝子	東京都武蔵野市	封書
	2・22	和田　美喜男	秋田県仙北郡協和町	ハガキ
	2・28	飯野　豊秋	埼玉県三郷市	封書
	2・28	丸田　ちさと	東京都杉並区	ハガキ
	3・8	朝倉　彰子	岡山県倉敷市	封書
	3・19	櫛田　ふき	東京都練馬区	封書
	3・21	佐藤　征子	秋田県仙北郡協和町	ＦＡＸ
	3・22	富永　和重	東京都大田区	封書
	3・23	秋山　峰生	藤沢市藤沢	封書
	3・24	上田　耕一郎	東京都国立市	封書
	3・25	大塚　一男	東京都武蔵野市	ハガキ
	3・28	皆川　太郎	東京都中野区	ハガキ
	3・29	池原　重一	福岡県北九州市門司区	ハガキ
	3・29	富永　和重	東京都大田区	ハガキ
	4・1	笹本　恒子	東京都渋谷区	ハガキ
	4・5	石関　みち子	長野県埴科郡坂城町	ハガキ
	4・6	秋山　峰生	神奈川県藤沢市	封書
	4・7	矢口　辰夫	東京都目黒区	ハガキ
	4・7	林　小枝子	東京都武蔵野市	
	4・21	佐藤　征子	秋田県仙北郡協和町	ＦＡＸ
	4・23	林　小枝子	東京都武蔵野市	封書
	4・29	池田　節夫	大阪市旭区	封書
	5・3	上田　耕一郎	東京都国立市	封書
	6・3	佐藤　征子	秋田県仙北郡協和町	封書
	6・16	佐藤　征子	秋田県仙北郡協和町	封書
	6・20	宍戸　律	北海道夕張市	封書
	7・1	宍戸　律	北海道夕張市	封書
	7・12	宍戸　律	北海道夕張市	封書
	7・15	秋山　峰生	神奈川県藤沢市	封書
	8・27	佐藤　征子	秋田県仙北郡協和町	封書
	8・28	進藤　愛子	東京都杉並区	封書
	8・31	大里　隆一	秋田県鹿角市	封書
	9・3	千葉　三郎	秋田市保戸野	封書

2000	9・5	永江　美由紀	熊本県玉名郡長洲町	ハガキ
	9・6	小縄　龍一	北海道札幌市厚別区	封書
	9・12	佐々木　清一	秋田市東通	封書
	9・13	江崎　淳	埼玉県越谷市	封書
	9・15	塩田　庄兵衛	東京都文京区	ハガキ
	9・18	上田　耕一郎	東京都国立市	封書
	9・18	秋山　峰生	神奈川県藤沢市	ハガキ
	9・19	吉開　那津子	神奈川県横浜市港北区	ハガキ
	9・30	江口　栄子	栃木県烏山町	ハガキ
	9・30	窪田　精	神奈川県秦野市	ハガキ
	10・1	斉藤　長八	秋田県鹿角市	封書
	10・4	小林　栄子	東京都町田市	封書
	10・5	池田　節夫	大阪市旭区	ハガキ
	10・15	佐藤　征子	秋田県仙北郡協和町	封書
	10・19	浦辺　史	東京都多摩市	ハガキ
	10・22	永江　美由紀	熊本県玉名郡長洲町	封書
	11・20	小野　一二三	秋田県五城目町	封書
	11・22	佐藤　征子	秋田県仙北郡協和町	封書
	12	岩佐　莬絲		封書
	12・1	佐藤　征子	秋田県仙北郡協和町	封書
	12・4	佐藤　征子	秋田県仙北郡協和町	封書
	12・13	本田　昇	神奈川県横浜市栄区	封書
	12・18	佐藤　三郎	埼玉県岩槻市	封書
	12・25	尾形　明子	神奈川県川崎市宮前区	封書
	12・26	佐藤　征子	秋田県仙北郡協和町	封書
2001	1・1	入江　良信	福岡市東区	ハガキ
	1・1	伏屋　和子	千葉県市川市	ハガキ
	1・4	佐藤　征子	秋田県仙北郡協和町	封書
	1・11	林　幸雄	茨城県古河市	封書
	1・12	佐藤　好徳	秋田市茨島	封書
	1・14	金杉　登代子	東京都田無市	封書
	1・15	佐藤　征子	秋田県仙北郡協和町	ハガキ
	1・21	佐藤　征子	秋田県仙北郡協和町	封書
	1・21	山中　郁子	鹿児島市鴨池新田	封書

2001	1・22	亀井　久和	三重県上野市	ハガキ
	1・22	和田　トミ	秋田県仙北郡協和町	ハガキ
	1・22	佐藤　征子	秋田県仙北郡協和町	封書
	1・23	床嶋　まちこ	東京都江戸川区	封書
	1・27	杵渕　智子	東京都練馬区	封書
	2・2	佐藤　征子	秋田県仙北郡協和町	封書
	2・7	秋山　芳範	山梨県甲府市	封書
	2・9	永井　潔	東京都練馬区	ハガキ
	2・9	政岡　悦子	秋田市千秋	封書
	2・10	稲村　麗子	東京都国分寺市	ハガキ
	2・11	永江　美由紀	熊本県玉名郡長洲町	封書
	2・12	秋山　峰生	神奈川県藤沢市	封書
	2・22	岩佐　莵絲	東京都練馬区	ハガキ
	2・23	佐藤　征子	秋田県仙北郡協和町	封書
	3・2	柴山　芳隆	秋田市八橋	封書
	3・15	森熊　猛	横浜市戸塚区	ハガキ
	3・23	佐藤　三郎		封書
	4・21	池原　重一	福岡県北九州市門司区	封書
	4・23	大野　哲也	福岡県北九州市	封書
	4・30	小林　南	東京都小金井市	封書
	5・1	吉岡　真美	東京都東村山市	封書
	5・6	池原　重一	福岡県北九州市門司区	封書
	5・9	永江　美由紀	熊本県玉名郡長洲町	封書
	5・17	稲木　信夫	福井市	ハガキ
	6・1	藤目　ゆき		封書
	6・7	岡崎　恵子	東京都東久留米市	ハガキ
	6・13	笹田　輝子	福岡県北九州市門司区	ハガキ
	6・14	永江　美由紀	熊本県玉名郡長洲町	ハガキ
	6・22	笹田　輝子	福岡県北九州市門司区	封書
	6・22	林　小枝子	東京都武蔵野市	ハガキ
	6・23	秋山　峰生	神奈川県藤沢市	ハガキ
	6・23	永江　美由紀	熊本県玉名郡長洲町	ハガキ
	6・27	秋元　有子	鹿児島市鴨池新田	封書
	6・30	佐藤　征子	秋田県仙北郡協和町	封書

2001	7・1	笹本　恒子	東京都渋谷区	ハガキ
	7・4	小林　南	東京都小金井市	封書
	7・6	伊達　緑	東京都練馬区	封書
	7・14	斉藤　襄治	東京都世田谷区	ハガキ
	7・30	山田　政次	長崎県佐世保市	ハガキ
	7・30	森本　弥生	東京都練馬区	ハガキ
	8・2	大田　宣也	千葉県立川市	ハガキ
	8・3	稲木　信夫	福井市	ハガキ
	8・3	石黒　米治郎	埼玉県川越市	ハガキ
	8・3	杵渕　智子	東京都練馬区	ハガキ
	8・5	林　小枝子	川古温泉峰旅館	封書
	8・6	岡本　博	東京都杉並区	ハガキ
	8・6	池原　重一	福岡県北九州市門司区	ハガキ
	8・8	岡本　博	東京都杉並区	ハガキ
	8・12	小柴　豊子	東京都小金井市	ハガキ
	9・16	林　小枝子	東京都武蔵野市	封書
	10・25	佐藤　征子	秋田県仙北郡協和町	封書
	10・30	斉藤　秋夫	秋田市茨島	ハガキ
	11・17	柴山　芳隆	秋田市八橋	封書
	11・18	林　小枝子	東京都武蔵野市	封書
	11・26	佐藤　征子	秋田県仙北郡協和町	封書
	12・7	佐藤　征子	秋田県仙北郡協和町	封書
	12・11	佐藤　征子	秋田県仙北郡協和町	封書
	12・27	高橋秀晴		封書
	12・28	林　小枝子	東京都武蔵野市	封書
2002	1・1	井口　美代子	兵庫県芦屋市	ハガキ
	1・16	武藤　ヒサ子	千葉県柏市	封書
	1・28	上野　恵子	千葉県流山市	封書
	2・9	林　小枝子	東京都武蔵野市	封書
	2・10	立原　未知	東京都杉並区	封書
	2・15	永江　美由紀	熊本県玉名郡長洲町	封書
	2・15	冨谷　フサ子	埼玉県新座市	封書
	2・20	佐藤　征子	秋田県協和町	封書
	3・14	木村　正樹	秋田市御所野	封書

2002	3・28	佐藤　征子	秋田県協和町	封書
	6・28	西　克彦	小平市小川西町	封書
	7・12	斎藤　テイ	秋田県仙北郡角館町	封書
	8	尾形　明子	バンクーバーにて	ハガキ
	9・21	林　小枝子	東京都武蔵野市	ハガキ
	11・4	江崎　淳	埼玉県越谷市	ハガキ
2003	4・14	加川　照子	東京都調布市	ハガキ
	8・7	鳥潟　ツヤ	秋田市東通	封書
	9・3	角銅　立身		
	9・2	佐藤　守	大館市御成町	封書
2004	4・19	塩谷　満枝	千葉県取手市	封書

そえがき——没後十五周年にあたって

『松田解子自選集』の刊行を終えた頃から、この十冊をいつか全集に発展させたい、と考えるようになった。『自選集』では十巻という制約から、松田文学の柱となる作品はかなり収録できたものの、ジャンルとしては小説・ルポ・詩・自伝に限られていて、膨大な数の評論・随想などは全く読者に提供出来ていない。詩はその時点で判明しているものはすべて収めたが、小説は編数からいえば全体の三分の一にも満たないし、収録できなかった話題作——『女性線』、『あすを孕むおんなたち』、『あなたの中のさくらたち』なども残った。ルポも、唯一単行本として刊行された「土に聴く」も除かざるを得なかった。きわめて詳細で感動的な自伝（「回想の森」「女人回想」）にしろ、戦前部分しか書かれていない。その時代を受け継いで発展させてきた松田解子の戦後の歩みもまた、後世へのみちびきとしても一本にまとめられるべき、美しく尊い足跡である。そういう刻々の姿をも垣間見せるものとして評論、随想をぜひ読者に届けたい。

そうした思いから、いつか出されるべき全集の基礎資料としても、とりあえず、執筆一覧を含む「年譜」「刊行書目録」と、文学・社会活動の一貫である講演・座談などの全資料をまとめておこうとこの一冊を準備した。「対談・座談一覧」に紹介した対談・座談相手、「来簡一覧」に登場する多くの方々、これらの人々はいわば、あのように生き貫いた松田解子を作り上げてきた人々でもある。そういう松田解子の人間交流の様子をも明らかにしておきたい思いからの資料集となった。

もとより完全なものとは言えず、松田解子の足跡にしろ執筆活動にしろ、まだまだ解明・発見されるべきものはかなり多く、今後の研究・発掘が必要だが、本書を手にしてくださった方々からのご教示も得ながらの今後の課題としたい。

二〇〇九年の没後五周年に完結した『松田解子自選集』、十周年記念にまとめられた写真集『松田解子―写真で見る愛と闘いの99年』に続く記念の一本として、多くの読者の手に渡り、松田解子の人生全体の見取り図として活用していただければ幸いである。

二〇一九年十二月

江崎　淳

江崎　淳（えざき　あつし）

1946年　台湾生まれ。幼少時日本に引き上げ、愛知県岡崎市で育つ。

1972年　愛知県立大学国文科卒業

1975年　新日本出版社勤務　文化評論、宮本百合子全集、小林多喜二全集の編集などに従事

1984年　日本民主主義文学同盟（当時）勤務、『民主文学』編集など

1997年　日本共産党中央委員会勤務

2014年　同会を定年退職

現在　松田解子の会世話人　日本共産党文学後援会代表世話人

住所　〒343-0032　埼玉県越谷市袋山447-9

FAX　048-976-8063

メールアドレス　j-ezaki@car.ocn.ne.jp

松田解子ホームページ　http://matsudatokiko.com/

松田解子年譜

2019年12月26日　発行

編　者　江　崎　　淳

発行者　明　石　康　徳

発行所　光　陽　出　版　社

〒162-0818　東京都新宿区築地町8番地

電話　03-3268-7899/Fax　03-3235-0710

印刷所　株式会社光陽メディア

ISEN　978-4-87662-622-9　C0095